ウォーレスの人魚

岩井俊二

殺人のねじれ屋敷

二階堂黎人

ウォーレスの人魚　目次

【登場人物】

ビリー・ハンプソン……「ネイチャー・パラダイス」誌の記者
ライアン・ノリス……イルカの言語研究を専門とする海洋生物学者
ゴードン・ペック……ライアンの海洋研究所の助手
羽陸洋（はおかひろし）……同じく海洋研究所の助手
ジャック・モーガン……海洋研究所のエンジニア
ジェシー・ノリス……ライアンの一人娘
アルバータ・ノリス……ライアンの妻
海原密（かいばらひそか）……東京の大学に通う学生
手塚（てづか）……フロリダ州立病院の医師
リック・ケレンズ……世界的な進化学の権威・キーウエスト海洋科学研究所の所長
斎門斉一（さいもんせいいち）……遺伝子工学の世界的研究者・播磨《はりま》工科大学の博士
天野犀子（あまのさいこ）……斎門の助手
海洲全（ホイ・ジャウチュン）……香港《ホンコン》の実業家
海洲化（ホイ・ジャウファー）……洲全の息子
海鱗女（ホイ・ローンロイ）……洲化の妻
海洲慶（ホイ・ジャウヘン）……洲化の弟
A・R・ウォーレス……イギリスの博物学者・進化論者

ウォーレスの人魚

序章　片　鱗——十九世紀　香港

イギリスの博物学者チャールズ・ダーウィン（一八〇九―一八八二）は他でもない『種の起源』の著者であり、不世出の進化論者であった。艦長フィッツ・ロイ率いる海軍測量艦ビーグル号に乗船して世界一周の航海に出たのは彼が三十一歳の時であった。この航海によってダーウィンが進化論の着想に目醒《めざ》めたのはあまりにも有名である。

しかし『種の起源』それ自体が進化論の始まりというわけではなかった。

フランスのジャン・バプティスト・ド・ラマルク（一七四四―一八二九）はダーウィンにも多大な影響を与えた進化論者であった。チャールズの祖父エラスムス・ダーウィンも進化論の草分け的存在であり、ラマルクよりも更に以前に進化論に関わる本を出版している。しかし当時の進化論は、生物が神により創造され常に不変であるとする当時のキリスト教的世界観と真っ向から対立するものであり、進化論者たちには過酷な運命が待ち受けていた。ラマルクは激しい批判の中、晩年は貧困と失明に苦しみ、二人の娘に助けられながら自説を主張し続けた。ロンドン大学のロバート・グラント教授はラマルキズムを公に支持したばかりに、大学から追放され、貧困のうちにこの世を去った。ロバート・チェンバースは一八四四年に『創造の痕跡《こんせき》』という本を匿名で出版し進化論を擁護したが、ロンドン市民にはそれを大目に見る寛容さはなかった。チャールズの祖父エラスムスにしても危険思想者とみなされ、彼の子孫たちでさえ祖父の書物を黙殺していたぐらいである。

ビーグル号による航海以降、ダーウィンの中で進化論は日増しに成長を続けていた。一八四四年に『種の起源』の草稿を完成させ、一八五四年には本格的な執筆に取りかかっていたが、全ては極秘に進められ、本人の中では公表に踏み切る勇気を持ち得ずにいた。本人が友人宛《あて》の手紙で語っているとおり、進化論を公にすることは「自殺するようなもの」だったのである。そんな彼が『種の起源』を出版せざるを得なくなるようなある事件が起きた。

一八五八年六月、ひとつの論文が南の島からダーウィンのもとに届く。「変種がもとの型から出て無限に離れていく傾向について」という題名を持つその論文の著者はアルフレッド・R《ラッセル》・ウォーレス（一八二三—一九一三）。彼は当時マレー諸島で博物学及び、動物地理学の研究をしていた。その論文に目を通したダーウィンは驚愕《きょうがく》し、狼狽《ろうばい》した。それは彼自身が極秘に進めていた論文とあまりにも酷似していたのである。もちろんウォーレスはダーウィンが進化論について独自の論文を進めていることなど知る由もなかった。

ウォーレスの論文を見てしまったその偶然がまさにダーウィンの運命を変えたのである。ダーウィンは自著の執筆を中断すると、あわててウォーレスの論文に自分の論文を加えてロンドンのリンネ学会に連名で発表した。さらにその翌年、自著『種の起源』を未完成のまま発表してしまったのである。

進化論の公表を「自殺するようなもの」とまで考えていたダーウィンをしてこのような行為に踏み切らせたのは、この歴史的大発見をウォーレスに奪われまいとしたからに他ならない。ダーウィンも科学者の業には勝てなかったのである。しかし結果的に歴史はダーウィンに味方した。ダーウィンよりも先に論文を完成させていたにもかかわらず、歴史はウォーレスの名をダーウィンと『種の起源』の栄光の陰に隠してしまった。もしウォーレスがダーウィンに自作の論文を送ったりしなければ、歴史は大きく変っていたかも知れない。少なくとも『種の起源』はダーウィン独自の理論ではなく、ウォーレスの論を裏付ける解説書に過ぎなくなっていたに違いない。つまり歴史的発見の名誉はウォーレスに齎《もたら》され、ダーウィンはその賛同者というポジションに甘んじなければならなかったはずである。

重大なチャンスを逸したウォーレスだったが、本人はダーウィンとの共同論文やその後のダーウィンの『種の起源』出版についてはむしろ好意的な立場を取っていた。二人の共通の発見である自然選択による種の進化の理論をおとなしくダーウィンの功績に帰し、「ダーウィニズム」という名称まで贈ったほどである。

人道的にはともかく、科学者にしてこの態度は奇妙と言う他ないが、それればかりではなくこのアルフレッド・ウォーレスは謎《なぞ》の多い人物でもある。

イギリスの博物学者にして進化論者である彼は、マンモスシャーに生まれた。土地測量や建築業に従事する青春期を経て、教員となった彼は昆虫学者ベーツと知り合い、彼についてアマゾン地方の博物採集を行った。さらにその後モルッカ諸島に旅行し、博物学および動物地理学の研究を行った。かの論文「変種がもとの型から出て無限に離れていく傾向について」を書いたのはその頃である。晩年に入ると何故《なぜ》か心霊術や超能力まがいの研究に凝り、このあたりから彼は学会から黙殺され、その記録は極端に少なくなる。

『香港《ホンコン》人魚録』はそんな彼の遺作と伝えられる奇書である。そこにはなんとウォーレスが香港で遭遇したという人魚に関する詳細な報告が記されている。

この書物を手にした当時のロンドン市民がどんな顔をしたかは想像に難くない。世間に黙殺された人物とはいえウォーレスはひとかどの学者である。その人物が長い沈黙の末に発表したのが〝人魚〟である。本書には人魚の写真までが掲載されているが、当時流行していたユニコーンやケンタウルスなど架空動物たちの合成写真と区別がつかなかった。ほとんど乱心とさえ見えるウォーレスのこの書物は、そのあまりの荒唐無稽《むけい》さに誰もが失笑した。

アルフレッド・R・ウォーレスの名は人名辞典でもひもとけば今でもたやすく見つかるだろう。しかし『香港人魚録』に触れている記述を見つけるのは容易ではない。

以下はその『香港人魚録』の概要である。

一八八四年、地元の漁師が一匹の人魚を捕えた。

漁師はそれをとある雑技団に高額で売りつけた。人魚の噂《うわさ》は香港中に流れ、当然のことながらウォーレスの耳にも入った。もとより件《くだん》の雑技団には水中人魚舞踊という出し物があり、ガラス張りの水槽の中で少女たちが下半身に人魚のような鰭《ひれ》を巻きつけ、膨らみかけた乳房を貝殻で隠しながら、陳腐な曲芸を披露していた。ウォーレスもそれは心得ていたので、友人の実業家、海洲全《ホイ・ジャウチュン》に誘われた時も、正直さっぱり乗り気ではなかった。しかし熱心な友人の誘いに負けて、殆《ほとん》ど半信半疑でテント小屋に足を運んだのである。

案の定、出し物は相変わらずの人魚舞踊だった。まあこんなものさと、ウォーレスは洲全をたしなめたが、血の気の多い洲全は納得できず、出口にいた呼び込みに金を返せと喰《く》ってかかった。呼び込みの男は本物の人魚をこんな安い入場料で見せる道理がないだろうと居直り、ウォーレスたち二人にこう耳打ちしたのである。

「ホンモノはとっても危険だからね。裏の大樽《おおだる》に厳重に監禁してある。もし見たければ見せて差し上げようか？」

この手口が彼等の常套《じょうとう》であることはすぐに見透かせた。こうやって客から破格の見物料をせしめるのである。ウォーレス自身かつてその手口で蛇女なる妖怪を見せられたことがあった。少年時代、両親と共に香港に逗留《とうりゅう》していた頃のことだ。雑技小屋は父に連れられてしばしば見物に訪れたものだった。半裸で描かれた蛇女の妖艶《ようえん》な看板は子供のウォーレスには恐怖だったが、同時になにか逃れ難い魅力も禁じ得なかった。ウォーレスを連れた父はその看板の前ばかりはいつも素通りした。ウォーレスとしても父親に裸の看板を指して、観《み》たいとねだる勇気もなくて、とうとうある日、ひとりで雑技団に出かけたのだった。

蛇と人間の間に生まれた蛇女は四川《セイチユンサーン》省の竹林《チヨツラム》で発見されたという生い立ちだった。ところが実際は両腕と片足のない全裸の少女が全身に下手な筆で鱗を描きなぐられて、ムシロの上を転がってみせるだけという実に劣悪な出し物だった。しかも少女は生来の畸形《きけい》ではなかった。かつてその少女が違う出し物に出ていたことをウォーレスは憶《おぼ》えていた。少女は綱渡りの類の芸を披露していた。さしずめ綱から足を踏み外し、使い物にならなくなったため、両手と片足を切り捨てられ、蛇女に転業させられたのであろう。しかしそんな胸糞《むなくそ》の悪い話は九龍《ガウロン》あたりの雑技小屋では日常茶飯事だった。

「さあ、いかがかな？　南支那《みなみシナ》海で捕れた正真正銘本物の人魚ですぜ」

呼び込みの勧誘はしつこかった。

「そんなもの見たくもない！」

洲全はにべもなかったが、そんな彼にまあ、折角だから見て帰ろうではないかと誘ったのはウォーレスの方だった。その時のことをウォーレスはこう述懐している。

「その時私には既に人魚の歌が聴こえていたのかも知れない。その歌は私に助けてくれと呼びかけていた。私はいつか見た蛇女の少女を想い出していた。不思議なことにその面影は少年時代に見た時と少しも変わらぬ鮮明さで私の脳裏に蘇《よみがえ》っていた……」

ウォーレスたちは呼び込みに如何《いか》にもいかがわしげなテントに案内された。テントからひとりの客が飛び出して来て、ウォーレスたちに凄《すご》い、あれは本物だとわめきたて、呼び込みにもう一度見せてくれと無心した。呼び込みはその客に法外な見物料を吹っかけ、客は諦《あきら》めて帰って行った。いかにも芝居がかったその光景に洲全は眉《まゆ》をひそめてつぶやいた。

「ありゃサクラだぜ」

案内された小屋は薄暗く、目の前には地面に埋められた大樽があった。樽には蓋《ふた》がしてあって中は見えなかったが、チャプン、チャプンと水の跳ねる音がした。樽の横には髭《ひげ》の長い老人が座っていて、二人に見料を要求した。

「見てからだ」

洲全は抵抗したが、老人はあくまで前払いを主張し、結局ウォーレスが二人分を支払うことで和解をみた。金をもらった老人は不意に笑みを浮かべてもぐもぐ何か喋《しゃべ》った。

「え？」

ウォーレスは問い返したが、老人は構わず勝手に喋っている。よく聞いてみると定番の口上だった。

「北欧の伝説セイレーンは、オデュセウスを歌で惑わし……」

老人は奇妙な節回しの広東語《カントン》で唸《うな》っている。その口上がいつまで経っても終わらないので洲全は痺《しび》れを切らした。

「おい親父《おやじ》、そんな口上はどうでもいいからとっとと見せろ」

老人は不満げに謡《うた》いをやめて蓋に手をかけた。

ウォーレスは緊張した。

「よござんすか？」

そう言って老人は蓋を開いた。油の浮いた黒い水面がゆらゆらと揺れていた。

「さ、もうちょっと傍に寄って」

「危なくないのか？」

「大丈夫。人魚は歌い出してからが危ない。聴いたら命はない。でもこの人魚は咽喉《のど》を潰《つぶ》してあるから歌は歌えない。大丈夫、大丈夫」

　ウォーレスと洲全はその中を覗《のぞ》き込んだ。

　樽の中にはまるで山椒魚《さんしょううお》のようにとぐろを巻く生物がいた。上から見た様子では魚にも両生類にも、或《あ》るいは海獣の類のようにも見えたが、その癖両腕が妙に長い。頭には黒々とした髪の毛が生えている。

「本物か？」

　洲全は思わずウォーレスの袖《そで》を引いた。しかしウォーレスにもすぐにはわからなかった。ただし蛇女のようなもの、あの人間が化けているような代物でないことだけは確かだった。ひょっとすると魚の皮膚に人間の両腕を繋《つな》いだものかも知れない。子供の腕を切り落として魚に括《くく》りつけるぐらいのことはやりかねない連中である。

「だとすればよほどの名医による外科手術だな」

　洲全が耳打ちした。

　何しろその人間のものとおぼしき両の腕は、ゆっくりではあるが確かに自分の意思で動いていた。かかる手術が医学的に不可能であることはウォーレスにもひと目でわかった。

　――だとすればこの生物は何だ？

　もう少し見たくて樽の中を覗き込もうとしたウォーレスを老人の杖《つえ》が阻んだ。ふりかえると老人は少し離れてくれと言い、水の中に自分の杖を差し込んだ。そして魚の身体に沿ってぐるりと回すと、魚も杖に沿ってその身をぐるりと回転させた。一瞬だったが二人の目にはっきりとその顔が見えた。

ウォーレスと洲全の身体がその場で凍りついてしまった。

「ほ、本物か？」

洲全がウォーレスの袖を強く握り締めたまま言った。ウォーレスはまだ頷《うなず》くわけにはいかなかった。しかし確かに魚の顔は人間の、しかも女性のそれだった。

「もうおしまいだ」

老人が蓋を閉めた。ウォーレスはすぐに交渉に入った。さっきの四倍の見料でもう一度見た。さらに四十倍の料金で直接手に触れて観察した。

もう疑う余地はなかった。それは作り物でも何でもない、まさに本物の人魚と判じられた。ウォーレスは更に後日、その数千倍もの大金を用意して人魚を買い取った。そして自分の家に持ち返り、人魚を徹底的に調べ始めた。

学名はホモ・アクアリウス。ウォーレス自身の命名である。彼の詳細な鑑定によればその生物は限りなく人間に近い種であるらしい。

『それはチンパンジーやオランウータンの比ではない。むしろホモ・サピエンスから分類を分けることが困難なくらいである……』

この大法螺話《おおぼららばなし》は止まるところを知らない。

ある日ウォーレスは人魚が妊娠《にんしん》していることに気づく。数カ月後に産まれ出た赤ん坊は雌だった。

この人魚の娘は生まれた時から人間社会に接触していたため、言葉を解し、陸上生活をしていても支障がなかったという（母である人魚は陸上では数時間ももたないという記録をウォーレスは残している）。

ウォーレスの助手に海洲化《ホイ・ジャウファー》という男がいた。海洲全の息子である。人魚の飼育係をしていた彼は幼い人魚が次第に成長してゆくにつれ日に日に想いを募らせ、ついには身を焦がすような恋心を抱くようになってしまった。驚くべきことに、父海洲全は息子の密かな想いを見てとり、二人を結婚させてしまったというのである。

祝言《しゅうげん》の日の写真がある。

ウォーレスと海洲全、そして幼い弟たちに囲まれて中央に海洲化がいる。その隣に女性がいて、チャイナドレスを着ている。頭には塔のような飾り物をつけ、手には花束を持っている。当時の香港流の花嫁衣装なのだろうが、チャイナドレスの裾《すそ》からは人魚特有の鰭《ひれ》がのぞいているのである。

あろうことか二人はその後赤ん坊まで授かったというのだ。

その不思議な祝言の前後、ウォーレスは人魚を使ってある実験を企てた。彼の興味は他の野生人魚の存在にあった。その生息地域が一体どのあたりなのか。それが彼の興味の焦点だった。

ウォーレスは人魚の筋肉組織を分析した結果、彼等の筋肉が非常に酸素代謝効率が高いということを発見する。つまりそれは彼等人魚が外洋を回遊する生物であることを意味していた。

ウォーレスは次に人魚たちが外洋の何処《どこ》を泳ぎ回っているのかを調べるためにこんな実験を企てた。今でこそ電波発信器等による追跡調査は通常のこととなっているが、百年前にそんな高度な技術があろうはずもない。ウォーレスが考案した方法は実に原始的なものであった。ウォーレスは人魚の体に何本かのロープをぶらさげ、海洋に放ったのである。こうすれば人魚が海を泳ぐ間にプランクトンや藻《も》の類がロープにからみつく。それを回収し、付着したプランクトンや藻類を分類解析すれば人魚がどこの海をどの道筋で泳いだかがわかるという仕組である。しかしこの方法にはひとつ問題があった。一度放した人魚をどうやって回収するかということである。それには娘の人魚が用いられた。

娘の名は鱗女《ローンロイ》といった。鱗女には特殊な能力があった。たとえば雨が降るのを予言したり、近所で起きた火事も、部屋の中にいながら「火事だ、火事だ」と騒いでみんなを驚かせたという。しかしウォーレスの説によれば、こうした能力は決して驚くべきものではないらしい。

『人魚の鼻孔の付け根には大気中の水蒸気に敏感な器官が備わっており、それが彼女に雨の到来や火事による大気の異変を知らしめているのだ』

この器官のなせる業《わざ》なのだろうか。鱗女は何処にいても母親の居場所を突き止めることができた。この能力をウォーレスはセンサーの代わりに利用したのである。

しかし放流された母親を娘に追跡させ、再び捕獲するという残酷な実験は失敗に終わり、ウォーレスは貴重な人魚のサンプルを失ってしまう。センサーであるはずの鱗女が実験に疑問を抱き、心を閉ざしてしまったのである。

『香港人魚録』の最後はウォーレスたちに都合よく終わっている。

『もともとは海に住んでいた種である。海に還《かえ》るのが正しいのだ。しかしこの記録を目にした読者の中でもし彼女を発見した方がいたら是非そのロープをほどいてわたしの所まで届けて欲しい。そしてあなたが心ある紳士であれば彼女をいかがわしい雑技団に売り飛ばそうとか、それで一稼ぎしてやろうなどとは考えず、そっと海に還してくれることを切に願う』

　このウォーレスの奇想天外な記録を信じる者はまずいないだろう。それ故に彼の人魚に施した仕打ちを本気で責める人間もまたいないのである。

　鱗女と海洲化のあいだに出来た子供については詳《つまび》らかにされていない。身ごもったという記述が残っているのみである。

『一八九八年、鱗女、妊娠』

　仮に生まれていたとすればその人魚は現在百歳を越える。現存していればそういうことになるが、日本の伝承に従えば人魚は長寿であるらしい。

　ウォーレスの歴史的な業績は生物の分布に関する研究に今でも残っている。オーストラリア区と東洋亜区との境界線であるウォーレス線は彼の名にちなんだものである。また進化論に関しては後に、いくつかの点でダーウィンと意見を異にした。たとえば人類の脳は自然選択の結果ではありえず、「なんらかの高度な知性存在が、人類の発達の過程を方向づけた」として、ダーウィンと対立した。つまりサルが自然選択的に人間に進化したわけではない。その間に何か劇的な作用が人間に現在の進化を齎《もたら》したのだと示唆したのである。また種痘《しゅとう》について、動物の成分を人間に接種することは人間性に対する冒瀆《ぼうとく》であるとして、反対を唱えたりもした。

それらも今となればダーウィンに優る業績にはなり得ない。彼は進化論における偉大な発見をダーウィンに譲った時点で歴史の表舞台から姿を消す運命にあったのである。アルフレッド・R・ウォーレスは『香港人魚録』の出版された一九一三年にこの世を去った。

享年九十歳であった。

第一章　海人――二〇一二年　セント・マリア・アイランド

セント・マリア・アイランド

オーストラリア発、セント・マリア行きの定期便は週に一度しか飛ばない。乗りそこねるとケアンズのホテルに一週間囚《とら》われの身となる。とはいえ楽園のようなゴールドコーストのビーチにころがっていればその一週間も苦痛にはならない。

ビリー・ハンプソンはケアンズで三日間、セント・マリア行きの便を待った。本当はニューヨークからケアンズ経由でその日のうちに定期便に乗るはずだったが、四十人乗りの小型プロペラ機の調子が悪くて三日間も足止めを食らったのである。そういうトラブルはこのあたりでは少なくない。しかしお陰でビリーは南国の浜辺に寝ころんで、少しばかりのバカンスを味わうことが出来た。

目的地のセント・マリア島までは約二時間のフライトである。ようやく飛んでくれたプロペラ機はまだ調子が悪いのか、エンジンが時折つまったような妙な音を鳴らしていた。ビリーはその音が気になってなかなか落ち着けなかった。機内にはビリーの他に乗客の姿はなく、メラネシア系の太ったスチュワーデスがのんきに乗客用のナッツを食べていた。このスチュワーデスがナッツを食べている間はまだ大丈夫だろう。ビリーはそう自分に言い聞かせて膝《ひざ》の上のペーパーバックに目を落とした。

突然椅子《いす》が動いてビリーは声を上げた。いつの間にかうたたねしていたようだ。顔を上げるとスチュワーデスがビリーの座席を元に戻していた。

「シートベルトのサインよ」

ビリーはシートベルトをしめながら、スチュワーデスに言った。

「やけにガタガタいうね、この飛行機」

「落ちたりはしないわ。安心してよ。それにあと十五分で空港よ」

そう言いながらスチュワーデスは乗務員席に戻ってシートベルトを腹に巻き着けた。

「旅行?」

「いや、取材さ」

「取材?」

「ああ。『ネイチャー・パラダイス』って知らないかい?」

ビリーは隣の席にころがしてあった自社の雑誌を広げてスチュワーデスに見せたが、彼女は知らないと首を横にふった。

「人魚?」

「え?」

「人魚の取材?」

「イルカだよ、イルカ。ライアン・ノリスって学者がいるだろ?」

「ああ」

「知ってる?」

「名前だけね。島じゃ有名人だから。島一番の有名人」

機体が突如斜めに傾いた。朝の陽射しが窓から差し込み、ぐるりと機内を一周した。スチュワーデスが乱暴に小窓のシェードを降ろした。

「なんだい? この島には人魚もいるのかい?」

「え、なんか言った?」

調子の悪いエンジン音が不意に激しく鳴り出して、二人はもう会話が出来なかった。本をたたんで肘《ひじ》掛けを握りしめながら、ビリーは恐る恐る窓の外をのぞいた。

見事なエメラルドグリーンの海に小さな島が点々と浮かんでいた。その中でも一番大きな洋梨《ようなし》形の島がビリーの目的地だった。

セント・マリア・アイランド。観光客さえ滅多に立ち寄らない南海の楽園である。

オーストラリア北東のソロモン諸島に平行して小さな群島がある。南緯一三度七分東経一五六度、九つの島からなるその小さな群島にはソロモン諸島のような正式な呼び名はないが、それぞれの島にはそれぞれセント・マリア、セント・エレノア、セント・バチカン等という名前がある。群島最大の島、洋梨形のセント・マリアと比較すると他の島が極端に小さいので、この群島をまとめてセント・マリア島と呼ぶかなり大ざっぱな分類法もあるが、正確な言い方とは言えないだろう。少なくとも〝地元〟では通用しない呼び名である。

それぞれの島の、〝セント〟云々《うんぬん》の示す通り、ここもかつてはキリスト教の洗礼を受けた歴史がある。今もみな一様に敬虔《けいけん》なクリスチャンで、日曜の礼拝は欠かさない。島民のほとんどが昔ながらの漁師だが、最近では近代的な遠洋漁業が幅を利かせ、伝統的なカヌー漁はめっきり少なくなってしまった。

人口のほとんどがセント・マリア島の街プシェルに集中している。プシェルの沿岸部が漁船の往来に適した天然の湾をなしていたために、否が応でも島はここで栄えるしかなかったのである。カソリックの影響を受けたその町並みは、南米やポルトガルの港町によく似ている。

プシェルの南、ケリナ近くの小さな入り江にライアン・ノリスの海洋研究所があった。ライアン・ノリスはイルカの生態研究の第一人者で、特にイルカのいわゆる言語研究の分野では最も先端的な実績を挙げている人物だった。

小さなエア・ポートを降りたビリーを、髭面《ひげづら》の巨漢が『ウエルカム・ビリー・ハンプソン』というボードを掲げて待っていた。二人は笑顔で握手した。

「ゴードン・ペック。ライアンの助手だ」

「ビリー・ハンプソンだ」

「あれ？　先生の奴《やつ》、さっきまでここにいたんだが……あ、いたいた」

ゴードンに言われてふりかえると、トイレから出てきた男がTシャツで手を拭《ふ》きながら走って来た。この背の低い童顔の中年男がライアン・ノリスだった。ゴードンと並ぶとどっちが助手かわからない。

「やあ、ビリー・ハンプソンかい？」

「はじめまして。ミスター・ライアン。お会い出来て光栄です」

「長旅疲れたろ。ゴールドコーストじゃ楽しんだかい？」

「ええ。おかげでずいぶん焼けましたよ」

「そりゃいい準備運動になったな。ここの紫外線は都会暮らしにはちょっとキツすぎる」

ライアンの愛車のバンは海風に晒《さら》されて錆《さび》だらけになっていた。ボディには何度も塗装を塗り替えた跡が残っている。

「塩がひどくてね。ここじゃ新車だって二年でお陀仏《だぶつ》さ」

ライアンはボンネットをなでながら苦笑した。

車は見晴らしのいい海沿いの道を砂埃《すなぼこり》を巻き上げながら疾走した。午後の陽射しが海面に乱反射しながら追いかけて来る。窓からは湿った熱い風がビリーの顔を叩《たた》いた。セント・マリアの風はいい旅の予感に満ちていた。

「……こりゃいい記事が書けそうだ」ビリーは無意識にそうつぶやいた。

「そりゃよかったな」

ハンドルを握っているゴードンがその独り言に返事を返した。ビリーは苦笑した。

「いい島だね。こんなところで暮らしてるなんて羨《うらや》ましいよ」

「え？　ハッハ。退屈な島さ」

窓の外を見ると島民が果物を頭に載せて歩いている。

「取材ってのはどうも苦手でね。インタビューとかさ」

「そうだろう。僕もかしこまったインタビューは好きな方じゃない」

「ハハ、気が合うな」

「まあ、こっちも長期滞在を決め込んで来たんだ。君は自由にやっててくれれば後は僕の方で勝手に記事を書かせてもらうよ」

「それはグッドアイディアだ。きっと自然なレポートになるだろうね」

ライアン・ノリスといえば取材嫌いの堅物というのが定説になっていた。ビリーもそれは耳にしていたが、どうも噂《うわさ》に過ぎないようだった。ビリーは少しホッとした。

突然ゴードンが急ブレーキを踏み、後ろを向いていたライアンは危うくひっくりかえりそうになった。

自転車に跨《またが》った若い娘が走って来る。両方のハンドルにはバケツをぶらさげていた。

「ジェシーだ。俺《おれ》の娘だ」

体勢を立て直しながらライアンが言った。

彼女は自転車をかかえると乱暴に車の屋根に放り投げ、ドアを開けてビリーの横に滑り込んだ。鰯《いわし》の詰まったバケツをビリーの足元まで乱暴に押し込む。運転席のゴードンがそのバケツを覗《のぞ》き込んだ。

「なんだい？　冷蔵庫もうスッカラカンかい？」

ジェシーはちょっと不機嫌そうにうなずいた。

「あいつら腹すかして悲鳴上げてるわ」

「これじゃ足りないだろ」

「とりあえずのおやつよ。でも二時間ももたないわね」

「ジェシー、『ネイチャー・パラダイス』のビリー・ハンプソンだ」

ライアンの紹介にジェシーはビリーを見た。

「やあ」

ジェシーは無愛想な顔でビリーと握手をした。

「汚い手でごめんなさい」

ビリーはジェシーの手が離れた後でこっそり自分の手を覗き見た。鰯の粘液がこびりついている。車を発車させながらゴードンが話しかける。

「OK、彼を送ったらその足でどっさり仕入れに行ってくるよ」

「そうしてちょうだい」

ジェシーはチラとビリーを見たが、すぐに反対側を向いてしまった。窓から吹き込む風に、ジェシーは魚の粘液のついた自分の手でお構いなしに髪をかき上げた。その無頓着《むとんちゃく》さにビリーは妙な好感を持った。黒いのは日焼けした肌だけではない。真っ黒な髪と、真っ黒な瞳《ひとみ》。どう見てもライアンの血筋ではない。母親の系統なのだろうか。

ビリーの視線は無意識にジェシーの胸元に移行したが、その豊満な胸部に圧倒され、艶《つや》やかな脚線を滑り落ちながら鰯のつまったバケツに着地した。

「今夜のメインディッシュかい？」

「イルカの餌《えさ》よ」

ジェシーはビリーを一瞥《いちべつ》して無愛想に言い放った。

「ウチの研究所のプールで飼ってるイルカさ」ライアンが付け加えた。

「へえ、そりゃ楽しみだな」

「曲芸はやらないわよ」

娘の無愛想な態度にライアンも苦笑している。やり場に窮してビリーは窓の外を何気なく眺めた。車は丁度プシェル港の繁華街にさしかかり、次第に建物が増えてきた。同時に風の匂《にお》いが魚市場の腐臭を運んで来た。この耐え難いような匂いも異国情緒だと思えば悪くなかった。マーケットで働くメラネシアンたちの往来が増えるに従って、車は行く手を遮られ思うように進めなくなったが、ゴードンは呑気《のんき》に顔見知りと現地語で挨拶《あいさつ》を交しながらのんびり徐行した。ビリーは鞄《かばん》からカメラを取り出して活気に満ち溢《あふ》れたマーケットを写真に収めた。陽気な南の島の住人たちはカメラに気づくと手を振ったり、中には踊り出す者もいた。

プシェルから約二十分でケリナ岬《みさき》が見えて来た。白い小さな灯台がぽつんと聳《そび》えている。灯台を基点にカーブするようにスロープを下って行くと、海に面した斜面には数え切れないぐらいのアジサシがひしめいていた。

「うわっ！　すごい！」

そこでもビリーは夢中になってシャッターを切った。

前方を見降ろすと、遠くにマッチ箱のような白い建物が見えた。マッチ箱の横のプールの中で黒い点が跳ねた。

「イルカだ！」

ビリーは思わず声を上げた。

「今、イルカが跳ねたよ。プールの中で」

「この車が見えたんだろう。歓迎の挨拶さ」

ビリーはもう一度プールを探したが、雑木林に遮られて見えなくなってしまった。そうこうするうちに車は研究所に着いた。外観は洒落《しゃれ》た別荘のようで、門の所にぶら下げられた小さな『ケリナ岬・サウンド・ラボ』という看板を見落としてしまったら誰も研究所だとは思わないだろう。

ビリーを入り口で降ろすとゴードンはイルカの餌を買いに来た道を引き返して行った。

ジェシーはバケツを持ってさっさと裏庭に姿を消してしまった。

出迎えに出てくれてたのは、羽陸洋という若い日本人だった。日本人や東洋人は背が低いという認識をビリーは持っていたが、目の前の青年はゴードンと並んでもひけをとらないぐらい大きかった。長く伸ばした髪を後ろに縛って、頭にはバンダナを巻いている。日本人だと言われなければアメリカン・インディアンと間違えそうだ。

　彼は自己紹介もないまま訛《なまり》のある英語で話し始めた。

「日本の文字にはそれぞれ意味がついてるのはご存じですか？」

「中国の文字みたいにかい？」

「中国と日本の文字は一緒ですよ」

「そうなのか？」

「厳密には色々違うんですが。日本の文字はもともと中国から伝わって来たので同じなんですが、中国の文字は革命後に随分簡略化されてしまって、今では僕らもほとんど読めません。それに日本の場合、その文字に違う文字をまぜて使うのでちょっと複雑なんです。使い馴《な》れてる僕らには難しくないんですが、新しく日本語を勉強しようという人には結構大変です。違う文字というのは、英語のアルファベットのようなモノです。これもアルファベットに大文字と小文字があるように、『ヒラガナ』と『カタカナ』というのがありま す。この文字はABCと一緒で意味はありません。しかし中国から伝わった文字には色々な意味が最初からついているのです。たとえばジャパンは二つの文字から出来ていますが、『太陽と本』という意味です」

「USAは？」

「えーっと。『お米の国』です」

「お米の国は日本じゃないのか？」

「……それに答えるのはちょっと難しいですね」

「じゃあ、今度ゆっくり教えてもらうよ」

ビリーが切り上げようとすると、羽陸はあわてて話を続けた。彼の本題はその後だった。

「僕の名前は三つの文字から出来ています。ひとつは羽根。もうひとつは陸。もうひとつは海。つまり英語で言うと、オーシャン・ウイングローブとなります」

「なんか軍隊みたいだな。海・空・陸軍」

「ハハ。それもよく言われます。でも僕は戦争には反対です」

「僕もだ。気が合うな」

そこでようやく羽陸はビリーに握手を求めた。

「ヒロシ・ハオカです。ゴードンと一緒に先生を手伝ってます。よろしく」

彼の長い自己紹介が終わり、ビリーはようやく玄関を潜った。

ビリーが長期滞在用にあてがわれた客間はなかなか快適そうな部屋だった。書きものが出来るようにあらかじめ机も運び込まれていた。

「いい部屋だ」

「一番いい客室なんだが、だいたいお客なんて少ないもんだから、ちょっとカビ臭いかも知れんが我慢してくれ」

そう言ってライアンはベッドを叩いた。

窓を覗くと裏庭のプールが見えた。ジェシーがイルカたちに餌をやっている。車で運んだあの鰯だろう。

「プールの横にガレージが見えるだろ？」

「ああ」

「あれは室内プールだ」

ふりかえるとライアンは無邪気に嬉《うれ》しそうな顔をしている。扉のところで羽陸も含み笑いをしていた。

「去年やっとできたんだ。後で見せてやる」

「そうかい。楽しみだ」

そうは言いながら、ビリーはあまりプールに興味はなかった。

「その前にスタジオを案内するよ」

「あ、ちょっと待ってくれ」

部屋を出ようとするライアンと羽陸を引き止めて、ビリーは鞄を開けて自前のハンディカムを取り出した。

「なんだい？　さっそく仕事かい？」

「ケアンズで随分のんびりしちまったからね。身体がなまっちゃって」

ビリーはカメラを構えると、ライアンの案内に従った。

「ここがメインの仕事場だ」

そこは研究室というよりレコーディングスタジオか何かのようだった。大きなスピーカーが二つ壁面に装備され、部屋の中央にはミキサー卓が陣取っている。おまけにガラスのむこうにマイクルームまであり、一見普通のレコーディングスタジオだった。スピーカーからはイルカとおぼしき声が何度もリピートしていた。

「ヘイ、ジャック！」

ライアンに呼ばれて小柄な黒人の男がふりかえった。

「エンジニアのジャック・モーガンだ」

ライアンの紹介にジャックは気さくな笑顔で応《こた》えた。イカれたレゲエ・ファッションに顔面ピアスだらけのジャックは、どうしてもイルカの研究スタッフには見えなかった。

ビリーはスタジオをぐるりと見回した。

「まるでレコーディングスタジオみたいだな」

「みたいじゃなくて本物のレコーディングスタジオさ。時々本物のミュージシャンが来てレコーディングすることもあるんだ」

「へえ！」

「ミュージシャンってのはモノ好きが多いのさ」と、ジャック。彼の喋《しゃべ》り方はまるでラッパーのような早口と毒舌だった。

「こんな環境でミックスダウンすると音も違うなんて抜かしやがる。実際なんにも変わりゃしねえのにさ。バカンス兼ねて仕事しようって魂胆なんだ。タチが悪いぜ、そういうミュージシャンってのは。レコーディングそっちのけでビーチでドラッグばっかりやってやがんのさ。ラリった挙句にプールに飛び込んでウチのイルカとファックしようとした奴までいやがった」

　ライアンが顔をしかめた。

「ニールだ」

「ああ。あいつはもう出入り禁止だ」

「ニールって、ニール・サイモンかい？」

「別なニールさ。ニール・サイモンも来たことあったよな。奴はただのバカンスだ。まあ半端なミュージシャンは適当にあしらってお引き取り頂いてるんだがね。イントロにイルカの声なんかミックスしてやれば喜んで帰って行きやがる。国に帰ってロック雑誌にネイチャー・スピリットが俺たちのサウンドを変えたとかなんとか書いてやがるから笑っちまうぜ」

　ジャックは大声でゲラゲラ笑った。

「ジャックは昔ニューヨークのスタジオで音楽のミキサーをしてたんだ。ニューヨークでも指折りだったんだよ」

　リタイヤして辺境の地に移り住んだ人間の自慢話は大抵尾鰭《おひれ》がついてるものだ。それはビリーも心得ていた。

「へえ。じゃあアレかい？　ニューヨークの人ごみが嫌になっちまった口かい？」

「ニューヨークは嫌いじゃなかったんだが、スタジオで毎日つまんねえ音楽聞かされるのに飽き飽きしちまってさ。最近の音楽はどれ聞いても一緒じゃねえか。頭痛いぜ」

「イルカの歌は飽きないのかい?」

「俺を飽きさせなかったのはボブ・マーレイとイルカだけさ。あれ? ちょっと作りすぎかい?」

ジャックはレンズを覗き込みながら白い歯を見せて笑った。

次にライアンは如何《いか》にも研究室という面構えの部屋に案内した。端正に整頓された書棚、豊かな貝の標本群。ビリーは部屋じゅうを物色しながら目が輝きっぱなしだった。

「駄目なんだ、俺。こういう環境。何時間でもいられるんだよ、子供の頃から」

「ハッハ、何時間でもいてくれよ。出入り自由だ」

書棚に気をとられているうちにビリーはうっかり何かを踏んづけた。その柔らかい感触に気づく間もなく巨大な吠《ほ》え声が古い窓枠まで震わせた。驚いたビリーの前に書棚の隙間《すきま》で昼寝をしていた老犬が姿を現わした。

「ウチの長老のジェフだ。この島に来た時は赤ん坊だったんだが、いつの間にか最年長さ」

それからライアンは中庭の離れにビリーを連れて行った。そこにはたくさんの水槽が並んでいて、中には色々な水中生物が泳いでいた。中でも目についたのはクラゲだった。

「海で出くわすといまいましいが、水槽で見てると奇麗《きれい》だろ」

そうライアンに言われる前にビリーは水槽にはりついて、不可思議なダンスを踊る大きなクラゲに見入った。

「ライアン、クラゲもあんたの専門なのかい？」

「趣味だよ。それよりこれ見てくれよ」

水槽には奇妙な形の魚が泳いでいた。黒い蛇のような魚である。

「ユーリファリンクス！」

ビリーは思わず叫び声を上げた。

「知ってるかい？」

「見るのは初めてだ」

ユーリファリンクス（フクロウナギ）は深海魚の一種である。何百メートルもの深海に生息している珍しい魚だ。仕事柄何度も海に潜っているビリーだったが、海中でこの魚に出くわす可能性は先《ま》ずないと思っていた。

「最近よく深海魚があがるんだ。こいつも地元の漁師たちがウチに持って来てくれたんだ」

ライアンは隣の水槽を指さした。ビリーは絶句した。そこには恐らく一生お目にかかることなどないような深海の住人たちが蠢《うご》めいていた。ギガンツラ、シギウナギ、中でもイバラハダカとガラテアソーマ・アクセライなどの発光魚は自らの身体を発光させる珍魚で、この世のものとは思えない美しさだった。

「地震でも来るんじゃないのか？」

「いや、俺達もそれを心配してるんだ。海底火山かも知れん。島の連中も不気味がってるよ。あんたもいやな時に来ちまったな」

「でもお陰でこんなモノが見れたんだから思い残すことはないよ」

水槽からいつまでも離れそうにないビリーをライアンが促した。

「さ、もういいだろう。見たけりゃ何時《いつ》でも見れるさ」

「あ、ああ」

ビリーは後ろ髪を引かれる思いでライアンの秘密の水族館を後にした。

「じゃあ、最後は室内プールだ」

そう言ってライアンはビリーを地下に案内した。さっきプールの横に見えたガレージが室内プールだとすれば何故《なぜ》地下に行くのかちょっと不思議だったが、行ってみてその理由がわかった。そしてライアンが得意げな顔をしていたのも頷《うなず》けた。

「ウチの最大の自慢商品ですよ」

羽陸が言った。

「こりゃすごい」

ビリーは思わずため息を漏らした。

「ここのプールは外のプールとそのままつながってるんだ。シャッターを開ければイルカたちがそのままこっちに入って来れる仕掛けになってる」

ライアンはそう説明したが、ビリーの目を奪ったのはそんな仕掛けではなかった。なんとそのプールは空中に浮いているのである。透明な円筒形の筒の中に水が満たされていて、そのまま空中に固定されている。床からだとほとんど見上げるような形だが、クレーンが両側にそびえていて、それに乗ればイルカをどの位置からでも観察できるようになっていた。

羽陸が部屋の配電盤を開けてスイッチを入れると、プールの中のライトがついて、水槽が明るく浮かび上がった。

ビリーは凄《すご》い凄いを連呼した。その水槽で泳ぐイルカをどうしても見たくなってしまった。それを察したのかライアンが言った。

「イルカが泳ぐのを見たいだろ？」

「あ、ああ」

「ところが駄目なんだ。あいつら嫌がって入ってくれないのさ」

「え？」

「何度も試してるんだが、全然駄目だ。このままじゃ折角作った施設が無駄になっちまいそうで内心ビクビクしてるんだよ」

「じゃあ、まだ一度も使ってないのかい？」

「そういうことだ」

「俺が代りに泳ぎましょうか？」

羽陸が言った。

「遠慮しとくよ」

ひと通り見学を終えた三人は応接間のソファでひと休みした。

「とっておきのジャパニーズ・ティーがありますよ」

羽陸はそう言って嬉しそうにキッチンに入って行った。

応接間の壁には大きな写真が掛けられていた。ウェディングドレスとタキシードの二人が水中でエアボンベを担いでシャンパンを抜いている写真である。

「これあんたかい？」

「ああ。結婚式の写真だ」

ビリーは呆《あき》れて噴き出した。

「妻は三年前に死んだんだ」

「え？ どうして？」

ライアンは少し口ごもったが、短くこう言った。

「海でね」

二人の間に沈黙が流れた。そこに羽陸がお茶を運んできた。

「冷やしてあります。日本人はあんまり冷やして飲まないんですけど」

ビリーはお茶を口に運んだが、顔は何処《どこ》かさえなかった。それを見ていた羽陸が誤解した。

「苦いですか？」

「え？……いや、うまいよ」

「そうですか？」

「疲れただろ？　少し部屋で休んだらいい」

「そうだな、そうさせてもらうよ」

「じゃ、夕食の用意が出来たら呼びますから。今日は歓迎パーティーですよ！」

若い羽陸は久しぶりの客が嬉しくて仕方ないという風だった。

部屋に戻ってベッドに腰掛けると眠気がさしてきた。横になって目を閉じたが妙に興奮して身体がなかなか眠りに従ってくれない。到着初日というのはいつもこんな調子である。下手《へた》に寝ると今度は夜中に苦労するのだ。ビリーは起き上がって荷物整理を始めた。

あてがわれた部屋は西向きで、木もれ陽が白い壁に椰子《やし》の模様を描いていた。衣類を種分けしていると、プールサイドから水飛沫《みずしぶき》の音がした。窓を覗《のぞ》くとジェシーがイルカたちと一緒に泳いでいる。イルカと一緒に育ち、イルカたちに習ったジェシーの泳ぎは見事だった。

ひとしきり泳いでプールサイドに這《は》い上がったジェシーは口笛の音に気づいた。ふりかえるとビリーが窓から手を振っている。

「すごいな。オリンピックに出てみる気はないか？」

ジェシーは相変わらず無愛想な顔でバスタオルを拾い上げた。

「なあ、ジェシー」

　ビリーが何か光るものを投げた。ジェシーはキャッチし損なって芝生に落とした。見るとイルカのネックレスだった。

「友達が作ってくれた特注品なんだ。あげるよ」

　じっとネックレスを見ていたジェシーがぽつりと言った。

「ホワイトベリー・ポーパスね」

「そう。さすがライアンの娘だ」

「背鰭《せびれ》の位置が間違ってるわ」

　そう言いながらジェシーはネックレスを自分の首にぶらさげた。

「『ネイチャー・パラダイス』……たまに読むわ」

「そう」

「最近つまんない」

　ビリーの顔がひきつる。急いで話の矛先を変える。

「あいつらもホワイトベリー・ポーパスかい？」

「ボトルノーズよ」

「ニックネームは知ってるぜ。えっと……ジョー、メグ、ベス、エミー」

「よく知ってるわね」

「『若草物語』だろ？　ちょっと予習しといたんだ」

「なに？」

「じゃあどれがジョー？」

「え？」

ジェシーが甲高い口笛を鳴らすと四匹のイルカが整列して顔を上げた。

「君は見分けがつくのかい？」

「当り前じゃない」

ビリーにはみんな同じようにしか見えなかった。

「わかんないの？　この子たちはもうあんたの顔を憶《おぼ》えたわよ」

お客の相手はこれまでと言わんばかりに、ジェシーはさっさと水の中に飛び込んでしまった。ビリーはしばらく彼女たちの競泳を観戦した。

晩になって歓迎のホームパーティーが始まっても、ジェシーの仏頂面は変わらなかった。自分の食事が済むと食器を片付けてさっさと部屋に引き上げてしまった。二階に上がったのを見計らってライアンは溜息《ためいき》をついた。

「我が子ながら扱いづらい娘だよ。気にしないでくれ」

「いえ……」

ビリーは苦笑して、食事を続けた。

「うちの女房、鮫《さめ》に齧《かじ》られたんだ。ジェシーが十二歳の時だ」

「え？」

「ジェシーと泳いでいて……ここからすぐ目と鼻の先だ」

ビリーは改めてリビングの写真を見た。

「この辺じゃあよくある事故さ。ジェシーはその時のショックで未《いま》だに海が駄目なんだ」

「夕方、プールで泳いでるのを見たけど……いい泳ぎっぷりだった」

「海は駄目さ」

「気にし過ぎなんだよ、ライアンは」ジャックが言った。「あの年頃の娘なんてみんなそうさ。特に父親には冷たいもんだぜ」

「そんなのわかってるさ」

ライアンはワインが空になっているのに気づいて、キッチンに新しいボトルを探しに行った。ジャックが話をビリーに振り戻した。

「年頃のせいなのさ。あの年頃なんてみんなああさ。俺があの頃はもっとタチが悪かった」

ジャックはそう言ってシャツをまくって腹を出した。脇腹《わきばら》のところに痣《あざ》が浮いていた。

「昔の古傷さ。ポリに警棒で殴られたんだ」

「何で？」

「なんだったかな？　いちいち覚えちゃいねえよ」

すると今度はゴードンがいきなり食卓に左足を載せた。大きな足の裏に丸い傷跡があった。

「銃弾の跡だ」

「え？」

啞然《あぜん》とするビリーを見てジャックが笑いをかみ殺した。背後から素頓狂《すっとんきょう》な笑い声がして、ふりかえるとライアンがワインのボトルを握ったまま赤い顔をして笑っている。

「なんだい？」

「ゴードンの奴《やつ》、射的場で間違って自分の足撃っちまったのさ。それもくしゃみしたはずみで引き金引いちまったんだぜ、こいつ。マジで阿呆《あほう》だぜ！」

それにはビリーも噴き出してしまい、ゴードンは憤然として足を降ろした。

食卓をあらかた平らげたライアンたちは車で港町プシェルに出掛けた。ディナーの後はプシェルの酒場で一杯ひっかけるというのが彼等の日課になっていた。その日の店は〝オイスター・シェル〟という牡蠣《かき》の専門料理店だった。ライアンは馴染《なじ》みの常連客にビリーを紹介した。

ライアンたちは地元の漁師たちに混じってキツいリキュールを何杯も飲みながら店の自慢の牡蠣をたらふく食べる。夕食を済ませた胃袋とは思えない食べっぷりだった。羽陸は酒は一滴も飲めないのだと言い、そのかわり牡蠣をゴードンと競い合って食べた。あきれて見ているビリーにライアンが言った。

「ゴードンは元アメリカンフットボール、羽陸は柔道の選手だったんだ」

ゴードンと羽陸は揃《そろ》って「今はもう駄目だよ」と謙遜《けんそん》した。ビリーには生牡蠣二きれが関の山だった。

店内がいささか暇になると、店主のタオがライアンたちのテーブルに顔を出した。

タオはしわくちゃの笑顔でビリーを歓迎した。とびきりきついラム酒を一杯ご馳走《ちそう》してくれたが、ビリーはグラスを唇につける前にむせかえってしまった。

「雑誌の記者だ」ライアンが言った。

「へえ。何の取材だい……人魚かい？」

ビリーはスチュワーデスに同じ質問をされたことを思い出した。

「人魚って何だい？」

タオが呆《あき》れて鼻から葉巻の煙を吐いた。

「あんた、人魚も知らないのかい？」

「いや、知ってるけど、まさかこの島に人魚がいるわけじゃないだろ？」

「いるわけないだろ！」

ジャックが笑いとばした。

「人魚伝説はこの島の名物なのさ。珍しいことじゃない。この手の港町じゃよく聞く話だ」

ライアンは冷めた調子だったが、ビリーは妙に好奇心をくすぐられて、身を乗り出した。

「どんな伝説だい？」

「人魚伝説っていうのは何処でも一緒さ。よくある観光客集めのネタさ」

すると葉巻をくゆらしながらタオが人魚の物語を語り出した。

「満月の晩になると人魚は海の底からやってくる。ただの満月じゃ駄目だ。風が凪《な》いでなきゃいけない。さざ波ひとつ立たないような夜だ。どうして人魚がそんな夜を選ぶのかはわからん。ただとにかくそんな夜がやつらのお気に召すらしいんだ。そんな夜に漁に出た漁師は災難だ。人魚たちは歌を歌って連中を惑わす。歌声を聞いてしまった漁師たちはみんな発狂して、自ら海に飛び込むんだ。そして人魚たちの餌食《えじき》になる」

「ホメロスの『オデュセイア』にもある。そんな時は耳に蜜蠟《みつろう》をつめてマストに体を縛るんだ」

ライアンが茶化すと、タオは向きになって反論した。

「それとは関係ない！　そんなもんよりもっと昔からの言い伝えだ！」

「カソリックが入って来てからなのさ。エファテにはクリスマスもあるし、復活祭もある。人魚もルーツを辿《たど》ればいずれはヨーロッパの書物かなんかに出くわすのさ」

ライアンはビリーにこう説いた。

「エファテの人魚はエファテのオリジナルだよ」タオはすっかり不機嫌になってしまった。

「白人は何でも自分たちが持ち込んだと思ってる！」

「確かにアングロサクソンにはそういうとこがあるよな」ジャックが言った。「俺はタオの肩を持つぜ」

ジャックはタオのグラスに乾杯してラム酒を飲み干した。

「日本の言い伝えだと人魚は不老不死の生き物で、つかまえてその肉を食べると長寿に効くって言い伝えがありますよ」

それから羽陸の長い説明が始まった。気がつくとギリシャ神話と古事記の意外な類似点にまで話が及び、イザナギがイザナミを連れて黄泉《よみ》の国から逃げ出す話をオルフェウスの神話と比較しながら解説した。

その話も興味深かったが、ビリーはどちらかというと人魚の話題に執着があった。

羽陸の話がひとしきりかたづいたところで、ビリーはタオに訊《き》いた。

「ところでタオ、あんたは見たことある？」

「何を？」

「人魚さ」

ビリーの質問にタオは呆れて、また鼻から煙を噴き出した。

「そんなもんいるわけないだろ？　単なる言い伝えだよ」

ライアンたちはそれを聞いて腹を抱えて笑った。

ユーリファリンクス

　ビリーは毎朝、朝食の時間をもらってライアンにインタビューをした。

　ライアンたちが現在取り組んでいる研究テーマはイルカの言語における地域隔差の問題についてである。

「わかりやすく言うと、イルカの〝方言〟さ」

　ビリーのインタビューに答えてライアンはそう言った。

「イルカにも方言なんかがあるんですか？」

「イルカに言葉があるなら方言だってある。言葉というのはそういうものだ。君は言語とは何か考えてみたことがあるかね？　言語とは、まあ、おおざっぱに言ってしまえば、ある動物同士がコミュニケーションしてゆくひとつの手段だ。しかし限られた動物しか持っていないコミュニケーション手段でもある」

「人間はその代表的な動物というわけですね」

「まあ人間は言語というものを特別重要なものだと考える癖がある。言語を操ることができればそれだけで知能の高い生物だと決めつけてしまいがちだ。だからゴリラやチンパンジーに手話を教えてみたりする」

「そういう研究には否定的ですか」

「人間と会話ができるチンパンジーがいたら凄《すご》いことだが、それで人間の英知に近づいたという評価は間違っている。そのチンパンジーは人間より凄いんだよ。なにしろチンパンジー語をマスターした人間は今のところ存在しないんだからね」

「確かに」

「言語なんてね、そんなに優れたものではないと思うんだ。たとえば国が変われば言葉も変わるだろ。当り前のことだが、言葉が変わってしまったらもうコミュニケーションは断絶してしまう。君なんか世界じゅう旅してるわけだから、身につまされる経験もあるだろう」

「言葉で困ったことはよくありますね」

「要するに言葉というのはその程度のモノでしかないわけだよ。コミュニケーション手段としては非常に不便なシロモノなんだ。だから他の動物は言語という表現手段を敢《あ》えて選択しなかった」

「そうなんですか?」

「かも知れない。もしくは人間の言語そのものがコミュニケーションを遮断するために進化したのかも知れない。敵にはわからない仲間だけの暗号としては確かに画期的な手段だ。まあそういう歴史的背景があったかどうかは知らないが」

「なるほど」

「他の動物たちはまだ言葉という手段に至るほどの進化をしていない、という考え方もある。よくそう反論されるんだがね。しかしもし言葉がないと不便なんだとすれば、奴《やつ》らは不便に生きてるわけかい？　あの崖《がけ》の斜面に群れてるアジサシたちはああやってギャアギャア騒ぎながら、なんか不便だなぁ、なんて思ってるのかい？」

「不便だってことさえ感じないいんじゃないんですか？」

「そう思うかい？」

「いえ、話を進めるための典型的な反論です」

「実際そうかも知れない。奴らは人間が定義したがる言葉なんか知りもしないし、それが不便だとも思ってないのかも知れない。人間は空を飛べなくたって不便は感じない。赤外線が見えなくたって不便は感じない。高周波や低周波が聞こえなくたって全然不便じゃない。でもそういったものを普段利用している動物たちからしたら、たとえばコウモリからしたら人間は空も飛べないし音も聞こえないし、一体どうやって暮らしてるんだろう？と不思議に思うことだろうね」

「つまり言葉が必要だから人間は他の動物が不思議に思える」

「そういうことだ。言葉がいらない動物は言葉とは無縁に暮らすだろう。言葉が必要な動物は言葉を使って暮らしている。それだけさ。ただそれが人間にはわからないというだけなんだ。人間になんの優位性もないのさ。わからないから調べる。それが科学。科学なんて海に転がってるコカコーラの缶を何だろうとタコが足で触ってみるぐらいのことさ」

「要するに動物の言葉というものを理解するためには、こっちの固定観念をそのぐらい崩してから臨まないとすぐに行き詰まってしまうってことさ」

「なるほど」

イルカの研究に限らず野生動物の研究は時間と手間がかかる。特にライアンたちが今取り組んでいる、いわゆるイルカの〝方言〟の分析は非常に困難な作業を伴っていた。プールで飼育しているイルカたちと違って相手は野生のイルカである。群れを発見しても、彼等は決して同じ場所に留まっていてはくれない。音声を収録する都合上、船はエンジンを止めなければならず、水中マイクをセッティングして、さあ来てくれ、と言ってもイルカは来てくれないのである。

ライアンたちは長年の忍耐強い努力で、数種類のイルカと〝友達〟になることに成功していた。つまりセッティングしたエリアに自ら進んで参加してくれる群れをいくつか獲得していた……もっと具体的にいえば野生イルカの餌付《えづ》けに成功したのである。

イルカには大きく分けて二種類の声がある。ひとつがクリック音。これはエコーロケーション、すなわちコウモリに代表される、音波によって対象物を探知するのに使われる音である。「ギギギギ」という鳴き声というより、何か歯ぎしりに近い音である。もうひとつはホイッスル。これはお互いのコミュニケーションのために使われ、口笛のような音である。ライアンたちがいう〝イルカの方言〟に関係しているのはこのホイッスルの方である。

ビリーが訪れた時、ライアンたちはこのホイッスルのデータ整理を行っていた。データは三カ月前に収録したイルカの声で、のべ百時間近い量だった。毎日見学するにはあまりにも単調な作業が二週間続いた。そして三週目にようやく海に潜る機会がやってきた。

イルカの声の収録は二十日間という予定が組まれた。しかし十分な成果が得られない場合は更に延長される。それでもいい声が録れるのは二、三日前後だろうとライアンは言った。

二日間の準備を経て、大量の音響器材を積んだ専用クルーザーが出発した。

ビリーも一緒に潜りたかったが、最初の四日間は許可が降りず操舵室《そうだしつ》で海中の実況を見ているしかなかった。そして五日目にようやく潜る機会を得た。

最初は通常通りライアン、ゴードン、羽陸が潜り、二時間後にビリーはゴードンと交代した。

潜水の前にビリーはゴードンから水中ブリンプに収まったハンディカムを渡された。

「スイッチは何処《どこ》だい？」

「なんにもしなくていい。もう回ってる。あとは自由に撮ってくれ」

ビリーはインカムを頭につけてから密着式のマスクをかぶった。背中に背負ったタンクは吐き出した空気を外に廃棄しないタイプである。呼吸する度にブクブク泡が出ないので快適だ。この機能は鮫《さめ》防止としても心強い。鮫は音には敏感で、弱った魚の不自然な鰭《ひれ》の音にもすぐ反応してやって来る。ダイバーの吐き出す泡の音は鮫を引き付けやすいのだ。

海中では既にイルカショーが始まっていた。すっかり顔馴染《かおなじ》みになったイルカたちは、ライアンの周りをぐるぐる泳いだり、腕にまとわりついたりしていた。

「ライアン、聞こえるか？」

ビリーはインカムでライアンに呼びかけた。

「ああ、感度良好だ」

ライアンが手に持っている小さな箱は簡易型のサンプリングマシーンだった。その装置には数十種類のイルカの声がサンプリングされていて、ライアンはそいつを巧みに操作することで、まるでイルカみたいに〝喋《しゃべ》る〟ことができた。少なくともビリーにはライアンがイルカと喋っているようにしか見えなかった。

ライアンとイルカたちの優雅な井戸端会議を、ビリーはハンディカムに収めた。水中には五つの防水マイクが沈められていて、更に羽陸が手持ちのブームマイクでイルカたちを追いかけていた。それで集音したイルカたちとの会話は船上のジャックがマルチトラックレコーダーで録音する。その録音データがライアンたちの研究の大切な教材になるのである。

ライアンはビリーにサンプリングマシーンの操作法を教えてくれた。手に取ってみるとペーパーバック程度のボディに大きなボタンが三つついているだけだった。一見単純そうだが、そのボタンで全ての機能をコントロールしなければならないので、やってみると結構難しい。

ライアンがインターホンごしに説明する。

「上のふたつのボタンがチャンネル切り替えだ。下の奴がプレイボタン」

チャンネルボタンを押すと、ボディ中央にある画面に録音されたイルカの声のサンプルが次々に表示される。

「じゃ先《ま》ずはこれだ」

ビリーはライアンが選んでくれた声をプレイしてみた。するとイルカたちはそれに答えて全く同じ声を発した。思わずビリーの顔がほころんだ。

「今のはどういう意味？」

「イルカが遊びたがる時によく言う言葉だ。まあ〝遊ぼうよ〟ってとこかな」

ライアンはまた違う声を選んでビリーにプレイさせた。イルカたちは不意に動きを止めた。

「これは？」

「何か行動を止める意味。つまり、〝ちょっと待て〟とか、〝遊んでる場合じゃないぞ〟とかいうことだ」

ビリーは次の声を押した。かん高い音がした。するとイルカたちは不意にはしゃぎ出してビリーにぶつかって来た。

「それは興奮した時の声。〝嬉《うれ》しい〟って意味だ。で、次が反対に危険を知らせる警戒音」

ビリーがボタンを押すと、途端にイルカたちは四散してあたりから消えてしまった。

「あの……逃げちゃったけど」

「大丈夫。すぐ戻って来るよ」

ライアンが〝遊ぼうよ〟を鳴らすと、ほどなくしてイルカたちが戻ってきた。

「それじゃあ一番簡単な奴だけ教えておこう」

そう言ってライアンはまたチャンネルを変えた。プレイを押すと、ギチギチいう音がした。

「クリック音ですね」

「そう。クリックはエコーロケーションに使う音だが、これを鳴らしてると奴ら、よく遊んでくれるんだ」

「仲間と勘違いするのかな？」

「オウムがオハヨウっていうと人間だって面白がるだろ？　あれと一緒さ」

「俺《おれ》たちはオウムってわけ？」

「やつらにすればね」

ふりかえるとイルカがこっちを見ながらクリック音を鳴らしている。ビリーがクリック音で返事をするとイルカたちは嬉しそうにギチギチ鳴きながら泳ぎ回った。

「おい、見ろよ！」

インカムからゴードンの声。

「見えるか？　南側」

ゴードンの指摘した方を見ると巨大な魚群が帯をなしている。

「鰯《いわし》の群れだ」と、ライアン。

「ハッハハハハ！」インカムの向こうでゴードンが手を叩《たた》きながら大喜びしている。

「今日はマーリン日和《びより》だぜ！」

鰯の群れにはマーリン（カジキマグロ）が必ずついてくる。鰯は彼らの好物であり、そしてゴードンはマーリン釣りに目がないのである。仕事中だというのに船上でさっさと釣りの支度を始めた。

「準備はいいかい？　そろそろ行くぜ」

ジャックの声にライアンはGOサインを返した。

再びマルチレコーダーが回り始めた頃、イルカは少し早いランチタイムに入っていた。長い口を砂の中に突っ込み、隠れている魚を巻上げて捕食する。この時にイルカたちは特殊な声を使う。ふだんのクリック音とは違う、もっと鋭い声だ。魚はその声に驚いて砂の中から飛び出して来るように見えるが、実はそうではない。その声に魚がやられるのである。イルカの声を浴びた魚は一時的な失神状態に陥るのだ。砂の中から飛び出して来た魚たちはどれも痙攣《けいれん》して動けなくなっていた。イルカたちはただそれを拾って食べればいいのである。何というテクニックだろうか。

ビリーは魚の一匹を手で掴《つか》んでみた。確かに魚は失神していて、簡単に捕えることが出来た。

「〝スタン〟だ」ライアンが言う。

「すごい！　見るのは初めてだ」

「この〝スタン〟は人間には無害なんだ。魚だけに効くんだよ。つまり奴らは魚がどんな音で麻痺《まひ》するか知っているわけだ。こいつらが人間のような進化をしなかった理由がこれかも知れないな。こんな便利な機能があれば人間だって釣竿《つりざお》も釣針も発明する必要はなかっただろうからね」

「こいつらって……理想的な進化だね」

「そう考えるのが人間の固定観念なのさ。こんな利口な奴らでも普段は甘んじてサメの餌《えさ》になってるんだ。そういう点では彼等は魚たちとわけへだてなく生きてるってわけさ。人間だったらどうかな？　人間が海で暮らしていたとしたら？　そしたらサメに黙って食われるのを嫌がって、珊瑚《さんご》を砕いて大きな要塞《ようさい》を築いて、その中に住んだりするんじゃないかな」

「それが人間の習性ってわけですね？」

ビリーはインタビュー調にそう言った。

「そういうことだ」

イルカたちは実にお喋りで、二人の回りを回遊しながらあれこれ話しかけて来る。もしその言葉がわかったらどんなに面白いだろうと、ビリーは切実に思った。

「なんて言ってるんだろ？　今日の魚はうまい、とか言ってるのかな？」

「新米さん、何処から来たんだいって言ってるのさ」

「え？　なんでわかるの？」

「ハハハ。ウソだよ」

ビリーは近づいて来るイルカに向かって懸命にハンディカムを回し続けた。熱中しすぎて最初はあの声にさえ気づかなかった。ライアンがぽつりと言った。

「クジラだ」

「え？」

ビリーは我に返ってあたりを見回した。

「何処だい？」

「聞こえないか？　あの声」

言われてビリーは耳をすました。確かに微《かす》かだが何か聴こえる。イルカの声とは違う、低音で妙に悲しい声だった。

「セミクジラですかね？」

羽陸はそう言って、ブームマイクを三六〇度ゆっくりグルリと回した。水中では声の方向性を耳で確認するのが難しい。羽陸は指向性の強いマイクをモニターしながらその方向を割り出そうとしたが、なかなか見つけかねていた。

ライアンは船上のジャックに呼びかけた。

「おい、ジャック。そっちでも聞こえるか？」

「なんだい？」

「クジラの声がする」

「え？」

ジャックは集音マイクのヴォリュームを目一杯上げてみたが何も聞こえない。

「まだ聞こえるのか？」

「ああ。微かだが……」

そう言ってライアンは再び耳を澄ましたが音は止んでいた。

「消えたか……」

あたりは再びイルカたちの賑《にぎ》やかな声に変わっていた。

「ジャック、センサーはどうだ？」

「なにも映ってないな。鰯の魚群だけだ」

「おいジャック、クチャクチャうるさいぜ」

「あ、すまん」

ジャックは嚙《か》んでいたガムを捨てた。そして何気なくレコーダーのレベルを見ると、水中の七つのマイクが一瞬大きく振り切れるのを見た。

「！」

メーターは右に左に激しく振れた。ところがスピーカーからは相変わらずイルカたちの賑やかな声が聞こえている。

「ゴードン！　ちょっと来てくれ！」

甲板で釣りの準備をしていたゴードンがやって来た。

「どうした？」

「見ろよ、これ」

海中からライアンが言った。

「ジャック！　クチャクチャうるさいんだよ！」

ジャックはゴードンと顔を見合わせた。ジャックの口は動いていない。

「おい！　ジャック！　うるさいよ。ガムでも噛んでんのか？」

ライアンの耳には依然ガムの音がまとわりついていた。

〝クチャクチャクチャクチャクチャクチャクチャクチャクチャクチャクチャクチャ〟

「ライアン、そりゃフライノイズじゃないのか？」

フライノイズとは海中でよく聞こえるパチパチと油がはねるような音である。テッポウエビがハサミを鳴らす音や、プランクトンがマイクに当たる音がそう聴こえるのである。

「フェーダーのどれかが上がりすぎてないか？」

ライアンに言われるまでもなくジャックはミキサー卓に並んでいる全てのフェーダーに間違いがないことを確認していた。なのにライアンはガムのようなフライノイズのようなものが依然続いていると苦情を言い、レベルメーターも依然激しく振れ続けていた。ジャックはミキサー卓の裏側に回ってケーブルの接触をひとつひとつ確認してみたがやはり問題はなさそうだった。卓の前に戻ってレベルメーターを見ると、針がレッドゾーンのピークまで振り切れたまま、元に戻らなくなっていた。わけがわからないジャックは水中の二人に言った。

「おい、計器がおかしい。そっちはどうだい？」

「え？　別に……」

ビリーがインカムで返事をした。

ところがそれぞれの声がビリーの耳に繰り返しこだました。

〝おい、計器がおかしい。そっちはどうだい？　え？　別に。おい、計器がおかしい……〟

「なんだいこれ？　プレイバックか？　ジャック」そう言ってライアンは頭をふった。

「どうした？」と、ジャックの声。

〝おい、計器がおかしい。そっちはどうだい？　どうした？　え？　別に。なんだいこれ？　おい、計器がおかしい。そっちはどうだい？　プレイバックか？　ジャック……え？　別に。どうした？……〟

それぞれが喋った言葉が次々に反復を繰り返してゆく。たまりかねたライアンが叫んだ。

「クソッ！」

〝クソッ！　クソッ！　クソッ！　クソッ！　おい、計器がおかしい。クソッ！　クソッ！　そっちはどうだい？　どうした？……クソッ！……え？　別に。なんだいこれ？……

…クソッ！　クソッ！　クソッ！……おい、計器がおかしい。クソッ！　そっちはどうだい？　プレイバックか？　ジャック……え？　別に。どうした？……クソッ！……〃

反復する声は折り重なってどんどん増幅してゆく。それにイルカたちのキューキュー鳴く声やクリック音が重なってライアンたちは瞬く間にパニックに陥った。

「どうした？　何かあったのか？」

船内のジャックの声が届くと、それがまた新たに反復し始める。

〃どうした？　何かあったのか？　クソッ！　クソッ！　どうした？　何かあったのか？おい何か計器がおかしい。そっちはどうだい？　どうした？　クソッ！　クソッ！　クソッ！　クソッ！　え？　別に何かクソッ！　おいクソッ！　計器がおかしい。そっちはどうだい？　プレイバックか？　ジャック……どうした？　何かあったのか？　クソッ！クソッ！……〃

「ジャック！　もう喋らないでくれ！」

「何だって？」

「もう喋るな！」

「何で？」

「喋るな！」

「だから何でさ？」

「喋るなァ！」

「チッ、わかったよ。とにかく上がって来い！」

「ＯＫ！」

「聞こえたか？」

「ＯＫ！」

「聞こえてんのか？　ヘイ！」

「もう喋るなよ、ジャック！」

「だからなんで喋っちゃいけないんだよ」

　何も知らずにまくしたてる罪なきジャックのおかげで、ライアンたちの頭の中は爆発しそうになった。ライアンはインカムをひきちぎろうとしたが、その手は生憎《あいにく》マスクに阻まれた。マイクを外そうと思ったら先ずマスクを取るしかなかった。ライアンは二人に海面に上がるように指で合図を送った。

　羽陸はその合図に気づいたが、ビリーはそれどころではなかった。パニックのせいでどっちが海面なのかさえわからなくなり、気がつくと海底に向かってフィンを蹴《け》っていた。海面を目指していたつもりが、目の前に広がっているのは真っ暗な海の淵《ふち》だった。それが更なるパニックを生み、ビリーはマスクを掻《か》きむしって外してしまった。海水が気管に流れ込み、ビリーは悶絶《もんぜつ》した。ライアンと羽陸がビリーを後ろからはがいじめにして強引にマスクを顔に押し付けた。

「しっかりしろ！」

そう言いながらライアンはビリーのレギュレーターのパージボタンを押してマスクの中を加圧した。しかしマスクにまだ隙間《すきま》があって脇《わき》の方から気泡が溢《あふ》れ出て来る。それが視界を邪魔してライアンは思うようにマスクをビリーの顔に固定できない。不十分なままライアンは諦《あきら》めてビリーをかかえて海面を探した。ビリーのマスクから溢れたエアがクラゲのように膨らんで昇って行く。その先が海面だ。ライアンはクラゲの後を追いかけた。その時突然何かが二人の行く手を遮った。見ると無数の魚が凄《すご》いスピードで目の前を通過してゆく。

どうやら鰯の魚群と合流したようである。ライアンと羽陸は構わずフィンを蹴った。三人のまわりを魚たちがめまぐるしく泳ぎ回り、マスクに衝突するような勢いで視界に飛び込んで来る。

その魚の形を見たライアンは愕然《がくぜん》とした。

「こんなことがあるか？」ライアンがつぶやいた。

「え？」

「……ユーリファリンクスだ」

その言葉に羽陸もようやく目の前の魚たちが鰯ではないことに気付いた。奇妙な黒い身体をしたその魚はライアンが研究室の水槽に飼っている深海魚、ユーリファリンクスだった。

「そんな馬鹿な……」

戦慄《せんりつ》が羽陸の全身を襲った。

ライアンがインカムで叫んだ。

「カメラを回せ！」

「カメラ？」

羽陸はあたりを見回した。カメラは鎖でビリーの腰のベルトに繋《つな》がって水中を漂っていた。羽陸は急いでたぐり寄せて魚群にレンズを向けたが、ユーリファリンクスたちは瞬く間に彼方《かなた》へと泳ぎ去ってしまった。その影が見えなくなるまで羽陸はカメラを回し続けた。その間にライアンはビリーを担いでクルーザーの脇に浮上した。ジャックとゴードンが気を失ったビリーを引きずり上げ、人工呼吸で海水を吐かせた。

甲板に上がって来たライアンにジャックが詰めよった。

「なあ、何があったんだい？」

「何があったんだかこっちが訊《き》きたいよ」

ライアンはひどく興奮していた。

「ひどいハウリングだ。バッチを確認してみろ。どこかのチャンネルがループを起こしてるんじゃないのか？」

「俺のせいかい？　配線にもフェーダーにも問題はなかったぜ」

「とにかくもう一度確認してくれ。それより凄いのを見たぞ。ユーリファリンクスの魚群だ。すごい数だった」

「……なんだって？」

遅れて羽陸が海面に顔を出した。

「どうだ？　撮《と》れたか？」

ライアンが訊くと、羽陸はマスクを脱いでさえない顔をしていた。

「あんまりうまくは撮れてないと思う」

「そうか、まあいいさ。上がって来い」

ジャックとゴードンは状況が今ひとつわからなかったが、ビリーを病院に運ぶのが先だった。

船が走り出してから、ライアンは改めて事の次第をジャックたちに説明した。

毛布にくるまれたビリーは朦朧《もうろう》とした意識の中でその話を聞いていたが、エファテの小さな病院に担ぎ込まれた時にはもうその時の記憶もなかった。

セント・ローレンス島南南西沖約四マイルでの出来事だった。

「そんな馬鹿な！」

ライアンに話を聞いたビリーはベッドから飛び上がりそうな勢いだった。点滴の針を腕に刺しているのさえ忘れていた。

「ユーリファリンクスっていうのは群れで行動するような魚じゃないだろ？」

「ネイチャー・パラダイス」の記者であるビリーはこういうことに関しては当然ではあるが、詳しかった。

「そもそも鰯《いわし》なみの魚群を作る深海魚なんて聞いたことないぜ」

「まあ、そう興奮するなよ。倒れるぞ」

そう言ってゴードンはビリーをベッドに寝かしつけた。

「やっぱり……アレかな？　地震の前兆かな」

ビリーはそう言って周りを見た。返事はなかったが、みな同意している顔つきだった。

地震の予兆現象と呼ばれるものは奇妙な発光現象からナマズまで様々であり、枚挙にいとまがない。深海魚が海面付近に出没するというのも予兆現象としては比較的知られていることだ。しかし大量のユーリファリンクスの魚群というのは海洋生物学を生業にするライアンたちにしても、生物雑誌の記者という肩書きのビリーにしても耳慣れない話だった。

ライアンたちはセント・エレノア島にある気象台に連絡をとってみることにした。もし地震の前兆であれば、気象台の地震計に何か出てるかも知れないと考えたのだ。しかし生憎セント・エレノアの小さな気象台では担当者が外出していて、専門知識のない従業員の留守番が一人いるだけだった。

二時間の点滴でビリーはすっかり回復した。ユーリファリンクスの話も気付け薬としては効果があったのかも知れない。しかし医者は夕方までは寝ているようにと言った。ビリーには羽陸が付き添い、ライアンたちは先にラボに戻ることになった。

夕方になって病院にゴードンから電話がかかって来た。羽陸が受けて何か謝っている。電話が切れてからビリーがどうしたのかと訊くと、羽陸はテープですよ、と答えた。

「録画したVTRのテープ。ここで見ようと思って船から降ろしたままでした」

そう言って羽陸が部屋の隅を指さした。テープの入っているとおぼしき鞄とポータブルデッキが転がっていた。

「みんなこれが見たくてさっさと帰ったのにって怒ってました。失敗しました」

「ハハッ、そうか」

羽陸が何か思いついたような顔をして、急に嬉《うれ》しそうに振り返った。

「せっかくだから見ますか？　二人で」

もちろんビリーにも異存はなかった。

電話を切ったゴードンは苛々《いらいら》しながらスタジオに戻って来た。

「あの馬鹿、わざわざ船から降ろしやがってた」

ゴードンの報告にライアンとジャックも肩を落とした。

「まあ、仕方ない。じゃあマルチでも落とすか」

ジャックはそう言ってマルチテープを取り出すと、デッキのターンテーブルの上に載せてセッティングを開始した。海で録音した音は全てハードディスクにコピーしなければならない。それからコンピューター上で様々な解析がなされるのである。四時間近い収録テープが全てコピーされるまで彼等はやることがなかった。VTRもない以上、海の音とイルカの声だけ聞きながらライアンたちはコーヒーをするしかなかった。

苛々するような長いコーヒーブレイクを経て、コピーも終わりかけた時、三人は思わず身を乗り出した。テープがちょうどパニックが始まるところにさしかかったのである。インカムで交信するライアンとジャックの会話がスピーカーから流れていた。

〝ジャック、センサーはどうだ?〟

〝なにも映ってないな。鰯の魚群だけだ〟

〝おいジャック、クチャクチャうるさいぜ〟

〝あ、すまん〟

その時、突然鈍い音がしたかと思うとスタジオと録音ブースを仕切っている巨大なガラスに亀裂《きれつ》が入った。そして物凄《ものすご》い音と共に粉々に砕け散った。

ジャックがあわててマルチを止めた。

ゴードンが砕け散ったガラスの破片をひとつつまみ上げて、背筋をすくませた。割れたガラスは防音用で厚さだけでも三センチ近くある。それが彼らの目の前で一瞬にして割れてしまったのである。

「ヴォリュームがデカすぎたのか？」

ジャックはヴォリュームのフェーダーをひとつずつ絞った。

「なんのヴォリュームだよ。音なんかしなかったぜ」とゴードンが言った。

「音がしなかっただって？」ジャックは噴き出した。「とぼけたこと言ってるんじゃないよ、ゴードン。テメエ何年ここで働いてるんだァ？　ここはイルカのスタジオだぜ」

ジャックにからかわれてゴードンは顔を真っ赤にした。

イルカの声には人間には聴こえない周波数の音がかなり含まれている。我々が自分たちの耳で聴けるイルカの声は部分的なものでしかないのだ。そんなことはゴードンも承知していた。ただガラスが割れるのであれば、何か爆発音とか凄いモノを想像しただけなのだ。ゴードンは心の中でそう思った。ゴードンはキャリアだけならジャックより遥《はる》かに上手《うわて》なのだが、何でも器用に吸収してしまうジャックにゴードンはいつも後れを取っていた。そしてジャックの歯に衣着せない物言いにいつも腹を立てていた。

「なんだい？　イルカのクリックスがこのガラスを割ったっていうのか？」ライアンが言

った。

「さあね。ただ誰かが大声で吠《ほ》えやがったのは確かだ」

「ジャック、何か根拠があって言ってんのか？」

ゴードンが妙にからんだ調子で言った。

「根拠？」

「生物学的根拠さ」

「ハッ！」ジャックは鼻を鳴らした。「そんなのあんたらの専門だろ？　俺に訊くなよ」

だったら余計なこと言うな、ゴードンは心の中でつぶやいた。

「俺には機械しかわからねえ。でも午前中もそうだったんだ。メーターが全部振り切れやがった。そん時は原因がわからなかった。ところが今もそうだった。メーターが振り切れて、一緒にガラスがボンッ！　さ」

「そんな馬鹿な」ゴードンが言った。「イルカの声にそんな威力があるか。ジャック、それがなんかイルカだって証拠はあるのか？」

いつもは南国の青空のようにカラッとしたゴードンも機嫌が悪くなるとしつこい性格だった。ジャックもそれに気づいて、面倒臭そうな顔をした。

「イルカ？　俺はイルカだなんて言ってないぜ。ただそういう声がテープに録音されてますよって説明してるだけだ」

ジャックはコンピューターのキーボードを打ちながら言った。

「俺は音のデータしかわからない。ただそのわからない俺に何か言わせてもらえるんだったら、こういうことだ。つまり俺たちはどうやらとんでもない〝声〟を録音して来ちまったんだ。これはエンジニア的見解だけどね」

ジャックの皮肉めいた言い方にゴードンはますます不機嫌になってしまった。

「まあ口で言うより、見た方が早い」

そう言ってジャックはスタートボタンを押した。現場の会話が再び始まった。

〝ゴ・ー・ド・ン！　ち・ょ・っ・と・来・て・く・れ！〟

〝ど・う・し・た？〟

〝見・ろ・よ、こ・れ〟

スローー再生だった。

ジャックは更にスピードを落として行く。音声はそれにつれてどんどん低くゆっくりになり、もはや何を喋《しゃべ》ってるのかもわからないぐらいになってしまったところで、ジャックがニヤニヤしながらふり返った。

「聴こえるか？」

ライアンとゴードンは耳を澄ました。ジャックは更にスピードを落とす。何やらキーンという高い音がしたかと思うと、その音は次第に音程を下げて、布を引き裂くような奇妙な音が聴こえ始めた。高周波は人間の耳には聴こえない音だが、テープをゆっくり回せば周波数も下がってくる。ジャックは通常のスピードでは存在さえわからない声を〝見える〟ようにしたのである。

ウインドの波型を見ながらジャックが言った。

「周波数は八万から一五万ヘルツ……」

「イルカの可聴音域だな」

ライアンがつぶやく。

八万から一五万ヘルツは、我々には全く聴こえない周波数帯である。人間に聞こえる周波数の上限が二万ヘルツだが、八万から一五万ヘルツというのはイルカにとっては日常的な音である。

「この音でガラスが割れたっていうのかい？」

ジャックはそう言いながらテープを止めようとキーボードに手をかけた。ところが指を触れる前にまたしても奇妙なことが起きた。さっきから鳴っていた布を引き裂くような音のキーが突然調子を上げてゆき、あっという間に聴こえなくなってしまったのである。ライアンたちはジャックがテープをノーマルスピードに戻したのかと思った。ところが当のジャックはコンピューターの画面を見ながら微動だにしないで青ざめていた。

「ありゃありゃ、ライアン、こんなの信じられるかい？」

ライアンは画面の数字を読んだ。

「一メガヘルツ？　いや……もっと上がった。今、二メガヘルツだ」

それはイルカの日常的な周波数の十数倍に匹敵する数字だった。ライアンたちは愕然《がくぜん》とした。

「なんだって？　それじゃイルカにだって聴こえないぞ」

ライアンもモニターを覗《のぞ》き込んだ。グラフィック化された音の波型は普段イルカの解析で見慣れている場所から遥か上の座標を走っていた。

「何かの間違いかも知れない。ちょっとスピード戻すぜ」

ジャックの操作でゆっくり回っていたマルチテープが再びスピードを上げた。同時に低周波化されて聴こえていなかった現場の会話が復活した。ジャックはもう一度設定をひとつひとつ確認し始めた。

〝おい、計器がおかしい。そっちはどうだい？〟

船内のジャックがライアンに呼びかけた言葉だ。ここにいるジャックがその直後あたりを見回した。それは最初微《かす》かに始まった。

〝おい、計器がおかしい。そっちはどうだい？　おい、計器がおかしい。そっちはどうだい？　おい、計器がおかしい。そっちはどうだい？　おい、計器がおかしい。そっちはどうだい？〟

「何だ？　何か聞こえるぞ」

〝何だ？　何か聞こえるぞ。そっちはどうだい？　おい、計器がおかしい。そっちはどうだい？　おい、何だ？　何か聞こえるぞ。計器がおかしい。そっちはどうだい？〟

反復する声はみるみるうちに際限なく増幅してゆく。ライアンたちを襲ったあの現象がスタジオの中で起きたのである。

「おい！　ジャック！　テープを止めろ！」

ライアンが叫んだ。その声がまたエンドレスのエコーを誘発する。

〝おい！　ジャック！　テープを止めろ！　おい！　ジャック！　テープを止めろ！　おい！　ジャック！　テープを止めろ！　おい！　ジャック！　テープを止めろ！　おい！　ジャック！　テープを止めろ！　おい！　ジャック！　テープを止めろ！　おい！　ジャック！　テープを止めろ！　おい！　ジャック！〟

動顛《どうてん》したジャックはどれを止めていいのかわからなくなっていた。ライアンがあわてて配電盤をこじ開けて、電源を落とした。部屋じゅうに明滅していたランプがテレビモニターの画像ごと消え、同時に異常なループも止まった。

「今のがそうか？」

青ざめながらゴードンが言った。

「ああ……またパニックになるところだった」

ライアンは額に冷汗をにじませながらドサッと椅子《いす》に倒れ込んだ。ジャックはそれどころではなかった。起動中のパソコンを電源ごと落とされてパニックになっていた。

「ライアン！　無茶すんなよ！」

ジャックは急いで電源を入れ直してチェックを始めた。

「録音した高周波のレベルが高すぎたんだろう。容量オーバーでそれがマシンをパニックにさせた」

ライアンが耳をほじくりながら言った。

「そんなはずないんだけどな。レベルはみんなハジケない程度に絞っといたし、念のために[注]リミッターも強いのをかましてあったんだ」

そう言ったジャックが不意に首をひねった。

「ちょっと待てよ。容量オーバーでパニックが起きるんだったら、それは高周波だけでいいはずだろ？　なんで関係ない音まで巻き込むんだ？」

それはごくエンジニアらしい発想だった。ところがジャックは次にもっと単純な疑問に陥った。彼は唇に指を当て、それからあたりを見回した。そしてごく素朴な疑問を漏らした。

「……なんで俺たちの声までループしたんだ？」

「え？」

ゴードンは質問の意味が飲み込めずまばたきをした。

「今俺たちが喋った声だよ！」ジャックは自分の唇を何度も叩《たた》いた。「マイクが拾ってるわけでもないのになんで今グルグル回ったんだ？」

注　限界を超える音量を自動的に制御してしまう装置。

「言われてみればそうだ」

「幽霊か？」

ジャックが声を潜めて言った。スタジオ生活の長いジャックにとって、音に幽霊の声が混じっているというような経験は初めてではなかった。原因がわからないと何でも幽霊にしてしまうのが、彼等エンジニアの習慣だった。

ジャックはライアンを見た。ライアンは前歯をカチカチ鳴らしていた。考え込む時の彼の癖である。ジャックとゴードンはその歯の音が止むのを待った。

「そうか……」

しばらくしてライアンがようやく口を開いた。

「ジャック、もう一度マルチを回してみよう」

ジャックは顔をしかめた。

「ちょっと待ってくれ。機械に悪いんだよ、ああいうの。先《ま》ずはパニックの原因を調べないと」

「マシーンには影響ないと思う」

「なんでわかる？」

「それを試したい」

ライアンには何か考えがあるようだった。

「わかったよ。マルチを回すんだな」

「今度はフェーダーを全部ゼロにしてくれ」

「そんなことしたら何にも聞こえないぜ」

「それでいい。ただしひとつだけ……あの高周波のトラックだけは上げっぱなしにしとくんだ」

ジャックはライアンの思惑を計りかねながら準備にかかった。

「そうすると、どうなるんだ？」とゴードン。

「わからん。だから試してみるんだ」

ライアンの顔は真剣だった。ゴードンがジャックに言った。

「少し抑え目にしといてくれよ、例の高周波は」

ジャックがもう一度マルチのスイッチをオンにした。高周波が収録されているトラックには海中のフライノイズがうるさくひしめいていた。時々イルカの鳴き声が混じっている。

「ジャック、今聞こえてる二万ヘルツ以下の音を消去《イレース》してくれないか？」

ライアンが言った。

「え？」

「高周波だけのトラックを作りたいんだ」

ジャックはコンピューターの画面に波型のグラフィックを呼び出して、二万ヘルツ以下の可聴域の周波数帯をすべて消し去った。

「これでいいのか？」

「ああ」

ジャックは再びマルチを走らせた。テープは無音で走り続ける。しかし音は存在している。この高周波と長年つきあってきた彼等だったが、今はその音なき音の世界が妙に不気味だった。やがてレベルメーターが振り切れる場所にやって来た。メーターの針がレッドゾーンいっぱいに振り切れても依然無音の世界である。しかしその〝音〟は確かに存在しているのだ。

ジャックとゴードンが振り返った。ライアンはゆっくり足をしのばせながらミキサー卓に近寄り、座っているジャックの隣に立った。そしてひとつだけオンになっているフェーダーに指をかけた。そしてもう片方の手でジャックの肩をポンと叩き、突然大声でこう叫んだ。

「ハロー、ジャック！　今日はいい天気だ！」

その声は待ってましたとばかりに反復を開始した。

〝ハロー、ジャック！　今日はいい天気だ！　ハロー、ジャック！　今日はいい天気だ！

ハロー、ジャック！　今日はいい天気だ！　ハロー、ジャック！　今日はいい天気だ！

……〟

ライアンはすぐにフェーダーをゼロに絞った。声は止み、あたりに静寂が戻った。

「聞こえたか？」ふりかえってライアンが言った。全員が頷《うなず》いた。

「今、その声は何処《どこ》から聞こえた？」

「俺は……そっちから」ゴードンがライアンとジャックの座ってる方を指さした。

ライアンはジャックにも返事を促した。ジャックは怪訝《けげん》な顔でゴードンに聞いた。

「こっちって、ちゃんとスピーカーから聞こえたのか？」

ゴードンは曖昧《あいまい》に頷いた。

「そんな気がしたが……」

「おかしいな。俺には隣から聞こえたぜ」

そう言ってジャックはライアンを指さした。ライアンは真剣な顔をしていたが、そのうちこらえきれなくなって笑い出した。

「ハハハ、今のはジョークだ。こんなにあっさりひっかかるとは思わなかった」

ゴードンは何のことだかわからず首をひねった。

「なんだ？　わかんなかったのか？　じゃあもう一度やってやろう」

そう言うとライアンはミキサー卓の方を向いて再びフェーダーを上げた。

「おいゴードン、魚は釣れたかい？」

〝おいゴードン、魚は釣れたかい？　おいゴードン、魚は釣れたかい？　おいゴードン、魚は釣れたかい？　おいゴードン、魚は釣れたかい？　おいゴードン、魚は釣れたかい？

……〟

再び音が回り出した。ゴードンの方からすると、ライアンは後ろを向いているのでよく見えないが顎《あご》が動いているのがわかった。ライアンは自分で喋っているのだ。カラクリがわかってゴードンは呆《あき》れ返った。

ライアンはフェーダーを絞って、同時に自分の声も止めた。

「なんだ、ライアン。よしてくれよ」

「ハッハッハッ。どうだい？　今度はわかったか？」

「確かに先生の方から聞こえたよ。ジャックの言う通りさ」

しかしすぐ横で見ていたジャックはライアンにこう言った。

「一体なんの手品だい？　説明してくれよ」

そしてジャックはゴードンに意外なタネ明かしをした。

「ライアンが喋ったのは最初の一発だけだ。あとはただ顎を動かしてただけだ」

ネタを暴露されたライアンはもうおどけてはいなかった。

「……録音した自分の声を聞いたことがあるだろ？」ライアンが言った。「いつも喋ってる自分の声とは違う感じがするもんだ。今の声がまさにそう聴こえた。まるでいつも自分が喋ってるみたいに聴こえたんだ。おまけにちゃんとこの辺に実在感があった。声が出てる実感があったんだ」

ライアンは自分の顎や咽喉《のど》のあたりを触ってみせた。

「今、あんたが喋ったんじゃないのか？」

ゴードンはまだ事情が飲み込めていないようだった。

「俺は喋ってない。俺が言ったのは最初の一言だけだ。後は勝手に誰かが喋ってるんだ。

いやゴードン、君を騙《だま》そうとしたわけじゃないぜ。今のも実験さ。君はちゃんと俺が喋ってるように聞こえたんだろ？」

「あ、ああ。そういう風にしか見えなかった」

「ジャックもそうかい？」

「確かにライアンが喋ってるみたいだったよ。口はズレてたけどね。しかしライアン、つまりどういうことなんだい？」

「つまりこの実験でわかったことは、先ずさっきの声はスピーカーから出てるんじゃないってことだ。機械は関係ない」

「それはわかったよ。でもだからって何であんたが喋ってるように聞こえるんだ？」

「ちょっと待て。次にフェーダーを降ろすと音は鳴り止む。今再生されてるのがあの高周波だけだとすると、この現象が高周波のせいであることは間違いない。問題はこの高周波が何なのか？　ということだ。それとジャックの言う通り、何故《なぜ》俺が喋ってるように聞こえるのか？　そもそも音の発信源は何処なのか？　鳴っているのは高周波だけだ。つまり存在してるのはその音だけだ。それと俺が出した声。要素はこれしかない」

　そう言ってライアンはまたちょっと間を置いた。一度頭の中を整理している様子だった。

「……そうだな……たとえば俺が『おいゴードン、魚は釣れたかい？』と叫ぶ。その声はひとつの振動だ。振動の波は空気を伝わってあっという間に部屋じゅうに広がる。部屋の隅々に広がる。テーブルの下に潜ってたってその波からは逃げられない。だからテーブルの下にいたって『おいゴードン、魚は釣れたかい？』は聴こえるんだ。波の一部は直接君たちの鼓膜を振動させる。君らにはそこで初めて『おいゴードン、魚は釣れたかい？』と認識されるわけだ。俺が自分の声帯を振動させて発した音は、次の瞬間君らの鼓膜に届くわけだが、君らに届いた頃、俺にはもうその声は聴こえない。波は君たちに届けてしまってるからね。トンネルで叫べばよくわかる。山でもいい。そういう場所なら誰でも認識できる。しかし普段確認しにくいだけで、そういうことはごく日常的に起きている。わずかだが反射したエコーは君らに届いた第一波より更に遅れて俺や君らの耳に届いているわけだ。まあこれが音の基本的なメカニズムだ。そしてその原理を利用してるのがイルカのエコーロケーションってわけだ」

ジャックは大きく頷いてライアンに言った。

「初級者コースの話はいいよ。俺たちは見学の生徒じゃないぜ」

「よし。さて今我々が経験したのは山やトンネルのエコーとは比較にならないぐらいはっきりした音だった。おまけに『おいゴードン、魚は釣れたかい？』はあたかも俺が喋ったかのように俺にも君たちにも聴こえた。つまりその声は壁やらテーブルやらに反射して戻って来た音ではないんだ。じゃあ何に反射するんだろう？」

ゴードンがあたりを見回していると、先に勘のいいジャックが答えてしまった。

「それが高周波だっていうのか？」

ライアンは頷いた。

「まあ分析してみないと何とも言えんが、この高周波が部屋じゅうにバリアのようなゾーンをこしらえて……と言ってもドームみたいな中がからっぽのようなものではない。たとえばスポンジだ。ああいう緻密な組織を形成していて、その中に我々がいる。そして我々の発した声やスピーカーから再生された音をつかまえ、封じ込めて、次々に複製を作り上げているとしたら……」

「なるほど。こりゃ解析のしがいがありそうだな」

ジャックが目を輝かせた。ライアンが続ける。

「まあいずれにしてもイルカの仕業《しわざ》じゃない。周波数のレベルから言ってちょっと考えにくい」

「じゃあ何なんだ？」ゴードンが問い返すと、ライアンはきっぱりこう断言した。

「ユーリファリンクス」

「例の深海魚か？」ジャックが身を乗り出した。

「あの魚はほとんどちゃんとした生態がわかってないのも事実だ。エコーロケーションを使ってるかどうかもはっきりしていない。しかし真っ暗な深海で暮らしてる生き物だ。光のない世界でエコーロケーションの能力が進化するのは全く不思議じゃない」

ライアンは我知らず口元に笑みが浮かんでいるのに気づいた。こういうことにはどうしても学者の血が騒いでしまう。幸いラボには生きたユーリファリンクスが一匹存在する。

あれを調べれば今日のあまりにも奇妙な事件の解決の糸口になるかも知れない。ライアンはそう思った。

「しまった!」

突然ゴードンが声を上げた。

ライアンたちが驚いてふり返るとゴードンはビリーたちを迎えに行くのを忘れていたと言い残して部屋を飛び出して行った。

数時間後、ゴードンの車でビリーと羽陸が帰って来た。ライアンたちが待ち望んでいたのは例のVTRのテープだった。そして蒼《あお》ざめた顔の羽陸とビリーが一刻も早く見せたかったのがこのテープだった。

「何も映ってないんだ」

テープをライアンに渡しながら羽陸が言った。その顔はどこか蒼ざめていた。

「え?」

「何も映ってないんだ」

「収録されてないっていうのか?」

ライアンが訊《き》いた。

「いや、されてる。ただユーリファリンクスが映ってないんだ」

「撮れてなかったってことか?」

「うーん、というか……」

羽陸が言葉に窮していると、横からビリーが言った。

「まあ、とにかく見てくれ。話はそれからだ」

「随分勿体《もったい》ぶるね」ジャックが言った。「まあ見てみよう」

再生されたVTRを見てジャックは呆れた。

「ダメだ、こりゃ。ホントに何にも映ってねえや」

ところがライアンはひどく動揺しながら椅子から立ち上がった。

「そんな馬鹿な。あんなにたくさんいたんだぞ！　俺たちはあの群れの中を通過したんだぞ！」

ライアンが驚くのも無理はなかった。映像にはまさしく一匹のユーリファリンクスも映っていなかったのである。カメラはずっと回り続けていた。パニックになってビリーがカメラを手放してしまった時も、腰にぶらさがったままずっと回り続けていた。そしてあの膨大なユーリファリンクスの群れと交差した時も、あれだけの数のユーリファリンクスがあたり一面を埋め尽くしていた時もカメラは回り続けていたのである。それで一匹も映っていないというのはあり得ることではなかった。

最後に羽陸が手持ちで追いかけた部分にも何も映ってなかった。映像を見れば羽陸が海中で何かを撮影しようとしているのは明らかだった。ズームを駆使して何かを懸命に追尾していた。しかし肝心の画面にはただの青い海の中が映っているだけであった。

ゴードンが魚群探知器の記録をプレイバックしてみた。ライアンたちの証言が正しければその前後に何らかの魚影が探知されているはずだった。ところがここにもその痕跡《こんせき》はなかった。

「まあ確かに……」ゴードンがグラフィック・データをスクロールしながら言った。「魚影は観測されてた。ビリーが潜った時にな。もし仮にあれがユーリファリンクスだとしてもだな、イルカたちが飯にありついてる間に北に移動しちまってるんだ。パニックが起きた時にはあたりには何もいなかったはずだ」

ライアンがまたしても歯をカチカチ鳴らし始めた。しかし今度ばかりは何も浮かばない様子だった。深いため息と共にライアンはこう言った。

「駄目だ。何が何だかさっぱりわからなくなってしまったよ」

それからライアンはビリーと羽陸に彼等がいない間に起きた出来事と、高周波に対する仮説を話した。

「イルカじゃない、ユーリファリンクスじゃないとなると声の主が存在しなくなる。なら、あの高周波は誰が叫んでるんだ、という問題そのものが座礁《ざしょう》しちまったってわけさ」

ビリーはあることを思い出した。

「なあ、クジラはどうなんだい？　ほら、海中で聞いたじゃないか、クジラの声！」

「クジラには無理さ」ライアンは素っ気なく答えた。

「どうして？」

「クジラは低周波専門だからな。ゴードンにソプラノを歌わせるようなもんだ。クジラの低周波は、まあ言ってみれば遠距離通話だな。低周波のゆるやかなうねりは信じられないくらい遠くまで届くんだ。クジラたちはその声で数百キロ先の仲間と会話ができる」

「ピンと来ない距離だな」ビリーは眉《まゆ》を顰《ひそ》めた。「しかしそうなるとやっぱりイルカじゃないのかな？」

「自分にも聴こえない声なんだよ。イルカたちにしてもその声は存在してないも同然なんだ」

そこで話は途絶えた。それぞれ頭を抱え込み、唸《うな》りながら長い沈黙が続いた。やがてそれを破ったのはビリーだった。

「仮に……そうだな、たとえば……」

ビリーはその辺にあった紙とペンを手に取り、白紙の面にゆっくり線を引き出した。

「こうやって線が引けるのは見えてるからだよね。目をつぶったらまっすぐな線は引けない。でも線を引きながら目をつぶったらどうなる？」

そう言ってビリーは線を引きながら目を閉じた。再び目を開けると紙の上の線は斜めに大きく歪《ゆが》んでいた。

「あれ？」

羽陸が噴き出した。

「なにをしたかったんですか？」

「いや、要するに……これは例が悪かった。たとえばソーセージがある。皿の上に載ってる。それをフォークに刺そうと思うんだが、途中で停電だ。でもソーセージは食べたい。暗闇《くらやみ》を闇雲に刺して見る。闇雲とは言っても目の前にあることはわかってる。何度か探ってればうまくフォークに刺さっても不思議じゃない」

「何が言いたいんだね？」とライアン。

「つまりイルカにすれば徐々にキーを上げていけば、途中から聴こえなくなっても声を出してる自覚はあるんじゃないかってことが言いたかったんだが、うまい喩《たと》えが見つからなかったのさ」

「つまりあくまでイルカのせいにしたいわけか」

「悪気はないんだけどね。他に考えられない。それにちょっと思い当たる話もあってね」

「何だい？」

「〝ローレライ現象〟って聞いたことないかい？」

全員の視線がビリーに集中した。

「ローレライ現象？」ライアンが訊き返した。

「知らないかい？　もうずいぶん昔の話なんだが。オーストラリアのマグロ漁船がインド洋で変な事件に遭遇した事件」

「さあ」

「タスマニアの近海で操業していた時のことだ。船員たちが原因不明の幻聴に見舞われたんだ。ちょうど俺達みたいにね」

　ライアンたちの顔色が変わった。

「船は漂流しかかって、作業どころじゃなくなった船員たちは網を捨ててその場から逃げて、九死に一生を得たって話さ」

「何が原因だったんだい？」とゴードン。

「わからない。何かとんでもないものを捕まえてしまったんじゃないかって噂《うわさ》もあったけど。人魚だとか、白亜紀の恐竜だとか結構滅茶苦茶な説が飛び交って暫《しばら》くその話題で持ち切りだった。ウチの雑誌でも取り上げたんだよ」

「確かによく似た話だ」とライアン。

「以来似たような遭遇例が随分集まったんだけど、大概は小規模でマグロ船ほどのものじゃない。今回みたいにダイビング中に遭遇したという話が圧倒的に多いんだけど、ガセネタも多くてね。そのマグロ船にしたって、乗組員の証言はまちまちで、今ひとつ信憑《しんぴょう》性に欠けてた。結局は科学的根拠ナシってレッテル貼《は》られて、表舞台からは姿を消しちまった。今じゃネッシーやＵＦＯを崇拝してるようなミステリー雑誌なんかで、バミューダ海域に消えたジェット機と並んで登場するようなネタになってる。ウチの雑誌とはちょっと毛色が違うけどね。いずれにしても未《いま》だに原因不明な現象だってことは確かだ。今じゃ伝説のローレライにちなんで〝ローレライ現象〟なんて俗名が主流なんだけど、シュリーマンの例もあるだろ？　〝ローレライ現象〟が実在する何かだと仮定するなら、そういう神話に痕跡が残ってる可能性もある。もしあの伝説が本当だとしたらどういう風に解釈する？」

「人魚の歌が漁師を誘うって奴《やつ》か？」

「海辺に住んでた歌のうまい娘がモデルなのかも知れない。でもひょっとしたらイルカの鳴き声がモデルなのかも知れない。でもひょっとしたら……」

ビリーは次第に興奮してきた。

「……まあイルカの偉大な権威を前にして言うのはちょっと勇気がいるんだが」

「気にするな」とライアン。

「そうするよ。つまりあのイルカのハンティング・ヴォイス……」

「〝スタン〟か？」

「そう、〝スタン〟。それを見た漁師が怖がってそんな物語に飛躍させたのかも知れない」

「なるほど」ライアンは顎をこすりながら頷いた。

「実は一部の専門家が言ってたことなんだが、その〝ローレライ現象〟、まだ未知のイルカの能力なんじゃないか、という説があるんだ。要するにその〝スタン〟を人間に応用しているのでは？　という説だ」

「何のためだい？　俺たちを捕って喰《く》おうとしたっていうのかい？」とゴードン。

「まあ反論はあるだろう。でもちょっと最後まで聞いてくれ」

「よしきた」

ジャックが芝居がかった感じで足を組み直して背すじを伸ばした。ビリーは話を続けた。

「〝スタン〟を浴びている魚はどんな気分なんだろう？　痛いのか？　苦しいのか？　苦しいんだとしたらどんな苦しみだろう？　ひょっとしたら我々が体験したような現象が起きてたとしたら？　あのマダライルカの群れには君たちは何度も接触している。とすれば彼等にしたってその数だけ人間をチェックする時間はあったということになるだろ？　その間に……僕らの知らない間に、人間にスタンのチューニングを試みてたとしたら……？」

ビリーはみんなの反応を窺《うかが》った。それぞれが頭の中で今の話を整理している。

「そこでさっきの紙とソーセージだ。イルカがスタンを放つ。人間は反応しない。キーをどんどん上げてゆく。まだ反応しない。そのうち自分でも聴こえない領域に入る。でも本人は声を出し続けている自覚はある。そのうち人間たちがあたふたパニックになる。彼等は理解する。そのキーが人間が嫌がる音なんだ、と。つまり聴こえなくても、相手が嫌がることで彼等はその音が把握できるってわけだ。……まあ、そういうわけだ。俺の話はそれだけだ。さて、先生の意見を伺わせてくれ」

ライアンが受けて立った。

「なるほど。確かにそんなことが可能なら、あのマダライルカたちにその時間は十分あった。実際あいつらは俺たちが喋ってる会話に近い周波数で話しかけて来ることがあるんだ。もちろん何を言ってるのかはわからないぜ。ただ人間と接触時間の長いイルカは、そういうことをするんだ。人間の発する声を学習して、真似《まね》しようとしてるとしか思えない行動だ。とにかくイルカっていうのは音のプロフェッショナルだからな。奴らが使いこなす音の情報量はオーケストラ並みだ。我々人間の言葉とかいうのをハモニカに例えればね」

「でもまた言わせてもらうが……」とゴードン。「何のためだい？　スタンはそもそもあいつらが餌を喰うために備えてる機能なんだぜ。それを俺たちに使ったってことは俺たちを喰うつもりだったのか、それとも敵だとでも思ったのか？」

「ただの遊びだとしたら？」ビリーが言った。「イルカってのは遊び好きなんだろ？」

そこでライアンが反論に入った。

「まあ、面白い意見だ。しかしイルカのスタンは君も見た通り、非常に短い。激しい声を長時間出し続けるというのは彼等にしたってしんどいのさ。ところが例の高周波は非常に長時間続いている。しかもその周波数が高すぎる。我々も長年イルカの声を解析しているが、その数値はあまりにも前代未聞なんだ。百メートルを二、三秒で走るスプリンターが出現したようなもんさ。そういうのは何かの間違いだと思うのが普通だろ？」

そう言ってライアンは宙を仰いだ。

「そう、何かの間違いなんだよ。この高周波は……」

翌朝セント・エレノア島の気象台から電話がかかってきた。留守番の職員がライアンたちの通報をちゃんと報告してくれたらしい。観測員の情報では、ここ数カ月の間に地震計の針が動いたのは二、三回、どれも体感できないくらいの微震で、しかも震源は遥か北方ということだった。ライアンたちが妙な電波障害に見舞われた時刻前後にも特に観測できるような地震はなかった。

「しかし、例の深海魚の騒ぎもあるしな」と観測員は言った。最近しきりに深海魚が上がるという噂は彼等の耳にも届いていた。「まあ警戒するに越したことはない」

そして観測員はライアンたちの通報に礼を述べて、電話を切った。

遭遇

例の高周波の一件以来、ライアンたちのタイムスケジュールは大きく変更されてしまった。ジャックは高周波の解析のためにスタジオにこもったまま出て来なかった。ライアンたちは高周波を録音した地点に戻って、水中マイクを沈めたり、あの時と同じ群れを追跡したりしていた。例のマダライルカたちには再会出来たが、彼等から再び高周波を収録することは出来なかった。

目下の課題であったイルカの〝方言研究〟が中断されたまま一週間が過ぎた。ビリーも取材のことなどほとんど頭から消えていた。この謎《なぞ》の高周波に魅せられてしまったのはビリーも一緒だった。羽陸もゴードンも含め全員が高周波の謎解きに熱中した。

そんな大人たちの熱狂ぶりをジェシーは冷めた目で見ていた。時々スタジオを覗《のぞ》きに来て、問題のVTRをひとりで観《み》たりしていたが、特に反応もなく部屋に去って行った。

その日、ライアンたちはプールのイルカたちに高周波を聴かせてみることにした。もし高周波が、ビリーの言う通り人間にチューニングを合わせたスタンだとしたら、画期的な発見であると同時に、通常イルカたちが使用するスタンのメカニズムがより明確になるはずだった。確かにライアンたちはイルカがスタンを使って魚を痺《しび》れさせる光景を何度も見ていたし、実際録音したテープを水槽の魚に聴かせる実験も行ったことがある。魚はイルカに直接スタンを浴びせられた時と同じく激しく身悶《みもだ》え、痙攣《けいれん》するのだ。しかしわかっているのはそこまでだった。何故《なぜ》魚が痙攣するのか？　それ自体がまだ解明されていないのだ。

音響器材が庭に運び込まれ、高周波専用の再生スピーカーが二本と、四本のマイクに四台のＣＣＤカメラが水中に沈められた。プールのイルカたちは興奮してスピーカーの前に集まってきた。四台のＣＣＤカメラは、そのまま四台のビデオデッキに繋《つな》がっていて、全て録画されるようにセットされていた。ゴードンが一台ずつ録画ボタンを押してライアンに合図した。

「インカムのヴォリュームは一応絞っといてくれ。マイクが高周波を拾うと厄介だ」

ゴードンとビリーがヴォリュームを絞るのを見て、ライアンはデッキのスイッチを押した。

水中のイルカたちに反応が出た。あたりをきょろきょろしていたが、そのうち水中のスピーカーに群がり始めた。そしてちょっと突ついてみたり、逆に鳴き返したりしている。

「あいつらには害はないんだな」ビリーが感心したように言った。「それにしてもどうも他愛《たあい》ない反応だな。俺《おれ》なんか溺《おぼ》れかけたっていうのに」

確かにイルカたちの反応は意外に他愛なかった。そのうちスピーカーにも飽きて、また普段のように泳ぎ始めてしまった。

「あの高周波の中で普通に泳いでるよ、あいつら」

ゴードンは呆《あき》れ返った。


セント・マリア島には幼稚園、小学校、中学校を合わせても五校しかない。それでもこの小さな島には十分な数だった。高校は二つだけで、大学はなかった。二つしかない高校のひとつは地元の漁師の子供たちが通う『プシェル・ハイスクール』で、もうひとつはこの島に渡って来た欧米人や東洋人のための『セント・マリア・ハイスクール』だった。この島に滞在する外国人はほとんどが商社からの出張組で、数もそれほど多くはなかった。その中で高校に通う必要のある子供のいる家庭なんて数も知れていたが、この島にはそんな青少年のためにわざわざ建造された豪華な学校が存在するのだった。わずかな生徒たちが英国風の広い校舎で、その広さを持て余しながら学園生活を送っていた。

ジェシーは最初、この学校に行くのを嫌がった。彼女の希望はもうひとつの『プシェル・ハイスクール』か、さもなければ行かないか、どちらかだった。

「あんな成金趣味の学校、死んだって行きたくないわ！」

それがジェシーの意見だった。

ライアンはこの時ほど父親として困ったことはなかった。問題の『セント・マリア・ハイスクール』はどこか白濠《はくごう》主義的な臭《にお》いがあってライアンも好きではなかった。ジェシーにも地元の子供たちと自由に遊ばせるような教育方針を貫いて来た。しかし進学となるとそうも行かない。より優秀なところを選ばせたいのが親の本能だ。結局数カ月のにらみ合いの末、ライアンは強引にジェシーを『セント・マリア・ハイスクール』に放り込んでしまったのである。

　ジェシーは学者の娘というだけあって成績は抜群だった。『セント・マリア・ハイスクール』の水準はジェシーにすれば中学校並みだった。しかしそんなことはジェシーには関係なかった。周囲の環境と無関係に彼女は勉強し、同級生から見ればあまりにもかけ離れた成績を維持し続けていた。それはライアンにしてみれば幸いだったが、おかげでジェシーは学校でも孤立していた。

「成金の伜《せがれ》たちとは反りが合わないわ」

　こう言ってジェシーはクラスメイトのパーティーにも顔を出すことはなかった。授業中も自分の勉強に忙しくて先生の講義は全く聴かない。その日のノルマが終わるとさっさと帰ってしまう。ある時ライアンは担任に呼ばれて注意を受けた。

「ご家庭では、どういう躾《しつけ》をなさってるんですか？」

　女性の担任教師ミス・リリーに問い詰められて、ライアンは冷や汗を流しながらこう答えた。

「いえ……ウチでも持て余してます」

　ミス・リリーは拍子抜けして思わず笑ってしまった。担任は用件が済むと、これは余談ですがと言って、根掘り葉掘りイルカについての質問をライアンに浴びせかけた。ライアンは親切に答えてあげた。それからと言うもの、ライアンのもとにはミス・リリーからイルカの質問と言っては電話がかかって来るようになった。イルカイルカと言いながら次第に週に一度は会うようなペースになっていった。ミス・リリーは週末になるとビーチでダイビングのインストラクターをやっていた。ライアンは「ダイビングスクールにあなたも通いませんか?」と間の抜けた勧誘を受けた。

「いや僕はこれでも二十年のキャリアがありますから」

そう答えると担任は、なんて馬鹿なことを聴いたのかしら、と言って笑った。この笑い顔が満更でもなかったライアンはコーチということでスクールに参加した。そのスクールには生徒の親も混じっていて、翌日の教室でその話が話題になっていた。

「ミス・リリーの奴《やつ》、ジェシーの親父《おやじ》といい仲らしいぜ」

以来、ジェシーとライアンの関係は完全に崩壊した。ところが事の真相を知らないライアンはジェシーが最近特に冷たくなったと寂しく思っているくらいで、相変わらずミス・リリーのイルカの質問に答え続けていたが、半年前に失恋した。ミス・リリーに若いボーイフレンドが出来てしまったのである。今ではもうすっかり立ち直っているが、ジェシーの冷たい態度は日増しにひどくなり、今やライアンはそれを脅威にさえ感じるようになっていた。

その日もジェシーはさっさと自分のタイムスケジュールを消化して、午前中で学校を早退した。普段ならそのまま自転車でプシェルの図書館に直行し、夕方まで読書に耽《ふけ》るのが日課だったが、今日はまっすぐ家に向かった。水曜日はイルカ・デーだった。〝若草物語〟の四匹を海に連れて行かなければならない。

　プールで育ったイルカは海を怖がる。特にまだ若いベスとエミーはそれが顕著だった。週に一度イルカたちを外洋まで連れて行き、海に馴《な》れさせなければならない。その仕事はゴードンとジェシーの受け持ちだった。ベスとエミーがまだいない頃……ジョーとメグの二匹しかいない頃、ジェシーはまだ小学生で、ママにくっついてよく沖まで出かけた。その頃はママが二匹の訓練をしていた。今では若いベスとエミーを指導するのはジョーとメグだった。この二匹はママが教えたことをよく覚えていて、同じようにして若い二匹を水深の深い暗いエリアに誘導し、怖くないことを確かめさせた。皮肉にもジェシーはそれをボートの上で見ているしかなかった。彼女はママの死以来、海に爪先《つまさき》もつけたことがない。

　家に帰ると、ライアンたちがちょうど実験を終えてスピーカーをプールから引き上げているところだった。

「何やってるの？」

「あ、ちょっと実験だ」

　ライアンがそう答えると、ジェシーは顔をしかめて言った。

「この子たちに変なことしないでよ」

　娘に叱《しか》られておろおろしている父を尻目《しりめ》に、ジェシーはさっさと仕事にとりかかった。

海につながるゲートを開くと、イルカたちは次々に外へ飛び出して行った。

「羽陸、一緒に来て」

羽陸はちょっと困った顔をした。

「どうしたのよ」

「いや、今日はちょっと先生の手伝いが残ってて」

「……じゃあ、いいわ」

ジェシーはさっさと裏庭から出て行ってしまった。

ライアンはうろたえ気味にゴードンたちを見たが、不意にビリーの肩を叩《たた》いて一緒に行ってやってくれないか、と懇願した。

「大丈夫。ジェシーと一緒にボートに乗っててくれればいいだけだ」

ビリーは戸惑いながら引き受けた。

ジェシーを追って行くと、彼女は桟橋に括《くく》った小型のモーターボートをほどいているところだった。

「おーい、俺も行くよ！」

そう言いながら駆け寄るビリーをほとんど無視して、ジェシーはボートのエンジンをかけ始めた。セルのかかりがもう少し早ければビリーは桟橋に取り残されるところだった。

ボートは波の間を激しくバウンドしながら沖まで全速力で突き進んだ。

「おい、ちょっと飛ばしすぎじゃないのか？」

「普通よ。こんなの」

激しい飛沫《しぶき》にビリーはあっという間に水浸しになった。

沖に着くと、イルカたちがボートの周りに集まって来て、顔を出した。ジェシーはその鼻先に一匹ずつ餌《えさ》の鰯《いわし》を投げた。イルカたちは器用に鰯をキャッチして飲み込むと、もっとくれと催促した。

「だめよ。もうおしまい。さ、遊んでらっしゃい」

イルカたちはあきらめて海の中に姿を消した。

「頭低くしといて」

「え？」

突然イルカたちが海中から飛び出して来て、次々にボートを飛び越えて行った。ビリーは唖然《あぜん》とした。

「行ってきますっていう合図よ」

「君が教えたのかい？」

「そうよ」

「へえ！」

ビリーは感心して海を見た。イルカたちはもう何処《どこ》にも見えない。

「俺は……何すりゃいいのかな？」

「え？　あとは二時間経ったら引き上げるだけよ。あいつら勝手に泳いでくれるわ」

そう言ってジェシーはボートの床に寝転がって読書を始めた。

ビリーはポケットから煙草を取り出すと、パッケージごと水浸しになっていたそいつを一本ずつちぎれないように抜き取って、ボートの縁に並べた。この強い陽射しなら十分かそこらできれいに復元するだろう。

「それ」

ビリーに指さされて、ジェシーは自分の胸元を見た。そこにはビリーがプレゼントしたイルカのネックレスがぶらさがっていた。

「ホワイトベリーだっけ？」

「そうよ」

「なかなか似合ってるよ」

ジェシーはそれを首から外してポケットにねじこんだ。ビリーはまたしても手持ち無沙《ぶさ》汰《た》になってしまった。ジェシーは相変わらず読書に夢中だ。ビリーは乾いた煙草を吸いながら何とか会話の糸口を模索したが、「何読んでるの？」ぐらいしかネタは出て来なかった。その質問に対してもジェシーは返事もせず、微《かす》かに本の背表紙をビリーに向けただけだった。ニーチェの『ツァラトゥストラ』だった。ニーチェで話せることなどビリーにはなかった。

「ねえ……」

「………」

「君、イルカの言葉ってわかるの？」

「なに？　取材？」

「いや、そんなんじゃないけど」

「わかろうとしちゃ駄目なのよ」

「どうして？」

「他の言葉を聴き逃しちゃうから」

「他の言葉って？」

　そこから先の言葉は返って来なかった。

「……他の言葉ってなに？」

「読書の邪魔しないで」

　ビリーは諦《あきら》めて海を見ながら煙草を吸った。他にすることはなかった。

　突然ジェシーが喋《しゃべ》り出した。

「人間だって動物とコミュニケーションする時言葉に頼ったりしないでしょ？　思わず喋りはするけど、なんていうか身ぶり手ぶりも混ぜて全身で表現しようとするでしょ？　言葉の通じない外国人に何か伝えたい時もそう。何か伝えたいのよ。その純粋な動機から自然に反応する身体の動きすべてが言葉よ。彼等だってあたしたちとコミュニケーションしたいのよ。それをただ素直に受け止めるだけ。羽陸の喋る日本語にいくら集中したって何にもわかんないでしょ？」

「なるほどね」

きっかけをつかんだビリーは次の質問を繰り出した。

「イルカの言葉っていうのは人間の言葉とは違うのかい？」

しかしもう返事はなかった。

ザブン、という音でジェシーが本から顔を上げるとビリーの姿がなかった。シャツが脱ぎ捨ててあった。海を見るとちょうど浮上してきたビリーが手をふった。ジェシーは答えず再び本を庇《ひさし》にして寝転んだ。ビリーの泳ぐ飛沫の音を聞きながらジェシーは暫《しばら》く活字を追いかけていたが、どうも集中できず、ポケットをまさぐった。さっきのイルカのネックレスはジェシーの無茶な外し方のせいで鎖がちぎれていた。ジェシーは小さな鎖の端同士を交わらせて歯で噛《か》んだ。どうやらうまくつながった。イルカの目にはエメラルド色の石が埋め込まれていて、ジェシーの顔にエメラルド色のビームが当たっている。ジェシーの頭の中に海の中の映像が広がった。昔、ママと潜っていた時によく見た景色だった。ジェシーは海の中から見える太陽が好きだった。

子供の頃はボンベなんかほとんど担いだことがなかった。その必要性も感じなかった。海は彼女にとって全く違和感のない遊び場だった。

小さなジェシーが何より好きだったのは潜水だった。

できるだけ深く潜ってまた水面に浮かび上がる、ただそれだけの遊びを一日中やっている時もあった。帰りの空気を考えないで潜るのがコツだった。空気の限界まで潜って、それからゆっくり浮上するのだ。最初はうっかり帰りの空気を忘れて潜ってしまい、パニックになったこともあった。そういう時は焦っても焦っても海面はなかなか近づいて来てくれないものだ。泣きそうになって懸命に足をバタつかせたことも憶《おぼ》えている。随分潜るうちにそういうことにも馴れてゆく。そのうち息が続かない状態で浮上するのが快感になって行った。もう駄目だと思ってもどうすることもできない。ただ海に身を任せるしかない。それが快感だったのだ。身体にのしかかる重い海水が妙に心地よかった。そんな海にじっと抱きついていれば海はいつの間にか自分を空気のある場所まで連れて行ってくれるのだ。ジェシーはただじっとして、海中をゆらぐ太陽の光を眺めていればよかった。やがてジェシーは十五分から二十分は平気で潜っていられるようになった。ライアンたちは驚嘆したが、ジェシーには不思議なことではなかった。ライアンたちにそれ以上は危ないと言われていたので我慢していたが、その気になればもっと潜っていられそうだった。彼女に言わせればコツがあるのだ。そのコツさえ摑《つか》んでしまえば人間は何時間でも潜っていられる。ジェシーはそう信じていた。

その時の実感が船の上のジェシーに蘇《よみがえ》って来た。しかしそれは束の間だった。その記憶はすぐに忌まわしい記憶を呼び寄せる。ママの顔が浮かぶ前にジェシーはあわてて回想のスイッチを切った。首筋の産毛《うぶげ》が総毛立っているのが自分でもわかった。

水音がしてジェシーはあわててネックレスをポケットにしまった。ビリーがボートの縁から顔を出した。続けて〝若草物語〟の四姉妹も顔を出し、キーキーと餌をせがんだ。

ビリーはすっかり息が上がって、ボートの縁につかまってゼイゼイ喘《あえ》いでいた。

「ああ、もう駄目だ。日頃の運動不足がたたってる」

ジェシーから餌をもらってもイルカたちはボートの周りから離れようとしなかった。

「今度は君と泳ぎたいってよ」

ビリーが言った。

「そんなこと言ってないわ」

「イルカ語がわかるのかい？」

イルカたちは執拗《しつよう》にキューキュー鳴いている。

「海が苦手なの」

「……どうして？」

「どうしても」

そう言ってジェシーはまた本で顔を隠してしまった。

「君って……なんかライアンに似てないけど……」

「肌の色でしょ？　ママの連れ子よ」

ビリーの質問はまだ途中だったが、ジェシーはそう即答して彼の言葉を切り捨てた。ビリーはまたしても気勢をそがれたが、ひるまずに話をつないだ。

「サメに襲われたんだって？　むかし」

「…………」

「君のパパにちょっと聞いたんだ」

「……あのおしゃべり」

「詳しくは聞いてないよ。ライアンも話したがらないみたいだったし」

ジェシーは本で顔を隠したまま言った。

「ホワイト・ポインターよ」

ビリーは顔をしかめた。

「ママが急いで上がれって言って、あたしあわててボートに飛び乗ったの。そしてふりかえったら海が真っ赤になってたわ。その時のことなら、まるで昨日のことみたいに思い出せるわ。わざと思い出さないようにすることも出来るの。ホントよ」

ホワイト・ポインター（ホオジロザメ）は現存する鮫《さめ》の中で最強・最悪の存在だった。食物連鎖のピラミッドの最高位にあるアザラシやイルカを常食とする、まさにキング・オブ・キングスともいえる肉食魚類である。これに襲われたらかすり傷では済まない。彼等は威嚇《いかく》のために人を襲ったりはしない。襲う時はただひとつ、食べる時だけである。成熟した大型のホワイト・ポインターに万が一襲われたとしたら、被害者はたった一回のアタックで身体のほとんどを失うだろう。

「俺はサメじゃないけど……」ビリーが言った。「カナダの山奥でね、グリズリーに襲われたことがあったよ」

「……」

「一緒にいたカメラマンが死んだ。俺は偶然無傷だった。グリズリーの奴、俺たちを脅すつもりぐらいだったんだろう。相棒を二、三発張り倒して帰って行った。殺すつもりもなかったのかも知れない。しかしむこうは三メートル近い灰色グマだ。こっちはか弱い人間だ。殴られたらひとたまりもない」

「…………」

「相棒の奴、最期までカメラのシャッターを切ってやがってね。現像したその写真を見た時はさすがに血の気がひいたよ。大口を開けたグリズリーのアップの写真さ」

「……もう山に登れない？」

「いや、それから三ヵ月後には俺はもう同じ山にいた。やりそこねたグリズリーの取材のためにね。交代でやってきた新人カメラマンはさすがにブルってたけど、俺はそうでもなかった」

「どうして？」

「さあ、なんでかな？　鈍いのかな？」

「…………」

「一度死んだような気がしたんだ。あのカメラマンと一緒に俺も死んだんだってね」

「虫のいい考え方ね」ジェシーは辛辣《しんらつ》だった。「ママはあたしのかわりに死んだのよ」

「でも君が助かった。ママはきっと喜んでるよ」

「パパとおんなじこと言うのね」

「ハハッ……」

「でもママは喜んだりしないわ。喜びたくたってママにはもう意思なんてないのよ。サメに食べられちゃったのよ。あなたレアで焼いたステーキを噛んでる時その牛にまだ意思があるなんて思える？」

「…………」

「ママは天国にいるんじゃない。サメの血と肉になったの」

「……そんな風に考えるなよ」

「考えたくないわよ。でもそれが事実よ」

「二度目に山に入った時、カナダの山はちょうど秋で紅葉がきれいだった。俺たちは山の頂上からカメラを構えてた。何日目かにグリズリーの親子が渓流を渡ってるのが見えた。親熊は足元の覚束《おぼつか》ない小熊が流されないようにすごく気をつかうんだ。近くで見た時はあんなに凄《すご》かったグリズリーがその時ばかりは妙にかわいく見えてね」

「…………」

「はっ、何が言いたいんだかわかんなくなっちまった。何が言いたかったんだっけな？」

「…………」

「ただそんなことがあったよ」

「……あんたは熊で幸せよ。サメっていうのは産まれた時からただ殺して食べるだけの生き物なのよ。知ってる？　サメは産まれる前にママのお腹の中で兄弟同士共食いするのよ。

この世に産み落とされた時から他人の血にまみれてるのよ」

ビリーは自分の足元が少し寒くなった。彼の足は今、海中に無防備な状態で晒《さら》されていた。

イルカたちがしきりに鳴いている。頑《かたく》ななジェシーに何か呼びかけているようだ。

「ジョーたちがなんか言ってるぜ」

「………」

「海なんて怖くないってさ」

「そんなこと言ってないわ」

そう言ったジェシーが突然本から顔を上げてイルカたちを見た。

「どうしたの？　あんたたち」

ジェシーはイルカたちの言葉を解読しようとしていた。

「……サメ？」

その一言にビリーは慌ててボートに飛び乗った。

「違うの？　何？」

イルカたちは尚《なお》も叫び続けている。その声は次第に切迫してくるようにビリーにも聴こえた。

「何かいるのね」

「何がいるんだ⁉」

ジェシーは舵《かじ》の横についている小さなソナーのスイッチを入れた。ボートの影とイルカたちの影がモニターに映し出された。

「一匹多い。何かいる」ジェシーが言った。

確かにモニターには四匹のイルカの他に別な一匹が捕捉されていた。

「何？　これ」

〝何？　これ〟

ジェシーは自分の言葉がもう一度繰り返されるのを聴いた。その声はビリーにも聴こえた。

「ローレライ現象だ！」

ビリーが思わず叫んだ。

〝ローレライ現象だ！　ローレライ現象だ！　ローレライ現象だ！　ローレライ現象だ！

ローレライ現象だ！　ローレライ現象だ！　ローレライ現象だ！　ローレライ現象だ！

ローレライ現象だ！〟

二人はあわてて耳を塞《ふさ》いだ。しかし音は鳴り止まない。ビリーはあたりを見回した。広がる海原はゆるやかにうねっていたが、ビリーはその中に何か黒い点を見つけた。眉間《みけん》に皺《しわ》を寄せて一点を凝視しているビリーにつられて、ジェシーの視線も黒い点を捉《とら》えた。

「何、あれ？……ウミガメ？」

確かにそういう風にも見えた。海面から顔を出して漂っているウミガメはジェシーにとっては決して珍しいモノではなかった。

目を凝らして観察しようとする二人に気づいたかのように、その点は突然海中に消えた。不思議なことに、その途端二人を苦しめていたローレライも聴こえなくなった。

ビリーはたった今見失ったそれが、ローレライの声の主であることを確信した。同時に全身が総毛立つのを感じた。

ビリーの顔色が変貌《へんぼう》したのを見たジェシーは怪訝《けげん》な顔をした。

「何なの？　ビリー」

しかしビリーは答える間もなく、海に飛び込んだ。

「ビリー！」

ジェシーが叫んだ。

ところが水中に飛び込んだビリーはそれっきり浮上して来なかった。

ジェシーはイルカたちに合図を送った。

「あんたたち、あいつを拾って来て！　ねえ！」

イルカたちは次々に海に潜って行った。ところがすぐに戻って来てしまう。何かを怖がっているのにジェシーは気づいた。鮫の場合のような怖がり方ではない。見慣れないものに警戒している様子だ。ならば飛び込んでも危険はない。……そこまで考えてジェシーは心臓が止まりそうになった。今自分は海に飛び込もうとした。そのことに気づいてしまったのである。自覚してしまったらもう足は一歩も前に動かなかった。全身を恐怖心が襲った。鮫に噛みつかれるママの姿が頭の中を埋め尽くした。もう自分のコントロールでスイッチを切れる状態ではなかった。震えながらジェシーは海を覗《のぞ》き込んだ。一歩足を踏み出せばいいんだ。ジェシーは懸命に念じた。一歩……それだけだ。入ってしまえば身体が覚えている。あとは何とかなる。ジェシーは空を見上げた。太陽の光が眼を貫く。ジェシーは揺れる太陽を思い出そうとした。海の底から見た太陽だ。

……太陽の揺らぎ……海の感触……水圧の重さ……。

ジェシーの視界から太陽が消えた。水平線が斜めに横切って行く。水面は固い。そして柔らかくなる。そこはもう海の中だった。

ジェシーはそのまままっすぐ下を目指した。遠くに何かが見える。

――ビリー？

それはビリーではなかった。しかしそれが何なのか、ジェシーが確かめる間もなかった。そいつはジェシーに気づくと、ものすごい早さで泳ぎ去ってしまった。

ジェシーの心臓が高鳴った。いなくなる前に一瞬だけ振り返ったその何かの顔が人間に見えたのだ。

――そんなはずはない。

ジェシーは心を集中させた。気が動顚《どうてん》してる……まだ集中が足りない……ジェシーはそう心に言い聞かせた。

正体の知れない何かがいた場所にビリーは漂っていた。ジェシーは一気にそこまで到達し、ビリーを後から抱えてターンした。

太陽が見えた。懐かしい太陽だ。海は相変わらず優しかった。しかしゆっくり浮上している時間はなかった。ジェシーはビリーを抱えて急いで海面を目指した。

深度は思ったよりも深かった。空気も使い果たしていた。

——でも大丈夫。海はあたしを導いてくれる。

ジェシーはそう自分に言い聞かせた。次第に妙な心地よさに包まれる。懐かしい心地よさ……しかしそれは酸欠の危険信号でもあった。酸欠の場合、突然意識を失うのだ。ジェシーはそれをよく知っていた。しかし今酸欠で気を失うわけにはいかない。どうにかもたせないとビリーも助からない。

太陽はまだ遠い。ジェシーもさすがに不安になってきた。全身から力を抜いて、浮力に身を任せながら、潜ってからの行程をふり返った。ジェシーは全力で泳ぎ過ぎていた。おまけに帰りはビリーを抱えて泳いだのだ。そしてこの深さ。血液中の酸素は使い果たしているだろう。いつ意識がなくなってもおかしくない状態だ。

ふと目の前の太陽を遮るものがあった。

——人だ！

ジェシーは我が眼を疑った。幻覚かと思った。それは明らかに人間だった。海藻《かいそう》のように揺れている髪の毛のせいで顔は見えなかった。

ジェシーは反射的にその人間に手を伸ばした。その手を握り返された感覚を受信した途端、強力な水圧がジェシーにのしかかった。物凄《ものすご》いスピードで自分の身体が上昇しているのだ。ジェシーは思わず海水をガブリと飲み込んだ。もう駄目かと思って上を見ると、眩《まぶ》しい太陽が二人に降り注いでいた。

二人は助かったのだ。

ヴォイス・ゾーン

「……それが例の高周波だってことは間違いなかった。センサーはボートの真下にいる何かを捉えていたし……。何かがいる。何かはわからない。ただそいつは高周波で何か叫んでるんだ。俺《おれ》はいても立ってもいられなくなってね。気がついたら海に飛び込んでた。水中メガネを忘れてたんで、視界はあんまりよくなかったが、それらしいモノは何処《どこ》にも見当たらない。

ところがだ。あたりが妙な感じになってきた。青い海水に黒い小さな影があちこちに点々とし始めた。まるで何にもないところから湧《わ》き上がるみたいにして黒いものが次々に現われるんだ。何だろうと目を凝らす間もなくその黒いものはあたり一面を覆い尽くした。そいつは激しく動いていた。泳ぎ回っていた。

……ユーリファリンクスだ。

あの時と一緒さ。無数のユーリファリンクスが俺の周りに蠢《うご》めいている。こいつは気持ちのいいモンじゃなかった。俺はあわてて海面に戻ろうとした。息も限界だった。……ところが泳いでも泳いでも前に進まない。目の前はユーリファリンクスで一杯だ。俺はもう懸命に前に進もうとした。ところが考えてみたら俺は何故《なぜ》ここに来たんだっけ？　そう…

…あいつに会おうとしてたんだ。あいつに会って捕まえようとしたのか？……違う。そうじゃない。ただ会いたかったんだ。会えればそれでよかったんだ。あれ？　本当にそれだけか？　そう、それだけだ。ただひと目見たかっただけだ。でも俺はまだ警戒していた。人間というのは俺たちによく似てるけど俺たちとは違う。現に俺は溺《おぼ》れている。海に潜ってまだちょっとしか経ってないのに溺れてる。こいつは俺たちではない。おや？　また何か来た。こっちに潜って来る。あいつは俺か？　それとも俺か？……いや……あれはジェシー……ジェシーだった……」

そこまで一気に喋《しゃべ》ったビリーは突然宙を見つめたまま沈黙してしまった。

「ビリー、ちょっと整理してくれ」ライアンが言った。「あいつって誰だい？」

「え？」

「あいつに会いたかったって言ったろ？」

ビリーは考え込んだ。そしてこう言った。

「俺だよ」

「……君は誰に会いたかったんだ？」

「だから俺さ」

ライアンはため息をついた。

ビリーをベッドに寝かせてライアンたちは部屋を出た。ジェシーはまだ少し話があるからと言ってそこに残った。

リビングに戻ったライアンたちの顔はすぐれなかった。

「ひどい錯乱状態だな」ライアンが言った。

「きっと溺れたショックだろ」ジャックが言った。「明日になれば快復するさ」

電話が鳴って、ゴードンが出た。エファテの消防署長シバ・クンティからだった。シバはライアンたちとも顔なじみの人物だった。

「漁船が一隻アクシデントだ。ケリナの灯台にウチの署員を配置したいので、よろしく頼めるかな？」

このあたりで遭難事故が起きると消防署員たちは必ず岬《みさき》の灯台を拠点にする。そうなると決まってここのラボが宿泊施設になるのだった。シバがよろしく頼むと言ったのはそういうことだった。

「座礁《ざしょう》かい？」

電話を切ったゴードンにジャックが聞いた。

「いや、漂流らしい。エンジン系統がやられたんだろう。前にもトラブルがあった船らしい」

「ここの漁船はどいつもこいつもガタガタだからなぁ。じゃあ俺は仕事に戻るぜ」

そう言ってジャックはスタジオに戻った。

ビリーの部屋に残ったジェシーはひとりでしばらく外を見ていた。彼女は自分の体験を誰にも話していなかった。話してはいけない。何故かそんな気がして仕方がなかったのだ。

「ねえ、ビリー……」

ジェシーがベッドのビリーに声をかけた。

ビリーは毛布にくるまってジェシーからは顔が見えなかった。ビリーもさっきから何か考え込んでいるようだった。

「ビリー、あんた、海で何かに会った？」

「………」

ビリーの返事はなかった。


エファテから出航した一隻の漁船がセント・ローレンス島沖で突如消息を絶った。直ちに地元のレスキュー隊が出動し、捜索用ヘリが漂流している船を発見したのは日没間際だった。ヘリから無線で呼びかけても応答もなく、接近すると甲板に乗組員が何人も倒れているのが見えた。

エファテ港の漁業組合事務所に設けられた緊急対策本部にその様子を報告した後、ヘリは消息を絶った。

夜になってラボに消防隊員たちがやってきた。ライアンは応接間を彼等に開放した。隊員のひとりがライアンに言った。

「ちょっと厄介なことになってね。先生たちにも応援願うかも知れない」

「それはいいが、我々で何か役に立つことがあったら何でも言ってくれ」

「ありがとう。エファテの漁師たちが生憎《あいにく》ほとんど漁に出ててね。人手が足りないんだ」

五人の隊員は四時間毎に交代で二人が灯台に登って見張りに立った。ラボに残った連中も本部としきりに連絡を取り続け、緊張した状態が続いた。

漁船が発見されたのは翌日の午前中だった。サルベージ船が出動するというので、ライアンとゴードン、それに羽陸が同行することになった。

エファテの本部は蜂《はち》の巣を突ついたような騒ぎだった。消息不明になった漁船の家族があちこちで泣き声を上げている。

署長のシバがライアンたちの姿を見つけてやって来た。

「忙しいところすまんね」

「なに、人命救助の方が大事だ」

「さっきあんたのラボに電話を入れたんだが、入れ違いになっちまった」

「何だい？」

「いやお宅の船を借りたくてね」

「船が足りないのかい？」

「漂流船はいいんだが、いなくなったヘリも探さなきゃならん。そっちを頼みたいんだ。あんたんとこの船のセンサーより上等な装備はこの島にはないんでね」

シバは突然言葉をつまらせた。

「部下が五人乗ってたんだ、ヘリに。……今頃は海の底だ」

震える声をこらえてシバは自分を仕事の顔に戻した。

「こっちの署員を四人乗せたいんだが」

「わかった。大至急呼ぼう」

「いや、さっき電話で頼んどいた。ジャックが来てくれるそうだ。漂流船までね」

準備を終えたサルベージは午後の二時に出航した。

船にはシバの配下が十人前後乗っていたが、それ以外は地元の漁師たちが駆り出されていた。

その中に紛れて漁師たちと話し込んでいた羽陸がライアンたちのところに戻って来た。

「連中、人魚のせいだって言ってます」

「人魚？」

「人魚の歌を聴いたんで、頭がやられて漂流したんだって。未《いま》だに迷信が根強く残ってるんですね。興味深いですよ」

目標の漂流船は四十分後に捕捉された。船の甲板には不時着したヘリが斜めに傾いていた。双眼鏡から見る限りではその生死は不明だったが、海底に没していると諦《あきら》めていた隊員たちから歓声が沸き起こった。

ジャックの操縦するクルーザーが既に到着していて、漂流船を遠巻きにして追尾していた。甲板にはビリーが立っているのが見えた。

「大丈夫なのか？　あいつ」ゴードンが言った。

ビリーは接近するサルベージに手をふっていた。両手に旗を持っている。手旗信号だ。

「止まれって言ってますよ」

乗組員のひとりが言った。同時にジャックの無線が入った。

「おい、ライアン！　いるかい？」

ライアンが無線に出た。

「どうした？」

「漂流船との距離をそれ以上近づけないように言ってくれ」

「わかった。……どうしてだ？」

「例の高周波だ」

ライアンは驚いて漂流船を見た。

「どういうことだ？　ジャック？」

「どういうことも何もそういうことだ。あの漂流船、ものすごい高周波に包まれてるのさ」

話を聞いていたシバが怪訝《けげん》な顔でライアンに訊《き》いた。

「なんだい？　高周波って？」

「いや……」ライアンは何と説明したらいいのかわからないまま、とにかくサルベージを漂流船に接近させないように指示して、ゴードンたちと共にクルーザーに渡った。シバと数人の部下もやってきた。甲板のビリーは間近で見ると血色の悪い顔をしていた。

「大丈夫か？　ビリー」ライアンが言った。

「ああ。ちょっと無理はしてるがね」

ビリーは足元をふらつかせながら言った。

「まあ、無理はするな」

ライアンはビリーの肩を叩《たた》いて操舵室《そうだしつ》に入った。中ではジャックがソナーモニターにかじりついていた。

「半径約三〇〇メートル四方が激しい高周波に包まれている。その先は急激に減衰していて、五〇〇メートルを過ぎると完全に消えてる。船のあたりのレベルが一番ひどくて、最高が二二三デシベルもある。信じられない数値だ。中に入ったらもっと凄《すご》いんだろうな」

「つまりあの船の中に何かいるっていうのか？」とライアン。

「厳密に言うと船底だ。何かを捕まえて船底の中に積み込んだ……ってとこかな」

ライアンは興奮したまなざしを漂流船に注いだ。

「俺たちも何も知らずに突っ込んじまってさ。いや凄いなんてもんじゃなかった。ピンク・フロイドとセックス・ピストルズを同時に聴いたってああはならねえ」

ジャックは自分の耳をほじくりながら言った。

「ジャックの仮説は正しいかも知れない」ライアンが言った。「そいつが海中で吠《ほ》えているんだとすれば海の上にいる我々には高周波は届かない」

水と空気の境界線は強力な音の遮断壁である。海中の音は水面に反射して船の上からは聴こえない。逆に空を飛ぶカモメの声を海中で聴くことはできない。ライアンたちからすればそれは常識的な知識であった。漂流船が高周波に包まれているということは、音の発信源が陸に上がっている状態であることを意味していた。

「問題はそいつが何者かってことだな」

ジャックが言った。

シバはわけのわからない会話に我慢出来なくなった。

「ライアン、どういうことなんだ?」

「あ……いや……」

ライアンはシバに高周波について一から十まで説明しなければならなかった。しかしシバはその話を聞いてもよく理解出来ない様子だった。

「要するに近づくと……どうなるって? 耳鳴りか?」

「いや……耳鳴りとは違うんだ」

「あれは体験しないとわからないですよ」羽陸が言った。

「しかし手をこまねいてるわけにはいかない。中には生存者がいるんだ。高周波だかなんだか知らんが、耳を塞《ふさ》いで行けば何とかなるだろう」とシバ。

「シバ、よしたほうがいい。耳塞いだって聴こえちまうよ」

ジャックはそう言いながらシバにソナーを見せた。漂流船を大きな円が包みこんでいた。

「こりゃ、なんて言うのかな? いわば〝音のバリア〟さ」

「救援のヘリもひとたまりもなかったんだ。迂闊《うかつ》には飛び込めないだろう」

ライアンが言った。

「じゃあどうすればいい？」

「夜まで待とう」

「待てば止まるのか？」

「相手が何かまだわからないが、生物だとすればそういつまでも続かないだろう」

「それまでここで見てるしかないのか？」

シバは漂流船を見た。

「人を狂わせる声だって？……人魚じゃないのか？　そりゃ」

「人魚だったら大発見だぜ！」ジャックはそう言って大笑いした。

サルベージ船とライアンたちのクルーザーは漂流船を追いかけながら夜を待った。双眼鏡を覗《のぞ》いていたゴードンが漂流船のマストに止まっているカモメを見つけた。高周波の中にいるというのにカモメは平気で毛づくろいしている。

「ライアン、カモメは平気なのか？」

「マダライルカたちも平気だった。相手は人間を識別してるって証拠だ」

夕方になるとカモメたちの数が次第に増えて来た。

「俺たちもカモメだったらなぁ」ジャックが言った。

ビリーはもう随分甲板に座り込んで、ぼんやり漂流船を見ていた。ライアンがやってきて隣に座った。ビリーが言った。

「昨日のことを考えてた」

「そうか」

「どうも記憶が曖昧《あいまい》なんだ。何かはっきりしない」

「昨日も変なことを口走っていた」

「……なんて？」

「みんな〝俺〟なのさ。『あいつは俺か？　それとも俺か？』なんて言ってたよ。全然憶《おぼ》えてないのか？」

「いや……憶えてる」

「ショックがひどかったんだろう」

「そうじゃないんだ。途中からあいつが俺になったんだ」

「……え？」

「なんて言ったらいいのかな……頭をいじくられてる感じだった。あいつらの高周波はそういうことが出来るんだ。テレパシーみたいな感じ。でもちょっと違う気もする。あいつと俺の脳味噌《のうみそ》がごちゃまぜになった感じだ。俺はあいつの考えてることがわかるんだ。いや……それもちょっと違う。その時俺は隅に追いやられてる。あいつに頭を貸してるような感じだ。俺じゃないのはわかってるんだ。でも憶えている感じは俺の感じなんだ。ジェシーが助けに来てくれた。それはわかってた。でも記憶の中にジェシーを知らない俺がいるんだ。ジェシーをジェシーだと思ってない。ひどく警戒してるんだ。俺やジェシーを自分たちとは違う生き物だと思ってる。それは全部あいつの考えてることだ。でもそれが全部俺の中に流れ込んで来る。自分の意識と他人の意識が電波障害で混線してるようだった。あいつは俺の頭の中に手を突っ込んで来て、俺が誰なのか？　仲間なのか敵なのか探ろうとしていた……」

「ビリー、その〝あいつ〟っていうのは何なんだい？」

「……わからない。それをずっと思い出そうとしてるんだが。肝心な部分だけぽっかり穴が開いちまってるんだ」

突然爆発音が鳴った。見ると隣のサルベージ船から矢のついたロープが飛んで行き、漂流船に食い込んだ。

カモメたちが一斉に漂流船から逃げ出した。

「ロープで繋《つな》ぐつもりなのか」

船員たちは次々にロープを打ち込み、その先に風船を繋いでいた。風船にはライトが仕込んであって、白く光った風船が次々に空に上がった。

「じきに陽も暮れる。いい考えだ」

風船の薄明りに照らされた漂流船は海の上に不気味に浮かび上がった。

「……怖がってるんだ。恐怖の叫びだ」ビリーがつぶやいた。

羽陸とゴードンも船室からその光景を見ていた。白いバルーンを括《くく》りつけられた漂流船は遊園地の海賊船のようだった。

「なんかショーでも始まるみたいだな」と羽陸。

「花火でも打ち上げようか」とゴードン。

船員たちが白い風船に気体を詰めている。空に浮いていると感じないが船員たちと比較すると相当大きなバルーンである。その様子をぼんやり見ていた羽陸が突然叫んだ。

「そうか！　その手があったぞ！」

「なんだい？」

驚いたゴードンが羽陸を見た。目を輝かせながら羽陸は言った。

「漂流船に入れますよ」

羽陸はさっそく甲板にライアンたちを集めて、自分のプランを説明した。

「あの高周波に晒《さら》されていながらカモメは何故《なぜ》か平気だった。何故でしょう？　恐らくあの高周波は人間にだけ効くようにチューニングされてるからでしょう。だとしたら高周波の周波数が変われば俺たちにも無害になるはずですよね」

「それは確かにそうだ」とライアン。「しかしどうやって周波数を変えるんだ？」

「いい手があったんですよ。あの風船ですよ」

羽陸は空に浮かぶバルーンを指さした。

「ヘリウムガスです。あれを高周波の発生源に吸わせるんです。ヘリウムガスを吸うと、変な声になるでしょ？　試したことありますか？　妙にカン高いマンガみたいな声になりますよね。つまりあれは周波数が変わってるってことでしょ？」

「なるほど」ビリーがうなった。

「でもどうやって？」とライアン。「吸わせるまでが大変だろ」

「海から攻めましょう。海中は高周波も届いていないですから。船底に穴を開けて、そこからヘリウムを船内に注入する」

「そういうことならウチの若いモンにまかせてくれ」

シバが言った。

「しかしどうかな？」ライアンが難色を示した。「大気中にヘリウムをバラ撒《ま》いたってあっという間に散ってしまうだろう。かなり高い濃度で標的を包み込まないと……シバ、船の図面を見せてくれ」

シバの持って来た漂流船の船内図を見ながらライアンは考え込んだ。

「たとえば船を一旦《いったん》沈めるか」

「なんだって？」

シバが驚いて目をパチクリさせた。

「高純度のヘリウムを確保するには空気が邪魔なんだ。一度船底を水で満たしてから、ヘリウムを注入する……」

「でもそれじゃ、ガスは水をくぐって抜けてっちゃうだけですよ」

「わかってる。だから何かないかな？」

「いい方法があるぜ」

ビリーが割り込んだ。

「なんだい？」

「あのバルーンさ」

ビリーは空に浮かぶバルーンを指さした。

「あいつをしぼんだ状態で船内に突っ込んで、中で膨らませるんだ。船底がバルーンでいっぱいになれば、その分空気は外に押しやられるだろ？　それで最後にバルーンを破裂させたら少しは違うんじゃないか？」

「なるほど。そりゃだいぶ違いそうだ。実際それで何分もつかはわからんが、手をこまねいてるよりはマシだ。どうだい？　シバ」

「んー。よくわからんが、手をこまねいてるよりはマシというのは同意見だ。やってみよう」

シバはさっそくレスキュー隊員たちを海に潜らせた。彼等は二十分で船底に穴を開け、バルーンにヘリウムを注入し始めた。

その間にライアンたちは漂流船に突入する準備をしなければならなかった。突入部隊はシバの部下のネディと羽陸、そしてビリーが選ばれた。ゴードンは病み上がりのビリーを行かせることに反対したが、ビリーはライアンの指示に従った。

「今のところ高周波の主と一番親しいのは君だ」ライアンは言った。「奴《やつ》は怖れている。

怖れをやわらげるのが君の役目だ」

「どうやって？」

「……それはわからん」ライアンは苦笑した。

羽陸は麻酔銃のキットを用意した。

「高周波の主の正体もわからずに使うのはどうかと思うけど、眠ってもらうにはこれしかないですからね」

羽陸はそう言いながら弾を選別した。強力な麻酔を使うと殺してしまう可能性があり、比較的効きの弱い弾を相手の様子を見ながら数発に分けて撃ち込むことにした。弱いと言っても人間が被弾したら五秒も立っていられないほどの威力である。


準備が整うとライアンたちはサルベージ船に残り、羽陸の操縦で三人を乗せたクルーザーは漂流船に向かって発進した。高周波ゾーンの手前ぎりぎりで待機し、漂流船にヘリウムが充満した瞬間に突入しようというのである。

ネディはまだ十代の少年で、何を手伝わされるのかよくわからず、緊張した面持ちで隅に座っていた。

漂流船から炸裂音《さくれつおん》がした。船内のバルーンが割れたのだ。

「ほんとに花火が鳴ったよ」

羽陸がひとり嬉《うれ》しそうにつぶやいた。

サルベージからジャックの声が届いた。

「ハオカ、波型モニターを見てくれ。音の調子はどうだい？」

モニターを確認した羽陸は歓声を上げた。

「キーが変わってる！　効果覿面《てきめん》だ！」

羽陸はクルーザーを漂流船に向けて走らせた。

「高周波ゾーンまであと五〇メートル……二〇メートル」

羽陸は距離をカウントしながらクルーザーの速度を落とし、ゾーン突入に備えた。

「あと一〇メートル」

ネディは緊張した顔でビリーを見た。

「……高周波ってどんなんだい？　痛いのか？」

ビリーは笑ってネディの肩を叩いた。

「大丈夫だ。心配するな」

サルベージの上のライアンたちは息を飲んだ。クルーザーは見えない境界線を突破した。

ビリーはあたりの様子を窺《うかが》った。自分の呼吸音がさっきと変わらず聴こえていた。

「……ア……アア」

ビリーは声を出してみた。問題のエコーは聴こえない。

「……ハオカ……」

「……大丈夫ですか？」

「ああ……俺だ」

「……大丈夫みたいですね」

羽陸の言葉でサルベージのジャックとゴードンが歓声を上げた。羽陸が改めて状況を報告する。

「無事ゾーン突入です。エコーはありません。妙に静かですが、ただ今高周波のレベルは二三〇〇デシベル。ヘリウムが効いてるみたいです」

「よくやった」

ライアンの声が聴こえると、羽陸は肩からドッと力が抜けた。

「……いやあ、本当はうまくいくか自信なかったんです」

ネディはキョトンとしていた。彼は未《いま》だに高周波が何なのかよくわかっていない様子だった。

薄暗い甲板には漁船の乗組員たちが倒れていた。皆意識もなく、抱き上げて揺すってみてもピクリとも動かなかったが、その顔は皆苦悶《くもん》に満ちた表情のまま固まっていた。ネディが状況をインカムでサルベージに伝えた。

「甲板に七人。意識がありません。どうしましょう」

無線からの応答を待たずに羽陸がエディの肩を叩《たた》いた。

「高周波を止めるのが先決だ。中に入ろう」

三人はひとまず船員たちをそのままにして船室に入った。

中にも乗組員たちがあちこちにバタバタと倒れていた。彼等の生存を祈りながらビリーたちは前進した。三人は階段から地下に向かった。時折水中マスクのガラスが細かく振動した。

「共振してるんです。このあたりは甲板の数倍の高周波ですからね」

羽陸が言った。

ビリーはその声がわずかに残響を帯びている気がして耳を澄ました。

〝……このあた……甲板の数……周波で……〟

「時々エコーしてますね」と羽陸。「音の成分の減衰が少なくなってるんです」

「どういうことだい？」

「音源に近づいたせいで音の抜けがよくなったってことです。粒立つっていうか。……まあよく聴こえるってことです。高周波っていってもいろんな音の成分が混じり合ってます。その中に結構きわどいのもあるんでしょう。目標が近い証拠です」

三人は船底につながる扉の前に辿《たど》り着いた。扉の下から水が流れ出している。レスキュー隊員たちが開けた穴から水が漏れているのだ。

ノヴに触れたネディが突然飛び上がった。

「どうした？」

「い……いや。静電気みたいな……」

見ると扉のボルトが緩んで、カチカチ音を立てて踊っている。

羽陸が扉の表面に触れてみた。鉄板と指先の間でビィーンという音がした。

「すごい。高周波で音叉《おんさ》みたいに振動してるんだ」

羽陸たちはその扉を開けた。中はガランとして人気はなかった。あちこちに炸裂《さくれつ》したバルーンの破片が散らばっている。

ネディが不安な顔で言った。

「この中に何かいるの？」

その声にビリーは思わず噴き出した。ネディの声はまるでドナルド・ダックのようになっていた。この部屋の中はヘリウムガスが充満しているのだ。予備知識のないネディは驚いて「あ、あ」と自分の声を何度も確認した。

「……なんだ？　この声！」

部屋の真ん中に大きな四角い枠が見えた。それが生け簀《いけす》だった。三人は恐る恐る中を覗《のぞ》いた。そこには真っ黒な水面が広がっていた。

「この中にいるのかな？」とビリー。羽陸は頷《うなず》きながら水面を指さした。よく見ると水面には幾何学的な模様がレリーフのように浮かび上がっている。

「実験の時によく見る波紋です。あの模様の感じだと……中にいますね、あいつは」

ビリーたちは生け簀の水面を見つめた。暗い水の中は何も透視できなかった。

「何がいるんだ？」ネディの声は緊張していた。

「さあ。でも到底イルカとは思えませんがね」と羽陸。「ま、何かがいるんでしょうね」

ネディが懐中電灯をつけようとした。

「光は駄目です。刺激すると厄介です」

「怖がってるんだ、きっと」ビリーが言った。

「なんとかリラックスさせられるといいんですがね」と羽陸。「しかし恐怖に駆られてる動物に落ち着けと言っても無理でしょう。姿が見えないんじゃあ麻酔銃も使えないし……まいったな」

〝姿が見えないんじゃあ麻酔銃も使えないし……まいったな〟

羽陸の声が反復した。三人はギョッとして顔を見合わせた。

〝姿が見えないんじゃあ麻酔銃も使えないし……まいったな。姿が見えないんじゃあ麻酔銃も使えないし……まいったな。姿が見えないんじゃあ麻酔銃も使えないし……まいったな〟

反復は止まらないばかりか音量も次第に上がって行く。そればかりではなかった。反復する音は三人が喋《しゃべ》っていた会話を遡《さかのぼ》り始めたのだ。

〝しかし恐怖に駆られてる動物に落ち着けと言っても無理でしょう。なんとかリラックスさせられるといいんですがね。怖がってるんだ、きっと。光は駄目です。刺激すると厄介です。ま、何かがいるんでしょうね。さあ。でも到底イルカとは思えませんがね。何がいるんだ？　中にいますね、あいつは。あの模様の感じだと……実験の時によく見る波紋です〟

それはエコーとかいうような物理的な作用ではなかった。明らかに意図的な現象だった。

「人魚の歌だ！」

ネディは絶叫して、パニックに陥った。

羽陸もわけがわからない。

「ヘリウムが効かない！　どうなってるんだ？」

「どうした？　ハオカ？」

無線からライアンの声がした。

「〝ローレライ現象〟です！　ヘリウムが効かないんです！」

そう喋る言葉が次々と反復音に転化してゆく。

「チューニングを変えたんじゃないのか？」

ビリーが言った。

「え？」

「あいつ自分の声がカン高くなっちまったんでチューニングを変えたんだよ、きっと」

「そんなに賢いの？　そいつ！」

「しかしヘリウムまで学習されちまったってことは……」

「もう打つ手なしです！」

羽陸は立ち上がって麻酔銃に弾を込めた。

「もうやるしかない！」

羽陸は水面に向かって銃を一発放った。

「当たったか？」とネディが言った。

「そんなのわかんないですよ」

羽陸は頼りなく言った。

次の瞬間、激しい水飛沫《みずしぶき》と共に何かが飛び上がった。そいつは天井近くまで跳躍して再び生け簀の中に沈んだ。三人はショックで声が出なかった。羽陸がビリーを見た。

「……今の……人間？」

三人は一瞬だったが、生物の正体を目撃した。確かに羽陸の言う通り、その生物は人間のような姿をしていた。

「人魚だ！」ネディが叫んだ。「伝説は本当だったんだ！」

そう言いながらネディが生け簀を覗き込んだ。再び飛沫が上がって、ビリーたちは魚臭い水を頭からかけられた。眼を開けるとネディの姿がなかった。

「しまった！」

羽陸は再び水面に向かって麻酔銃を撃った。今度は立て続けに三発連射した。

「クソッ！　当たったかどうかわかんねえ！」羽陸は舌打ちした。

「まだ当たってない」とビリーが言った。

「どうしてわかる」

「あいつの意識がここまで来てる」

「ここまでって？」

「銃を貸してくれ。俺がやる」

羽陸から銃を借りるとビリーは水面に向けて構えた。構えながら叫んだ。

「なんだ？　それは？　それで殺すのか？」

ビリーが突然わけのわからないことを言い始めた。

「え？」

羽陸はビリーの顔を見た。

「殺しはしない。少し眠るだけだ」

ビリーは生け贄に向かってそう言った。

「誰と喋ってるんですか？」

「眠りたくない！」ビリーが叫んだ。そして続けてこう言った。

「大丈夫だ。いやだ！　死にたくない！　心配するな。お前を恐怖から解放してやる。いやだ！」

ビリーは一人二役を演じているようだった。

「イタコみたいだ」

羽陸は日本語でつぶやいた。

ビリーは狙《ねら》いを定めて一発だけ撃った。

「当たったのか？」

羽陸の声にビリーは頷いた。そしてふらふらと羽陸の肩にもたれかかった。

「大丈夫ですか？」

「効いて来た。結構強力だな……これ……」

突然ビリーは床に倒れ伏した。ひっくり返してみると大鼾《おおいびき》で眠っている。

「どうなってんだ？」

羽陸は生け贄を覗いてみた。ネディが仰向けで水面に浮かんで来た。

「ネディ！」

羽陸の呼びかけにネディは反応しなかった。ネディは意識のないまま呼吸だけしていた。微《かす》かに鼾をかいていた。

「ライアン……聴こえますか？」

羽陸はサルベージのライアンに無線を送った。

「大丈夫か？」とライアン。

「高周波止まりました。応援お願いします」

「ビリーたちは？」

「みんな眠ってます」


まもなくライアンたちが到着した。高周波は完全に鳴り止んでいた。シバの部下たちが船内の乗組員たちをサルベージに運搬した。全員意識はなかったが、生きていた。

地下の生け簀にはネディがまだ仰向けになって浮かんでいた。ビリーも床の上で眠りこけていた。ジャックがビリーの頬《ほお》を叩《たた》いたが眼を覚まさない。

「どういうことだい？」

ライアンが羽陸に訊《き》いた。

「よくわからないんですが……彼にも麻酔が効いてるんでしょう」

「お前、ビリーにも撃ったのか？」とゴードン。

「いいえ。なんて言うか……幽霊が乗り移ったみたいでした。なんかいい表現がないんですけど。なんていうか……幽霊が乗り移ったみたいに……駄目だ。他の表現が浮かばない。つまり幽霊が乗り移ったみたいだったんですよ」

支離滅裂な説明をする羽陸の後頭部をジャックが撫《な》でた。

「なんだ？　お前。ヘリウムにアタマやられたのか？」

「まあ詳しいことは後だ」とライアン。「とにかくこの中にいるんだな」

「はい。この眼で見ました。なんていうか……人間みたいな奴《やつ》です」

「人魚か？」とシバ。

「いや……まあ……そう言えば言えなくはないですけど……。とにかく……駄目だ。言葉にできない。まあ説明するより見た方が早いですよ」

そう言うと羽陸は立ち上がってスキューバのタンクを担ぎ上げた。

「ハオカは休んでろ」

ライアンは羽陸のタンクを自分で担いだ。

「ゴードン、ジャック、潜るぞ」

「え？　俺も潜るのかい？」

ジャックは気乗りのない声を上げたが、その割にいそいそと準備は手早かった。ネディの残した図面によると生け簀の深さは五メートル。そこに問題の生物がいる。緊張と興奮は否が応にも高まった。

生け簀に入ったライアンたちはネディをロープで縛り、シバと羽陸が上から引っぱり上げた。ネディは相変わらず眠ったままだった。ネディの救助を終えたライアンたちは水中ライトのスイッチを入れて、顔を見合わせた。

「なんか足元がムズムズするぜ」とジャック。

三人は潜水した。

生け簀の中はひどく濁っていた。ライアンたちはライトを照らして問題の生物を探した。

「あれか？」

ゴードンが指さす方向にぼんやりと人影のようなものが見えた。ライアンとビリーを襲い、漁船を漂流せしめ、救援のヘリを消失させた問題の高周波の主は一発の麻酔弾にあえなく屈し、生け簀の壁面に凭《もた》れかかるようにして眠っていた。そしてその姿を三人の人間の前に無防備のまま晒《さら》していた。

それは人魚と呼べば人魚であった。海の中に棲《す》み、それに適応した肉体的特徴を持つ生物を遠い我々の祖先は人魚と呼び習わしていたのだろう。しかし魚のような下半身を持つ、我々の知る架空動物の人魚とは少し勝手が違っていた。目の前の生物には歴《れっき》とした二本の足があった。足のある幽霊を幽霊と呼ばない厳密さを以《も》ってすれば、この人魚も人魚ではなかった。ならば半魚人と呼ぶべきか、水中人間と呼ぶべきか、あるいは鰭《ひれ》人間、海人……呼称は何とでも可能だった。いずれにせよ、その呼称は我々人間が初めて彼等に対して使う言葉になるはずだった。それが人魚だとしても。

ライアンは混乱する脳裏の中でそんなことを考えた。そして人魚と銘打ったとしてもその命名者はライアン・ノリスであるという事実は歴史に長く残るのだ。私利私欲を頭からいくら追い出そうとしてもライアンは口許《くちもと》が緩んで来るのを禁じ得なかった。甘いものに目がない子供がシュークリームを見て口の中に溢《あふ》れる唾液《だえき》を止めることが出来ないように、前代未聞の生物を前にしてライアンの脳髄からは歓喜のホルモンが無邪気に迸《ほとばし》り続けた。それが如何《いか》に不謹慎だとわかっていても制御出来なかった。ライアンは歓喜に我を忘れて科学者でさえなくなりそうな自分を懸命に我慢した。釣りで巨大なマーリンを仕留めたのとはわけが違うのだ。ライアンは必死で自分に言い聞かせた。

「人間に非常によく似た種だろう」

ようやく口にしたのがそれだった。あまりにも意味のない所見にジャックが鋭く突っ込んだ。

「そんなの見りゃわかるよ」

「オスだ」

「見りゃわかるよ」

彼の股間《こかん》には人間と何ら変わらない性器がぶらさがっていた。

海中の屈折率では正確なサイズはわからなかったが、自分たちと比べてもその人魚は二メートルは優に上回っていそうだった。肌は透き通るように白く、頭部には褐色の長い毛髪まで生えていた。だらりと垂れ下がった腕の先には人間より長い指が伸びていて、指の間を半透明の水かきが覆っていた。足を見ると、更に変形していた。足の指が手の指を遥《はる》かに上回り、厚みのある水かきが間を埋めていた。そのサイズはライアンたちの装着しているフィンに匹敵するほどだった。形状はカエルの足によく似ていた。ライアンは水面を藻《も》のように漂う髪の毛をかき分けてうつむいた顎《あご》をグイと持ち上げた。

「おおっ！」

ジャックとゴードンが同時に声を上げた。

その顔はまさしく人間そのものだった。

「本当に人魚なのかい？　人間じゃないのか？　これ」ジャックが言った。「そうとしか思えねえ。人間だって言ってもらった方がスッキリするぜ」

「確かに人間かも知れない。人魚かも知れない」とライアン。「まあ今は何とも言えない。調べてみないことにはな。とにかく連れて行こう」

三人はその生物を抱えて浮上した。

イルカ用担架で甲板まで運ばれた人魚は島民たちの喝采《かっさい》を受けた。誰もが初めて見る人魚に興奮を隠せなかった。群がる人垣《ひとがき》をかきわけて、ライアンたちは人魚を自分たちの船まで運ぼうとした。レスキュー隊員の一人がライアンの肩を摑《つか》んだ。

「おい、何処に持って行くんだ？」

「うちのラボにさ」

ライアンからすれば当然のことだった。ところがレスキュー隊員たちは猛烈に反対した。

「駄目だ。何考えてるんだ？」

「海に還してやれ」

それが彼等の意見だった。ライアンは島民たちの過剰な反応に唖然《あぜん》とした。ジャックに至っては顎がはずれたみたいに口があんぐりと開いてしまった。

しかしシバも隊員たちと同意見だった。

「こいつら今はレスキュー隊員の格好をしてるが、みんな普段は漁師なんだ。わかるだろ？ 海の恵みを受ける者にはそれなりの掟《おきて》がある」と、シバは言った。

「おいおい、みんなどうかしてるぜ。こんな大発見をみすみす見逃そうっていうのかい？」とジャック。

一番年配の男が言った。

「昔、人魚をモリで刺し殺した漁師がいた。漁師は別に悪気はなかった。しかし海の神は怒って人間に魚を獲らせないようにした。神様の罰は百年続いたそうだ」

「百年魚が獲れなかったら俺たちはもうこの島じゃ暮らせない」

「そうだ。返してやれ」

彼等は口々に海に戻せと叫んだ。

「迷信だよ、そんなの！ じゃあ百年魚が獲れなかったお前らの祖先はどうやって百年暮らしたんだい？」ジャックがわめいた。

「迷信なのはわかっている」と、シバ。「しかし俺たちはその迷信を信じてきた。もう何百年もだ。あんたたちは科学を信じてる。でも何年それを信じてきた？」

「え？」

「科学なんて十年やそこらで言うことが変わっちまうじゃないか」

「いやそれは……」ライアンは反論しようとしたがその先が詰まってしまった。

「科学なんて所詮《しょせん》そんなもんだ」

ライアンは一瞬反論が出来なかった。

「勝手なことしたら、あんたたちをこの島から追放するぞ」

誰かが言った。

「俺たちの許可がなければあんたら沖に船を出すことだって出来ないんだぜ」

別なひとりが言った。

「おいおい別にお前らが許可をくれるわけじゃないだろ？」

ジャックが言い返した。

「ジャックやめろ」ライアンがジャックを制した。「煽《あお》ってどうする」

そしてライアンは感情を押し殺しながらシバたちに頷《うなず》いて見せた。

「わかったよ」

ライアンが言った。

「シバの言う通りだ。この場で放そう」

「わかってくれるか」

シバがライアンの肩を叩《たた》いた。

「ただ、今は麻酔で眠ってる。あと二時間は目を醒《さ》まさないだろう。このまま海に落としたら溺《おぼ》れ死んでしまう。二時間だけ待ってくれ」

「わかった」

「それから……何と言われようとやはり俺たちは科学者だ。科学者って言うのは……なんて言うかな……好奇心の塊なんだ。せめて目を醒ますまでの間、こいつを調べさせてくれないか」

「解剖したりするのか？」

「まさか。ただこいつが何なのか、その手がかりだけ欲しいんだ」

シバたちは怪訝《けげん》な顔でライアンを見た。ライアンの商談はまさに綱渡りの様相だった。

「そうだな……血を一〇〇cc」

「血を採るのか？」

「まずいか？　迷信的に何かあるのか？」

「……ないが」

「献血ん時に採られる血が二〇〇ccとか三〇〇ccとかだ。その半分ぐらいだ。全然影響ない量だ。それから、皮膚組織を……これは……どこか無理ないところで……」

「皮を剝《は》ぐのか？」

「いや、ちょっとだ。一センチメートル四方ぐらい……　厚さは一ミリもないぐらいだ」

「………」

「あと歯だ。歯は分類の貴重な手がかりになる」

島民たちは現地語で何やら話し合っていたが、ひとりがこう告げた。

「やっぱり駄目だ。あんたそうやって最後は骨までバラバラにして持って帰る気だろ？」

「そんな。そういうわけじゃないよ。じゃあ歯は諦《あきら》めるよ」

「体には一切触らせん。血も駄目だ」

「さっきいいって言ったじゃないか！」

ライアンが妙に冷静さを失って叫んだ。

「俺たちにはいいとか悪いとかいう資格はないんだ。すべては海の神様の思《おぼ》し召しだ」

年配の男が言った。

「こいつに出会えたのも神様の思し召しじゃないのか？」とジャック。

「神様は試されているのだ。我々人間を」

ライアンは絶句したまま人魚を見つめた。どうにもならない衝動がライアンを支配していた。こいつを海に逃がしてしまうなら、死んだ方がマシだった。

何か方法はないのか？

「ライアン、レントゲンは？　レントゲンならこいつを傷つけなくていい」羽陸が言った。

「それはいい考えだ」ライアンが言った。

「こういうのはどうだい？　あんたたちにもラボまで同行してもらうんだ。だったら安心だろ？」

「それがいい！」とゴードン。

シバが呆れ果てて言った。

「あんたたち科学者っていうのはどうしてそうなんだい？」

「え？」

「そんなにこんなもんの正体を知りたいのか？」

「そりゃ……あんたたち知りたくないのか？」ライアンが言った。

「知りたいも何も、こりゃ人魚だ」

「そうは断定できない。いろいろ調べてみないとわからんさ」

「まあ何だろうと、この島じゃ人魚って呼ぶんだ」

「……珍しくないのか？」

「珍しいさ。だから逃がしてやらなきゃいけないんだ」

「…………」

「ちょっと調べたらもっと調べたくなる。きりがないぜ」

「シバ、あんたたちの立場はわかったつもりだ。しかし俺たちにはこいつを解明しなきゃならない義務があるわけで……つまり……」ライアンはしどろもどろだった。自分でも考えがまとまらなかったが、何か言わなければ目の前の大発見がみすみす失われてしまうのだ。

「あんたたちは所詮他所者《よそもの》だ。だから俺たちが魚が獲れなくなっても構わないんだろ？」

誰かが言った。

「そんなことは……」

「どうせお前ら自分たちの手柄しか考えてないんだ」

「イルカ調査とか言って呑気《のんき》に沖で釣りなんかやってるそうじゃねえか。白人がリゾート気分でいい気なもんだぜ」

ゴードンがうろたえた表情でライアンを見た。

「そんな話は関係ないだろ？　あんたらだって巻き網でイルカをバカバカ殺してるじゃねえか！」

キレたジャックはもはや自制心を維持することが出来なかった。「俺たちが観測してるだけでも年間に物凄《ものすご》い数のイルカがこのあたりから消えてるんだ。なんでだか知ってるだろ？　あんたらが網にひっかかったイルカを殺して捨てちまうからさ」

「俺たちは殺してない！　ひっかかったイルカはもう死んでるんだ」ひとりが言った。

「ホラ見ろ！　やっぱり殺してやがったのはお前らだったんだな！　俺たちのかわいいイルカたちをお前らの私利私欲の巻き網が殺しまくってやがるんだ」

「やめろジャック！」ライアンが仲裁に入ったが沸騰してしまったジャックは止まらない。

「どいつもこいつもナチュラリストぶりやがって。この海を血まみれにしたのはお前らじゃねえかよ！」

「俺たちは生活のためにやってるんだ」ひとりが言った。「そうしなきゃ生きていけないんだ」

純朴そうなその男はジャックの批判に胸を痛めている様子だった。ところがジャックの言葉は容赦ない。

「あれあれ？　お前ら獲った魚全部ちゃんと食べてるのかい？　違うじゃねえか。いらない魚はどんどん沖に捨ててるんだろ？　生きていけないわりには贅沢《ぜいたく》な連中だな。それも神様の思し召しかい？　お前らの神様は食べ物を粗末になさいとおっしゃるのか？」

「そうさせてるのはお前らの国の連中だろ？」また違うひとりが目玉を怒りで充血させながら言った。「ほとんどの魚はお前たちの国に送ってるんだ！」

「そうさ。ウチのグランマもグランパも魚が大好きでさ、でもふた切れぐらいしか口にしないのさ。コレステロール気にしてさ。ふた切れのムニエルのために人間は何百匹の魚を殺すのさ。ウチのグランパたちも悪いが、あんたたちだって同罪だぜ。俺たちに文句言う前にあんたらのボスを島から追い出したらどうなんだい？　あんたらに悪魔の魚法を伝授した外国人たちをよ！」

「いい加減にしろ、ジャック！」

ゴードンがジャックを殴った。強く殴り過ぎてジャックは甲板の上にひっくり返ってしまった。

「何しやがんだ、ゴードン！」

「頭冷やせ馬鹿！」

「この野郎、いつもの鬱憤《うっぷん》をこんなところで晴らす気かよ」

「何だと？」

「島の連中の肩持っていいカッコしやがって！　テメエはだから馬鹿なんだよ！　学者だったらこいつをラボまで連れてく算段をどうして考えられねえんだよ。学者失格だァ！　テメエなんざ」

ゴードンは顔を真っ赤にしてジャックの脇腹《わきばら》を何度も蹴《け》った。爆発した巨漢のゴードンを取り押さえるにはライアンと羽陸の力では足りなかった。シバとその配下までが飛びかかって熊のようなゴードンを止めた。

「神様はこの一部始終を見ておられるぞ」

年長者はそう言って天に十字を切った。

ジャックは脇腹を押さえながら、ゆっくり立ち上がると無言でクルーザーに帰って行った。羽陸は甲板の人魚を見ながら懸命に頭を回転させた。何とかこの証拠を残す手だてはないものか？

――あった！

それに気づいて、羽陸はゾッとした。その最も単純な方法に気づかなかったら一生後悔しただろうと思うと背筋が寒くなったのだ。

羽陸は島民たちに言った。

「あの！　写真ならいいですよね！」

ふりかえった島民たちの返事も待たずに羽陸はクルーザーに向かって走っていた。クルーザーの中でジャックがふて腐れながら煙草を吸っていた。

「何やってんですか！　ジャック！　写真ですよ、写真！」

しかしジャックの反応は鈍かった。フンとそっぽを向いて煙草を吸い続けた。

羽陸がカメラボックスをかかえて戻って来ると連中はいつもの気さくな漁民に戻っていた。そして人魚を囲んでカメラを待っていた。

「さ、にいちゃん。撮《と》ってくれ！」

羽陸は呆《あき》れ返った。

「そういうつもりで持ってきたわけじゃないのに」

羽陸は居並ぶ漁民たちを相手にしぶしぶファインダーを覗《のぞ》いた。前にこんな構図の写真を見たことがあった。

……あれは人間と手をつないだ火星人が写っているいかがわしいモノクロ写真だった。

「こんな写真、誰が見たってイカサマだと思うでしょうね」

羽陸は泣く泣くシャッターを切った。

「じゃあ、俺が撮ってやるから兄ちゃん入れ」

ひとりが羽陸からカメラを取り上げようとして、手を滑らせた。カメラは甲板に落ちてレンズが割れてしまった。

「ああ！」

フィルムは無事だったが、シャッターもいかれてしまってもうそれ以上撮るのは無理だった。

「海の神様が怒ってらっしゃる」

カメラを落とした男が苦し紛れにそう言った。

それから暫くして人魚が少し動き始めた。麻酔が切れ始めて来たのである。ライアンの指揮で人魚は海に還された。羽陸とゴードンが海に入ってまだ眠りから完全に醒めない人魚を下から支えた。

「俺も手伝うぜ」

ふりかえるとジャックがクルーザーから姿を現わした。

「ふてくされて人魚の最後の姿を見損ねたなんて言ったら末代までの恥だからな」

そう言ってジャックは海に飛び込んだ。

人魚は次第に覚醒して、手を放しても自然に水中でバランスがとれるぐらいまで回復していたが、自分が人に抱かれているということにまだ気付いていないようだった。それを見たジャックがこう言った。

「おいおい、いつまで甘えてるんだ?」

そして人魚の尻《しり》をパンと叩いた。人魚は驚いてグンと跳ねた。ものすごい力にジャックたちは跳ね飛ばされた。

人魚はひと跳ねで海中に消えた。

まるで人魚と呼応するように甲板に横たわっていたネディとビリーが目を醒ました。ビリーの眼にまず飛び込んで来たのは奇麗《きれい》な朝焼けだった。ビリーは自分がそこにいる意味もわからないまま、ぼんやり朝焼けを眺めた。

捕　獲

クルーザーはラボへの帰路をひた走っていたが、ライアンたちの頭の中は辿《たど》れなかったもうひとつの道を何度も繰り返しなぞっていた。もしあの人魚を連れ帰ることが出来ていたら……そう思うと彼等の悔しさは筆舌に尽くし難かった。それぞれ押し黙ったまま微動だにもしなかったが、心の底では床に穴が開くほど地団太を踏みたい心境だった。

意識がまだ朦朧《もうろう》としていたビリーは状況がよくわからず、羽陸から海に還したと聞いて「せめてひと目会いたかったなぁ」と呑気《のんき》な感想を漏らしたが、周囲の反応はひどく鈍かった。

帰路についてまだ五分も経たないうちにジャックがエンジンを止めた。クルーザーは波にまかせて大きくローリングを始めた。

舵《かじ》を取っていたジャックは甲板に出ると船首錨《せんしゅびょう》をわざわざ降ろして引き返して来た。こんなところに停泊して一体何を始めようとしているのか誰にもわからなかった。ジャックは妙に真面目《まじめ》な顔でこう言った。

「さっきのことは謝るよ。ゴードンにも悪かった」

「いいよ」ゴードンは苦笑した。「俺《おれ》も悪かったよ」

二人は握手し、お互いに抱擁した。ゴードンを抱きしめながらジャックは話を続けた。

「あん時は興奮しちまって考えもしなかったが、頭を冷やしてみたら確かに島の連中の言い分の方もわかる気がするよ。連中の前であんな醜態晒《さら》して、この島での俺たちの信用にスッカリ傷がついちまった。それは俺が一番悪いんだが、ライアン、あんただって同類だったろ？　あの時は」

「え？……そうだな」

煮え切らない様子でライアンは同意した。

「そこでだ。もう一度考えてみたいんだ。俺たちがもしあの時冷静だったらどうしてたろう？」

ジャックの突然の問題提起に全員が怪訝《けげん》な顔をした。

「おいおい、こんなところで船止めて、何が言いたいんだ」とゴードンが言った。

「さっきの俺たちはチームワークがバラバラだった。あんな重要な局面であんなことじゃあこれから先だって思いやられる。そうじゃないかい？」

「……まあ、そうだが」

「だから確認したいのさ。もし冷静に判断できてたら人魚をどうしてた？」

ライアンたちは返事に困った。

「正直に答えてくれ。飾らずにな。俺はお互いの真意を知りたいだけなんだ。みんなはどうだい？　これはライアンだけの問題じゃない。俺たち全員の問題だ」

船室の面々は互いに顔を見合わせて困惑の表情を浮かべていた。そのうち羽陸が口を開いた。

「冷静に判断してたら連れて帰るでしょう」

「どうして?」

「連れて帰らない理由がないですよ」

「連れて帰る理由はあるかい?」

「連れて帰る理由は……調べたいからですよね。でも調べるということは罪ですか? 僕らは毎日イルカを調べてる。これも罪なんですか?」

「もし冷静に判断しろと言われたら……」ライアンが言った。「俺たちは当然科学者的態度に出るだろう。冷静であろうがなかろうが科学的価値があるものは調べたくなる。それが科学者の本能みたいなものだ」

「つまりどっちに転んでも捕まえてしょっぴいてったってことかい?」

ジャックは性急に結論を出そうとする。ライアンはそんなジャックの本心を計りかねながら曖昧《あいまい》に回答する。

「島の連中がいなかったら連れて帰ることに疑問も抱かなかっただろうしな」

「てことはあんたにとってこの状況は、今俺たちがここにこうしている状況ってのは要するに島の連中に邪魔立てされて大事な教材を海に捨ててしまったってシチュエーションかい?」

「んー。難しいな」

「何が？　何が難しいんだい？」

ジャックはせっかちにライアンを追い立てる。

「難しいさ。俺たちには考える時間が必要なんだよ。あの人魚が何なのか？　生物的意味は？　自然環境的側面はどうだろう。そういうことはすぐには結論は出ない。しかしそんな結論を人魚は待ってはくれない。だから最低限のデータだけは押さえておきたかったってわけだが……」

「程度問題って言うのもあるでしょう」と羽陸。「行きすぎた検査で人魚を殺してしまったとしたらそれは罪ですよ。でも僕らは誰よりも程度というのを知ってるわけでしょ？」

「ゴードンはどうだい？」

「俺は……やっぱり連れて帰ったかな？　わからんが、あんなモノを見て冷静でいろと言われても俺には無理だよ」

「まあ、それも一理だな」

「確かに人間はすぐに限度を越えてしまう」とライアン。「学者なんかその最たるものだ。それを避けるのはあとはもう良心だけだろう。科学者としての良心。人間としての良心。しかし我々は今までそういうこととうまくつきあって来たんじゃなかったかね。伊達《だて》にイルカたちと寝食共にして来たわけじゃない。そうだろ？」

「それは俺たちの誇りだ」とゴードン。

「確かにあんな凄《すご》い生物に遭遇して冷静さを失っていたのは事実だ。正直に言えば学名に自分の名前が残るかも知れないなんて浅ましいことも頭をよぎったりもしたよ。それで島の連中からは冷血な科学者呼ばわりされて動顚《どうてん》もした。俺だって人間だ。正直に言えばそうさ。シバたちの言うことに従った判断だって、島の連中に俺は冷血な科学者とは人種が違うんだってとこをアピールしたかったのかも知れない。俺はイルカと自然を愛するライアン・ノリスだってところを誇示したかっただけかも知れない。ただイイ格好したかっただけなのかも知れない。しかし冷静に考えれば俺たちが環境保護だって自然保護だってきっちりわきまえた学者だというのも事実だ。あいつに対してどう対処するのがベターなのかは心得てたんだ」

「つまり結局は人魚をラボに持ち帰りたかったってことだろ?」

「まあ……そうなるな」

「捕まえた人魚はどうする? ウチのプールで飼うのかい?」

「そうだな。飼えれば飼ってみたいというのがライアン・ノリスの本能だろうな。しかし必ずしもそういうわけにはいかないことを俺たちはよく知っている。彼等が飼育に適さなければ海に戻す。それがルールだ」

「相手が生まれて初めての生物でもか? イルカとはわけが違うぜ」

「情報不足というのは勿論《もちろん》だ。そうさ、あいつに関して言えば俺たちはシロウトさ。しかし同様にイルカに対して人間がシロウトだった時代だってあるんだ。なんだってそうさ。

そういう時代を経なきゃ何だって前には進まない」

「なるほどね。クジラの情報にしたって確かに日進月歩で進化してる。それはクジラ保護に大いに役立ってるのも事実だ。しかしその土台は捕鯨時代の情報だ。その頃人間はクジラを海に浮かんだガソリンスタンドぐらいにしか考えてなかったんだぜ。あいつらは動物でさえなかった。ただの燃料だったんだ。俺たちはイルカに対しても最初からグッドな予備知識が与えられてた。生存頭数がどのくらいなのか、保護や共存に対してどのくらい注意が必要なのか。優れた先達諸氏が大変な労力を費やして得たデータがあったわけだ。しかしその中には海軍の軍事目的のイルカのデータだって含まれてるんだ。イルカたちの血で汚れたデータさ。俺達がきれい事でクリーンな研究をしていますって言ったって、そういうデータを頼りにしてるのは事実さ。つまりそういう点じゃ俺たちも同罪なんじゃないのか?」

「ジャック、俺達は何も人魚でろうそくを作ろうとしてるわけじゃないですよ」と羽陸。

「そんなことは言ってない。俺が言いたいのは、あいつが人類が発見した人魚第一号であると同時に人間による犠牲人魚第一号になりゃしないかってことさ……なりゃしなかったかってことさ」

「それは飛躍だよ」とライアン。「俺たちは二十世紀の人間じゃないんだぜ。なんでも切り裂いてホルマリン漬《づ》けにするような時代はもう終わったんだ。イルカに傷や穴を開けるような馬鹿げた実験を俺たちがしたことがあるかい?」

「知識がなさ過ぎるんじゃないかって言ってるんだ。俺達にあいつを扱う資格があるかどうかが問題なのさ」

「ジャック、だからそれは二十世紀的発想だ」

「馬鹿げた発想なのか？　俺は馬鹿なのか？」

「……そうじゃないが」

「そう言ってくれよ。その方がスッキリする」

ジャックは妙に落ち着きがなくなっていた。ジャックは矛先をビリーに向けた。

「ビリーはどうだい？　あんたはゲストだが、動物雑誌の記者としてコメントぐらいあるだろう」

「まあ、そうだな。自分の立場を言えば、確かに記事にはしたいが、記者には記者の良心がある。それをなくしてしまったら俺は『ネイチャー・パラダイス』にはいられないよ。ラボに連れて行くってことに関してはライアンの意見に異論はないが、賛成もできない」

「どうして？」

「俺にはライアンのようなノウハウがないからな。ただそれだけだ。そこは専門家の領域だ」

「俺だって人魚の扱いなんて知らないさ」とライアン。「ただ知らなくてもできる最低限のことはある。まあ確かにそこは専門家の領域だ」

「しかしひとつだけ批判めいたことを言ってもいいかい？」とビリー。

「いくらでもどうぞ」とジャック。

「人魚の側に立って考えた場合、俺たちにラボに連れて行かれるメリットはなんだい？」

「え？」ライアンは明らかに困った顔をした。「そう言われるとつらいな」

「なんだい？　一気に形勢逆転かい？」とジャック。「羽陸、反論はないのか？」

「確かにむこうにはメリットなんかないでしょうね。ほっといてくれってとこでしょう。いや、これは案外いい考え方ですよ。大きなお世話だったんですよ、僕らのしようとしていたことは。そう考えたらあっさり諦《あきら》めもつきませんか？」羽陸は言った。

「ハッハ、確かにそうだ。人間諦めが肝心だ。大きなお世話。その通り」

ライアンも居直って笑い出した。

「結局僕らは人魚を捕まえられなかった。それが事実なんですよ。ジャック、君には悪いけどこのディベートは不毛ですよ。もし何か結論が欲しいならもうちょっと待つことです。人魚を捕獲できなかったたってことが何を齎《もたら》すのか、何を齎さないのか？　今ここで話し合ったって誰にもわかりませんよ」

「何だい。もう諦めるのか？　俺はもっとみんな悪どいかと思ったが、結構紳士なんだな」

「そういうジャックはどうなんだ？」とビリー。

「俺にインタビューかい？」

「そういうことじゃないけど」

「そうだな、俺はもっと悪どいね。あんたらとは育ちが違うからな。ガキの頃に万引きして仲間と警察にしょっぴかれたことがあったよ。でもそん時の担当警官がいい男でね、俺もガキの頃に万引きしたことがあったって話をしてくれた。やっぱり同じように仲間同士で盗みをやったって言うんだ。だからお前らを見てると昔の自分を思い出すよって、俺たちの頭を撫《な》でてくれた」

「何の話だい？」とゴードン。

「つまらん昔話さ。まあ聞けよ。何処《どこ》まで話したっけ？　あ、そうか、その警官の昔話か。そうそう、そいつも万引きで警察にしょっぴかれたんだ。俺たちみたいに。ところがその時の担当警官がまるで実の親父《おやじ》みたいに叱《しか》ってくれたそうだ。その警官は言うんだ。実の親父にさえ親父らしく叱られたことがないのにってね。それ以来彼は警官になるって心に誓ったそうだ。そして彼は晴れて警官になったってわけだが、そんなある日、一人の強盗犯を逮捕したそうだ。顔を見たら見覚えがあった。昔一緒に万引きした当時の仲間だったんだ。……そんな話だったな。出来心ってのは誰にでもある。しかしそれはいつか大きなツケになって返って来るんだってヤツは言った。いつかは自分で善悪を考えなきゃいけないんだってね。ところがその話を聞きながら俺はつくづく自分が厭《いや》になっちまった。何しろそん時俺はまだ盗んだ宝石を隠し持ってて、それがバレないことだけを考えてたんだからな。ま、俺はそういう奴《やつ》さ。どうも未《いま》だに当時の小狡《こずる》さが抜けないんだ」

「それはわかる」ゴードンが言った。

「ハッハ。だから俺には何も言う権利がない。だからあんたたちが決めてくれ」

「なにを？」とライアン。

ジャックは妙な笑みを浮かべている。

「ジャック、お前が一番よくわからんよ。チンプンカンプンだ。一体今のは何のための議論だったんだい？　何が言いたかったんだい？」ライアンが言った。

「俺には自信がないんだ。人魚を捕まえたとして、それがいいのか悪いのか考えてもちっともわからねえ。確かに人魚にとっちゃ余計なお世話さ。でも知りたい。あれが何なのか知りたい。知ることが罪だとは思えねえ。それは羽陸と同意見だ。あんなもん見ちまって冷静でいられるわけがない。その点じゃゴードンと同意見さ。さっきから舵《かじ》を取りながら何度も考えちゃいるんだが、結論が出なかった。それでみんなの意見を聞いたんだ。でも結局よくわからなかった」

「妙な奴だ」ライアンが言った。「しかしまあ確かに結論なんてないのかも知れないな」

「それじゃ困るんだよ！」ジャックは興奮気味に言った。「俺に決めさせないでくれよ。俺にはわからないんだ」

「どうしたんだ？」

「俺にはわからない。言うべきなのか、言うべきじゃないのかさえ」

「何を？」

「ここには警官はいないのかい？　俺にピシャリと言ってくれる警官は？　二度と万引き

なんかしちゃいけないって、叱ってくれる奴はいないのか？」

「どうしたんだよ、ジャック」とビリー。

「ビリー、あんたでいいよ、俺に言ってくれ。馬鹿なことは考えるなってね。お前なんか人魚からすれば大きなお世話なんだって、そう言ってくれよ。あれ？　大きなお世話って言ったのは誰だっけ？　羽陸か？　お前でいいよ、俺にもう一度言ってくれ。大きなお世話だってさ！」

ジャックに両肩を摑《つか》まれて、羽陸は申し訳程度に繰り返した。

「……大きなお世話だ」

「もっと厳しく言ってくれよ！」

「ジャック、どうしたんだよ？」

羽陸はジャックの取り乱した表情に恐怖した。ジャックは羽陸の肩から手を離すと、今度は一人で船内を飛び回った。そして叫んだ。

「ああっ！　もう駄目だ！　俺の限界はここまでだ！」

その常軌を逸した行動にライアンたちはどうしていいのかわからなかった。ところが突然ジャックは立ち止まると、大きなため息をつき、こちらを見た。その妙に冷静さを保った顔が不気味だった。彼はみんなを前にしてこう言った。

「白状するよ。今この船の真下に人魚がいる」

全員が目を丸くした。

「逃がす時にセンサーを仕込んだんだ。尻《しり》のあたりにね」

「なんだって?」

全員がモニターを覗《のぞ》き込んだ。画面に緑の点がチカチカと点滅している。それを指さしてジャックが言った。

「俺の盗んだ宝石だ。あんたたちが決めてくれ。ここでラボに連れ帰ってもよし、このまま見逃してもよし」

誰も返事をしなかった。ジャックが言った。

「ライアン、あんたが決めてくれ。あんたがボスだ」

ライアンは目をきょろきょろさせて何か言おうとしたが、言葉が出て来ない様子だった。

「今決めなくてもいいんだぜ。センサーの電池が切れるまで、やつは逃げられない。何処に逃げても衛星で三年は追尾できる」

「ひどい奴だ、ジャック」ライアンは言った。「せっかく諦めかけてたのに。人に責任なすりつけやがって」

「その通り。ハッ、喋《しゃべ》っちまったらなんかスッキリしたぜ」

ジャックはもう余裕だった。ひとりでとっとと煙草に火をつけてくつろいでいる。

ライアンはモニターを覗いて緑の点滅を凝視した。そして長い沈黙の果てに漸《ようや》く意を決した。

「わかったよ。ただし誰も反論はなしだ。いいな」

みんなが頷《うなず》くのを確認して、ライアンは一言こう言った。

「捕まえよう」

かくして人魚捕獲作戦が始まった。ライアンとゴードンが海に潜ることになり、さっそくアクアラングの装着を開始した。人魚のセンサーはセント・ローレンス島南南西沖約一五マイルを北に向かってゆっくりと移動していた。

「ずいぶんのろのろ泳いでやがる。時速四ノット前後だ」とジャック。

「まだ麻酔が完全に切れてないんだ」と羽陸。

「その間につかまえないともうチャンスはないかも知れないな。また歌を歌い始めたらもう手の施しようがない」

そう言ってライアンはマスクを着けて海中に飛び込んだ。続けてゴードンが大きな身体を海に投げ込んだ。

「それより怖いのはサメですよ」羽陸がビリーに言った。「サメに齧《かじ》られる前に捕獲しないと。このあたりじゃ釣ったマーリンにサメが喰《く》いつくのに一分もかかりませんからね」

ビリーはゾッとして、センサーの中の人魚を改めて見た。確かに鮫に追いかけられたらひとたまりもないようなスピードだった。一緒にセンサーを覗きながら羽陸が言った。

「サメは弱った魚が不安定に泳ぐ音に見事なくらい反応するんです。今まで何処にいたんだって思うくらい素早いですよ。考えてみれば人魚をあの状態で放流したこと自体無謀だったんだ。どうしてそれに気づかなかったんだろう」

「今頃言うなよ！」

舵を取りながらジャックが恨めしそうに羽陸を見た。

海中に潜ったライアンたちの視界に飛び込んで来たのはバラクーダの群れだった。巨大なバラクーダの輪が海のステージを優雅に旋回していた。そしてドーナッツ状にぽっかり開いた中心あたりに何かがいた。

操縦室の無線にライアンから声が届いた。

「まずい！　ポインターだ！」

ジャックと羽陸が愕然《がくぜん》として視線を交叉《こうさ》させた。

「なんだい？」とビリー。

「ホワイト・ポインターです」羽陸が言った。

その名前にビリーは血の気がひいた。

ホワイト・ポインター……ジェシーの眼の前で母親を食べたあの最悪の鮫である。標準で体長六メートル、体重は二トン前後だ。しかしライアンの報告はそれを遥《はる》かに上回っていた。

「見たこともないデカさだ」ライアンが言った。「一〇メートルはあるぞ」

「バスキング（ウバザメ）じゃないんですか？」

「馬鹿、見間違うか！」

ウバザメは体長一〇メートルを超える、ジンベイザメに次いで巨大な鮫であるが、ジンベイザメ同様、プランクトンしか捕食しない温厚な鮫である。巨大な口の中には一本の歯も牙《きば》もない。大口を開けてプランクトンを採りながら海面をプカプカ泳いでいることがあり、バスキング・シャーク（日光浴をする鮫）という名前を賜った。同じ巨大鮫でもバスキングとホワイト・ポインターでは天国と地獄ほどの差があるのだ。

「間違いない。ポインターだ」ライアンが繰り返した。

「人魚は？」ジャックが訊《き》いた。

「見当たらない。そっちのセンサー反応はどうだ？」

「依然点滅している。ゆっくり動いてる」

「ポインターもゆっくり泳いでるぞ」水中のゴードンが言った。

ビリーは息を飲んだ。鮫に飲み込まれてもセンサーが破損してなければ当然点滅を続ける。観測用にイルカに仕込んだセンサーを島の漁師が届けてくれることがたまにある。そういう時、漁師は決まって鮫の腹から出て来たというのだ。

「おお、神様！」ジャックが叫んだ。

羽陸が魚群探知機を確認して叫んだ。

「ちょっと待って下さい！　ソナーに映ってる影はせいぜい二メートルかそこらですよ！」

「なんだって？」とライアン。「バラクーダは？」

「バラクーダですか?」と羽陸。「そのあたりにいるんですか?」

「バラクーダの輪だ。鮫を囲んで回ってる」

「ソナーには何にも映ってませんが」

「そんな馬鹿な!」

海中のライアンは驚いてゴードンを見た。水中マスクごしにゴードンが目を丸くしているのが見えた。ところがその顔から一匹のバラクーダが飛び出してきた。つまりバラクーダたちはゴードンの顔を突き抜けて飛び出して来たのだ。そして次の瞬間、今度はゴードンがライアンの顔を通過して後頭部から抜けるバラクーダを見た。

二人は同時に絶句した。

ライアンは目の前を泳ぎ回っているバラクーダを摑もうとした。バラクーダは逃げる気配もなくライアンの両手の中に収まったが、手の甲から顔を出したかと思うと、するりと抜け出してしまった。まるでホログラムのようである。

「どうなってるんだ? これ?」

船上からジャックが言った。

「例の高周波が始まったぞ。だんだんレベルが上がってる」

「幻覚だ」ライアンは言った。

「これも〝ローレライ〟なのか?」ゴードンが驚嘆の声を上げた。

「そうかも知れない……」

そこでライアンはハッとした。

「ユーリファリンクスがビデオに映ってなかったのもこういうカラクリだったのか？」

「全部あいつが作り出した幻影だっていうのか？」

「そうとしか思えん」

「じゃあ、あのポインターも？」

「……たぶん」

そうは言ってもライアンにも確信はなかった。

「麻酔銃で試してみよう」

ライアンはそう言ってホオジロザメに銃を向けた。

「もし本物だったら？」

ゴードンに言われてライアンはひるんだ。もし本物だったらその後どういう騒ぎになるかは見当もつかなかった。

「その麻酔、あんな大きいのに効くのかな？」

「もし本物だったら……少しはな」ライアンが言った。「人間で言えば歯医者の麻酔ぐらいだ」

ゴードンはめまいがした。

「大丈夫さ。きっとすり抜けるさ。あれもきっとローレライの幻覚だ」

そう言ってライアンは試しに一発撃った。麻酔弾は鮫の横腹に命中してそこで止まった。

麻酔液の入ったオレンジ色のアンプルがゆらゆらと揺れている。

「ライアン！」

ゴードンが叫びながら思わずライアンの腕にしがみついた。ライアンは既にショックで硬直していた。ホオジロザメは大きく身体を翻してライアンたちにその鼻先を向けた。

「逃げろ！」

二人はあたりを見回した。しかしあたりには身を隠せるような岩さえなかった。そういう場合のシフトはあらかじめ決まっていた。

二人は別方向に逃げた。

鮫はどちらかを追う。追われた側は鮫の一撃を受け、致命傷を被る。鮫は一周してまたやって来る。今度はその全てを腹に収めるために。その間にもう一人は船に逃げ込む。どちらが助かるかは鮫のみぞ知るところであった。

鮫はライアンを選択した。ライアンの懸命な泳ぎも空しく、鮫はあっという間に追いつき、大きな口でライアンをパクリと飲み込んだ。薄黒い血が海中を濁らせる。

「ライアン！」

ゴードンは絶叫した。

「どうした？」ジャックの声。

「ライアンが喰われた」

船内に瞬間耐え難い沈黙が流れた。羽陸は急いで甲板に出た。しかし動顛した頭の中は真っ白で、何をしていいのかさえわからなかった。

「逃げろ！　ゴードン！」ジャックが叫んだ。

ゴードンにとって計算外だったのは鮫がライアンを丸飲みしてしまったことだった。ホオジロザメは一瞬にして一人目をたいらげてしまったのだ。ライアンの犠牲はゴードンを救う時間稼ぎにさえならなかった。鮫はゴードンに照準を定めて突進して来た。もう逃げようがない。あわてて泳ぎ出したゴードンに大きな顎《あご》が食らいついた。痛みはなかった。ただ脇腹《わきばら》から背骨にかけて物凄い力が駆け抜けた。自分の胴体がちぎれてゆくのをゴードンはスローモーションでも見ているような感覚で見守るしかなかった。

「アアアッ！」

絶叫が船内のスピーカーを震わせた。ジャックは目を真っ赤に充血させて計器盤を叩《たた》いた。激しい音がゴードンの叫びとあいまって例のローレライを誘発した。

そのすさまじいループにライアンは我に返った。鮫に食べられたはずのライアンの身体は、どういうわけかまだ海中を漂っていた。ふり向くと目の前にはひとりでもがき苦しんでいるゴードンがいた。

「どうなったんだ？」

思わずつぶやいたライアンの声が無線でジャックの耳に届いた。

「ライアン！　聴こえるか？」

「あ……ああ」

「生きてたのか？」

「ああ……何が何だかさっぱりわからん」

「ゴードンは？」

「そこにいる」

「鮫にやられてないのか？」

いつの間にかゴードンも我に返っていた。食いちぎられて失ったはずの脇腹を撫《な》でながらキョトンとしている。

「どうなってんだ？」

「きっと幻覚だ」ライアンが言った。「これもローレライなんだ」

ライアンはあたりを見回した。そして遠のいて行くホオジロザメを発見した。しかし鮫は様子がおかしかった。水平を保てず覚束《おぼつか》ない足取りでふらふらと漂っている。そのうち鮫は斜めに傾いたまま海底に沈んで行った。

「麻酔が効いたのか？」とゴードン。

「効くはずがない。あれがポインターだとしたら」

鮫はバランスを失ったまま珊瑚礁《さんごしょう》の割れ目に向かって落下して行く。

「やっぱりあれもローレライなのか？」ゴードンはつぶやいた。

「高周波が弱くなってる。行けるぞ！」

ジャックの大声が二人の耳をつんざいた。

水中のバラクーダたちがライアンの目の前から消え始めた。周回するバラクーダの身体そのものが次第に曖昧《あいまい》なものになってゆく。幻覚が終わりかけているのだ。海底の暗がりに沈んで行くホオジロザメも少しずつ消えて行くのが見えた。そしてその中からあの人魚が現われた。

人魚の脇腹にはあのオレンジ色のアンプルがゆらゆらと揺れていた。ライアンは急いでその後を追い、水深三〇メートルのあたりで意識を失った人魚の腕を掴んだ。

「ジャック、聴こえるか？」

操舵室《そうだしつ》の無線にライアンの声が届いた。

「ああ、聴こえるぜ。どうぞ」

「人魚を捕まえたよ」

人間たちの罪

ジェシーが中学生の頃、一隻の漁船が行方《ゆくえ》不明になった。同級生の中に乗組員の子供たちがいて、欠席した彼等の空席の数までジェシーは憶《おぼ》えている。結局船は夕方に沈没しているのが発見された。翌日の朝礼で生徒達は黙禱《もくとう》して同級生の父親たちの冥福《めいふく》を祈った。漁の島として暮らしてきたセント・マリアの人々は不測の惨事でさえ、緩やかな生活の一部として寛容に受け止めていた。彼等は大いに悲しみ、大いに泣いたが、三日間の喪が明けるとまた元気に漁に繰り出して行く。

母を海で亡くし、それが大きなトラウマになって長い間海を避け続けてきたジェシーにとってそんな彼等の行動は理解し難いものではあったが、同時に羨《うらや》ましくもあった。そのおおらかさをジェシーは愛していた。

しかしその日のジェシーは教室の席に座りながら耐え難い居心地の悪さを感じていた。セント・マリア・ハイスクールには漁師の子供達はいない。従って今回の遭難事件は彼等にとってはあまりにも他人事《ひとごと》だった。教師たちにとってもそれは一緒だった。一隻の漁船が遭難しても、それを話題にもしない外国人たち。ジェシーにとって耐え難い居心地の悪さの理由がそれだった。

しかし彼女がいかに不機嫌になっても、それに気づいてくれる同級生さえいないのだ。

昼休みになってジェシーはひとり学校を後にした。

帰宅したラボには人の気配はなかった。まだ救助活動が続いているのだろうか。ジェシーは自分の部屋に引き上げようとして、ライアンの書斎から話声がするのに気づいた。開きかけのドアを覗《のぞ》くとライアンの顔が見えた。そして向かい側には知っている顔があった。ハタノ物産の駐在員で杉野という男であった。杉野の息子はセント・マリア・ハイスクールの校風を誰よりも敬愛するジェシーの最も忌み嫌うべき同級生だった。

「や、ジェシー」

ライアンがジェシーに気づいて声をかけた。ジェシーは返事もせずに部屋の中に入り、ライアンの座っているソファの背もたれにお尻《しり》を載せた。

「大きくなったね、ジェシー」杉野がにこやかな笑顔で言った。

「ああ、手がかからなくなったぶん父親としては寂しいよ」

「ウチのセガレなんかまだまだ子供だ。おない歳《どし》とは思えない」

ジェシーはポケットからガムを取り出して口に放り込んだ。

「セガレはどうだい？　学校じゃ」

「セガレ？　誰のこと？」

ジェシーはとぼけた。杉野はひきつりながら答えた。

「修平さ」

「シューヘイ？　さあ、あたしのクラス？」

「そうだ」

「見かけないけど」

黙り込んでしまった杉野を見てライアンが部屋を出て行くように合図を送ったが、ジェシーは知らん顔でガムをクチャクチャ嚙《か》んでいる。

「ジェシー、パパたちはちょっと大事な話をしてるんだ」

「どうぞ」

ジェシーは部屋を出て行く気配が全然ない。

「構わんよ。話はだいたい済んだから。忙しいところすまんが、よろしく頼む」

そう言って杉野は立ち上がった。

「今度ウチで食事でもどうだい？　ジェシーにもセガレを紹介しよう」

それが杉野の精一杯の皮肉のつもりだったのかも知れない。しかしそれさえも言下にジェシーに撃破された。

「学校の仲間も連れてっていいかしら。クラスのみんなにも紹介したいわ、そのセガレ」

杉野は失神しそうな顔色で帰って行った。

「ジェシー、なんだい？　あの態度は！」

杉野が帰るとライアンは即座に娘を叱《しか》った。

「どんな態度？」

ジェシーは相変わらずふてぶてしい。

「まあ、いいさ。どうせ奴《やつ》は招かれざる客だ」

「あら、たまには意見が一致するわね」

「そうとは思わんがね。それにしても随分早かったな」

「あたし？　まあ今日は……」

「お前じゃない。ハタノ物産だ。さっそく情報収集に来やがった。自分の船が遭難したって言うのにいい気なもんだ」

「船は無事だったの？」

「ああ」

「そう、よかった」

素直にホッとしているジェシーの顔をライアンはしげしげと眺めた。

「お前は根はいい子なんだがなぁ」

「あたしはいつもいい子よ」

「大人が嫌いなのか？」

「そんなことないわ。嫌いな少数の大人は存在するけど」

ライアンはため息をついた。

「その中に俺も入ってるのか」

「好きでも嫌いでも親子は親子よ。で、ハタノ物産は何だって？」

「漂流船でとんでもないモノを発見しちまったんだ。ところが島の連中の意見で海に逃がしちまったんだ。スギノたちはそれを聞きつけてやって来た。もう一度海を漁《あさ》って見つけ出そうって考えなんだろう、アレを」

「アレって?」

「人魚さ」

ジェシーは全身が総毛立った。

驚く娘の顔を見てライアンはほくそ笑んだ。彼は娘が人魚と聞いて純粋に驚いたのだと思ったのである。

ジェシーが既に一度人魚に遭遇していることをこの父親は知る由もなかった。

ラボに連れ帰った人魚は室内プールに収容された。例の空中水槽である。

「やっとコレの出番が来たな」

ゴードンと羽陸は御満悦だった。このプールの設計と施工はほとんどこの二人の手によるものだった。

そこにライアンとジェシーがやって来た。

「あれだ」

ジェシーは水槽に近づいた。

人魚は麻酔が解けず水中で眠っていた。口にチューブが注入されて間欠的に空気が送り込まれている。人魚といえどもエラで呼吸しているわけではない。

ジェシーはその姿に見とれ、言葉もなかった。

「凄《すご》いだろ」いつの間にか横に立っていたビリーが言った。

「え……ええ」

ジェシーはガラスに顔を押し付けて中を覗いた。水槽の厚みは二〇センチにも及び、そのための屈折で実物のリアルな大きさが歪《ゆが》められてしまうのだ。だがいくら顔を押し付けても歪みが解消されるわけではなかった。

「みづらいわ」

ジェシーは愚痴を言った。

このガラスも本来耐久性を維持するためには止むを得ない設計であった。ところが先刻、人魚の強力な高周波も一切通さないというメリットが発覚して羽陸たちの顔をほころばせた。羽陸の説明によれば九〇パーセントは高周波を遮断出来るということだった。残り一〇パーセントにしても殆《ほとん》どは接続部分のボルトや接着剤からの漏れによるもので、修復すればほぼ一〇〇パーセントの遮断が可能だろうと羽陸は説明した。水槽内にはその他に高性能の水中マイクが全部で八台設置されていて、人魚が発する全ての音声は全てマルチテープに録音することができる。偶然ではあったが人魚を観察するためにはまさに理想的な設備だった。

麻酔が解けないうちに彼等は引き続き基礎的な検査を開始した。全員昨日から不眠不休で働き続けていたはずだが、誰もが疲れを忘れていた。

採血をするためにゴードンと羽陸が水槽に入った。この作業は人魚が眠っている間でなければ絶対に不可能だった。ゴードンは腕から血を四〇〇cc抜き取った。

それからレントゲン撮影とコンピューター・トモグラフィー（CT）によるスキャニングが行われた。水槽内部に設置されたセラミックのシールドが人魚を包み込み、レントゲンやCTスキャンを遠隔操作でこなしてゆく。羽陸とゴードンがオペレーションするその行程をビリーはハンディカムで録画し続けた。その様子を見ていたジェシーがライアンに言った。

「ねえ、取材OKなの？」

「あれはこっちの記録だ。取材じゃないよ」

ライアンが注釈を入れると、ビリーがふり返って苦笑した。

「取材交渉はこれからライアンとじっくりするさ」

「これから色々大変だ」

そう言いながらライアンはジャックの隣に座った。ジャックが周りに聴こえない声でライアンに訊《き》いた。

「ハタノ物産、何だって？」

「人魚に関する情報を何でもいいからくれと言って来た。魚群探知機のデータからサテライト羅針計のレコードに至るまで全てだ」

「渡すのか？」

「少しはね。下手《へた》に隠しだてするのも変だろ？」

「そりゃそうだ」

「しばらくはうるさいかも知れんが、ここにいることだけは絶対に漏れないようにしないとな」

ジェシーが突然叫び声を上げた。ライアンたちがふりかえると眼を覚ました人魚が水槽の中を暴れまわっている。人魚はエアのチューブを引きちぎり、ＣＴ用のシールドを蹴飛《けと》ばして破壊してしまった。

「ジェシー、離れてろ！」

ゴードンの言葉も聞こえないのか、ジェシーは水槽の前に棒立ちになったままだった。人魚は水槽に何度も体当りをした。しかし二〇センチもあるガラスはビクともしない。そのうち人魚の頭部や肩の肉が裂け、噴き出した血液が水槽内の水を濁らせた。

「まずい！　ゴードン、麻酔だ！」ライアンが叫んだ。

ゴードンはふりかえっておろおろしながら叫んだ。

「どうやって打つんだよ！」

確かにこの状態では水槽にも入れない。

「ゲートを開けろ！」ライアンが叫んだ。羽陸が急いで水槽のゲートを開いた。

「馬鹿！　ちょっと待てよ！」

ゴードンがそう言いながら急いで麻酔銃に弾を詰め込んだ。そして屋外のプールまで走った。ライアンたちもその後を追う。水槽のゲートは次第に開いて行き、その隙間《すきま》から人魚は物凄いスピードで屋外のプールに飛び出した。

ゴードンが外に出るとプールのイルカたちが恐怖に駆られて大暴れしていた。ゴードンはプールを覗き込んだ。人魚の姿がない。

「ゴードン、あそこだ！」

羽陸が叫んだ。ふりかえると人魚はプールサイドの南国樹の繁みの中を懸命に這《は》いながら海を目指していた。ゴードンはその背中に麻酔銃を打った。よろけながら人魚はふり返り、ゴードンに向かって叫んだ。高周波の叫びはゴードンには聴こえなかった。人魚はやがて力尽きて再び深い眠りについた。

「厄介な奴だぜ」

ゴードンはため息をついた。

「どういうことだい？　ローレライが起きなかったぜ」とジャック。

「恐らくチューニングを間違えたんでしょう」と羽陸。「こいつはヘリウム用の高周波も学習してますから」

ライアンたちはうつぶせに倒れている人魚を担ぎ上げようと、その身体をひっくり返した。

「おやおや」

ジャックが呆《あき》れて人魚の股《また》のあたりを足でつついた。人魚は男性器を勃起《ぼっき》させていたのだ。

「こいつジェシーに欲情したんじゃねえのか？」

ライアンにはそのジョークが笑えなかった。

「馬鹿なこと言うな」

そのジェシーがやって来た。ライアンはジェシーに性器を見せないように自分のTシャツを脱いで人魚の股間《こかん》にねじこんだ。みんなはジェシーを見てクスクス笑っている。

「どうしたの？」

ジェシーは人魚の下半身のTシャツに気づいてヒョイと手を伸ばした。

「あ！　バカ」

ライアンが止める間もなく人魚の下半身が暴かれた。ジェシーはその場で赤面した。

コンピューターにスキャンされたレントゲン写真は被検者の全身骨格が3Dでどのアングルからでも観察できるようになっていた。三〇インチモニターに全身から爪《つめ》の先まで自在に映すことが出来るのだ。その画面を操作しながら、羽陸が解説した。

「先《ま》ず全長が二メートル一五センチ。NBAにもそうはいない背丈です。腕ですけど、やはり橈骨《とうこつ》と尺骨《しゃっこつ》が弓なりに沿ってます。指節骨《しせっこつ》はやや長めですが、むしろ中手骨《ちゅうしゅこつ》が異常に進化して長いです。足の方は足根骨《そっこんこつ》と中足骨《ちゅうそっこつ》が極端に長いのは見ての通り。踵骨《しょうこつ》はかなり貧弱ですね」

羽陸は一緒に話を聞いているビリーに注釈を添えた。

「まあ簡単に言ってしまえば手足が人間とは若干違うってことなんですけどね。あんまり面白い特徴はないってことです」

「要するに長年海に住んでた分だけちょっとは進化しているってことか」とライアン。

「そうですね。人間が水中生活をすれば当然進化して然《しか》るべき骨だと言ってもいいぐらいです。たとえば二百年、或《あ》るいは三百年、人間が海で暮らせばこのぐらいにはなると言っていい程度の進化なんです。まあ言い換えれば十世代ぐらいですかね」

「十世代であんな水かきが生えちまうのか？」ジャックが驚いて自分の手のひらを見た。

「オリンピックの水泳選手の手を見たことあるけど、けっこう水かきが進化してるんだ」

ビリーが言った。

「僕が言いたかったのは……」と羽陸。「奴がいつから海にいたのかわかりませんが、たとえば何万年前からって想定したとすると、もっと劇的な変化があってもいいんじゃないかって気がするんです。ところが人間の骨格と比べると、その割にはあまりに差異がなさすぎる」

「つまり海に入ってまだ間もない種だってことか？」とライアン。

「まあ人間に近い種であることには間違いないですけどね」羽陸が言った。

「ていうか、人間なんじゃないの？」ジェシーが大胆なことを言った。「だいたいホモ・

サピエンスって定義ほど曖昧《あいまい》なものはないもの」

「つまり人間の定義は何かってことかい？　それは難しい問題だな」とライアン。

「難しい話はしてないわ。たとえばホモ・サピエンスと呼ばれない人間、たとえばネアンデルタール人なんかはどう分類されるの？」

「そりゃネアンデルタール人はネアンデルタール人さ。ホモ・サピエンスと一緒にはならんだろ」

　ジャックが言った。

「確かにね。じゃあネアンデルタール人が生きてたら？　それでも人間じゃないの？」

「え？」

「人間として認定されることはないの？」

　それにはジャックも答えに窮した。

「俺が分類したわけじゃないからなぁ」

　ジャックはそう言って逃げた。

「高名な学者達がその生きたネアンデルタール人を人間と区別したとするわ。でもネアンデルタール人は言葉も喋《しゃべ》るの。仕事も出来るの。それでもみんな学者の言うことに従うかしら。それは人種差別にならないの？」

　ジェシーはみんなを見回した。

「ここには三種類の人種がいるからわかりやすいけど、白人も黒人も黄色人種もホモ・サピエンスよね。でもオランウータンやチンパンジーやゴリラは人間じゃない。その区別は何？　単に骨とか見た目の問題？　それとも知能？」

そういう倫理的な解釈論は彼等の関心事ではなかった。曖昧に話を聞き流している彼等に苛立《いらだ》ったジェシーはもどかしそうに自分の髪をかきあげた。

「彼は今、ここに生きて存在してるのよ。一番大切なのはそういうことだわ」

そう言ってジェシーは黙り込んだ。

「いずれにしても……」とライアン。「こいつが何者なのかということも興味深いが、問題はこいつの魔法のような能力だ。高周波を使った幻聴、それに幻覚。一体どんなメカニズムになってるのか見当もつかんよ」

みんなは水槽の人魚を見た。裸の人魚は相変わらず深い眠りの中にあった。


その夜は祝杯というわけでもなかったが、昨日からの興奮を癒《いや》すためにみんな大いに酒をあおった。

「確かにこれは大発見だ。しかし諸君、我々は本来科学者であり、海を自然をこよなく愛している者であることをもう一度思い出さなくてはいけない。この世紀の発見も、場合によっては望みもしないような結果を齎《もたら》すこともあるということを忘れてはいけない。現在絶滅に瀕《ひん》している野生生物のほとんどが人間の手によることは君たちも承知しているだろう！」

ゴードンは酔いすぎていつになく能弁家になっていた。ひとりでリキュールの瓶を空にしてしまったゴードンはそのうち床にひっくりかえり、大鼾《おおいびき》で寝てしまった。

羽陸はそれからビリーとジェシーをつかまえてこんな話をした。

「僕はある日トラフカミキリを見つけたんだ。まだ四歳の時だ。トラフカミキリっていうのは知ってる?」

「いや」

ビリーは首を横にふった。

「なに?　それ」と、ジェシーも首を傾《かし》げた。

「ハチによく似てて……ハチの擬態なんだけど、ハチの羽だけ真似したような格好をしてるんだ。でも実際はカミキリムシだ。甲虫の仲間なんだけど、まあとにかく僕はそれを昆虫図鑑でしか見たことがなかったんだ。ある日、そいつを見つけたんだ。もう嬉《うれ》しくて。虫籠《むしかご》に入れて育ててたんだ。ところがある朝母親がそれを見つけて大騒ぎになった。母親はそれをすっかりハチだと思い込んでしまったんだ。刺されたら大変だから捨てなさいって言うんだ。僕は違う、これはトラフカミキリだって主張したんだけど全然聞いてくれない。それで結局そいつは窓の外に捨てられてしまった。悔しかった。せっかくつかまえたトラフカミキリだったのに。その話はいまだにウチの語り草になっていて、ヒロシはちいさい頃、何も知らずにハチを飼ってたんだって未だに親戚《しんせき》から笑われてるんだ。何も知らずにハチを飼ってたバカなヒロシくんってわけ。みんな何にもわかっちゃいない。あれは本当にトラフカミキリだったんだ」

「それは何のたとえ話だい？」ビリーが言った。

「真実を知るものはいつも報われない」

ジェシーがプッと吹き出した。

「でもこうも言えるわね」とジェシー。「真実を知らぬ人は幸いである」

「……なんで？」

「あなたのママが真実に耳を傾けていたら、そのカミキリムシはきっと虫籠のなかで干からびてたわ」

「それは俺たちへの皮肉かい？」

ジャックが言った。

「別に」

「いやそうだ。人魚は水槽の中でひからびるって聞こえたぜ、俺には」

「そんなこと言ってないわ。ジャック、あなた人魚の声を聴き過ぎて難聴になっちゃったんじゃないの？」

「ハッハッハ！」ジャックは笑った。羽陸はまだ一人で追憶の中にいた。

「昔はいろんなものを育てたよ。カブトムシにコガネムシに蝶《ちょう》、トンボ、カナリア、伝書バト、マウスにハムスターにモルモット、ムササビ、タイワンリス、ニシキヘビ、スッポン、マタマタ、イグアナ、犬はレトリバー、シェパード、テリア。猫はシャム猫、日本猫、雑種が四匹、あと熱帯魚は数知れず」

「今はどうしてるの？　そのペットたち」とジェシー。

「え？　猫と犬は実家で元気にやってるさ」

「他のは？　みんな死んじゃったの？」

「……ああ」

「大丈夫かよ、こんな奴に人魚預けて」とジャック。

「ところでミスター・ペットショップ、ちょっと尋ねたいことがあるんだ。人魚を飼おうと思うんだが、どうやって飼育したらいいんだい？　たとえば餌《えさ》はなんだい？」とビリー。

「魚か貝かな？」羽陸が真面目な顔で答えた。

「トラフカミキリは餌にはならないのか？」ジャックが言った。羽陸はちょっと不機嫌な顔をしてグラスをあけた。

ライアンはひとりベランダで風に吹かれていた。ビリーがそこに顔を出した。

「どうしたんだい？　ひとりで」

「え？……いやあ。なんかみんなと騒ぐ心境になれなくってね」

「そうかい」

「もう頭の中はあいつのことで一杯さ。山ほどある宿題を考えたら興奮しちまって、酒飲んで気分転換しちまうのももったいないくらいだ」

「フッ、わかるよ」

ビリーはライアンの隣に座った。

「なあライアン、ホモ・アクアリウス説って知ってるかい?」

「……ああ。それもずっと考えていた」

「……そうかい。俺もだ」

二人は暫《しばら》く黒い海辺の景色を眺めていた。

リビングではジャックと羽陸が日本の捕鯨問題について熱い議論を戦わせていた。ジェシーはひとり抜け出して、室内プールにこっそり向かった。

非常灯だけの薄暗い部屋の中に人魚がまだ眠っていた。口に挿入されたエア・チューブから周期的に気泡が溢《あふ》れた。

ジェシーは水槽に向かって人魚に話しかけた。

「ねえ……あなた、仲間はいるの?」

もちろん人魚が答えるはずはなかった。

ジェシーはガラスをコンコン叩《たた》いてみた。人魚は目を醒《さ》まさなかった。

「海っていいところ?」

「助けてくれて、ありがとう」

そう言ってジェシーは部屋を出ようとした。暗がりに何か動く気配があった。何かと思って眼を細めたところまでが彼女の記憶に残っていた。あとは何も憶えていない。

気がつくとジェシーはベッドに寝かされていた。ひどい頭痛がして頭に手を伸ばすと何かに触れた。包帯だった。何が起きたのか思い出そうとしても思い出せない。窓を見ると青空が逆さまに見えていた。いつの間に夜が明けたんだろう。

しばらくしてライアンが入って来た。眼を覚ましている娘にライアンは喜びの表情を隠さなかった。

「大丈夫か」

「ええ……頭が痛い」

ライアンはベッドに腰を降ろしてジェシーの顔を撫《な》でた。ジェシーは厭《いや》そうに顔を背けた。

「動かない方がいい。首を痛めてる」

「何があったの？」

「泥棒が入ったんだ」

「泥棒？」

「人魚を盗まれた」

「え？」

ライアンはいまいましそうに唇をかんだ。

「ハタノ物産の連中だ」

「……そんな」

起き上がりそうになったジェシーをライアンが諫《いさ》めた。

「取り返さないの？」

「今朝、杉野のところに押しかけて問い詰めたんだが、しらばっくれやがった。一体何が盗まれたんだ？　なんて訊きやがる。そう訊かれたらこっちも答えられないだろ？　答えちまったら我々が人魚を隠し持ってたことがバレちまうからね。万が一むこうが本当に何も知らなかったとしたらわざわざ秘密をバラしに行ったようなことになっちまう。もう手の打ちようがない」

ジェシーは人魚のことを思い出していた。彼の裸体はジェシーを妙に刺激した。自分でも認めたくないことだったが、ジェシーはあの人魚から性的な魅惑を感じていたのである。

結局ジェシーが彼に再会したのはそれから三年後のことだった。

第二章　眷《けん》属《ぞく》――二〇一五年　日本

海の孤独

海原密《かいばらひそか》はスキューバ・ダイビングなんてやったこともなかった。この夏休み、大学のゼミの先輩である広池に強引に誘われて彼等のダイビングツアーに参加することになったのだが、初心者が自分ひとりだけであることを知って密は羽田《はねだ》から既に萎縮《いしゅく》していた。おまけに自分がカナヅチであることは広池にしか話していなかった。カナヅチにダイビングなんて到底不可能に思えた密は最初先輩の誘いを辞退しようとしたが、広池に言わせれば泳げない方が無茶しなくていいのだという。もともと断わるのが苦手な密は他に言い訳を見出せず、結局同行するハメになったのだが、羽田で初めて顔を合わせたメンバーの中に女性が二人いるのを見て、中でも芳川《よしかわ》みゆきを見て密は妙に気が重くなった。芳川みゆきは永遠に歳《とし》をとらないようなあどけない顔の少女だった。その風貌《ふうぼう》がことさら密の好みだったというわけではないが、男なら誰しもちょっとは格好のいいところを見せたくなるような愛くるしさがあった。

一行がチェック・インの行列に並んでいる間、密はみゆきと二人でジュースを買いに行くチャンスを得た。全員分のオーダーを聞くと、ひどい混雑の場内を密はみゆきと売店まで走った。二人きりになったところで密はみゆきにこっそり訊《き》いた。

「ねえ、ダイビングってやったことある？」

「え？……あたり前じゃない」

「そうなの……」

みゆきは不思議そうな顔で密を見た。

「あなたないの？」

「え？……ああ」

「今時珍しいわね」

密は少しムッとした。

「そうかい？」

「大丈夫よ。あたしが教えてあげるわ」

そう言ってみゆきはかわいい笑顔で密の顔を緩ませた。

「あ、ありがと」

舞い上がった密は飛行機の座席が隣同士だったらいいのにと思ったが、生憎《あいにく》隣はもうひとりの女性だった。前島志津香《まえじましずか》という女子大生はみゆきとは正反対の人物だった。大柄の広池と並んでも背の変わらない大女の前島志津香は顔も真っ黒で、目玉の白いところと頑丈そうな前歯がやけに目立った。いつも笑顔を絶やさないみゆきに反して志津香は笑うということを知らないような女だった。泰然自若、かつ何事もテキパキとしていてツアーのガイドとしては頼りにはなりそうだったが、どこか女性のフェロモンが欠落しているように思われた。

飛行機が離陸するまで志津香はスポーツ新聞を読んでいた。彼女と初めて口をきいたのはシートベルトのサインが消えた後だった。彼女は怖い顔で密に言った。

「あんた名前は？」

「え？……海原密」

「あたし前島志津香」

「……」

「……ひそかとしずか。なんか似てるじゃん」

似てると言われてもあんまり嬉《うれ》しくない相手だった。

それから二時間、飛行機が着陸するまで、二人の会話はなかった。

沖縄に着いた一行は那覇《なは》港から船に乗り、近くの島に移動した。ホテルでチェック・インを済ませて荷物を預けると、クルーザーを一台チャーターして沖に出た。

服を脱いで水着になった志津香は更に凄《すご》かった。勢い余って一皮脱いでしまったような、まるで筋肉の標本を見ているようなボディだった。

「すげえ……」

密のみならずツアーに参加した岸本も鈴木も思わずそれぞれ自分のやわな身体を顧みた。

「前島さん、凄い！」

みゆきが喜んで志津香の胸を摑《つか》んだ。

「すごい！　これも筋肉？」

志津香は答えなかったが、みゆきに胸を好きなだけ揉《も》ませている。男たちは思わず顔を背けた。眼のやり場に困ったというのもあったが、筋肉で出来た乳房というものを想像したくなかったせいもあった。

甲板でそれぞれダイビングの支度をしていると近くで飛沫《しぶき》の砕ける音がした。

「おおッ！」

みんな思わず歓声を上げた。三匹のイルカたちの美しいブリーチングだった。

「今日はイルカと泳げそうだな」

「初日早々からついてるな」

そんなことを言いながら彼等は各自タンクを担いだ。

次々海に飛び込んで行く中、密は腰がすくんで立ち上がることさえできなかった。水面をのぞくと深い群青色の海底が広がっていた。金槌《かなづち》の密がもし溺《おぼ》れたら二度と浮上できそうにないような海だった。密は諺《ことわざ》を必死になって思い出そうとしていた。溺れる者は藁《わら》をもつかむ……いや、そうじゃない。君子危うきに近寄らず。そうそうこれだ。無理は禁物だ。今日はデッキで甲羅干しでもしていよう。

そう思った矢先に広池が密の背中を押した。密は船から転落して水中に投げ出された。タンクをかかえ、ウエイトを腰に巻きつけた体は予想外に早く水中を滑り落ちて行った。周囲は暗くなり、遥《はる》か海面に仲間たちのシルエットが見えた。密はあわててレギュレーターを探したがどれがそうなのかすぐにはわからなかった。密はあっと言う間にパニックに陥った。本人は懸命に冷静になろうと試みるのだが、横隔膜が勝手に息を吸おうとしゃくりあげる。密は鼻と口を押さえて肺に水が入り込むのを防ごうとしたが身体の反射行動の方が強力だった。

——もう駄目だ、溺れる！

そう思った時、もがいていた両腕が強い力に抑えつけられて突然自由を失った。口に何かがねじ込まれた。エアが肺に送り込まれる。見ると誰かが密を後ろから抱きかかえていた。マスクのせいで顔はわからない。密は後ろ向きの格好のまま海面まで引き揚げられた。

「だい……大丈夫か？」

クルーザーの上から広池が青い顔で見下ろしていた。すぐ隣でマスクを外しているのは志津香だった。大丈夫だと言おうとしたが、声が出なかった。

「何が大丈夫よ！　もうちょっとで死んでるとこよ！」

志津香が広池を叱《しか》り飛ばした。

「子供みたいなことして！　素人《しろうと》を甘く見ちゃ駄目よ」

その一言が密をひどく傷つけた。横を見るとみゆきがクスクス笑っていた。やっぱり来なきゃよかったと密は思った。

ダイブを教えてくれるはずだったみゆきはさっさと海の中に姿を消してしまった。

「怖い思いをしたら、すぐにまたトライしないと恐怖心だけが残って二度とできなくなるわよ」

　志津香に腕をひっぱられても、密は頑《かたく》なに拒否し、クルーザーでみんなのダイビングを見学するだけにした。

　見学といってもそれはひどく退屈なものだった。なにしろ海の底にいる仲間の姿は船の上からは全く見えないのだ。一度広池が戻って来たが、暇なら飯の支度でもしといてくれ、と言い放ってまた沈んでしまった。密は言いつけ通り昼食の支度を始めた。レタスとハムをパンに挟みながら密は侘《わび》しいようなやるせない気分だった。見渡す限りの青い空と海をちっとも満喫できない自分に腹が立った。

　三十分ほどすると広池たちが次々に上がってきた。海中で遭遇したイルカの話題に盛り上がりながら、彼等は密の手作りのサンドイッチを無造作にパクついた。

「密くん潜らないの？」

　みゆきが密の腕に巻きついて言った。

「え？……どうしようかな」

「なんだったらあたしが教えてあげようか？」

　どうやらみゆきは羽田の約束を全く憶《おぼ》えていないようだった。密はそんな言葉に妙な期待を寄せていた自分が情けなかった。

「今日はいいよ。もともと海って苦手なんだ」

「あら、どうして？」

「昔溺れたの？」

「別に」

「いや……」

「何よ」

みゆきはしつこかった。密はもうこれ以上話したくなかった。手に握っていたサンドイッチを口に放り込んで返事を誤魔化した。

「ちょっと空が怪しくなってきたな」

広池がそう言って空を見上げた。

「引き揚げましょう」志津香が言った。

「まだ大丈夫だろ？」

岸本たちは駄々をこねたが、志津香は譲らなかった。

「海は怖いのよ」と志津香が言うと、岸本が言い返した。

「知ってるよそんなの。なんだよ、お前漁師かなんかかよ」

「そうよ」

志津香の返事に岸本はひるんだ。

「みんな彼女の意見は聞いた方が身のためだぜ」

広池が志津香の肩を持った。

「漁師の娘の何がいけないのよ」

「エ？　マジなの？」

岸本たちは折れて、船は島にひきあげることになった。ところが五分もしないうちに重い雲が空一面を覆い始めた。雲のスピードは見たこともないくらい早く流れ、みゆきは凄い凄いと言ってはしゃいでいた。

「なんだあれ？」

鈴木が声を上げた。長いリボンのような白波が見る見るうちにこちらに近づいてきた。そのかわいらしいさざ波を境界線にして、その先は暴風圏だった。激しい飛沫とともに息もできないような風が船上の彼等を襲った。

「みゆき！」

誰かの声がした。

波のしぶきが顔にかかっているのかと思ったら、それは雨だった。いつの間にか猛烈なスコールが船を叩《たた》いていた。密はロープにしがみついているしかなかった。

「みんな！　救命具だ！」

広池の声だ。しかしそんなものどこにあるんだ。そんな密に誰かが何かを手渡した。黄色い救命具だった。見るとすぐ横で救命具を身につけている志津香がいた。

「みゆきが落ちたわ」

「え？」

密はあたりを見回した。確かにさっきまでいたはずのみゆきの姿がなかった。密はショックで凍り付いた。

「……た……助けなきゃ！」

「無理よ！」

わずか数秒の間で海は激変していた。大波が船を高々と持ち上げては海面に叩き付けた。みゆきだったらこんな状況でも面白いと言ってはしゃぎそうだった。しかし彼女はもういなかった。

窓の中に鈴木の姿が見えた。いちはやく室内に逃げ込んだらしい。恐怖で顔がひきつっている。岸本も逃げ場を求めて室内に飛び込んだ。密もその後を追おうとしたが志津香に腕をつかまれた。すごい力だった。ふりかえると志津香は黙って密の腕にロープを巻きつけた。

「バカ！　沈んだら助からねえぞ！」

そう言ってふたりを室内から引きずり出そうとしている広池の姿が見えた。巨大な波がその広池を丸ごと飲み込んでしまった。船が大きくローリングして、身体が宙に浮く。何がどうなっているのかわからないまま、密は海水を飲み、鼻の奥がヒリつくような感覚だけを意識していた。

気がつくと密は海の上に浮かんでいた。

目の前をクルーザーがゆっくり沈んで行く。

「大丈夫か！」

その声は広池だった。ふりかえると広池と志津香が浮かんでいた。

「大丈夫か？　密！」

広池が叫んだ。しかし密は恐怖のあまり言葉も出なかった。

嵐《あらし》はものの十五分で鎮まった。密にはまるで一瞬のことのように思えた。雨雲は遠方に去り、そこにはまるで何もなかったかのような青い空と、太陽と、ゆるやかな海のうねりがあるばかりだった。突如襲ったこのアクシデントに彼等はなす術《すべ》もなく、三六〇度の水平線に囲まれてただ浮かんでいるしかなかった。

「もうこうなったら救援を待つしかない。無駄に泳ぐとかえって早死にするだけだ」

広池が言った。

早死にという言葉に密はめまいがした。生まれて初めて自分の死を実感した。

「死ぬんスか？」

「バカ！　元気出せ！　弱気になるとそれだけでまいっちまうぞ！」

そう言って励ましてくれた広池の方が先に溺れ死んだ。密と志津香が気づいた時にはもう死んでいた。救命胴衣で浮かんではいたが、顔は水面に沈みっぱなしになっていた。

近寄って顔をひきずりあげたが息はなかった。遭難からまだ四、五時間しか経っていないかった。なぜ死んだのか密にはわからなかった。知らぬ間に眠ってしまったのだろうか？

どっちにしてもなんという呆気《あっけ》ない死に様だろう。

「内臓破裂を起こしてたんだわ。ほら、見て」

言われて見ると広池は口から血を吐いていた。しかしそんなことよりこんな時に尚《なお》も冷静な志津香が密には信じられなかった。

「あんた悲しくねえのかよ!」

密は志津香を罵倒《ばとう》した。しかし志津香はそれでも無表情な顔でこう言い返した。

「悲しんでる場合? こんどはあたしたちの番なのよ!」

密にはもう返す言葉がなかった。思えば自分自身この突然の極限状態をいまだにどう理解していいかさっぱりわからなかった。ただずっと密にまとわりついている感触がある。電圧をかけられたような痺《しび》れのような感触。それは生まれて初めての感触だった。これが本物の恐怖なのかも知れない、と密は思った。恐怖が極限を超えて体から噴き出しているようだった。

夜になり、密と志津香はまんじりともせずに海に浮かび続けた。三日月のわずかな月明りが海と三人を照らしていた。志津香は広池が流されないように救命具の金具を結び付けた。

密は志津香に眠れと言われたが、眠ったら最後のような気がした。志津香自身、眠ろうという気配はなかった。強がってはいるが、彼女も死の恐怖と戦っているのだろう。

そして太陽が昇り、また一日が始まった。ただ死を待つだけの一日の始まりだった。

朝から妙な臭《にお》いが密の鼻の周囲にこびりついていた。これも死の前兆なのかと思って考えないようにしていたが、太陽が高く上がった頃それがピークに達した。密は海水で何度も鼻をかんだが駄目だった。

「どうしたの？」

「いやなんか鼻に変な臭いが……」

「広池の臭いでしょ？」

うつ伏せで浮かんでいる広池が腐乱し始めていたのである。志津香は広池の救命具をねじって顔を覗《のぞ》こうとした。密は思わず顔を背けた。

「……密」

呼ばれてふり返ると、志津香は広池を手放していた。広池はうつ伏せのまま次第に遠くに流されて行く。

密は合掌した。志津香もぼんやり見送っていたが突然大声で泣き出した。あんまり激しく泣くので密は心配になって声をかけた。

「おい、泣くと体力消耗するぜ！」

すると志津香は密をにらみつけてこう言った。

「消耗したくて泣いてんのよ！　ほっといてよ！」

「死にたいのかよ！」

「どうせ死ぬのよ！」

密は言葉もなかった。

いつの間にか広池の黄色い救命胴衣は見えなくなってしまった。

それから数時間が過ぎた。さっきの発作的な言動はなりを潜め、彼女は再び強靱《きようじん》な志津香の顔に戻っていた。

志津香が一匹の蟹《かに》を密に手渡した。手のひらに載るぐらいの小さな蟹だった。元気はなかったが、まだ少し生きていた。

「どうしたんだ？　これ？」

「つかまえたのよ」

こんな状態でどうやって蟹なんかつかまえたのか密には見当もつかなかった。志津香は蟹をもう一匹持っていた。

「食べるのよ」

「どうやって」

志津香は蟹の両手の鋏《はさみ》を折ると、そのまま丸ごと口の中に放り込んでバリバリ嚙《か》み始めた。

「上品な食べ方してたら波に全部流されちゃうわよ」

密も蟹を口に放り込んだ。

「口の中切らないようにゆっくりそっと嚙むのよ。口に傷が出来たらそこから腐るからね」

密は言われた通り、ゆっくり蟹を咀嚼《そしやく》した。うまいといえるものではなかったが、今の状況を考えたらまたとないご馳走《ちそう》だった。ところが噛んでいるうちに妙な想像が密の脳裏をよぎった。

「なあ……」

「なに？」

「これどこでつかまえたんだ？」

「どこでもいいじゃない」

「広池さんに張り付いてたんじゃないのか？」

「……そうよ」

密は吐きそうになった。その蟹は広池の肉を食《は》んでいたのだ。自分は広池の肉を腹に詰めたその蟹を食べたのである。

「ちゃんと食べるのよ。広池の供養よ」

それから更に半日が過ぎた。太陽は西に傾き始めていた。

密を激しい疲労と眠気が襲って来た。志津香が何度も密の顔を叩いたが、もはや凌《しの》げるような眠気ではなかった。

密は志津香の手を握った。志津香が驚いて振り返った。

「ちょっと握っていいかい？」

「………」

「怖いんだ」

密の手は震えていた。志津香の手も震えていた。

「あたしも怖いよ」

「俺《おれ》も怖いよ」

ふたりは空を見上げていた。青空は気味が悪いほど深く、吸い込まれそうだった。そんな青空にもやがて雲が湧《わ》いてきた。ふたりは雲の生成と変成を荒涼とした気分で眺め続けなければならなかった。

ふたりは耐え難い恐怖を紛らわせるためにいろんな話をした。

「土佐清水《とさしみず》って知ってる？」と志津香。

「ああ。名前だけは」

「カツオで有名な港町。なんにもないところ。高知は酒豪が多くてね、女の人も昼間っから大漁の旗掲げて宴会するのよ」

「君も飲むのかい？」

「まあね。そんなに好きじゃないけど、飲めって言われればいくらでも。あー、なんか考えたらお酒飲みたくなってきた」

「お父さんは漁師？」

「夫婦そろってね」

「君は後継がなくていいの？」

「そんな殊勝なヤツもういないわよ。高校出たらみんな町を出ちゃうの。大阪とか、東京とか」

「そのまま？　最後まで帰らないの？」

「そうね。帰る人は少ないわね。だってなんにもない町だもん。でも海だけは自慢の種だったわ。住んでる時は感じなかったけど、離れてみると海が恋しいのよね。それに東京ひとり暮らしで、何にも自慢するもんなんかないじゃない？　ふと気づくと、海はいいわよ、なんて人に自慢してるの。バカね、海なんて誰のものでもないのに。土佐清水の名産でもないのにね。東京にだって海はあるのにね」

「東京の海は自慢にならないよ」

「いっつも強がってるけど、きっと寂しいの誤魔化してるのよね。ホントは寂しくて仕方ないのよ。泣きたいぐらい。でも泣いたって誰も気づかないのよ。ひとりで寂しい寂しいって泣いたって、まわりはあたしの存在そのものにさえ気づいてくれないのよ。それであたしの場合、身体鍛えるのにハマっちゃったけど……ホントはあの退屈な町に帰りたくて仕方ないのかも」

「俺は両親いないんだ」

「……そう」

「典型的なおばあちゃん子さ。両親は海で死んだんだ。顔も憶えてないけど。いつだっけな。まだ五歳とか六歳ぐらいの時にね、その話を聞いて……ショックでさ。それから絶対海には入らないって決めたんだ。俺のウチは逗子《ずし》なんだけど……知ってる？　逗子」

「逗子？……知らない」

「葉山《はやま》の方。横浜の先」

「へえ」

「すぐ目の前が海さ。毎日暮らしてると嫌でも目に入るだろ？　それが嫌でさ。小学校の頃は海の方から顔を背けて学校に通ってた。でも顔も見たことない両親だったし、中学校過ぎたぐらいからだんだん意地張るのもバカバカしくなって、ある夏休みに解禁したんだ。初めて海で泳いだ。ダチんコに誘われてね。自分の信念よりダチんコの約束の方が大事な頃だったからな。でも全然泳げなくてみんなにエラく馬鹿にされた。海の水がホントにしょっぱいってのもその時初めてわかったんだ」

「御両親は何をしてた人？」

「貿易関係」

「へえ。なんかお坊ちゃんね」

「お坊ちゃんだよ。なんかそれもコンプレックスだったな」

「あたしは田舎がコンプレックスよ。なんで東京に生まれなかったんだろって思ったこともあったわ」

「今でも？」

「今はそんなでも……そうね……ちょっと思ってるかな」

「行ってみたいな。土佐清水」

「いいとこよ。カツオのタタキが最高よ」

　ふたりは果てしなく喋《しゃべ》り続けた。こんな状況にならなければ、お互いのことを何も知らずに行きずりの旅行者として、その後もお互い記憶に残ったかどうかさえわからなかった。ところがどういう巡り合わせか、ふたりはまるで恋人のようにお互いのことに詳しい関係になってしまった。そしてひょっとしたらお互いにこの世で出会った最後の人間になるかも知れないのだ。

　やがてまた日没を迎えた。太陽が沈むと信じられないぐらい空が赤く燃えていた。その赤もこの世で見る最後の色かも知れなかった。志津香の握っていた手に力が入った。

「ねえ……キスしたことある？」

　志津香が言った。

「……え？」

「あたしないの」

「……そう」

　密は志津香をチラッと見た。いかめしいその顔を見ていると、甘い気持ちになっているようには見えなかった。太陽の陽射しに照り焼きにされたその顔は、日膨れができて目を覆いたくなるような形相だった。恐らく自分はもっとひどい顔になっているのだろう。

　密が言った。

「キスする？」

「……いいよ」

二人は近寄ってキスをした。ひび割れた唇と唇は石に触れたような妙な感触だった。

「……こういうモノなの？」

志津香が言った。密はどう返事をしていいのかわからなかった。

「あたし下手糞《へたくそ》？」

「え？」

「下手糞？」

「……わかんないよ」

二人はもう一度キスをした。密は志津香の胸を触った。ヘラクレスの乳房は予想外に柔らかかった。愛撫《あいぶ》を続けているうちに二人はいつの間にかひとつになっていた。まだそんな力が残っていたことが不思議だったが、生存本能の最後の残り火が二人に我を忘れるほどの性欲を漲《みなぎ》らせたかのようだった。救命胴衣をつけたままの立ち泳ぎでするセックスは傍《はた》から見たら滑稽《こっけい》だったかも知れない。しかし二人にそんなことを考える余裕はなかった。この行為が後に齎《もたら》す劇症的な疲労のことも頭になかった。欲望のままに二人は絡み合い、もつれ合った。

どこで意識を失ったのかさえ密は憶えていなかった。夜を越え、再び朝になり、朝陽が大海原を鮮やかに照らした。

しかしそこにはもう二人の姿はなかった。

顔を上げると一羽の鷗《かもめ》が驚いて飛び立った。どうやら肩に止まっていたらしい。激しい太陽の陽射しが眼を貫いた。

——俺は何をしてるんだ？

密の意識はまだはっきりしていなかった。そのせいで前後のことが思い出せずにいた。あたりには人の気配がした。灼《や》けた甲板がちりちりと密の肌を焼いたが、彼にはまだそれに気付く感覚が戻っていなかった。髭面《ひげづら》の男が目の前をうろうろしているのが見えた。

——ここは何処《どこ》だ？

近海で漁をしていた地元の漁船の網に二人の男女がかかった。二人は漁師たちの手で甲板に横たえられた。

「こりゃたまらん、ひでえ臭《にお》いだ」

髭面の男は鼻をつまみながら密の顔を覗《のぞ》き込んだ。密は反射的に愛想笑いをした。頰《ほお》の筋肉を動かすと唇がビリッと裂けた。痛みはなかった。

男は目を丸くして叫んだ。

「おい！　生きてるぞ！」

周囲にどよめきが起きた。密の視界は瞬く間に男たちの顔で埋め尽くされた。密のぼんやりした頭の中に志津香の顔が浮かんだ。そうだ。志津香だ。彼女はどうしただろう。

「え？」

もぐもぐ何か言っている密の口に耳を当てて男が大声で聞き返した。

「……シズカ」

しかし男には密の声が聞き取れなかった。別な男が割り込んで来て密に訊いた。

「一緒にいたのはお前の恋人かい？」

「…………」

不意の質問になんて答えていいのかわからなかった。密は男の顔を見た。そしてゆっくり首を横にふった。

「そうか」男が言った。そしてちょっとためらっていたが、やがて密にこう告げた。

「助からなかったよ、彼女は」

密は横を見た。志津香の遺体が横たえられていた。全身に筵《むしろ》をかけられ、少しだけ足が覗いていた。

密の片方の眼から涙が流れたが、密自身それには気づいていなかった。

プロフィール

密は那覇市内の病院に収容された。命には別状なく、回復も早かった。この遭難事故はマスコミにも大きく取り上げられ、密の許《もと》にも多数の報道陣やビデオカメラが押しかけた。彼等の焦点は密の奇蹟の生還劇にあった。

密と志津香が漁船に救出されたのは九月二十五日。船が転覆してから二ヵ月が過ぎていた。密の記憶に間違いがなければ彼等が海の上で漂流していたのはせいぜい二日間であった。つまり二人は救出されるまで約二ヵ月も海の底に沈んでいたわけである。

漁船の乗組員の報告によれば、網にかかった二人は抱き合うようにして魚にまみれていたという。志津香の死体は激しく傷《いた》んでいた。それに比べて密の身体は妙にきれいだった。しかし発見当時の密の心臓は止まっていたし、瞳孔《どうこう》も開いていた。志津香の生死は確かめるまでもなかった。

「心臓が止まっていたのは確かです」記者会見で、副船長の城間《しろま》節男《せつお》は証言する。「何度も確かめましたから」

「だから海原君がこっちを見て笑った時にはぶったまげましたよ」乗組員の金城《かねしろ》幸三《こうぞう》はその時の模様を興奮気味に語った。

取材陣からすれば密自身に何か聞きたいところであったが、本人は面会謝絶の状態が続いていたので、周辺の聞き込みに専念するしかなかった。病院のロビーは取材関係者であふれかえり、他の患者の迷惑を考えろと外来担当の婦長が怒鳴り散らしていた。

レポーターが病院の建物を背景に生中継をしていた。

「発見された海原密さんはここ那覇市民病院に収容され現在手当を受けています。病院側の報告では海原さんはいまだ意識が戻らず、昏睡《こんすい》状態が続いているということです。今回の事故の最後の行方《ゆくえ》不明者であった、海原密さんと前島志津香さんは遭難事故から実に五十八日も経過しており絶望的と思われていました。捜索も五週間前に打ち切られていました。海原さんは亡くなった前島志津香さんと同じポイントで発見されており、遺体の損傷から前島さんが約二ヵ月間海底に沈んでいたのは間違いないという検査結果も出ています。海原さんだけが何故《なぜ》生きていたのか。まるで浦島太郎のような今回の事件、謎《なぞ》は深まるばかりです。今後の解明が待たれるところです」

このニュースを密は病室で見ていた。

「浦島太郎だって。あなた有名人ね」

看護婦の日向《ひなた》が密の点滴を取り替えながらそう言った。

「意識不明だって」

密の声はかすれてはいたが、はっきりしていた。

「ホントのこと言ったら取材の人たちがうるさいでしょ？」

テレビに密の実家の門が映った。レポーターがその前で密のプロフィールを説明していた。懐かしい小学校の担任教師のインタビューが挿入され、見ないうちにずいぶん頭の禿《は》げあがってしまったその担任は密がカナヅチで、プールを休んでばかりいたという裏話を披露した。

「君、カナヅチなの？　よくそれで生きてたわね」

別なレポーターが志津香の実家前に立っていた。

「前島志津香さんの遺体は、昨夜ここ土佐清水の実家に戻ってまいりました。長い間安否を気づかっていたご家族は、娘さんの無言の帰宅にただ声をつまらせるばかりでした」

テレビに志津香の両親の姿が映った。顔だちはよく似ていたが、志津香と違って小さな両親だった。朴訥《ぼくとつ》な父はインタビュアーの質問にうまく答えられず、しどろもどろになっていた。

ベッドに横たわりながら、密は顔を歪《ゆが》めた。溢《あふ》れる涙はこらえようとしても止まらなかった。密の背後にいた日向はそれに気づかずに、能天気にこう言った。

「ねえ、あたしだけに教えてよ。あなたどうやって助かったの？」

密は返事をする気にもなれなかった。これと同じ質問を県警の刑事たちから何度もされてうんざりしていたのである。

「テレビのワイドショーなら奇蹟《きせき》だ奇蹟だで十分だが、こっちはそうもいかないんでね。

「……俺んチだ」

憶《おぼ》えている限りのことでいいんだ。何でも話してくれ」

しかし密は言うべきことは全て話したつもりだった。志津香と抱き合ったこと以外は。

「教えてほしいのは僕のほうですよ。なんで助かったんですか？」

それでも県警の刑事たちは一日に一回やってきて、何か思い出さないかね、と密にからんだ。担当医師の手塚は様々な検査を行って、密の生還の理由を医学的に究明しようとしていた。聴覚テストでは妙に高い数値が出たらしく、その時は手塚も妙に嬉々《きき》としていた。

まだ若い手塚は、日向の話によればここの医者ではないという。

「手塚先生はフロリダ州立病院の先生なのよ」

「なんでそんな人が？」

「あなたが珍しいからよ」

その日の午後の診察は一風変わっていた。診察室に入ると、手塚の他にもうひとり見かけない医師が立っていた。

「催眠療法専門の岡村先生だ」

岡村は妙に友好的な笑顔と握手で密を圧倒した。

「君の海の中の記憶を調べたくてね」と手塚。「君は憶えてなくても深層心理に何か残っているかも知れないんだ」

その説明だけではよくはわからなかったが、催眠術なんて未《いま》だ経験のないシロモノに密は緊張を隠せなかった。

「かかっても戻るんですよね」

「そんな心配はいらないよ」

岡村は密をベッドに寝かせ、身体じゅうにコードのついた吸盤を張り付けた。

「リラックス、リラックスね」

そして催眠療法が始まった。密はアイマスクをかけさせられ、岡村はこめかみをゆっくりマッサージした。

「何か見えるだろ？」

「え？……真っ暗です」

「真っ暗な中に何か見えるだろ？」

言われてみれば確かに暗闇《くらやみ》の中に何か見えるような気がする。何か粒子のようなものがひしめいている。しかしその映像は実際に見えているものなのか、意識の中のものなのかさえはっきりしなかった。

「文字が見えるはずだ」

「文字？」

「読めるかい？」

密は瞼《まぶた》の裏の映像の中から文字を探した。一瞬何か読めたような気がしたが、その記憶さえ曖昧《あいまい》になってゆく。岡村の催眠術が効き始めているのだ。五分もすると密は完全に眠っていた。

岡村が改めて語りかける。

「何か見えるね」

「………………」

「……何が見える？」

「……なにも」

「なんにもかい？」

「……見えない。真っ暗だ」

「隣に誰かいるだろ？」

「……誰もいない」

「いるじゃないか。すぐ隣に」

密は手を動かした。そして何かを見つけて抱きしめるような動きを見せた。

「誰だい？」

「…………志津香」

「何処《どこ》にいるかわかるかい？」

密の額に汗がプップッと浮いてきた。

「何処だい？　そこは？」

密は突然眼を開け、絶叫した。

「ウアアアアアッ！」

飛び起きた密を岡村と手塚が全力でベッドに抑えつけた。

「醒《さ》めたのか？」

「いや、完全に入ってる」

二人の腕の下で密は喘《あえ》ぎ、もがいた。

「溺《おぼ》れてるんだ。海の中で体験したことを再現してる」と岡村。

密はそのうち咽喉《のど》を鳴らしながら呼吸困難に陥った。

「酸素吸入！」

「いや、もう少し待て」手塚が言った。

「これ以上はもたない。催眠を解くぞ」

密は痙攣《けいれん》を始めた。そして突然動かなくなった。心電図のモニターを見た手塚が顔色を変えた。心臓の鼓動を示すパルスが止まっている。

「心停止だ。まずい！」

岡村は催眠を解こうと密に声をかけたが反応がなかった。手塚が馬乗りになって心臓マッサージをしたが、パルスは動かない。手塚は天井付近の壁を見た。そこは鏡張りになっていて、自分たちが映っている。

「クランケが心停止だ。カウンターショックとボスミンを頼む」

手塚は鏡に向かって青い声で叫んだ。何処からか返事が帰ってきた。

『心電図を確認してくれ』

「え？」

『心電図だ。よく見てくれ』

　手塚は言われた通り、心電図のモニターを確認した。止まったままのパルスが十数秒後に一度ピクリと反応した。それから四十秒後に再び鼓動が観測された。更に四十五秒後、四十二秒後にパルス反応があった。

「約四十秒周期で鼓動してるようですが」

『心室細動[注]じゃないのか？』スピーカーからは違う声がした。

「いや。もっと安定したパルスです」

　どよめきが聴こえた。壁の鏡はマジックミラーになっていて、その裏には白衣を着た集団が顔を並べていた。その中にビリー・ハンプソンと羽陸洋の姿もあった。日本語のわからないビリーが羽陸に訊《き》いた。

「なんだって？」

「患者の心臓が四十秒に一回ずつ鼓動してるんだ」

　スピーカーから手塚の声がした。

「凄《すご》い！まさにアルフレッド・ウォーレスの言ってた〝冬眠する心臓〟だ」

　羽陸はそれもビリーのために訳した。ビリーはそれを聞いて満足げに頷《うなず》いた。集団の中で一番年配に見える日本人がマイクで指示を出した。

「手塚君、体温測定と瞳孔《どうこう》検査を指示してくれ」

手塚はコンピューター画面の数値を確認した。

「体温は現在二八度です。ずいぶん低いですね」

「普通だったら致命的な体温だ」集団の中のひとりが言った。

それから手塚は密の瞳孔を確認するために瞼《まぶた》を開いた。

「なんだ？　これは」

「どうなってる？」スピーカーからの声。

「虹彩が縦に伸びてます。というより眼球そのものが縦につぶれているような状態ですね」

羽陸がそれに答えてマイクで喋《しゃべ》った。

「海中だと水中メガネをつけないとモノがはっきり見えませんよね。それは人間の眼球が海中の光の屈折率に合ってないからです。恐らく眼球周辺の筋肉が両側から眼球を圧迫して海水での視界をよくしているんでしょう。わかりやすく言うと、海中モードの目玉ってことです」

「つまり彼は今海の底にいるつもりなんだな」初老の日本人が言った。

「おそらく」羽陸が答えた。

「鼓動の周期が更に遅くなっています。現在で九十秒に一回です」と手塚。「なんでこれで生きていられるのか不思議ですよ」

注　**心臓が停止する前に起こす痙攣的な拍動。**

「つまり、これが彼が海底で生きていられたメカニズムというわけか」

初老の日本人が言った。


気がつくと診察室にいたはずの密はいつの間にか病室に戻っていた。

「何か憶えてるかね？」手塚が質問した。

「文字が見えるかって聞かれて……見えたような気がしたんですが」

その先は全く憶えていない様子だった。血圧も心拍数も正常だった。一時は脳死に近い状況にあったにも拘《かか》わらず、脳の損傷も全く見られなかった。本人はケロッとした顔で朝食をたいらげた。手塚は呆《あき》れて言葉も出なかった。

午後になって看護婦の日向が羽陸という人物が面会に来ていると密に告げた。

「羽陸さん？」

「お友達だって」と看護婦の日向は言った。

「知らないの？」

「ええ」

「じゃあ断わる？」

密は不審な思いに駆られた。

「でも今って面会謝絶なんでしょ？　友達でも……」

「ええ。でも手塚先生が特別に許可されたの」

「でも知らないんですけど」

「知らないんだったら、やめといた方がいいわよね。断わっておくわ」

そして日向はひそひそ声でこう言った。

「あの手塚って先生ムカつくのよ。他所《よそ》から来た癖に威張っちゃって。最近妙に部外者が出入りして……なんか怪しいのよね。斎門斉一ってオジサン知ってる？」

「サイモン？」

「遺伝子の権威なんだって。午前中の検査で会ったでしょ？　白髪頭のオジサン」

密は首をひねった。

「会ってないの？」

「うん」

「変ね。じゃあ何しに来てたのかしら」

日向も首をひねった。そして密に耳打ちするように訊《き》いた。

「今日のはどんな検査だったの？」

「え？……なんか催眠療法みたいな奴《やつ》」

「へえ」

日向は少し考えていたが、まあいいや、という顔をして部屋を出て行った。暫《しばら》くすると手塚本人がやって来た。

「会いたくないって？」

「いや……ていうか……心当たりなかったんで」

「あるわけないよ。君とは初対面だ」

手塚はケロッとした声でそう言った。

「誰ですか？」

「僕の友人なんだ。君にどうしても会いたいって言うんでね。いいだろ？」

何やら公私混同という気がしなくもなかったが、断わる理由が密にはなかった。手塚は密を個室に案内すると仕事があるからと言ってさっさと何処かへ行ってしまった。少しして日向がお茶を持ってやって来た。

「手塚先生の友達だって」

密が言うと日向は呆れて顔をしかめた。

「どういうこと？　そんな話聞いたことないわよ」

密は苦笑した。

「婦長に直訴するわ」

日向は眉毛《まゆげ》を釣り上げながら部屋を出て行った。

それから何時《いつ》まで経っても訪問者はやって来なかった。日向の淹《い》れたお茶もすっかり冷えてしまった頃、ようやく密の背後の扉が開いた。

ふり返ると外国人がひとり立っていた。

「英語は喋《しゃべ》れるの？」

「え？……少し」

「そうか。香港《ホンコン》に住んでたんだもんな、君」

密は驚いた。この見ず知らずの外国人がどうしてそんなことを知っているのだろう。その外国人が自己紹介した。

「俺はビリー、ビリー・ハンプソン。『ネイチャー・パラダイス』の記者だ。知ってる？『ネイチャー・パラダイス』って」

密は首をひねった。あまりにも早い英語にヒアリングが追いつかなかったのだ。

「知らないかい？　日本版も出版されてるんだがね。今度キノクニヤで探してくれ」

「あの……少しゆっくり喋ってください」

「ああ、そうか。悪かった」

ビリーは密の正面に座って鞄を開けたが、少しためらってまた閉めた。

「相棒がいるんだ。日本人なんだがね。通訳いた方がいいだろ？」

「……はあ」

「結構ややこしい話なんで、いた方がいいと思うよ」

「そうですか」

ところがその相棒という人物はなかなかやって来なかった。ビリーは手持ち無沙汰《ぶさた》に冷えた茶をすすったりしていたが、一向に現われる気配もないので再び鞄の蓋《ふた》を開けた。

「しょうがない。時間も勿体《もったい》ないから始めようか。英語がわからなくなったら言ってくれ」

「大丈夫です……ゆっくり喋ってくれれば」

ちょうどその時、けたたましい足音が響いてきて扉が開いた。

「ごめん、遅くなっちまった」

そう言って飛び込んで来たのは羽陸だった。

「まいったよ。この面会に不手際があったみたいで、婦長に呼ばれて叱《しか》られてたんだ。手塚先生と一緒に。手塚先生、君に自分の友達だって言ったんだって？」

密は戸惑いながら頷《うなず》いた。

「言うならもっとマシな嘘《うそ》にしてもらいたいよ」

「違うんですか？」

「え？」

「友達じゃないんですか？」

「え？　手塚先生と？」

「ええ」

「ハッ、知り合いではあるけど」

密はわけがわからなかった。

「さ、始めよう、始めよう」

羽陸はビリーの隣に座りながらせっかちに言うと、密がそれを遮った。

「あの、どちら様ですか？」

「え？」

「何を始めるんですか？」

羽陸とビリーはちょっと困った顔をした。ビリーが言った。

「彼は羽陸洋」

言われて羽陸は頭を掻《か》いた。

「そうか。自己紹介まだでしたね」

「イルカの研究家だ」とビリー。

「……何の御用ですか？　取材ですか？」

「まあ似たようなもんだ」

「取材は断わってるんですけど」

「そうなの？　ビッグスターみたいだな」

「……いや……僕じゃなくて……病院側が」

「ああ、知ってるよ。意識不明で面会謝絶なんだろ？」

「だから取材は……」

「そう病院にお願いしたのは僕らだ」

「え？」

「君を誰にも会わせないようにしたんだ」

「……誰ですか？　あなたたち」

「自己紹介はしたけど」

「ええ。そう……そうじゃなくて、アノ……何の用ですか？」

「それはこれから話すよ。ちょっと長くなるけどいいかな？」

「……ええ、まあ」

「じゃあ最初にいくつか質問があるんだ」

ビリーは鞄の中を漁《あさ》り始めた。密はムッとした。

「あの、ちょっと本題に入る前にちゃんとご用件を説明して欲しいんだけど」

語尾に怒りが混じっていた。ビリーはキョトンとして、密を見た。

「だからこれから説明するよ」

不機嫌になってしまった密に羽陸が言った。

「僕らはマスコミでも取材でもないんだ」

「だってこの人雑誌の記者でしょ？　ネイチャーなんとかって」

「そうなんだが、ここに来た目的は別なんだ」

「そう、今日は本業は抜きだ」とビリー。

羽陸は真剣な顔をして密に言った。

「君にとっても重大な話だ。まずは僕らの話を聞いてくれないかな」

密は口許《くちもと》を歪《ゆが》めていたが、ようやく頷いた。

「……じゃ、どうぞ」

ホッとしたビリーはこう言った。

「どうも本職が記者なもんだから。取材口調がいけなかったのかな。まあ悪かった」

ビリーは鞄を引っ掻き回し、一冊のファイルを引きずり出した。ファイルは書類やら何やらをはちきれんばかりにくわえていた。その中からビリーは一枚の写真を取り出して密の前に置いた。それはインテリ風な初老の外人のポートレートだった。それより密の気を曳《ひ》いたのはその写真の古さだった。持っているだけでも枯れ葉のように砕けそうな古さだった。

「この人、知ってる？」

「……さあ」

「アルフレッド・ラッセル・ウォーレスっていう学者なんだけど」

「……知りません」

「そうか。じゃこっちは？」

もう一枚は中国人のような中年男だった。中国服にチャイナ帽を被《かぶ》っている。

「知ってる？」

「……いえ」

「海洲《ホイ・ジャウチュン》全っていう中国人」

「全然」

しかしビリーはがっかりした様子もなかった。どこか予定通りという風で、ちょっと嬉《うれ》しそうにも見えた。中国人の写真の裏にもう一枚別な写真が張り付いていた。めくってみると中国風の服を着た女性だった。

「知ってる？」

「いえ……でもちょっと奇麗《きれい》な人ですね」

同感だと言わんばかりにビリーは白い歯を見せて笑った。

「海鱗女《ホイ・ローンロイ》。さっきの海洲全の娘だ」

「……そうですか」

ビリーは次に一冊の本をひっぱり出してきた。そしてその中に添付されている写真を見せた。何かの記念写真のようだった。

「中国流の結婚写真だ。これは真ん中の花嫁の足元を見るんだ」

言われて中央の派手に着飾った女性を見るとその足が何やら妙なことになっている。

「何ですか？　これ」

「へんなものがあるでしょ？」

その女性の衣装の下から魚の鰭《ひれ》が覗《のぞ》いている。

「人魚みたいだ」密が言った。

「そう。人魚」

ビリーはいとも簡単に相槌《あいづち》を打った。

「でもこれ……合成写真ですよ」

確かにその足元は焼き様がその周辺と違っていて、明らかに合成だとわかる代物だった。

「そう、合成写真。君なかなか眼がいいね」

ビリーの返事は何か拍子抜けしていた。密にはビリーの真意が全くつかめず、ちらと隣を見ると羽陸は気味の悪い笑顔を返して来た。ビリーは一旦《いったん》その本をたたむと、表紙を表にして密の前に突き出した。

「この本は『香港人魚録』って言うんだ。読むとわかるけど、陳腐な空想小説さ。さっきの写真見たろ？　あんな誰でもわかる合成写真が何枚も出てくる。フィクションと割り切って読めばなかなか面白い本なんだけど。あげるから読んでくれ」

「いいですよ。それより、アノ、よくわからないんですが……」

「どれが？」

「いえ……これってひょっとして心理テストか何かですか？」

「え？　ハッハッハ……まあそんな気分でつきあってくれ」

そしてビリーは座っていた椅子《いす》の上で足を組みかえると本題に入った。

「僕らは最近ちょっと人魚に凝っててね。仕事そっちのけでもう二年以上も人魚に関する文献を根こそぎ調べまくった。世界じゅうの神話から、民間伝承から、アンデルセンの『人魚姫』に至るまでもう何でもカンでも調べまくったんだ。おかげで今じゃすっかり人魚博士さ」

そこまで言うとビリーは例の本をつまみあげ、背表紙をポンと叩《たた》いた。

「そんな中で見つけたのがこの本だ。今から百年ほど前にアルフレッド・ウォーレスって人物が書いたんだ。香港逗留中《とうりゅうちゅう》に彼が出会った人魚について書かれている」

「へえ」

ビリーに『香港人魚録』を差し出され、密はおずおずと受け取った。そして改めて広げてみた。最初の数ページに亘《わた》って図版が掲載されていて、細密に描かれた絵が並んでいる。人間の手に水掻《みずか》きを書き足したようなものや、目玉の拡大図など、巧妙に描かれているぶん、胡散《うさん》臭い感じがした。

「勿論《もちろん》そんなもん信じる奴は誰もいないだろうね」

ビリーが言い、密も頷いた。

「世間じゃ荒唐無稽《むけい》な奇書のひとつにその名を連ねてる。ところがそのアルフレッド・ウォーレスって人物は小説家でもなんでもない。これでなかなか立派な学者だったんだ。ダーウィンは知ってる？」

「……ええ。進化論の」

「ダーウィンが最初に発表した進化論の論文は実は彼との合作だったんだ。というより彼の論文に自分の説をくっつけて発表したと言ってもいいぐらいさ。オリジナルのベースはこのウォーレスのものだったんだ。それは知ってた？」

「いえ……初耳です」

「つまり進化論の影の功労者だ。下手《へた》をしたら歴史に残ったのはダーウィンじゃなくて彼だったかも知れない。彼がうっかりダーウィンに自分の論文を見せなければ、ダーウィンに合作をせがまれることもなかったんだ。ダーウィンになれなかった男。ダーウィンになりそこねた男。ダーウィンにハメられた男。まあ何でもいいけど、要するにそのぐらい凄《すご》い学者だということさ」

「はあ」

「そこに来て、人魚だ。『香港人魚録』。彼の隠れた遺作。偉大な学者がどうしてこんなわけのわからない本を書いたんだろう？　ちょっと不思議だろ？」

「……はあ」

「そこで僕は思い切ってちょっと飛躍した視点でこの本を読んでみようって考えたんだ。つまり、シュリーマン的視点。知ってる？　シュリーマン。トロイ遺跡を発掘した……」

「……すいません」

「まあいいや。早い話が僕はこの本がノンフィクションなんじゃないかと思ってみたわけだ。つまりここに書かれている人魚の話が全て事実だとしたらどういうことになるだろうってね。そしたら何か思いがけない発見があるかも知れないだろ」

「つまり、その……人魚が実在するってことですか？」

「ああ！」ビリーは天を仰いだ。「いきなり結論言わないでくれよ！」

「僕も人魚とか信じるほうですよ」

「……ほお」

ビリーと羽陸が顔を見合わせた。

「なんか見たことあるのかい？」羽陸が訊《き》いた。

「僕はないですけど、友達がＵＦＯを……」

「まあいい、まあいい。今はそのレベルで十分だ」

ビリーは頭を掻《か》いた。

「実はこの本だけじゃない。僕らは古今東西の人魚の本を読むにあたってあるルールを設けた。つまり人魚は実在するという視点で読むこと。これがルール。そう思うと嘘《うそ》か本当かわかってくる。たとえばアンデルセンの『人魚姫』。人魚は王子様に会いたくて下半身を足に変えたという。これを科学的に考えると人魚には陸に上がる能力がある、ということになる。まあこんな風にして様々な書物を解読した。その中でもこの『香港人魚録』は出色だった。さすがダーウィンにも優る学者先生が書いただけあって、情報が非常に豊富なんだ。本当に人魚が実在するんじゃないかとさえ思えてくる。いやいや、人魚は実在するんだ。それが読書の際のルールだったよね。なのにあの身も蓋もない合成写真だ。こっちの思いを粉々に打ち砕くぐらいの破壊力があったよ、この写真には」

ビリーは身を乗り出すと、密の手の上の『香港人魚録』から例の合成写真のページをもう一度めくった。

「しかし我々は人魚を信じるのがルールだ。そこからもう一度この写真を見ると、ウォーレスに何か裏の真意があったんじゃないだろうか、と勘繰りたくなる。つまりこの写真はワザとじゃないか？　意図的にこんなすぐ嘘とわかるような写真を作ったとは考えられないだろうか」

「はあ」

密は気の入らない相槌を打った。ビリーはお構いなしに走り続ける。

「そこで我々は早速《さっそく》香港に渡った。そこじゃいろんな収穫があって我々は大満足だった。広東《カントン》料理もうまかったしね。まあそれはいいとして……これを見てくれ」

またしても写真である。それは本に掲載されている合成写真と同じものだった。

「こっちがオリジナルさ。足のところを見てくれ」

見ると、オリジナルの花嫁にはちゃんと二本の足があった。

「足、ありますね」

「そういうことだ。彼女には足があった。つまりアルフレッド・ウォーレスは『香港人魚録』に嘘の写真を載せたんだ」

「何故《なぜ》ですか？」

「それは本人に聞いてもらうのが一番いいんだが、奴《やつ》はもう墓の中だ。真実は謎《なぞ》のままだ。あとは僕らが推理するしかない。そこでもう一度例のルールだ。人魚は実在するって奴。人魚は実在したんだ。ウォーレスはこの本の記述の通り人魚を手に入れた。彼は生粋《きっすい》の科学者だ。それを記録に残したいと思うのが筋だ。しかし人魚を公表したくない理由もあった。だからこんな風に奇妙な偽装工作をやってのけた。喋《しゃべ》りたいけど喋れない。まるで王様の耳はロバの耳だ。人魚がロバの耳なら、王様は誰なんだろう？　つまり喋られちゃ困る人物だ。さて誰だろう？」

　ビリーは勿体《もったい》ぶった視線を密に投げかけた。

「……さあ」密は首をかしげた。

「まあこれは僕の推理なんだが、それはウォーレス自身だったんじゃないかと思うんだ。折角の大発見をくだらない書物に封印しなければならなかった理由は他には考えられない」

　ビリーは自信を込めて頷《うなず》いたが、密にはどうでもいいことのようにしか思えなかった。

　ビリーは一旦話を切ると、テーブルの上に重ねられた写真の中から最初の三枚を改めて抜き出して並べた。西洋の老紳士、中国人の男、そして少女。

「で、この『香港人魚録』なんだけど、この本によればアルフレッド・ウォーレスは雑技団にいた人魚を大金で買い取ったんだそうだ。ところがその人魚は子供を妊娠《にんしん》していた。産まれた人魚の子は友人の海洲全という人物に預けられ、人間の子供として陸の上で育てられた。それがこの海鱗女だ」

　密は海鱗女という名の少女の写真を見て言った。

「でもなんか作り物って感じの写真だな」

「先《ま》ずは信じるっていうのがルールだ」

「あ、……はい」

ビリーは数枚の写真を選ぶと、例の本の写真のページにはさみ、残りのファイルを一旦床に置いた。その写真と本が次なる物語の持ち道具になるらしい。

先ず中国人の男の写真を使ってビリーは説明を始めた。

「この男、海洲全は香港の大富豪だった。アルフレッド・ウォーレスとの親交も厚くて、研究資金の援助も惜しまなかった人物だ。まあ早い話がパトロンだな。この海洲全には息子がいて、名前が洲化《ジャウファー》。海洲化だ。鱗女と洲化は兄妹として育てられた。ところがこの二人、何とも大胆なことに深く愛し合っちまったんだ。人間と人魚でありながら、義理の兄妹でありながら……二人はこの二つの大きなタブーを犯し、鱗女は身籠《みごも》ってしまう。しかし当時の香港が大胆だったのか、親父の酔狂か、真相はわからないが、この二人の恋を認めたんだ。そして結婚させちまった。現にこうして祝言《しゅうげん》の写真まである」

ビリーは再び例の祝言の写真をテーブルに置く。

「もしこの本が事実だとすれば人魚と人間の混血の子供が存在することになる。ところがこの本にはその子供のことが一切書かれていない。ただ書かれていないだけなのか？　あるいは研究の材料にでもなって死んだのか？　仮に生き残っていたとすれば、現在一一七歳。まあ生存してる可能性は少ないが、人魚は長生きだって伝説もあるにはあるからひょっとしたらまだ生きてるかも知れない。もし死んでいたとしても、その子孫が残っているかも知れない。まあそんなわけで色々調査していたところが、いつの間にか道に迷って気がついたら君の名前にたどり着いてしまったってわけさ」

「え？」

遠い異国の昔話からいきなり自分に繋《つな》がって、密は頭が混乱した。

「どういうことですか？」

「君の両親についても調べさせてもらった。御両親、随分前に亡くなられてるんだったよね」

「ええ。随分前に……海で」

「今君は戸籍上君のおじいちゃんとおばあちゃんの養子ってことになってるね」

「ええ。祖父はもう亡くなりましたけど」

「海原修三さん」

「ええ」

「彼の国籍が日本じゃないっていうのは知ってた？」

「え、ええ」

「修三さんは戦後日本に移住した華僑《かきょう》だね。本名は？」

「さあ……そこまでは」

「修三さんの本名は海洲元《ホイ・ジャウイユン》と言うんだ」

「ホイ……」

「なんか因縁のありそうな名前だろ？　海洲全、海洲化、海洲元」

「なんか関係があるんですか？」

「大ありさ。君が生まれたのは香港だよね」

「ええ」

「そして十三歳まで香港で暮らしてた。おじいちゃんとおばあちゃんと一緒に」

「そうです。僕が八歳の時に祖父は死んだんです」

「なるほど。ところで、君のおじいちゃん、海洲元さんのお父さんは？」

「そこまでは知りません」

「海洲慶《ホイ・ジャウヘン》って言うんだ。海洲慶のお父さんが海洲全、兄は海洲化。つまり君の亡くなったおじいちゃんという人は海洲化の弟の息子ってことなんだが……」

そしてビリーは最後の一枚の写真を密の前に置いた。

「これが若かりし頃の海洲化だ」

密は言葉を失った。全身に鳥肌が泡立つような気がした。中国服を着た海洲化というその若い男は密に生き写しだった。

ビリーがばら撒《ま》いた支離滅裂な物語が今、少しずつ意味を紡ぎ始めていた。

「俺も君を見るまでは半信半疑だった。しかしここまで似てると関係ないとは思えない。ちょっともう一度おさらいしてみようか。鱗女と洲化は兄妹として育てられ、鱗女は洲化の子供を身ごもってしまった。時に一八九八年、洲化十六歳。鱗女が十四歳」

ビリーは自分の手帳を見ながら説明した。密は海鱗女と海洲化の写真を改めて見比べた。

ビリーはまた別なスナップを密に手渡した。乳母《うば》らしき女性に抱かれた幼児の写真である。

「洲化の弟の洲慶だ。彼は実業家として父洲全の跡を継ぐ。そしてその息子の海洲元、こと海原修三は青年実業家として日本に渡り日本女性と結婚した。それが君の今のおばあちゃんだね。海原静子、旧姓醍醐《だいご》静子さん」

「はあ」

「ところがこの二人の間には子供が出来なかった」

「………」

「それは知ってた？」

「は？」

「知らなかった？」

「ええ」

「ええ」と答えて密は妙な気分になった。祖父と祖母の間に子供がいないということは、何か重大な不都合があるような気がしたが、頭が混乱していてそれが何なのかわからなかった。その答えはビリーがすぐに出してくれた。しかしそれは密を更に混乱させる言葉だった。

「つまり君の両親は存在しないんだ」

そういうことだ。祖父と祖母の間に子供がいないということは、自分の両親が存在しないということ、そして自分自身も存在できないということだった。

密は口が開いたまま動けなくなった。そんなことがあるはずがない。じゃあどうして自分はここにいるんだ。密には理解の限度を越えていた。

「……え？……じゃあ僕は？」

すっかり動顚《どうてん》してしまった密を見てビリーは笑い出した。

「ハハハ。存在しないわけはないよな。だったら君がいるはずもないからね。つまり君の父親は海原修三の子供ではないってことさ。それだけは確かなことだ」

「……父親が……祖父の子供ではない……ということですか？」

「そういうことさ。じゃあ誰の子供なんだろう？　ここが重要なポイントだ」

ビリーは自分の手帳をパラパラとめくった。

「最初から話そう。僕らは海洲化の行方《ゆくえ》を調べる一環として、海家の系譜に着目した。しかしまさかそこからハトが飛び出すとは思ってなかったっていうのが正直な話だ。ごく事務的な調査だった。そして海家の系譜を調べた結果こういうことがわかった。先ず洲化の父海洲全には全部で七人の子供たちがいた。その長男が洲化、次男が洲慶だ。本来なら洲化が本来洲全の家を継がなければならないはずなんだが、家を継いだのは弟の洲慶だ。洲慶にはなんと子供が十四人もいた。洲元、すなわち海原修三氏はその次男坊だ。こんな風に見ていくと海家の家系図は人数が多いんでややこしいんだが、一応現存する子孫まで辿《たど》ることが出来る。洲元の兄貴に内縁の妻がいたことや、その子供のことまで我々は調べ上げた。そして海原修三夫婦に養子がいることも突き止めた」

ビリーはそこでにやっと笑って、腰掛けていた椅子《いす》の上で素早く足を組みかえた。

「その養子がつまり君ってわけだ」

「……つまり僕は海ナントカの子孫ってことですか？」

「いや、そう言い切るのはまだ早い。君はこの段階ではまだ養子だ。つまり何処《どこ》の馬の骨ともわからない。橋の下から拾って来たのかも知れない」

「……はあ」

「まあ我々にしても君が橋の下の捨て子だというのは忍びないからね。そうでないことを願いつつ、僕らは香港から日本に渡って君たちの身辺を洗わせてもらった。するとこの養子っていうのは修三夫妻の息子夫婦の子供だということがわかった。息子夫婦は結婚後香港に在住していて、十年以上前に香港近くの海で死んだということになっていた。妙な話だ。香港で調べた修三夫妻には子供がいないのに、日本の修三夫妻には倅《せがれ》ばかりか孫までいる。つまりどっちかが間違っているわけだ。僕らは日本の情報を持ってまた香港に渡った。息子夫婦の事故について調べるためにね。ところがそういう事故は存在していなかった」

「じゃあ僕の両親は……」

「うん。普通に考えたら存在しないんだ。しかしやっぱり普通に考えたら存在しないのはおかしい。ここで僕らは海家の系譜に逆戻りだ。もう一度系譜を見ながら考えた。我々が独自の調査によって作成した海家の家系図はまるでネズミの繁殖を図にしたような複雑さだったけど、不透明な部分はわずかだった。そのわずかな不透明部分というのが二箇所、つまり海洲化から先の枝葉と、そして君に繋がる枝葉の部分だ。ひょっとしたらこの少年は洲化の子孫じゃないのか？　それが我々の立てた仮説だった。そして調査の中で浮かび上がってきた君のポートレートを見て我々は益々その確信を高めたというわけだ。何しろ君は海洲化にあまりにもよく似ていた」

密は呆然《ぼうぜん》とした。ビリーの巧みな話術には隙《すき》がなく、聞いていると疑いの余地さえなさそうだった。ビリーの話はまだ続く。

「もし我々の仮説が正しくて、その真相が『香港人魚録』通りだったら……つまり人魚が実在して海鱗女という子供を産み落とし、その海鱗女と洲化との間にハーフの人魚人間が生まれていたとしたら……海原密という少年は人魚の末裔《まつえい》であるということになるわけだ」

ビリーは妙に確信を持ってそう言った。

「そんな……」

「我々の調査でわかっているのはそこまでだ。海洲化と君を繋ぐ、途中の人魚たちの行方は杳《よう》としてわからない」

ビリーは椅子に深く腰掛け直すと黙って密を見つめた。

「……でも」密が言った。「人魚なんているんですか？」

「いるんだよ」

ビリーはさも当然のような顔で即答した。

「それも我々が確信持って断言出来る事実のひとつだ」

ビリーはそう言ってまたファイルを漁《あさ》りはじめた。そして一枚の写真を抜き取った。

「あった。これこれ」

ビリーはその写真をさも大事そうに密に手渡した。それもまた何かの記念写真だった。船の甲板の上で異国の肌の黒い男たちが並んでいる。そして真ん中に全裸の人間がいた。

「その端に僕が映ってるでしょ？」

羽陸がそう言うので、目をこらすと確かに写真の中に目の前の男が映っていた。ビリーはにやっと笑って、腰掛けていた椅子の上で素早く足を組みかえた。

「それが本物の人魚だ」

「え？」

「本物の人魚の写真」

密は写真の人魚を見た。

「随分よくできた合成写真だと思ってるね」

「いや……というよりこれ、ただの人間じゃないですか」

写真の人魚は肝心の特徴である手と足がうまくフレームに納まっていなかった。人間にしか見えなくても無理はなかった。しかしビリーはうろたえるどころか、嬉《うれ》しそうに身を乗り出してこう言った。

「そうなんだ。見た目はほとんど人間さ。だからいいんだ。もしこいつに魚みたいな下半身がついてたら、人間とセックスしたり、君のような子孫が生まれたりするわけないだろ？」

そう言われても密は信じる気にはなれなかった。信じたら最後自分まで人魚にされてしまうかと思うと余計拒絶したい気分になった。

「俺たちはマリア1号と呼んでいる。セント・マリア島という島で我々が発見した人魚だ。今から三年ほど前のことだ。この写真はその時のものだ」

「作り話でしょ？　信じろっていう方が無理ですよ」

密がそう言うと、ビリーは笑顔で答えた。

「よし、わかった。こんな写真よりもっと確かな証拠がある。ごく最近入手した情報なんだが、これが我々の調査に突然光を当ててくれた。君と人魚の接点が急激によく見えてきた素晴しい証拠をここでお見せしよう」

密は顔を上げてビリーを見た。

「なんですか？　それは……」

「君だよ」

「……え？」

「君の今回の事故だよ」

「…………」

「二ヵ月前、我々の追いかけていた海原密が海で遭難したというニュースが飛び込んできた。我々は思わず地団太を踏んだよ。僕らは君にせめて一度だけでも会っておきたかった。なのにその夢も叶《かな》わずに君は海の藻屑《もくず》と化してしまった。正直言ってその時は二ヵ月も経って君が生還して来るとは思わなかったよ。ところが君はそれをやってしまった。わかるかい？　普通の人間だったら到底考えられないことを君はやってしまったんだ。『香港人魚録』の中で重要な役割を果たしていた海家に縁《ゆか》りの人間が海の中で二ヵ月間も生きていた。我々が人魚の末裔じゃないかとマークしていた人物が現実に海で奇蹟《きせき》を起こしてしまった。これでトロイの木馬は俄然《がぜん》真実味を帯びてきたわけさ。『香港人魚録』は嘘ではなかった。アルフレッド・ウォーレスは間違いなく本物の人魚に遭遇している。そして海鱗女の産んだ子供は間違いなく子孫を現代に残している。我々はそう確信したんだ」

密は写真に視線を落としてはいたが、ほとんど上の空だった。彼等のこの一連の調査報告をどう受け止めればいいのだろう。

密は混乱する頭を整理しようとしたが、その前に羽陸が発言した。

「まあ突然見知らぬ連中が押しかけてきてこんな荒唐無稽な話をされても君も困るよね」

そう言われて密はひきつった笑顔を浮かべた。

「なんか……よくわからないです」

「そうだろ。でもいいんだ。少しずつ理解してくれればね。これは君にとっても重大なことなんだ。君は何故自分だけ助かったのか？　君だって知りたいだろ？」

密は黙りこんでしまった。人魚の末裔とはまさしく荒唐無稽な話だったが、そもそも海に二ヵ月も沈んでいたということ自体、荒唐無稽で辻褄《つじつま》の合わない話なのだ。

「我々は君の中のその疑問を一緒に解決したいだけなんだ」

羽陸は穏やかな調子でそう言った。

「君は何故助かったのか？」

「…………」

「君は海でどうしてたのか？」

「…………」

「泳いでいたのか？」

「…………」

「眠っていたのか？」

「…………」

「その謎を解いてみたくないかい？」

「…………」

密は返事が出来なかった。

突然ビリーが机の上に広げていた写真やファイルを鞄に詰め込み始めた。

「今日はこの辺で失礼しよう」

「え？」

「君はじきに退院できる。次に会うのは東京ってことになるだろう」

そう言ってビリーは羽陸と引き上げてしまった。ひとり部屋に残された密は呆然《ぼうぜん》として暫《しばら》く考えることさえ忘れていた。

テーブルの上には『香港人魚録』が置き去りにされていた。

逗　子

那覇市民病院に入院して一ヵ月が過ぎた。密は意識不明という名目のまま退院した。ピークは過ぎたとはいえ、病院のロビーには取材のクルーがまだ少し残っていた。病院側は密をベッドごとシーツで覆い、裏口から救急車に乗せ空港まで運ぶという手の込んだ方法に出た。救急車には手塚が同行していた。

「急にいろんなことが起きて大変だったな」

今日の手塚はいつもの不躾《ぶしつけ》な手塚ではなかった。

「……ええ」

密は窓の外を見ていた。

「僕も明日ここを立つんだ。短い滞在だったけど、居心地悪かったな。君のことでは勝手放題させてもらったんで、病院からはエラく煙たがられてた」

窓の外は昔ながらの沖縄の村の風景が流れていた。その異国感が密を孤独にした。

密はためらいがちに口を開いた。

「……先生もご存じなんですか？」

「え？」

手塚はしばらく窓の外を眺めていたが、チラッと密を見て頷《うなず》いた。

「……うん」

「本当のことなんですか？」

「……たぶんね」

その言葉は重く密にのしかかった。

「そんなに渋い顔するなよ。死の宣告を受けたわけじゃないんだ」

手塚はそう言って密を慰めたが、密にはなんの救いも与えてはくれなかった。

「あなたたちは誰なんですか？」

密が言った。

「え？」

「CIAとかKGBとかですか？」

手塚は苦笑した。

「そんなんじゃないよ」

「じゃあ、何なんですか？」

「そのうちわかる日が来るよ」

「……知りたくないです」

密は苦いため息を吐いた。

彼等とはもう関わりたくない。たとえ自分の出生に秘密があろうと、それは過去のことだった。過去のことでなければならないのだ。今さらそんなことで自分の生活や人生が歪《ゆが》められるのは堪えられなかった。ただでさえ今回の遭難で自分の人生は大きく変わってしまったのだ。その上自分が人魚などというわけのわからない生き物にされてしまったら、この先どうしていいかわからない。だいたい現に自分は何の支障もなく人間の社会で生きている。これの何処《どこ》が人魚だと言うのだ。

密は寄る辺ない苛立《いらだ》ちに襲われた。

遭難しても助かるのが習性なのだとしたら歓迎すべきことじゃないか。もしそうだとしても自分はもう一切海には近寄らない。密はそう思いながら飛行機の座席から窓の外を眺めた。

そこには忌まわしい海が無限に広がっていた。この世界の七割が海だというのが何とも心細く忌まわしかった。自分の居場所がどんどん失われてゆくような気分だった。そして密の居場所をどんどん浸食してゆく存在が海だった。海は密から両親を奪い、友人を奪い、そして今自分の存在そのものまで奪おうとしていた。

息が詰まりそうになって密は窓を閉めた。

空港で手塚は名刺をくれた。しかしそこには本人の名前と携帯電話の番号しか書かれていなかった。肩書きには医学博士とあるだけで、何処の所属なのかも、住所らしきものも書かれていない名刺だった。

「体調がおかしくなったらすぐに電話をくれ」

「……はい」

しかし密は手塚と別れるとその名刺を丸めて捨ててしまった。

密の自宅は逗子《ずし》にある古い屋敷だった。もともと祖父母が長年住んでいた屋敷で、密の父もここで生まれ育った。父は母と結婚してからもしばらくは逗子を拠点にしていたが、密が生まれた一九九六年前後に夫婦で香港に移転した。密が生まれて一年目にその両親は亡くなり、かわりに祖父母がやって来た。密は十三歳まで祖父母と香港で過ごした後、この逗子の屋敷に移り住んだのである。

祖父母と暮らした香港の生活はよく憶えていた。しかし密がまだ赤ん坊の頃のことは祖父や祖母に聞かされた話だった。そのことに疑いも感じずに育ってしまった密だったが、ビリーたちの一件以来、自分の経歴を信じていいのかどうかさえわからなくなっていた。

密は三ヵ月ぶりに自宅の門をくぐった。庭先ではいつものように庭師の春日部が植木の枝を落としていた。春日部は密の姿を見るなり、松の木から滑り降りて来た。

「お坊ちゃん、この度はえらいことでしたな」

素朴な春日部の笑顔が密の心を和ませた。

玄関を開けると、家政婦の真智子がひどく驚いた顔で密を見た。

「密さん、どうされたんですか？」

「え？」

「だってまだお身体……」

真智子は何が何やらわからないという顔をしていた。そういう顔には密はもう驚かなくなっていた。密は鞄を真智子に託して家に上がった。

「みんな冷たいよね、見舞にも来ないんだから」

「行きましたよ！　沖縄まで！　でも病院が面会は駄目だって言うもんですから。二週間粘ったんですけど、奥様の御加減もあったんで一旦《いったん》引き上げてきたんです。でも密さん、いつ意識回復されたんですか？」

「昨日」

「え？」

「嘘《うそ》」

密は真智子を従えて回廊伝いに祖母の部屋に行った。

祖母は一年前に倒れて以来寝たきりだった。密は介護用ベッドに寝かされた祖母の顔を覗《のぞ》き込んだ。祖母はまばたきをしたり舌を動かしたりはするが、意識があるのかないのかさえわからなかった。密は祖母の手を取った。骨の上に乾いた皮が貼《は》り着いているだけの抜け殻のような手だった。

「ただいま。無事帰ったよ。心配かけたね」

それから密は祖父の遺影に挨拶《あいさつ》をした。年寄りたちと暮らして来た密にはこういう儀式も日常的なことだった。

見慣れた祖父の遺影が今日に限って妙によそよそしい感じがして密はまた苛立って来た。ビリーたちに吹き込まれたことが自分に影響していることが耐え難く不愉快だった。彼等の話が本当だろうが嘘だろうが、自分から関《かか》わらなければ何も変わらないのだ。自分の日常も生活も壊れてしまうことはないのだ。しかしそんな気持ちとは裏腹に頭の中でビリーの顔と言葉が何度も蘇《よみがえ》った。無視しようとすればするほど自分の意識は思い出したくない部分を凝視しようとしてしまうのだった。

夕刻になって密は我慢できなくなって裏庭の土蔵に入ってみることにした。そこには父や母の写真があるはずだった。密の知っている両親は写真の中にしか存在していなかった。幼い頃はよくアルバムを見ながら祖母が両親の想い出話をしてくれた。祖母はその度に涙をこぼした。そのアルバムも想い出話も涙もすべて偽りだなんていうことがあるだろうか。

土蔵はひんやりしていてひどく黴臭《かびくさ》い。懐中電灯を片手に密はアルバムを探した。見慣れた表紙を見つけて手に取ると、父の学生時代のアルバムだった。テニスの選手だった父は、大学時代いくつもの選手権に出場した。アルバムはその時の写真がほとんどだった。テニスウェアを着た精悍《せいかん》な父親に密は昔から憧《あこが》れていた。

父と母は大学のゼミで知り合ったと言っていた。写真には教授らしき人物を囲んで並んだ学生たちの写真があった。その中に若い父と母もいた。子供の頃から見慣れた父と母だった。考えてみれば今の自分と変わらない年頃だった。ちょっと不思議な気分で密はペー

ジをめくった。父のアルバムは途中から母との想い出一色になっていた。そのあたりから
交際が始まったのだろう。
　ページをめくるうちによく撮《と》れた母のポートレートを見つけた。
　密は母の写真をしばらく眺めていた。口許《くちもと》が似ていなくもない気がして、少しホッとし
たりしたが、じっと見ているうちにそうとも思えなくなってくる。今日はそんな些細《ささい》なこ
とが密にきついダメージを加えた。まだ若い母は額と顎《あご》の先に小さなニキビをこしらえて
いた。それが微笑《ほほえ》ましくもあり、密は母を愛しく想いながらその写真をアルバムから剝《は》が
した。部屋にでも飾っておこうかと思ったのである。密は他にもいい写真がないかページ
をめくった。色々な父や母の姿が密の目の前を通り過ぎて行く。そして最後のページが終
わった時、密は震えが止まらなくなっていた。
　アルバムの中の母は途中からどの顔にも同じニキビをこしらえていたのである。髪形が
変わっても、季節が変わってもニキビは変わらなかった。中には治りかけているのもあり、
途中からふくらんできた額のニキビが順を追ってひどくなっているのさえわかった。この
アルバムは短期間で撮影されたものなのか？　密の中にまた疑惑の種が芽を吹いた。
　しかし何かの偶然ということも考えられる。密は恐る恐る最初からもう一度めくり直し
た。そして一枚一枚を丹念に調べ始めた。それでも飽き足らなくなった密は一枚一枚写真
を剝がし、裏に何かメモでも書かれてないか確かめた。そして致命的な証拠を発見してし
まった。すべての写真の裏には薄い色でメーカーのマークとオリンピックの五輪のマーク

がプリントされていて、その間に小さなアルファベットでこう書かれていた。

「オフィシャル・スポンサー・オヴ・ザ・アトランタ・オリンピック1996」

アルバムの中の写真はすべてアトランタ・オリンピックのあった一九九六年前後にプリントされたものだった。それは自分が生まれた年の一年前後に符合することに密は気づいた。祖父母の話が事実なら、その頃両親はとっくに大学を卒業していなければならないはずだった。

つまりこのアルバムは密が生まれる前に大急ぎで捏造《ねつぞう》されたものに違いなかった。

「手の込んだことしやがって！」

心臓が高鳴り、眩暈《めまい》がした。密はアルバムを壁に叩《たた》き付け、剝がしたポートレートを破り捨てた。それでも鼓動は鳴り止まなかった。その高鳴りは次第にひどくなり自分でも心臓の鼓動がはっきりと聞こえた。

密は埃《ほこり》だらけの床の上に寝転がった。あたりに舞い上がった埃は夕陽の漏れ明りに照らされてキラキラと光った。

密は胸に手を当てて動悸《どうき》がおさまるのを待った。埃はゆっくりと部屋の中を動いていた。まるで雲母のようなそのきらめきに密はしばらく見とれていたが、そのうち妙なことに気づいた。部屋じゅうに散乱している埃は、密が首を動かすと何かの力に引っぱられたみたいに動きを変えるのだ。

「……なんだ？」

密は改めて部屋の宙空を凝視した。その粒子は埃にしてはちょっと輝き過ぎている。密は手をかざしてそれに触れようとした。すると周囲の粒子がわずかに大きくなって、密の指の周りをゆっくり旋回した。粒子は互いにぶつかりあいながら次第に大きくなり、それぞれがビー玉ぐらいの大きさになった。

まるで夢の中の光景のようだった。横になっているうちに疲れて眠ってしまったのかも知れない。密はそう思った。

ふと手に何かがまとわりついているのを密は感じた。見ると何かゼリー状のものが手にからみついていた。それは生物のように動いていた。触ってみるとそれは水のようにさらさらしている。

「なんだ？」

その水のようなものは、密の手に不自然な動きでからみつきながらみるみる成長していく。密は驚いて跳ね起きると、闇雲《やみくも》に腕を振り回したが、その得体の知れない水のようなモノは肥大しながら腕から身体へと伸びてきた。密の手は胸許《むなもと》や顔を徒《いたずら》に搔《か》きむしるだけで、その物質は楽々と身体じゅうを包み込んでゆく。物質は逃げようとする足を覆い、密の身体は宙に浮いた。

物質が巨大な球を形成した時、密の身体はその中に浮かんでいた。

呼吸が出来ずに密はもがき苦しんだ。しかし暴れても暴れても身体は球の中を滑るように回転するだけで、外に出ることが出来ない。このまま息をしなければ死んでしまう。密はほとんどパニックに陥っていた。脳裏に漂流の記憶がまざまざと蘇った。志津香と浮かんでいた時間がこの状態の中で妙に懐かしく思い出された。密は志津香としたキスを思い出した。二人で抱き合って死を待っていた時間が蘇った。そして次に思い出したのは海の中の光景だった。遠くにひどく小さな太陽が見えていた。密はそれが溺《おぼ》れた後の失われた記憶の断片であることを理解した。

——息は止めてしまえばいいんだ。

密の心がそうつぶやいた。すると激しく打っていた鼓動がゆるやかになり、妙に静かな境地が密の身体を支配した。身体じゅうから力が抜け、密は自分の周りをくるんでいる物質の重さを感じた。

——摑《つか》まれているんじゃない。摑んでいるんだ。

言葉で思ったわけではないが、そういうイメージが密の脳裏をよぎった。

——自分が手を離せ。

それも心の中のイメージだった。

水の球体は途端に重力に従って床の上に落下した。密は水と一緒に床の上に落ちた。あたりを見回すと床一面が濡《ぬ》れていた。そして密自身もびしょ濡れになっていた。手のひらを見ると細かい水滴が静電気で吸い寄せられるように密の手の周りの宙空に静止していた。

まるで超能力でも見ているような感じだった。密は自分の咽喉《のど》が何か唸《うな》っているのに気づいた。異常に高い声だった。それはあまりにも高すぎて最初は音だということにさえ気づかなかった。しかしそれが水を摑んでいるのだと密は悟った。密が声を止めると水滴も床に落ちた。

密は暫《しばら》く呆然《ぼうぜん》としてその場に座り込んでいた。自分の中でそれが夢なのか現実なのかさえはっきりしなかった。大きなくしゃみが密を現実に呼び戻した。気がつくと、密は夕暮れの帳《とばり》の中にいた。

「なんなんだ？　今の……」

密はずぶ濡れのまま土蔵を後にした。

夜になって、真智子の用意した夕食を食べながら、密はダイニングを見回した。古い洋風のダイニングの嗅《か》ぎ馴《な》れた饐《す》えた臭《にお》いに密は妙にホッとするものを感じた。

「何キョロキョロされてるんですか」

真智子が怪訝《けげん》な顔をした。

「真智子さん」

「はい？」

「この家に来てどのくらい？」

「そうですねぇ、もう随分経ちますね。密さんのお父さんたちがご結婚された年ですから」

「……そう」

「どうしてそんなこと？」

「え？……別に」

密は黙って食事を続けた。真智子は不思議そうに密を見ていた。密は我慢出来なくなって話を切り出した。

「ねえ」

「はい？」

「海洲化って人、知ってる？　海洲化」

真智子の表情は変わらなかった。

「……さあ」

真智子は首をかしげた。

「さっきね、お父さんたちのアルバムを見てたんだ。あれって全部同じ時期に撮られてるね」

「え？」

密は真智子の顔を盗み見た。相変わらず無頓着《むとんちやく》な顔をしている。

「あの両親は偽物《にせもの》なんだろ？　本当の両親じゃないんだろ？」

真智子はニッコリ笑ってこう言った。

「どうしたんですか？　そんな子供が言うようなことおっしゃって」

「本当のこと教えてよ」

「本当も何も……」

真智子は密が妙に真剣な顔をしているので戸惑った。

「密さんの御両親は、とても優しい方々でしたよ。偽物呼ばわりしたら天国で悲しまれますよ」

「じゃあ、真智子さんだけ騙《だま》されてるんだ。あなたが会った人達は僕の両親じゃないんだよ」

「じゃあ何なんです？」

「…………」

「まったく。空想力逞《たくま》しいんだから、密さんは」

密は黙り込んだ。この人は本当に何も知らないのか？　それともこの人が言ってることが本当なのか？　真智子は大らかな笑顔で密にこう言った。

「もし本当の御両親じゃなかったとしたらどうされるんですか？」

「え？」

「何にも変わらないじゃないですか。そうでしょ？」

「……うん」

言われてみればそうだった。仮に両親が偽物だとしても何も変わらないのだ。密自身変わらないでいて欲しかった。何も変わって欲しくないからこんなに苛々《いらいら》するのだ。

「まあ、気持ちはわかりますけどね」

真智子はため息をついた。

「こんな寂れた旧家の跡取りなんて、そんなこと、もしあたしが密さんの立場だったら我慢できないですもん。血がつながってなかったら、どんなに楽か知れませんよね」

真智子が意図的に話の矛先を変えたのか、本気でそう言っているのか、密には探りかねた。

「それでも昔は羽振りもよかったそうですよ。栄枯盛衰って言うんですかね」

真智子は箸《はし》を置いてため息をついた。

「御両親といい、密さんといい、なんか海に祟《たた》られてますよね」

「……そうだね」

「御祓《おはらい》でもしてもらいましょうか？　鎌倉にいい祈禱《きとう》の先生いらっしゃいますから」

真智子は真面目な顔でそう言った。

結局密は真智子から何の手がかりも得ることが出来なかった。

ホモ・アクアリウス

密は三ヵ月ぶりに東京・青山の大学に戻った。

密の姿を見た同級生たちは予想通り大騒ぎだった。彼等にしても密はまだ沖縄の病院で意識不明に陥っているものと思っていたのだ。クラスメイトたちは、幽霊じゃないのかと密の身体を触りまくった。始業のベルが鳴り、昼休みに詳しい話をしてもらう約束をして、クラスメイトたちは各自の席に散った。しかしその約束は果たされなかった。授業中に事務員が入って来て、密を呼び出した。なんだろうと思って外に出ると、そこにはビリーと羽陸が待っていた。

密は眩暈《めまい》がした。自分の日常にずかずか入って来るこの男達が許せなかった。

「元気そうだね」とビリーが言った。

「何の用ですか？　今授業中なんですけど」

「文化人類学だろ？　梶原《かじわら》常章助教授の」と羽陸。

「え……ええ」

「梶原先生はまあ中堅の実力派だけど、ひどい保守派だ。テーマが古いんだよな。あんまりためになるとは思えないね」

この何でも知っている風が密の癪《しゃく》に障った。

「別にいいんですよ。こっちは文化人類学者になるわけじゃないんですから」

「それよりもっとためになる話を聞かせたくてね。ちょっとつきあってくれないかな」

ためらう密をビリーたちは強引に車に乗せて走り出した。

「何処《どこ》に行くんですか！」

「東大だ」

「え？」

「アメリカから生物学者のリック・ケレンズ博士が来日してるんだ。知ってるかい？　リック・ケレンズ博士」ビリーが言った。

「……さあ」

「進化学の権威だ」

「学会のために来日したんだけど、滅多に本国から動かない人なんでね、あちこちからラヴコールが殺到したもんで、忙しいスケジュールを縫って一日だけ学生のために特別講義をすることになったんだ」

「それを俺《おれ》に聴かそうっていうんですか？」

「いや、その講義は関係ないんだけどね。でも折角だから聴いてみるかい？」

密は返事をしなかった。

「『香港人魚録』は読んだのかい？」

ビリーが訊《き》いた。

「ええ……まあ。入院中暇でしたから」

「人魚、いるって気になったかい？」

「いえ」

「まあ、すぐには無理だろうな」

「あの……あなたたち何者なんですか？」

「あれ？　自己紹介は済んでるだろ？」

「いや、そうですけど……」

密は言葉につまった。

東大に到着した時には既にリック・ケレンズの特別講義は始まっていた。教室には生徒が入り切れず、立ち見まで出ていた。

「有名人なんですか？」密が小声で羽陸に訊いた。

「知らないってことは、君があんまり勉強が好きじゃないって証拠だな」

リック・ケレンズの話は密には難しすぎてわからなかった。黒板には一本の大きな樹が描かれていて密の目を引いた。それが進化の歴史を表現するための地図であることは密にもわかったが、その周りには妙な数式や、コンテキスト効果とか、デーム内集団選択とか意味不明の単語が読みづらい筆記体で書き殴られていた。

ビリーが小声で解説した。

「ダーウィンの進化論ぐらいまでだと文学的なんだが、最近の進化学はもうほとんど数学みたいで俺にもチンプンカンプンさ。でもリック・ケレンズはシロウトにも比較的わかりやすく説明してくれる稀《まれ》な学者なんだ。それに破天荒な仮説を次々に発表して、学会じゃあ胡散《うさん》臭く思われてるところもあるんだが、一般の愛好家たちからは絶大な支持を受けている」

ビリーはシロウトにもわかりやすいと言ったが、リック・ケレンズの約二時間の講義は密にはさっぱり理解できなかった。

生徒達が引き上げた教室で密はリック・ケレンズと挨拶《あいさつ》を交した。

「君が海原密君か」

密はリックと握手を交した。

「遭難の話は聞いているよ。大変だったね」

「はあ」

リックは時計を見て言った。

「もうすぐお昼だな。おなかはすいてるかい？」

「いえ、特に……」

「そうか。最近食欲ないのかい？」

「え？……いえ特にそういうことじゃないんですけど」

「そうか、まあいい」

「先生は？」とビリー。

「僕も食事は結構だ」

「じゃあ始めますか」

密は戸惑った。

「何が始まるんですか？」

「特別講義さ」ビリーが言った。

「え？」

「生徒は君一人だ」

「はぁ？」

「学会に参加するというのは大義名分で、リック・ケレンズが日本に来た本当の目的は君に会うことだったんだ」

羽陸が後ろから密の肩を叩《たた》いた。

「羨《うらや》ましいよ。世界のリック・ケレンズに個人教授だなんてさ」

「ちょっと待ってくれよ。あんたたち何たくらんでるんだよ」

「え？」

「俺をどうしたいっていうんだよ。こんなわけのわかんないことに巻き込んで」

ビリーたちの突拍子もない段取りにさすがの密も業を煮やした。教壇に立ったリックがそんな密に笑みを浮かべながらこう言った。

「君の言う事はもっともだ。少々強引なことはわかってるんだが他にいい手段もなくてね」

「何をしたいんですか？　あなたたちは」

「君に人魚について理解して欲しい」

「結局話はそこかよ……」密は辟易《へきえき》した顔で言った。「そんなに人魚を信じさせたいんなら、ここに一匹連れて来てくださいよ。見たら信じますよ」

「……ここに一人いるんだけどな」

ビリーが苦笑しながら言った。その一言が密の癪に障った。

「あの……帰りますよ、僕」

「よし、わかった」リック・ケレンズが言った。「君に人魚を見せてあげよう」

リックの言葉にはビリーも羽陸も驚いた様子だった。

「先生、どういうことですか？」

ビリーが言った。しかしリックはそれには答えず、密に言った。

「それならいいだろう？」

「見せたいって言うなら……見てもいいです」

そうは言いながら、そんな簡単に人魚が出て来るとは密には思えなかった。ふざけたジョークだったりでもしたらそのまま帰ってやれと思っているとリックはこう言った。

「しかしそれは私の講義を聞いてからでも遅くはないだろう」

「あ、ずるいな。それで結局嘘《うそ》だったっていったらどうしましょうか？」

「そこは信じてもらう他ない」

密は返事に困った。

「それでいいね」

「講義って、どのくらいですか？」

「そんなにはかからんよ」

密は不承不承頷《うなず》いた。

リック・ケレンズはニッコリ笑ってチョークを手にした。

「さ、授業開始だ」

リックはよく響く声でそう言うと、先《ま》ず黒板に文字を書いた。

『ホモ・サピエンス』

そしてこう言った。

「君は人間の祖先はサルだと信じているだろう？」

「え？……あ、はい」

「それでいい。それが健全な知識だ」

リックはニッコリ笑って、教壇に肘《ひじ》を載せた。

「学校の先生もそう教えてくれただろうし、世間一般でもそれが当り前のように信じられている。ほとんどの人間がそのことに疑問を抱いたことがないくらいだ。しかし現実には簡単にそう言い切れる確証は存在しないんだ。それは知ってるかい？」

「いえ」

「チンパンジーは知ってるよね」

「はい」

「チンパンジーは人間の祖先かい？」

「……たぶん」

「それはちょっと違う。チンパンジーも人間も現在地球に存在する動物だ。しかも限りなく近い間柄ではあるね。人間とチンパンジーは染色体の遺伝子の違いはわずか一パーセントに過ぎない。つまり残り九九パーセントは全く同一なんだ。その結果から見てもこのふたつの種が限りなく近い存在であることには違いないだろう。わかるかい？」

「はあ……」

「しかしだからと言って人間がチンパンジーから進化したということにはならないんだ。どうしてかね？」

「え？……人間からチンパンジーが進化したから……？」

「それはユニークな発想だ。しかし科学においては仮説が証明されない限りそれは事実としては認められない。君のカイバラ説、つまり人間からチンパンジーが進化したと言う説があったとするなら、人間からチンパンジーがどのように進化したかを説明しなければならないんだ。これはなかなか容易ならざることだが、それをやるのが我々学者の仕事だ。

いや本能と言ってもいい。テーマが困難であればあるほど好奇心をかきたてられ、研究したくなるのが学者のDNAさ。特に人間の祖先の問題は我々に非常に関わりが深いテーマでもある。誰もが研究したくなるようなテーマだ。そうは思わないかね？」

「ええまあ」

「ところが実際はそうでもない。人間の祖先を調べている科学者は恐らく君が予想するよりも遥《はる》かに少ないだろう。今まで発見されている古代人の化石の数だって人類の進化を語るにはあまりにも貧弱なんだ。最も古いとされている人間の祖先の化石は六五〇〇万年前、古第三紀のプルガトリウスという霊長類だ。これが現在の人間やサルの祖先の化石として は最古のものとされている。プルガトリウスは歯の形状からしてサルというよりネズミに近いような形をしていただろうと推定されている。このプルガトリウスを出発点にしても人間の歴史は発掘されたわずかな化石の点と点を何本かつないでしまえばあっという間に現代人に到着してしまう。おまけにそのほとんどが顎《あご》の一部だけだったり、人間の進化を探るにはどうにも証拠不足なのは否めない。この意見は学者によって賛否もあるがね。両手で数えられるほどの化石で十分だという学者もいる。それでは全然足りないという学者もいる」

密は思わず後をふり返った。ビリーと羽陸が熱心に話を聞いている。密には彼等のここまでの強引なやり口といい、突然始まったこのわけのわからない講義といい、正気の沙汰《さた》とは思えなかった。この人たちは全員気が狂ってるんじゃないのか。密はそう思った。

リック・ケレンズが咳払《せきばら》いをした。密はあわてて前を向いた。リックは講義を続ける。

「アフリカ東部のビクトリア湖に浮かぶルシンガ島で一九四八年、新第三紀中新世の類人猿プロコンスルが発見された。このプロコンスルは約一八〇〇万年前に生存していた四足歩行の猿だった。さらに一九七四年、エチオピアのハダールで二足歩行をする類人猿の最初の化石が発見された。約三五〇〇万年前、新第三紀鮮新世に棲《す》んでいたアウストラロピテクス・アファレンシスがそれだ。この二種類の間にもケニアピテクス、サンブルホミノイド、アルディピテクス・ラミダスなどいくつかの類人猿の骨が発見されてはいるが、どれも全身を推測できるほどのパーツが発見されていない。つまり、四足歩行の猿、プロコンスルが直立二足歩行をする類人猿、アウストラロピテクス・アファレンシスの直系の祖先であると定義するにはあまりにもネタ不足なわけだ。そんな中でも我々は推理し、推測する。たとえばアルディピテクス・ラミダスの頭蓋底《とうがいてい》の化石には脊髄《せきずい》につながる後頭孔が真ん中についている。これはサルと人間を分ける重要な手がかりになる。後頭孔が真ん中についているということはアルディピテクス・ラミダスの首がまっすぐ地面に垂直についていたという可能性が高いということだ。ということは直立二足歩行する可能性もあるということだ。アルディピテクス・ラミダスの化石は四四〇万年前と推定されるから、四四〇万年前には既に直立二足歩行する類人猿が存在したと唱える学者が現われる。こうなると、いや待て、頭だけでどうして足の話が言えるんだ？　そう言って異議を唱える学者が必ず現われる。結論を言ってしまうとね、我々の祖先が誰なのか結局のところよくわかってないというのが現状なんだ。何体か発見された祖先らしき化石だけでは埋めきれない空白。我々はこれを俗に〝ミッシング・リンク〟と呼んでいる。プルガトリウスから我々まで、一体如何《いか》なる進化と歴史を歩んでここまで来たのか？　プロコンスルからアウストラロピテクス・アファレンシスまでの期間、我々の祖先はどうやって直立二足歩行を獲得したのか？　アウストラロピテクス・アファレンシスから現代の我々までどういう歴史を辿《たど》ったのか？　そもそも彼等は本当に我々の祖先なのか？　〝ミッシング・リンク〟は至るところに存在する。むしろすべてが〝ミッシング・リンク〟で、その中にわずかな化石が何体か横たわっているというのが現状なんだ。だから世界の考古学者はてんでに勝手なことを主張し合っているかのように見える。仕方ないさ。証拠がないんだ。君も何か説を唱えてみるといい。そうか、君はカイバラ説を主張していたね。チンパンジーは進化した人間だったね」

「いや……」

密は苦笑した。

「まあ諸説いろいろあるわけだが、その中でもひときわユニークなのが『ホモ・アクアリウス説』だ」

リックはさっきの『ホモ・サピエンス』の隣に『ホモ・アクアリウス』と書いた。

「ミッシング・リンクの期間に人間は猿から一度海に還り、そしてまた海から地上に戻ってきた。その間に人間は猿の特徴の多くを失い、現在に近いフォルムを獲得したというのがこの『ホモ・アクアリウス説』というわけだ。

この説は一見あまりにも荒唐無稽《むけい》のように見えるだろ？　しかし人間が何故《なぜ》今のような姿をしているのかという素朴な疑問をいともたやすく解決してくれる。

たとえば人間には十分な体毛がない。人間に何故こんなに毛がないか、考えてみたことはあるかい？　陸上哺乳類《ほにゅうるい》のほとんどは体毛に覆われている。なのに人間にはそういう体毛がない」

「それは……」密は言った。「人間には服があるからでしょ」

「なるほど、それも一理あるだろう。しかし人間はいつから服を着たんだろう？　もし身体が毛に覆われていたら服なんか必要なかった。服の歴史はまたひどく曖昧《あいまい》なものだ。体毛が失われる以前から衣服が存在していたかどうかは調べようがない。服を着た毛むくじゃらのミイラでも見つかれば話は別だがね。ならばむしろ体毛のない哺乳類を探して比較してみた方が話は早そうだ。たとえばイルカには毛がない。どうしてだろう？」

「……さあ」

「普通の毛は海中では保温効果がないからさ。その代り皮下組織の脂肪層が発達する。アザラシもしかり。人間も体毛がない代りに脂肪層が身体じゅうを覆っている。これは海で暮らすには非常に便利だ」

「なるほど」

密はうっかり反応してしまった。いつの間にかリック・ケレンズの話術にかかり始めていたのかも知れない。世界的な科学者というだけあって彼の一言一句には妙な説得力があった。

　リックが続ける。

「それから、これが最も重要なことだが、人間は泳げる。確かに犬だって泳げる。しかし人間と決定的に違うのは身体の形だ。泳いでる時の人間のフォルムは水の抵抗に対して実に合理的な形になる。非常にきれいな流線型をしているだろ？　ところが犬はどうだろう。たとえばアシカやカワウソと比べて考えてみればわかるだろ。ああいう水に適応した動物に比べると犬は流線型と言える形では泳げない。人間がああいう形で泳げるようになったのは偶然ではないんだ。まあこういう反論もあるだろう。人間は直立歩行を獲得し、身体がまっすぐに反り返ったから、泳ぐ時もまっすぐ身体を伸ばして泳げるようになったんじゃないか。まあそうも考えられる。しかしこれにはひとつの疑問が残る。じゃあ何故背骨がまっすぐ伸びてしまったのか？　という疑問だ。何故直立二足歩行で歩かなければならなくなったのか？　という疑問。これも水を使うと答えは簡単だ。人間は水の抵抗を極力なくすために進化する。当然身体はまっすぐになる。ところがそのままでは歩くことが出来ない。アザラシみたいに這《は》いつくばらなければならない。四足歩行するためには身体に対して直角に手足が伸びてなければならないからね。こうなると人間はアザラシのように這うか、直立二足歩行を選択するしかなくなる。実はこの選択を迫られて似たような進化を遂げた生物がいる。何かわかるかね」

「……え？」

密は考えたが見当もつかない。

「ペンギンさ。ペンギンというのは泳ぐために伸びてしまった身体で歩くために現在のような歩行をせざるを得なくなったのさ」

リックは黒板に鳥を描いた。それがペンギンだとしたらひどいデッサン力だな、と密は笑いをかみ殺した。密の心を見透かしたようにリックが言った。

「これは普通の鳥だよ」

そしてその隣にペンギンを描いた。

「足の位置が全然違うだろ？　ペンギンの足は最初は普通の鳥と同じ位置にあったんだ。ところが彼等は泳ぎを習得するうちに足が尻尾《しっぽ》のところまでずり下がってしまったんだよ。ところがそうなると今度は陸で歩けなくなる。アザラシのように腹ばいで進まなければならない。ところがアザラシのように食物連鎖のかなり高い位置に属している動物ならいざ知らず、ペンギンにはただでさえ天敵がたくさんいる。おまけに彼等の環境には身を隠す草むらもない。そのまま陸を這っていたら、他の動物にしたら氷の上に転がっている腸詰めも同然だ。ペンギンたちは少しでもちゃんと歩きたかったのだ。少なくとも敵に見つかって、捕まる前に海に飛び込めるぐらいのスピードが必要だった。彼等は腹ばいになった身体を縦に起こすしかなかった。これは彼等にとっても最初は苦しい姿勢だったに違いない。しかしこれ以外に方法はなかったんだろうね。何か違う進化を待っていたら、ペンギンは根こそぎ食べられていただろうからね。ちなみにペンギンによく似たアビという鳥は、やはり泳ぐために身体が伸び、足が後についてしまったためにうまく歩けないんだ。ちょうどペンギンの進化の途中にいる鳥と考えられる。人間も泳ぎを獲得した結果不自由になってしまった部分を克服して今の体型と自由な二足歩行を身につけたというわけだ。ペンギンの場合、骨格を見ると膝《ひざ》は曲がったままなんだが、ある強引な進化の結果、強引な形質を遂げてしまったという点が重要なんだ。昔、南極の探検隊は移動中のペンギンの群れを見て人間と間違えたことがあるそうだよ。まあ、これは余談だが……」

リック・ケレンズはそこまで話すと、黒板に要点をまとめて書きながら話を続けた。

「つまりこういう理由からでき上がった説が『ホモ・アクアリウス説』だ。ホモ・サピエンス以前の我々の祖先は水棲《すいせい》生物だった。正確に言うと両棲生物だったと考えられる。海と陸を行き来していたんだ。海で暮らすために我々の祖先は急に忙しく進化しなければならなくなったのは確かだ。身体が海に適応するために変異して行ったのはさっき言った通りだ。しかしそれだけじゃない。魚を捕まえるためには人間は道具が必要だ。陸上の動物よりも遥《はる》かに泳いでいる魚を捕まえる方が難しいだろ？　現に釣りや漁業のために開発された道具や技術の豊かさを考えてみてくれ。それは陸上の動物を捕まえる道具の比ではない。魚以外でも道具はいる。たとえば貝だ。貝は捕まえるのは簡単だが、食べるのにはちょっと厄介だろ？　ラッコでさえ石を使って食べるくらいだ。人間がそこに道具を持ち込まなかったはずがない。まあこう話して行くといいことばかりのような気もするが、そうじゃない。人間は海でいろんなものも同時に失ったのだ。さっきも言ったが、身体じゅうの体毛と四本足で歩く機能はそこで失われた最も致命的なものだ。人間はあわててリハビリを始めた。反り返ってしまった身体でも歩けるようになる特訓を死に物狂いでやったんだろう。そしてやがて直立二足歩行を獲得する。しかし体毛を失ったことは彼等にもっと身に迫った危機だったろう。陸上に上がると濡《ぬ》れた身体は急激に体温を失って行く。人間は海から上がったら大急ぎでバスタオルをかぶらないといられないんだ。夜になったら凍え死んでしまう。彼等は海から上がると冷たい風に晒《さら》されて、さぞ寒かったことだろう。あわててあたりを見回しただろう。何か身体を暖めるものがないかとね。キツネがいたら殺して皮を剝《は》いだだろう。それでも寒い。洞穴があったらそこにもぐり込んだだろう。洞穴がなかったら椰子《やし》の木を切り、葉をむしって小屋でも建てただろう。こういうことは体毛が進化して戻るのをのんびり待ってはいられない。彼等は身体を暖めるために何でもやったに違いない。それでも寒くて仕方がない時、彼等はどこからか火を見つけて来たのだ。恐らく道具を作っている時、偶然火を熾《おこ》す方法を見つけてしまったんだろう。この発見は誰かが一回発見してしまえばいいのだ。何故一回で十分かは後で話すが、こうして彼等は火を使うようになった。餌《えさ》を焼いて食べるというのは後からついてきたことだ。

つまり人間は海から上がった瞬間から衣服と家と火が必要だったのだ。人間というのを動物として見るとヤドカリみたいなものなんだろう。ヤドカリは貝がないと生きていけない。人間も家や服がないと生きられない。動物たちから見たら家や衣服は人間の身体の一部みたいに見えるのかも知れないね。

　さて、寒さをしのぐために人間はこれらのものを手にいれた。気づいた時には人工のコロニーがあちこちに出来てた。ここまで来ればそのコロニーが肥大し、複雑化してゆくのは時間の問題だ。コロニー同士のいさかいはやがて戦争を齎《もたら》す。コロニーにはもうひとつ大きな利点があった。採った獲物や果実や穀物を貯蓄できるという点だ。アリにしてもハチにしてもコロニーのこの利点を最大限に利用している。逆に剝《む》き出しの自然界ではこれが一番難しい。採った獲物は他の動物たちだって黙って見てはいないもんだ。獲物は全ての動物たちで分かち合う。これが自然界の掟《おきて》であり、美しい調和でもある。ところが自分たちだけが安住できるコロニーを手に入れてしまった動物はこの論理から逸脱してしまう。自分たちで得た獲物は厳重に巣まで運ばれ仲間たちだけで分け合う。この習性はハチやアリを見ていれば歴然としている。彼等もそういう点では自然界の掟から逸脱した存在とも言えるし、それも含めて自然の法則とも考えられる。人間の特殊な英知が現在のこの状況を齎したわけじゃないんだ。英知という言葉自体が自然の法則を前にすると意味をなさなくなってしまうがね。

　まあここまで来ればあとは簡単だ。古代人は自分たちのコロニーにいろんなものを運んだだろう。魚や貝はもちろん、毛皮を剝いだ動物たちも食用として持ち込まれたのだろう。それから果物。そして穀物。穀物は貯蓄には非常に適していた。穀物自体が季節が代わるまで自らを貯蓄するための存在だからね。貯め込んだ穀物はいつでも食べられるし、実に便利な食べものだっただろう。そしてこの穀物にはもっと素晴しい特性があった。初夏のある日、古代人はコロニーの穀物倉に草が茂っているのを見つけた。覗《のぞ》いてみると何やら新しい穀物が実をつけている。貯め込んだ穀物の一部が地面で発芽して勝手に地生したのだろう。彼等はもちろんこれも食べる。ところが地生した草は勝手に種をばら蒔《ま》き、気がついたら穀物倉一帯が畑になってしまった。つまり彼等はわざわざ穀物を集めて来なくても自分たちの穀物倉が勝手に穀物を生産し始めてしまったのだ。これを天の恵みと言わずしてなんと言うだろう。つまり文明の発端と言われている農耕でさえ、人間は頭も使わずに偶然手に入れることができたってわけだな。そしてここまで来るともう海に帰る必要もなくなっていたんだ。海はむしろ食物を得るには難度の高い場所になってしまった。それでも人間が海との関わりを絶てなかったのは、陸上にはない味覚が存在していたからだけかも知れない。それはＤＮＡが一度憶《おぼ》えてしまった懐かしい味でもあったはずだ。

こうして考えると人間が英知というもので独自に開発したものなんて存在しないと言ってもいいぐらいだ。コロニーが進化すると機能分担という現象が起きる。つまり、コロニーを守る役、餌を集める役、倉庫の見張りをする役、そして子孫を残す役。これが徹底的に進化してしまったのがアリやミツバチだ。子孫を残すという神秘的な役割は女王バチや女王アリといった一種のカリスマが独占するようになる。人間で言えばこれがまさに王政に該当する。ところが人間はアリたちほどは進化しなかった。階級は生まれたが、子孫を残すという役割はあくまで個人に委ねられていた。だから今の我々のような階級のない平等な社会が実現したんだろう。もし女王のみが出産を独占していたら、クーデターを起こしたくても起こせないだろ？　子孫が残せなくなるからね。一九七〇年代に動物学者のリチャード・アレキサンダーは子供の世話をする昆虫が食物の独占できるコロニーを獲得するとアリやミツバチのような進化を目指すと提言し、さらに社会性哺乳類もまた社会性昆虫と同じ道を歩むという仮説を打ち出した。つまり人間にもそのようになる可能性があるということだ。彼は恐らく既にそう進化した哺乳類が存在しているはずだと言い、もしそんな動物がいるとしたら、植物の塊茎……つまりイモとかタマネギのようなものだ。そういった塊茎が大きく成長できる環境が必要だと言った。つまり乾季の長い地域だ。そこで彼等は塊茎の周囲に地下コロニーを形成して棲《す》んでいるだろう、とそこまで具体的に予測した。そして数年後、南アフリカの動物学者、ジェニファー・ジャーヴィスがリチャード・アレキサンダーの予測をそのまま再現しているかのようなハダカデバネズミの存在を発表した。このネズミはアリと全く同じ習性を持っていて、女王ネズミだけがセックスと出産を担当し、他のメスネズミたちは一生労働者として働くんだ。おまけにこのハダカデバネズミたちはその名の如く、身体が丸裸なんだ。哺乳類の中で人間以外に存在する数少ない裸族といえる。まあ彼等の場合は完全に守られた地下コロニーで暮らした結果体毛を失ったのだろう。彼等の存在は人間がコロニーを獲得したために体毛を失ったという説の生き証人でもある。その点ではホモ・アクアリウス説の反証になるわけだが、人間が築いたコロニーは地底ではなかった。もう少し過酷な外界だった。仮に海で暮らさず、最初から陸上にコロニーを築いていたんだとすると人間は体毛を失う理由がないんだ。あった方が楽だからね。ただしこのハダカデバネズミは人間が海で失った体毛を長い進化の間、一向に取り戻せなかった理由の説明には役立つ。つまりあわてて着込んだ衣類や住居、そして火による暖房設備が本来回復できた体毛を排除してしまったんだ。

人間の進化は、残念なことにここまでだ。あとはいくつかの発明があっただけだと言っていい。火の話をした時にそれは一回だけでいいと言ったろ？　誰かが一回発見してしまえばいいってね。たとえばスティーブンソンがヤカンの蓋《ふた》を見て蒸気機関を発明した。それがあの産業革命を齎した。引き金は一回しか引かれていないのだ。人間の進化なんてそんなもんさ。これだけ大勢の人間がどの時代にもひしめきあっていて、ヤカンの蓋を見て、誰一人スティーブンソンになれなかったんだから不思議な話だろ？　それ以前の人間は火薬で鉄砲は作ったが、それを動力源にして大砲を運ぶ車を作ろうとは誰も考えなかったんだ。人間はこの文明の全てが自分たちの英知の賜《たまもの》だと思ってる。ところがそのほとんどの人間は生まれた時から既に存在している文明に浴しているだけなんだ。これだけ発達した文明というものもほとんど誰も何もせずにいつの間にか存在していたというのが正しいのかも知れない。大多数の人間を一般的な人間と捉えればそうとしか言いようがない。

まあ人間の文明の歴史にまで話が及んでしまったが、つまり人間が海で暮らしていたという仮説はここまでのことを実にシンプルに説明できてしまうんだ。しかし全ての人間がその道を歩んだわけではない。一度海に還ったとしたら、そこに完全に順応し、適応し得た人間がいたとしても不思議じゃない。つまりホモ・アクアリウスとして生き続けた人間……つまり人魚だ」

密は思わず息を飲んだ。リックが続ける。

「三年前、セント・マリア島で人魚が捕獲された。人魚というよりは海で生活する人間のようなものだった。我々はそいつにマリア1号と名付けて、研究を開始した。そしてその結果マリア1号が人間から枝分かれした種に間違いないということと、枝分かれした時期が四〇〇万年前ぐらいであることがわかった。アウストラロピテクス・アファレンシスが登場したのが三五〇〇万年前だからそれより五〇〇万年前の出来事だ。しかし興味深いのはアウストラロピテクス・アファレンシスと比べて人間とホモ・アクアリウスはまるで同じ種でもあるかのようによく似ている。かたや海中で進化し、かたや陸上で進化したにもかかわらずね。これはどうしたことだろう？」

「どうしてですか？」

「もし君が人魚の血を受け継ぐ者だとしたら、君はあまりにも易々と陸上で暮らしている。この易々とした状態はどういうことだろう？　君は全く人間と変わらない。いや君は人間なんだ。ところが君には人魚の血も流れているんだ。ということはどういうことかな？」

「さあ……」

「人魚人魚と言ったって結局は人間だっていうことさ。言いかえれば人間と言ったって所《しょ》詮《せん》人魚だってことだ」

密にはその意味がうまく飲み込めなかった。リックは黒板を消し始めた。

「さ、講義はこれでおしまいだ。では約束通り君に人魚を見せようか。それとももう見せる必要もないかな？　つまり人魚が人間とイコールだということは、この部屋に既にあと三匹人魚がいるということになるのさ」

ビリーと羽陸が噴き出した。

リックは教壇から降りて来て、密の肩を叩《たた》いた。

「ビリーたちは君を人魚だと言ったんだろうが、君は何も怖れることはないんだ。君は君だ。海原密という日本人だ。中国人の血と海に住む人の血が流れている日本人。それが君だ」

それを聞いて密は身体から力が一気に抜けた。彼にしてみたら、あと三ヵ月の命だったと宣告されていたのが誤診だったと言われたようなものだ。いや、誤診というのは少し違う。人魚は人魚なのだ。胃に出来た腫瘍《しゅよう》が悪性ではなかったということがわかっただけだ。しかし本当に人魚というのは悪性ではないのだろうか？　密はリックに聞いた。

「人間と人魚は全く一緒なんですか？」

「うん、全くと言うと語弊があるな。我々の身体には四五〇万年ぶんの進化が含まれている。人魚には人魚の独自の進化が含まれている。その差に関して言えば、ほとんど目立たないものもあるが目立つものもある。たとえば君は海で遭難してひとりだけ助かった。人間だったらそれを奇蹟的に助かったと言うだろうが、君の場合は助かったとも言えない。君はただ海にいたところを漁船の網にからまれてしまったということになるだろう」

「はい」

「聴覚の検査結果はわたしも見ている。君の耳はイルカやコウモリより優れていた」

「え？」

「君には自然なことかも知れないが、たぶん君の聴こえている音の世界はわたしたちの聴いている世界とは随分違うと思う。君自身、何か兆候のようなものを感じたりしないかね？」

　リックが言った。

「え……？」

　密は先日体験した奇妙な水の現象を思い出した。しかし素直に言う勇気がなかった。

「……特に感じませんけど」

「そうか。しかしいずれ何かが起こるかも知れない。しかし何が起きても君はそれを認め、それを運命として受け入れなければならない。そして起きたことはすぐ我々に相談して欲しいんだ。まあ確かにこちらの研究のためでもあるが、恐らく君の身体を診断できる医者は我々マーム・エイドにしかいないだろうからね」

「人魚《マーメイド》？」

　密はマーム・エイドという言葉をマーメイドと聴き違えた。

「先生、彼にはマーム・エイドの話はまだ……」羽陸が言った。

「そうだったか」

そこからビリーが密に説明した。

「我々は人魚を研究するプロジェクトを極秘で組織しているんだ。それがマーム・エイドだ。全ては三年前にセント・マリア島で発見された人魚に端を発している」

「あの手塚先生もその一人なんですか?」

「そう。彼は日本から参加している斎門斉一グループの一員だ。斎門斉一は知ってるかい?」

那覇の病院で看護婦の日向が、やはりこの名前を口にしていたが、密の記憶には残っていなかった。

密はかぶりを振った。

「……さあ」

「遺伝子学の第一人者だ」

密にはその全貌《ぜんぼう》は把握しかねたが、何やらとんでもないものが動いていることは確かなようだった。

マーム・エイド

今から三年前の二〇一二年、世界は歴史的なニュースに沸き返っていたはずだった。そのニュースとはセント・マリア島で発見された人魚のことである。海に棲《す》む人間の存在はあるいは生きた恐竜を発見するよりも価値があるかも知れない。何故《なぜ》なら、それによって人間の歴史の地図が大きく書きかえられてしまうからである。

セント・マリアから届いた思いがけない送り物にハタノ物産の上層部は狂喜した。さっそく人魚はハタノ内部にある水産工学研究所に保管された。所長の森下明と研究員たちは当初人魚の高周波を持て余し、八号棟の大水槽に入れたまま三日間近寄れなかったと日誌に書き記している。

ハタノ物産は人魚の公表に先駆けて、播磨《はりま》工科大学遺伝子工学部の斎門斉一博士を招き、氏を代表にした特別研究グループを編成しようとした。

そんな矢先にアメリカの自然保護団体ウォーター・プラネットの代表、キャッシー・ハモンドがハタノ物産会長宛《あて》に圧力をかけて来た。キャッシー・ハモンドの言い分はハタノ物産所有の人魚は本来ライアン・ノリスたちが追跡・捕獲したものであるから、すみやかに当人たちに引き渡すべきだ、というものだった。セント・マリアの駐在員であった杉野晴彦は、人魚は自社所有の漁船にかかり、自らが捕獲したものである、と本社に報告していた。しかし調査の結果、杉野報告が相当捏造《ねつぞう》されたものであることが判明して来た。

当時最初に人魚を捕獲したのは確かにハタノ所有の漁船第三海零丸《かいれいまる》だった。ところが第三海零丸はその後漂流し、人魚は救助の際に地元の漁民たちに発見され、海に解放された（報告書にはその理由についての参照として島の人魚に関する民間伝承の例が付記されていた）。そしてライアン・ノリスと氏の研究員らによって人魚は再度捕獲された。ライアンのラボに盗みに入ったのは地元の住民だったが、人魚は翌朝には別なハタノ物産の船でセント・マリアを離れていた……これが内部の調査で明るみに出た概要だった。最初に捕まえたのは事実だったが、盗んだというのも事実だったわけである。それはウォーター・プラネット側から提出された報告書とも大筋で一致していた。

ウォーター・プラネットは万が一このままハタノ物産が人魚を返却しなければ、様々な制裁措置を用意していると脅した。人魚発見自体も大変なニュースだったが、それだけに人魚を盗んだというのが表に出ればとんでもないスキャンダルである。結局ハタノはウォーター・プラネットの申し入れを受けざるを得なかった。

ハタノが話を飲んだという話は、フロリダのウォーター・プラネット事務局に押しかけていたライアンたちの耳にもすぐ飛び込んで来た。ライアンたちは勝利の歓声を上げた。

「キャッシー、全部君のおかげだよ」

ライアンはキャッシーを抱き締めて礼を述べた。

「このくらいわけないわよ」

キャッシーは陽に灼《や》けたその顔に笑顔を湛《たた》えた。

「ところでライアン、あの人魚についてちょっと提案があるの」

「なんだい？」

「あれをフロリダに持って来る気はない？　つまりセント・マリアじゃなくてキーウエストで管理するの」

キーウエストというのはフロリダにあるキーウエスト海洋科学研究所のことである。そこはかつてライアンが勤務していた懐かしいラボでもあった。

キャッシーの話はこうだった。人魚は地球的な財産である。その人魚の研究にあたっては中立的な立場を持った共同研究プロジェクトを組織して、世界から優秀な科学者を集めて総合的に研究すべきである、と。

「それは科学者からすれば非常に面倒な形態であることはわかってるわ。もしあなたがひとりで抱えていれば誰の許可もなく解剖だってできるものね」

「べつに解剖しようとは思わないがね」

「でもうっかり殺してしまったら、当然あなたは世界中から非難を浴びるわ。それにあなたひとりで人魚を調べるのには無理があると思うけど」

その歯に衣着せないものの言い方が気には障ったが、キャッシーの言い分は道理に叶《かな》ってはいた。ライアン自身、それをひとりで研究できるとは思っていなかった。

「プロジェクトの代表者は？」

ライアンが訊《き》いた。

「それはあなたでもいいと思うけど」

「いや、見つけたのが新種のイルカだったらいいんだが、相手が人魚だからな。もっと適任者がいるだろう」

「リック・ケレンズね？」

「ああ」

リック・ケレンズはキーウエスト海洋科学研究所の所長だった。そもそも今回の事件で、ライアンが話を持ち込んだのも、ウォーター・プラネットに働きかけてくれたのも彼だった。

「じゃあ私の意見に賛成してくれるのね」

「ちょっと惜しい気はするがね」

二人はその場で握手をした。

「でもホッとしたよ」とライアン。

「どうして？」

「実は君が人魚を海に還してやれって言い出さないかと心配してたんだ」

「あら、その手もあったわね」

キャッシーは笑った。

「もう遅いぜ」

ライアンがそう言うと、キャッシーはちょっと気難しい顔をしてこう言った。

「実はそれも考えたわ。でもそれは人魚が見つかった時点でもう無理だったのよ」

「どうして？」

「人魚がいるってことがわかった瞬間から人間は彼等を追いかけるわ。あなたやハタノ物産みたいにね。国際条約で制限したって質の悪い人間たちには却って火に油を注ぐ結果にもなりかねないしね。情報をこの段階で制御できたのはむしろ奇蹟《きせき》だったのよ」

ライアンはこの事件の調停に入ってくれたのが彼女でよかったと痛切に思った。ライアンはキャッシーに再度感謝の意を述べた。するとキャッシーは首を横に振ってこう言った。

「確かに現場で動いたのはあたしだけど、すべてはリック・ケレンズの意見に従っただけ。共同プロジェクトのプランも彼のアイディアなの」

ライアンは納得して頷《うなず》いた。ライアンにしてもリック・ケレンズは信頼の置ける人物だった。

こうしてマーム・エイドが設立され、事務局はキーウエスト海洋科学研究所に設けられた。セント・マリアの人魚には「マリア1号」というコードネームが与えられ、時期が来るまで機密扱いとされた。各国から極秘で集められた科学者の中には、播磨工科大学の斎門博士やハタノ物産水産工学研究所の森下の名前もあった。機密保持のためには彼等も仲間に入れておく必要があったからだが、そうでなくても斎門斉一は参加させるに値する人物に違いなかった。彼は遺伝子工学では世界でもトップを争う科学者だったのである。

ライアンたちは一時的にセント・マリアのラボを閉めて、フロリダに戻った。一時的と言っても何時《いつ》人魚にカタがつくかはわからなかった。何しろ未《いま》だ誰も体験したことのない生物の探究なのだ。

ジャックはフロリダに無理やり移住させられたことをちょっと不服に思っていた。

「俺《おれ》が仕事を引き受けたのはセント・マリアだったからだぜ」

ジャックはそう言って抗議したが、ライアンはあまり相手にしなかった。それがジャックの常套句《じょうとうく》で、減らず口は叩《たた》いているがどっちにしても来ることがわかっていたからである。それより厄介だったのはジェシーだった。彼女は島に残ると言って聞かなかった。

「ジョーたちはどうするの？　誰が面倒見るのよ」

それがライアンの最大の弱みでもあった。結局イルカ抜きにはジェシーを口説けず、ライアンは特別機をチャーターして四匹のイルカをフロリダまで運ぶことにした。航空会社からの請求書を見た羽陸はため息まじりにこう言った。

「これって僕の給料の一年分に匹敵してますよ」

島を離れる日、空港に現われた見送りの面々の中にハタノ物産の杉野とセント・マリア・ハイスクールのミス・リリーの顔があった。ジェシーにすれば最悪の二人であった。

「みなさんのおかげで任期をあと三年伸ばされてしまいましたよ」

杉野がライアンをつかまえて忿懣《ふんまん》をぶちまけた。

「そりゃ気の毒だったね」

ライアンには労《ねぎら》う気持ちもなかった。できることなら盗賊たちに破壊された水槽の修理費をこの場で払わせたいくらいだった。

「こんな何にもない島であと三年ですよ。僕らはどうすりゃいいんですか？」

「君たちよりこの島に同情するよ」

ライアンは冷たくあしらった。

ミス・リリーは涙ぐみながらみんなと抱擁した。リリーの予定ではゴードン、ジャック、羽陸、ジェシーの順に抱擁を交し、最後にライアンに飛びつく予定だったが、羽陸を抱きすくめながら横目でジェシーを探したが姿が見当たらなかった。ジェシーはさっさと飛行機の座席に座っていたのである。リリーは予定を繰り上げてライアンを抱き締めた。

その頃、「ネイチャー・パラダイス」編集長のボブ・ウィルソンの顔色は麗しくはなかった。平社員が一ヵ月も南太平洋で豪遊した挙句に予定の原稿も上がらないうちに突然退職したいと言い出したのである。

「それは契約違反だろ？　ビリー」

「いや原稿は上げますよ、必ず」

ボブには妙に明るいビリーが気に入らなかった。

「セント・マリアで何かあったのか？」

鋭いところを突かれてビリーは戸惑った。

「え？　どうしてですか？」

ボブはビリーの顔をしげしげ眺めていたが、手にしていた書類をまた読み出した。

「いいんですか？」

「しかたないだろう。本人にやる気がなくなったんじゃ。忘れんでくれ。ライター希望者は他にもゴロゴロいるんだ」

「ええ、だから辞めても問題ないかと思いまして」

ボブは呆《あき》れて鼻を鳴らしたが、最後にこう言った。

「なんかいいネタがあったんだったら最初にウチに回してくれよ」

ビリーは戸惑い気味に頷いた。

こうしてライアンとそのスタッフは本格的に人魚と取り組むことになったのである。

マーム・エイド発足の最初のイベントはマリア1号の輸送だった。それに先駆けて、第一回の会議がキーウエストで開かれた。高名な科学者が次々にフロリダを訪れ、その顔ぶれにビリーは興奮を隠せなかった。「ネイチャー・パラダイス」のビリーにすれば地味な眼鏡をかけた初老の紳士たちがビッグスターに見えるのだ。フロリダに最後にやってきたのはリック・ケレンズだった。彼はキーウエストの住人であるから、やってきたというよりは帰ってきたという方が正しいのだが、海洋科学研究所の所長でありながら、学会や講演に日々忙殺されている彼をフロリダでつかまえるのは実に困難なことなのである。ライアンは恩師でもある彼との面会をここでようやく果たすことが出来た。

ライアンは所長室にリックを訪ねた。ドアを開けると懐かしい男が窓から外を眺めていた。

「ミスター・リック」

ふり返ったリックはずいぶん老けていたが、眼光の鋭さは相変わらずだった。

「馬鹿なイルカウォッチャーとイルカ談義だけは勘弁だぜ」

ラボ内の食堂でジャックはゴードンに愚痴をこぼした。お喋《しゃべ》り好きなミニー・ポートマン女史がランチのトレーを持ってこっちにやって来るのが見えたからである。案の定彼女はジャックたちの隣に陣取った。

「昨日も徹夜？　スタジオにばっかり籠《こも》ってると、くる病になるわよ」

ジャックとゴードンは愛想笑いをして、妙に生真面目に食事を再開した。

ミニー・ポートマンはマーム・エイドのメンバーではない。純粋なキーウエスト海洋科学研究所の所員である。マーム・エイドはこの施設の中にオフィスを持ち、ラボも共有していたが、表向きはあくまでイルカの研究ということになっていた。従ってミニー・ポートマンは人魚については何も知らないのである。

機密保持という馴《な》れない任務を負わされていることもジャックにとってはストレスだった。ミニー女史あたりから研究内容を根掘り葉掘り訊かれる度に、ジャックは適当な嘘《うそ》で誤魔化さなければならなかった。

ミニーはあたりを見回して、ジャックたちに囁《ささや》いた。

「今日は最初の定例会議だったわね、マーム・エイドの」

「え？……ああ」

ジャックたちもあたりを見回した。明らかに所員ではない風貌《ふうぼう》の訪問者たちが食堂のあちこちに座っていた。

所員たちもそれがマーム・エイドのための訪問者であることは知っていた。しかし所員たちはマーム・エイドを「世界海洋生物保護基金」のニックネームとして認識していた。ポスターに掲げられた「世界の人魚を救おう！」というキャッチフレーズを聞いて、それが本当の人魚を指しているとは誰も想像できなかっただろう。

「来年は隣の敷地にビルを建てるらしい」

ゴードンがフォーマット通りの説明をした。

「ところがそのビルの建設予定地がアザラシの繁殖地に近すぎるっていうので問題になってるんでしょ？」

ミニー女史もフォーマット通りのガセネタを摑《つか》まされていた。

「ネクタイしめてる連中はどうして形から入ろうとするのかしら？　保護基金なんてキャッシュカード一枚あれば済むんじゃないの？」

「俺たちには関係ないことさ」

そう言ってジャックはトレーを持って席を立った。

「どうも君を見るとアルバータを想い出してしまうよ」

リック・ケレンズはそう言って苦笑した。

かつてマサチューセッツ工科大学の大学院を卒業したライアンは、そのまま研究室に残ることを希望したが叶《かな》わなかった。その後あわてて始めた就職活動にも失敗し、ニューベッドフォードの鯨博物館に学芸員として勤務しながら、論文を書く日々が始まった。小さな美しい街で鯨の資料に囲まれて暮らす生活は悪くはなかった。当時のライアンにはとりたてた野心もなく、論文が評価されて大学の研究室に戻れれば、彼の人生としては十分だった。

提出した論文のいくつかは教授にも評価され、後は所員の空席を待つばかりというある年、リック・ケレンズという人物から手紙が来た。ライアンはもちろん彼の名前は知っていた。世界的に高名な進化論者にして海洋生物学者。客員教授としてマサチューセッツ工科大学に招かれた時の講義にはライアンも出席していた。リック・ケレンズは当時、フロリダの海洋科学研究所の所長に就任したばかりで、そこの研究員を募集していた。手紙には貴殿の論文を拝見し、いたく共鳴させられた、とライアンを天まで舞い上がらせるような賛辞が書かれていた。フロリダの海洋科学研究所は海軍から払い下げられた軍事施設を改造したラボで、もともとは他国の潜水艦を監視するための装備がそのまま鯨やイルカの生態研究に利用されていることはライアンも知っていた。ライアンに舞い込んだのはその施設の研究員のポストだった。ライアンはすぐにその話に飛びついた。

彼はそれからわずか三年で海洋生物生態研究室の所長に就任した。研究員仲間のアルバータ・ファーロングと結婚したのもその頃だった。年上のアルバータには離婚歴があり、幼い娘がひとりいたが、ライアンには抵抗はなかった。当時まだ三歳のジェシーは明るくて屈託のない子供だった。

「イルカやクジラには詳しいつもりだったんですがね、人間の少年少女にはひどい反抗期が来るものだという誰でも知っている事実を僕はいまひとつしっかり理解していなかったようですよ」

ライアンはジェシーの近況をリックにこう報告した。

その後、ライアンは野生イルカの研究に埋没してゆく。バハマはそういう意味ではいい環境だったが、より広汎《こうはん》なデータを手に入れるためにライアンはセント・マリア島にラボを建設し、アルバータとジェシーを連れて移住した。

話がそこに及ぶとリックは目を細めて昔を懐かしんだ。

「しかしアルバータのことは本当に残念だった」

「ええ」

「海の好きな子だった。海で死んだのはせめてもの慰めだ」

「彼女はホワイト・ポインターの保護には意欲的でした。当時は何とも皮肉な巡り合わせだと思いましたが……」

「自分が犠牲になったからといって天国でサメを恨むような子じゃないだろう」

「ええ、僕もそう思うんですよ」

「月日の経つのは早いもんだ。セント・マリアに君がラボを作りたいと言いだした時には正直言って驚いたよ。しかし結局は間違いはなかった。ここに残っていたら今の君の業績はなかったわけだからね」

「それ以上のことがありますよ。ここにいたら僕は人魚にも出会えなかった」

リックは沈黙した。ライアンは何か気に障ることでも言っただろうかと訝《いぶか》った。

「先生は……あの人魚をどうお考えですか？」

「え？」

「あれは本当に人間の亜種なんでしょうか？」

リックは苦笑してライアンを見た。

「それは君に質問したいよ。私はまだ人魚を見てないんだよ」

ライアンも苦笑した。

「もし先生から声をかけられず、あのままニューベッドフォードで田舎暮らしをしていたらどうなってたでしょう。時々マサチューセッツの雪景色を懐かしく思いますよ」

ライアンは窓の外を見た。キーウエストの常緑樹は雪とは無縁の風情だった。

「最近はウォーター・プラネットの活動の方に意欲的だと聞いてますが」

「ああ。しかしもう引退の時期だ。このラボの所長のポストもね」

「そんな、まだまだですよ」

リックの顔に寂しげな影がさした。

「偉大な学者というものは後世に多大な業績と迷惑を残すものだ。そして平凡な学者はその後始末に追われて一生を終えるものだ。わたしはね、どちらかといえば平凡な学者なんだよ。以前からそれに気づいていたんだ」

彼の華々しい業績を考えれば何とも弱気なリックの言葉がライアンには意外だった。

それからリックは妙に無口になった。講演旅行から帰って来たばかりで疲れているのだろうと思い、ライアンは早々に引き上げることにした。その素振りを見たリックはすまなそうな顔をして言った。

「もう歳《とし》だな。飛行機の長旅がどうにもつらくてね」

「それは僕も一緒ですよ。少し休まれた方がいいでしょう」

席を立ったライアンに、リックが険しい表情を浮かべてこう言った。

「ライアン、ドクター・サイモンだがね。彼は気をつけた方がいい」

「は？」

「彼は誰よりも早く人魚の謎《なぞ》を解明してしまうだろう。その日が来た時、彼は人魚より研究を優先させるかも知れない」

「……………」

「気をつけてくれ」

「……はい」

返事はしたものの、その時のライアンはこの忠告をリアルに実感出来なかった。

二日後の夜半、マーム・エイドの主要メンバーたちはマイアミ空港にいた。日本から輸送されて来た人魚、マリア1号を出迎えるためだった。輸送機から降りて来たのはハタノ物産の森下とその部下たちだった。

森下は妙に落ち着かない様子で、挨拶《あいさつ》もそこそこにリックに耳打ちした。

「元気がないんだ。長旅がこたえたのかも知れない」

「マリア1号がか？」

森下に導かれて、リックとライアンが機内に乗り込んだ。そして数分で出て来た彼等の顔はひどく険しかった。

「どうしたんだ？」

ジャックがライアンに訊《き》いた。

「ひどいもんだ。とにかくラボに運ぼう」

ライアンは詳しい説明もせずに輸送車に合図を送った。輸送車は機体に横付けされ、人魚は水槽ごと車に積まれた。集まった観衆は人魚の姿を見ることもなく、各自ラボに帰還した。

ラボに運ばれた人魚は集中治療室に担ぎ込まれ、メンバーは白衣とマスクを着用すると室内に殺到した。水槽から引き上げられた人魚はぐったりしていて、動く気配もなかった。

「クソったれ!」

診察台に横たえられた人魚を見て、ジャックが思わず叫んだ。

人魚はセント・マリアで見た時とは別人のように痩《や》せこけて、もうほとんどミイラのようになっていた。

「生きてるの?」

ジェシーがビリーの腕を摑《つか》んだ。

「だといいけどな」

ビリーにはそう答えるしかなかった。

直ちにライフラインが確保され、心電図が動き始めた。心電図のパルスは人魚の微《かす》かな心音を伝えた。

点滴が打たれて数時間が経過し、人魚の容態は少し安定した。

メンバーは手塚ら医師団チームを残して会議室に移動した。

「マリア1号は到着の三時間前から急に元気がなくなりまして、そのうちみるみるうちに衰弱して、あのような……なんていうか……」

森下は動揺して機内での状況をうまく話せない。そんな森下に各界の専門家たちが応急処置の不手際を責めた。森下は青くなってずっと下を向いたままだった。

「マーム・エイド開設早々マリアが死んだんじゃ洒落《しゃれ》にもならないわね」

　キャッシーが眉間《みけん》に皺《しわ》を寄せながら言った。末席に座っていた斎門博士が発言した。

「応急処置と言ってもあれは人間ではありませんから、一概に森下先生を責めるわけにもいかないでしょう。今投与しているエピネフリン[注]だってマリア1号に効くのかどうかわからんわけでしょ？」

「確かに斎門博士の意見はもっともだ」リックが言った。「我々が人魚を扱うというのは常にこういう危険と隣合せにあるということだ。それが厭《いや》なら海に返してやるしかないんだからね」

「なら海に返して欲しいもんだわ」キャッシーが言った。「とは言っても同意しそうな学者さんはいらっしゃらないだろうけど」

「今さら返しても殺してしまうだけだよ」と斎門博士。

　会議室に沈黙が流れた。そこに手塚が駆け込んできた。

「これを見て下さいよ！」

　手塚はテーブルの上に数枚のレントゲン写真を並べた。メンバーは競って写真を覗《のぞ》き込んだ。

「わかりますか？　胃と腸が壊死《えし》しかかってるんです」

　会議室にどよめきが起きた。

　ライアンは写真をひったくって、天井の蛍光灯に透かして見た。確かに手塚の言う通り、

注　交感神経促進剤。

胃や腸のあたりに黒いシミができている。

「どういうこと?」

ジェシーが羽陸に訊《き》いた。

「どういうことでしょう?」

羽陸にも見当がつかなかった。

全員がすぐに集中治療室に駆け込もうとしたが、入り口のところで手塚がそれを制した。

「これからオペに入りますので、中には入らないで下さい」

「ちょっと待って」キャッシーが言った。「オペって、どうするの?」

「切開して損壊している部分を切除しないと……」

手塚はハッとしていたずらにあたりを見回した。

「輸血が必要だ……」手塚がつぶやいた。

「輸血だって?」

学者の間から声が上がった。

「人間の血が合うのか?」

「血液型は存在するんだ」ライアンが言った。それには森下も頷《うなず》いた。

「人間に限りなく近い血液であることはわかってるんですが……」

「奴《やつ》はAB型だ」とライアン。

あたりは一瞬声が途絶えた。

「あの……」と森下がおずおずと言った。「一応テストでは凝固反応も起きてませんので……」

「やってみるしかないだろう」

ライアンはそう言ってリックを見た。リックは黙って頷いた。

「近くの病院からAB型の血液を！　それからこの中にAB型の人、いらっしゃいますか？」

手が上がった。ジェシーだった。他にはひとりもいなかった。手塚は落胆しながらジェシーに言った。

「じゃあ……君、血を取らせてくれ」

ジェシーは別室で採血された。二〇〇〇ccも血を抜かれたジェシーはそのまま寝ているように指示された。それはジェシーにとっては幸運だったかも知れない。オペを見学できた他の全員は最悪の事態を目撃することになったからである。

そしてオペが開始された。

「胸部開切」

手塚の声は室内マイクを通して隣室に届いた。隣室ではメンバーがガラスに張り付いてオペの様子を見ていた。人魚の腹部を開いた手塚は大急ぎで壊死した内臓を切り始めた。

「人魚の腹なんて生まれてはじめてなんだ。できれば盲腸ぐらいにしてほしかったぜ」

手塚がボヤいた。

「輸血しますか?」

 助手に言われて手塚は頷いた。助手は慎重にチューブのコックをひねった。ジェシーの血液が人魚に送られる。

「血流に変化は見られません。安定してます」

手塚は隣室に逐一報告する。

「オペの方はどうだ?」ライアンがマイクで手塚に呼びかけた。

「なんとか。これで助かる保証はないですけど」

「なんとか助けてやってくれ」

「頑張ります」

コンピューターモニターをチェックしていた助手が言った。

「アドレナリン値がちょっと高いですね」

「どのくらいだ?」

「大したことはありません」

「ハッ、女の子の血が入ったんで興奮したのかな?」

手塚がそんな冗談を飛ばすと、シーツに覆われた人魚の股間《こかん》部分が俄《にわか》に大きくなり出した。助手がシーツをめくって中を見た。

「おやおや」

助手はクスッと笑いながら顔を上げた。

「ホントに大きくなってますよ、こいつ」

　その時、突然信じられないことが起きた。人魚がベッドの上で暴れ始めたのである。手塚たちはあわててその身体を押さえつけた。人魚はシーツを剝《は》がし、助手のひとりを突き飛ばした。

「まずい！　吠《ほ》えるぞ」

　ライアンが叫んだ。

　人魚は吠えた。しかしローレライ現象は起きなかった。かわりにあたりに水滴が宙に浮き始め、次第にそれが人魚を包み始めた。

「なんだ？　これ」

　ガラスごしに見ていた観衆も、その現象に啞然《あぜん》とした。

　どんどん膨らむ水のせいで手塚たちは人魚にしがみついているわけに行かなくなった。人魚は吠えながら、固くなった自分の性器を握りしめた。

「マスかいてやがる」

　ジャックが不謹慎な発言をしたが、人魚の行為は誰の目にもそう見えた。人魚は一心不乱に性器をしごいていた。キャッシーが思わず目を背けた。切開した腹から血が溢《あふ》れ、人魚を包む水は瞬く間に濁った。ガラスごしの観衆は何とかその中を見ようとしたが、赤い水に包まれた人魚を見ることは出来なかった。

　ところがある瞬間、その水が突然重力を思い出したかのように床に落下した。そしてベッドにのけ反った人魚が露わになった。観衆と治療室の手塚たちは啞然とした。人魚の手は依然性器を握り締めていたが、その腕は肩からちぎれてベッドに転がっていたからである。

突然その性器から大量の白い精液が射出され、近寄ろうとした手塚たちはそれを頭からかぶった。ガラスの向こうの面々もさすがに全員が顔を背けた。

「これが人魚か……」

学者の一人が不快感をこめてつぶやいた。

手塚が人魚の瞳孔《どうこう》を確認した。

「駄目です。死んでます」

人魚の保護と研究を目的としたマーム・エイドの発足を、マリア1号はあまりにも破廉恥で無残な自らの死を以《もっ》て祝福したのであった。発起人のキャッシー・ハモンドはさっさと部屋を退席し、発見者のライアン・ノリスは沈黙したまま首を横にふった。

そして代表のリック・ケレンズは誰にも聞こえない声でこうつぶやいていた。

「仕方がない……どのみち死んでいたんだ」

マリア1号の遺体は地下の冷凍室に保管された。

海原密が漂流から奇蹟の生還をしたのはこの事件から二年四ヵ月後のことだった。

第三章　鱗女——二〇一五年　香港

水の呼び声

リックの講義から一週間ほどして、ビリーから電話があった。

「ちょっと会わせたい人がいるんだ。どうだい？」

ビリーの声は相変わらず能天気だった。

「誰ですか？　それ」

「君の御両親だ」

「え？」

「もう随分前から海家《ホイ》にはアプローチしてたんだけど、奴《やつ》らガードが固くてね。さっぱり埒《らち》があかなかったんだけど、ここに来て突然向こうから、君に是非会いたいって連絡があったんだ。あの遭難事故のニュースが御両親を刺激したのかも知れない」

「その人たちも人魚なんですか？」

「間違いない。恐らく君より血の濃い人魚だよ」

密はどうしようか迷ったがビリーは強引だった。結局その強引さに押し切られて密は週末の香港《ホンコン》行きの便に乗っていた。

一体自分は何をしているんだろう。密の頭の中でこの言葉がもう何時間も旋回していた。

密は結局ビリーやリック・ケレンズたちのシナリオ通り、香港行きの便に乗っていた。そこで人魚に会える。それは人魚というようなイメージの生物ではなく、ホモ・アクアリウスという種族の人間だという。もしそれが自分と何の関わりもない話であれば、それなりに好奇心をそそるニュースだったかも知れない。しかし今はそれ自体がひどく疎ましく、排除してしまいたい情報だった。なのに密は彼等のレールに乗ってしまった。それ自体が彼にとって不可解な選択だった。

一億円の札束が入った紙袋を拾った人間を面白がって取材するマスコミのように、リック・ケレンズもビリー・ハンプソンも羽陸も手塚も結局みんな興味本位で自分に接近しているのだ。なのに反面、妙な期待と興奮が密の中に芽生えていた。その気持ちが何処《どこ》から来るのかはわからなかった。畏《おそ》怖れもあった。その畏怖れも何処から湧《わ》いてくるのかはわからなかった。

漂流から生還してからの自分は何処かで日常から大きく逸《そ》れ始めてしまっていた。しかし改めて考えると、それ以前に存在していた自分の日常とはどんなものだったのだろう。ひょっとしたら自分は全てが作られた日常だったということを予《あらかじ》め知っていたのではなかっただろうか。知っていてわざとその嘘《うそ》に調子を合わせて生きて来たのではなかったのだろうか。密の中でいろんなことが混乱していた。一度もつれてしまった糸の先端を密は懸命になって探したが、いまだに見つからないままとうとう香港まで来てしまった。

飛行機が突然ビルの谷間を滑空して、乗客の何人かが驚きの声を上げた。香港空港は市街に隣接した場所にもある。飛行機はビルの隙間《すきま》をすり抜けるように離着陸する。香港に住んでいた密には驚きはなかった。密は窓の外を眺めた。妙に縦長な形のビル群は密にとっては懐かしい風景だった。

空港にはサングラスをしたひとりの女性が待っていた。携えているボードには間違った漢字で〝蜜《みつ》〟と書かれていた。おかげでそれが自分の名前なのかどうか迷っていると、向こうから声をかけて来た。

「ヒソカ・カイバラ？」

「ああ」

女性は笑いもせずに握手だけを求めた。

「あたしはマーム・エイドのジェシー・ノリス。パパのライアン・ノリスはマーム・エイドのメインスタッフなの。あたしはパパの助手をしてるの」

ジェシーは自分のことをざっと紹介した。サングラスをしているので目の色はわからなかったが、髪の毛も肌の感じも東洋人のようだった。

ジェシーは手帳を見ながら香港の予定をツアー・コンダクターのように説明してくれた。彼女の説明によれば、海家の人間に会うのは明日の朝。それまでは完全にフリーだという。

「どんな人なの？」

「さあ。あたしも詳しくは知らないわ」

「そう」

「今日はどうする？　観光旅行でもする？　何処か行きたいところがあれば案内するわよ」

「俺、十年以上もここに住んでたんだ」

「あ、そうだったわね。そしたら観光旅行もないわよね。じゃあ昔の友達にでも会う？」

そう言われてもピンと来る相手も見つからず、密はしばらく頭を痛めた。

「あんた友達もいないの？」

ジェシーは突《つ》っ慳貪《けんどん》な言い方をしたが、密はその言葉を聞いてなかった。突然目の前に現われた二つの黒い瞳《ひとみ》に魅了されていたのである。今までこんなにきれいな瞳、見たことないぞ……密はそう思った。

呆《ぼう》っとしている密にジェシーがこう言った。

「あなたきれいな眼ね。なんか深くて、海の底みたい」

ジェシーの瞳に魅せられている矢先に自分の眼を褒《ほ》められて密は戸惑った。その偶然のシンクロを恋の予感のように勝手に捉えて密はひとりで動揺してしまった。

「じゃあ、あなたがあたしを何処かに案内してよ。あたし香港初めてなの」

「え？……そうだな……」

密は考えこんだが、なかなかいいアイディアが浮かばない。

「わかんないの？」

「いや、香港はただ住んでた街だから……観光客がどういうところに行くのかよく知らないんだ」

「じゃあ、あなたの住んでた家に行ってみるってのはどう？」ジェシーが言った。

「え？」

ジェシーの突飛なアイディアでその日の日中は密の思い出巡りの旅になってしまった。ガタの来たレンタカーをジェシーはお構いなしで飛ばした。

密が生まれ育ったのは香港島の赤柱《チェックチュー》という場所だった。

「返還以前はスタンレーって呼ばれていたんだ。昔のイギリス植民地時代の役人の名前にちなんだ地名だけどね」

到着した場所には西洋風の屋敷が建っていた。昔と少しも変わっていない趣に密は素直に郷愁を感じていた。入り口の鉄門は壊れていてすぐに潜り込むことができた。湿った落ち葉を踏みながら二人は中を探検した。

「なかなかいいところね」

「子供の頃はちょっと怖かったよ。幽霊屋敷みたいでね」

「もともとは誰の家なの？」

「え？　誰って……ウチの死んだ爺《じい》さん」

「海原修三はあなたが生まれるまで日本にいたんでしょ？」

「うん」

「その前には誰が住んでたの？」

「……さあ」

「海一族？」

ジェシーの目的はどうやらそのあたりにあるらしかった。密はちょっとガッカリした。結局彼女も興味があるのは人魚なのだ。

「君は人魚を見たことあるの？」

「ええ」

「香港で？」

「ううん。セント・マリア島っていう島でよ」

「セント・マリア……じゃあマリア1号……」

「しっかり予習してるわね」

「そんなんじゃないよ。聞きたくなくても聞かされるから……」

密は渋い表情を浮かべ、ジェシーはその顔を見て笑みを浮かべた。少し潤んだようなジェシーの瞳に密はまたしても動揺した。

「セント・マリア島はほとんど赤道直下の島よ。そこがあたしの生まれ故郷なの」

「君って……失礼だけど何人？」

「わかんないでしょ？　この肌じゃ」

「うん」

「でも両親はアメリカ人よ。変でしょ？」

「……なんかアジアの血が混じってるのかと思った」

「……かもね」

変なことを聞いたような気がして密は気まずくなり、話の矛先を変えた。

「……人魚はその島で見たの？」

「ええ。一度目は海の中で。二度目はパパのラボでね。パパはもともとイルカの研究家なの。ある日偶然人魚を捕獲して、ラボに運んだのよ。それ以来人魚に取り憑《つ》かれちゃったの」

「その人魚っていうのがホモ・アクアリウスなの？」

「そう。それがマリア1号。オスの人魚《マーマン》だったわ。でもその直後に盗まれたのよ」

「え？」

「ハタノ物産っていう日本の企業にね」

密にはジェシーが日本《ジャパン》というのを強調しているように聞こえた。

「ハタノ物産は自分のところの水産研究所に人魚を隠したんだけど、結局持て余したのね。播磨工科大学の斎門斉一って知ってる？」

「さあ」

「遺伝子工学の権威よ」

密は遺伝子工学の権威と聞いて思い出した。それは確かリック・ケレンズの話の中に登場した人物の名前だった。

「ハタノは彼に共同研究を依頼したの。まあその選択は間違ってなかったかも知れない。人魚が人間の亜種だとしたら、いつどの時代に枝分かれしたのかが重大なポイントになるわ。それを解明するのに一番有利なのが遺伝子工学なのよ」

「へえ」

密はよくわからなかったが、感心するふりをした。ジェシーはそれをすぐに見破った。

「つまんない？」

「……いや」

「興味なさそうだからいいわ」

「いや、そんなことないって」

ジェシーは黙ってしまった。

「でも君のパパが捕まえた人魚なんだろ？　そしたら本当は君のパパのモノなんじゃないの？」

ジェシーはふり返って目を輝かせた。

「そうでしょ？　あたしたちもうアタマに来たの何のって！　ところがハタノ側は知らぬ存ぜぬの一点張り。怒ったパパたちは強硬策に出たわけ」

「どんな？」

「ウォーター・プラネットって自然保護団体は知ってる？」

「いや」

「世界的な自然保護団体よ。そこのボスのキャッシー・ハモンドとパパは結託してハタノを脅したの。相手は自然保護団体よ。ハタノ物産のイメージダウンになることなんかなんでもやっちゃうわよ。あんたたちだって自然保護団体のせいでクジラが食べられなくなったんでしょ？」

「さあ。クジラなんか食べたことないよ」

「まあ何しろハタノは盗んだわけだから立場は弱いわよ。結局降伏するしかなくなったのよ。ところが厄介だったのはその後。こっちはてっきり人魚が帰ってくるもんだと思って大喜びしてたら、キャッシー・ハモンドは人魚は地球的な財産だから研究とはいえ個人が持つのはけしからんって言うわけ。そこで世界的な科学者や見識者を集めた組織が提案されたの」

「それがマーム・エイド？」

「そう。まあ海に帰せって言われなかっただけ幸運だったけどね。パパもその意見には賛成だったみたい。ひとりで人魚の研究する自信がなかったのね。人魚は結局セント・マリアには戻らずにフロリダのキーウエスト海洋科学研究所に運ばれたわ。でもね、せっかくマーム・エイドができて、人魚をキーウエストに運んだんだけどもう手遅れだったの。今じゃ地下の冷凍室で凍ってるわ」

「どういうこと？」

「死んだのよ」

「なんで？」

「さあ。原因はわからないけど、以来人魚は環境の変化には猛烈に弱いんだろうって定義されたの。ところがそこにあなたの存在が浮かび上がって来たわけ。この海原密っていう人魚と人間の混血は陸上生活をしてるっていうじゃない。おまけに普通の人間みたいに大学に通ってるって。その話は最初誰も信じなかったわ。人魚の存在を信じるより、あなたの存在を信じるほうが科学者たちには難解だったのよ。おかしいでしょ？」

「……ちょっと笑えないけど」

ジェシーはちょっと苦笑して言った。

「今日はどうかしてるわ。なんかおしゃべりね、あたし」

ジェシーはそれから急に黙ってしまった。密は気まずい沈黙を埋めるために何か話さなければならなかった。しかし二人の間に共通する話題は限られていた。

「ビリーって人とは仲がいいの？」

「え？……別に」

「そう」

話はすぐに途絶えてしまった。

屋敷の正面玄関は鍵《かぎ》がかかっていた。しかし密はその鍵のありかを知っていた。庭の巣箱の中に手を突っ込むと昔のまま鍵が出て来た。錆《さ》びついたその鍵で二人は中に侵入した。

ドアを潜る時、ジェシーの手が後ろから密の肩に触れた。密はビクッとしてふり返った。

「なに？」

ジェシーが言った。

「……いや」

ジェシーの手は密の肩にかかったままだった。密は触れられている皮膚から汗がにじみ出すのを実感していた。日本人は彼等ほどスキンシップに馴《な》れてない。しかし密をそこまで緊張させたのは相手がジェシーだったからだ。

密はさっきからずっとむずがゆいような気分に悩まされていた。女性をここまでひどく意識した記憶が密にはなかった。それが何故《なぜ》なのか密にはわからなかった。

「あなた汗っかきね」

ジェシーのその一言が密を更に緊張させた。ジェシーに手をどけて欲しかったが、そう言うわけにもいかなかった。

久しぶりのわが家は妙に密によそよそしかった。そして何より妙に小さく感じた。

「なんかもっと大きかったような気がしたんだけどな」

「あなたが大きくなったからよ」

床は傷《いた》みが激しく、うっかりすると抜けそうだった。二人は足元に用心しながら先に進んだ。ジェシーの手は既に肩から離れていたが、その代わり密の腕を握っていた。ジェシーの手のひらの脈動を密は腕に感じていた。

「ねえ、仮に僕がマーム・エイドに協力したくないって言ったらどうなる？」

密が言った。

「え？」

「協力を拒否したら無理やりフロリダまで拉致《らち》されたりしちゃうのかな？」

「……まさかそんなことはないと思うけど」

「解剖したいんじゃないの？　本当は……僕のことを」

「……まさか」

ジェシーは曖昧《あいまい》に否定したが、実際マーム・エイドが密を何処まで保護できるのか自信はなかった。マーム・エイドが密を研究対象として考えているのは間違いない話だ。そうでなければ密にアプローチをかけたりはしない。

「人魚って本当は人間だってリック・ケレンズは言ってたけど、そうなのかい？」

「え？……人間？」

「違うのかい？」

密はちょっと心細い顔をした。

「まだ誰にも本当のことはわかってないのよ」ジェシーが言った。「だから言ったでしょ？　あなたという人魚が人間として普通に暮らしているってことにみんな驚いたって。あたしが見たマリア1号は確かに人間によく似てたけど、あれを人間って言うのは難しいわ」

「どうして？」

「どうしてって……なんか……動物って言うのは変だけど、人間って言い切れる感じの生物じゃなかったわね」

「俺は?」

「え?」

「俺もそんな感じ?」

「あなた?」

密はジェシーの前に立った。

「俺も人間に見えないかい?」

「あなたは人間にしか見えないわよ」

ジェシーは率直に感想を述べた。

「本当のことを言ってくれよ」

「どうしてそんなことあたしに聞くの?」

「え?」

密はそう言われて黙ってしまった。ジェシーに見つめられて密の心臓の鼓動が高なり、足が震えた。密はジェシーを意識しないように懸命に努めようとしたが、そう思えば思うほど妄想ばかりが頭の中に広がった。密の妄想の中でジェシーは既に半裸になっていた。

頬《ほお》の火照《ほて》りを隠しながら密は先を歩いた。

「ちょっと待ってよ」

ジェシーは老朽化した床を気にしながらその後を追いかけた。

二階にはかつての密の部屋があった。散らかった残骸《ざんがい》には見覚えがあった。子供の頃に書いた絵や、近所の子供たちと遊んだサッカーボールを見つけて密は感激した。

「懐かしいな。よくやったんだ、サッカー」

ペシャンコになったサッカーボールを大事そうに眺める密をジェシーは微笑《ほほえ》ましく見つめた。

「あなたはやっぱり人間だわ」ジェシーが言った。

「どうして？」

「ううん、なんか……こういう生活があったんだなって思うと……」

ジェシーは何とか思いを言葉にしようとしたが、途中で途切れてしまった。密にもジェシーの想いは伝わった。密は照れくさくてペシャンコのサッカーボールを手の上で転がした。そしてもう一度顔を上げると、ジェシーは厳しいまなざしで密を見つめていた。

「もしマーム・エイドが強硬に何かをしようとしたら、あたしがあなたを守ってあげるわ」

「……あ、ありがとう」

ジェシーの瞳が密を捉えて離さなかった。密は視線を背けた。

「どうしたのかしらあたし」ジェシーが言った。「今日なんかおかしいわ」

「……どうして？」

密はジェシーをチラッと横眼で見た。そして唖然《あぜん》とした。

ジェシーが涙で頬を濡《ぬ》らしている。

「どうしたの？」

「わかんない。なんか……自分がわかんないわ」

そう言ってジェシーは突然密の手を握った。その手はひどく汗ばみ、そして震えていた。

「こんな気持ちになったの初めてよ」

次々に繰り出されるジェシーの意味不明な言葉を密は懸命に逸らそうとした。その意味を受け止めてしまったら、密は自分をコントロール出来ない気がしていた。密はジェシーから目を背けようとしたが、どうしてもできなかった。今まで体験したことのない欲望が既に密を支配していた。辛うじて機能している理性が馬鹿なことを考えるなと自分自身を諭す。

目の前の女性はさっき会ったばかりなんだ。変なことは考えるな。

しかし込み上げてくる衝動はどうにも抑え難く、気がつくと自分の眼からも大粒の涙がこぼれていた。

「どうして泣くの？」

「君こそ」

「あたしをどうしたいの？」

「え？」

「あたしたち会ったばっかりよ」

「う……うん」

「変なこと考えないで」

「何にも考えてないよ」

「嘘」

「………」

「あなた誰なの？」

「え？……誰って」

我慢できず二人は震えながら唇を接触させた。強く抱き合った。そして二人は密が少年時代に使っていたベッドの上に倒れ込んだ。黴《かび》の臭いのするベッドは雨や露を吸ってグッショリ濡れていた。しかしそんなことにも二人は構っていられなかった。お互いに服を剝《は》ぎ、肉を摑《つか》み合った。肩を嚙《か》み、乳房を齧《かじ》り、それでもまだ何か足りないものを感じた。

「どうしてこんなことになるの？」

ジェシーは喘《あえ》ぎながらそう言った。

「わかんない……」

密はジェシーの胸に顔をうずめながらそう答えた。

ふたりは闇雲《やみくも》に抱擁を繰り返し、キスを繰り返した。

密は不意に前島志津香のことを想い出していた。

——俺はあの子を愛していたんだろうか……。

恍惚《こうこつ》の意識の中で密はそんなことを考えた。愛しているわけではなかった。ただ抱いてしまったのだ。そして今も……。会ってまだ数時間しか経っていない女性を自分は抱いている。

——こういうことって……そういうものなのか……？

そういうことに対して経験の浅い密にはすべてが理解を越えた世界だった。密は志津香の時のことを想い出そうとした。漠然と抱き合ったという記憶から、具体的な感触が蘇《よみがえ》って来た。

「誰？　その子」

ジェシーが耳下でそう囁《ささや》いた。

「え？」

「駄目。そっち見ないで」

ジェシーの強烈な愛撫《あいぶ》が密の中から志津香を掻《か》き消して行く。密は不可解な感覚に襲われた。今自分の脳とジェシーの脳が交信しているような錯覚だった。

「あたしだけを見て」

腕の中のジェシーは激しく嗚咽《おえつ》していた。密は自分の心が思いがけず癒されるのを感じた。

熱くなった密の下半身に強い圧力を感じた。密はチラッと下を見た。自分の腰のあたりに透明な何かがからみついていた。それが密を締め上げているのだ。その液体のようなものには見憶《みおぼ》えがあった。あまりにも透明な液体……。

——これは……水？

密は戦慄《せんりつ》した。そしてあわててあたりを見回した。湿ったベッドから迸《ほとばし》った水滴が重力を忘れてしまったかのように宙に浮いている。

——あの水だ！

密は息を飲んだ。それはあの土蔵で体験した水の現象だった。しかし何故《なぜ》それが始まったのか、密には見当もつかなかった。

水滴は大気中にどんどん増え続け、あっという間に二人を包み込んだ。驚いたのはジェシーだった。ジェシーは反射的に密の身体を押し退け、ベッドから転がり落ちた。ところがアメーバのような水は彼女を包み込んだまま床の上に浮いた。水滴が大気中から次々に発生し、二人は水のアメーバにどんどん吸収されて行く。密は土蔵の時のことを懸命に思い出した。

——難しいことはないんだ……水に逆らわないこと。息は吸おうと思わないこと。

身体がリラックスすると水の力は萎《な》えて、密の身体から剥離《はくり》した。そしてベッドの上に土砂降りのような雨を降らせてアメーバは消失した。

ところがふり返るとジェシーの身体を覆った水はまだ健在だった。巨大化する水の塊の中でジェシーは徒《いたずら》に足をバタつかせている。密にはどうやって彼女を救い出していいかわからなかったが、とにかく無我夢中で水の中に飛び込んだ。水は容易に密を受け入れた。しかしジェシーを摑んで引き戻そうとすると、水全体が一緒についてくる。結局密も水の中でただもがくしかなかった。自分にまとわりついた水は何とか振り払うことが出来たが、ジェシーの水はもはや密の意思とは無縁だった。

——この水は彼女の意思にくっついているのか？

だとすればジェシーが密と同じように気持ちをコントロールすれば水は力を失うはずだ。密はそれをジェシーに伝えようとした。しかしそこは水の中である。水に逆らうな！　そう言おうとしてもうまく声にならない。ジェシーは恐怖で密にしがみついた。パニックに陥ったジェシーの物凄《ものすご》い力が密の自由を奪った。密は無意識のうちに叫んでいた。すると目の前に信じられない光景が展開した。ジェシーの顔が一瞬ぼやけたかと思うと、頭蓋骨《ずがいこつ》が剝《む》き出しになった。そして頭蓋骨も消失してジェシーの脳味噌《のうみそ》が目の前に現われた。密の視界はその脳味噌の中をどんどんくぐり抜けてゆく。無数の神経のネットを潜り、気が付くと目の前に自分の顔があった。

——どうしたんだ？

密は心の中で思った。

——え？　誰？

ジェシーの声だった。

それはもはや錯覚ではなかった。密はジェシーの意識の中に入り込んでしまったのだ。

ジェシーの今まさに体感している恐怖感が密を襲った。自分の生理と無関係にアドレナリンが溢《あふ》れ出る感覚に密は眩暈《めまい》がした。その意識にジェシーの意識がしがみついてきた。ジェシーからすれば自分の意識の中に突如現われた真空のエリアを意識しただけに過ぎなかった。それを意識した瞬間、恐怖心が一瞬薄らいだ。

——水に逆らうな！　水に逆らうな！　水に逆らうな！

密は懸命に念じた。

水は急に重力方向に流され、あっという間に密とジェシーを大気中に解放した。見るとずぶ濡れのジェシーの顔がそこにあった。密は自分自身に戻っていた。ジェシーは震えながら密を見つめていた。

「いま……あたし……あなたになってたわ」

ジェシーが言った。

「……俺も……君になってた」

密はジェシーを抱き締めた。二人はしばらく抱き合ったまま離れられなかった。ようやく落ち着いて離れた時、二人は自分たちがこの部屋から出られないことに気づいた。床に散らばったびしょ濡れの服と下着を発見したからだ。

「これじゃあ帰れないわ」

密とジェシーは服を絞り、窓際に吊《つる》した。そして裸のまま廊下に出た。身体に纏《まと》えるようなものがないか探すためである。ふたりは部屋をひとつひとつ覗《のぞ》いてせめてカーテンでもないか探した。しかしめぼしいものは何もなかった。亜熱帯の香港は夜でも蒸し暑い街だったが、陽の射さない暗い空き家は妙に薄ら寒かった。

「こんなとこ誰にも見せられないわ」

ジェシーは密にしがみつきながらそう言って笑った。

密の記憶によれば地下の倉庫に薪があるはずだった。

「それを浴室のボイラーで焚《た》けば随分しのげるはずだ。うまく行けば熱いシャワーも浴びれるかも知れない」

密の言葉を信じてジェシーは地下までついて行った。地下の浴室にはサウナ用のガウンがビニールに入った状態で残っていた。少し黴が付着していたが、二人は我慢してそれを着た。全裸という境遇を免れた二人は少しホッとして倉庫に入った。薪は少量だったが、残っていた。ところが点火する道具がない。二人は最も原始的な方法で火を熾《おこ》さなければならなかった。ジェシーはまっすぐな枝を拾って来て、板の上で錐揉《きりも》みをした。その接点に枯れ葉を添えるのが密の役目だった。

「こんなやり方で火なんか熾せるの?」

「大丈夫。子供の頃よくやったわ」

しかし火はなかなかつかなかった。手が痺《しび》れたと言ってジェシーは密に錐揉みを交代させた。約一時間かかって二人はようやく小さな火を手に入れた。二人は慎重に枯れ葉を重ねて火を育て、どうにか薪に火をつけることに成功した。

「リック・ケレンズの言うとおりだ」

密は言った。

「何？」

「人間は寒くて我慢できなかったから家を作ったり、服を作ったり、火を熾したりしたんだってさ」

「確かに寒いのは我慢できないわ。人間って貧弱よね」

ボイラーが次第に火力を増して来た。二人は浴室に回って試しにシャワーのコックをひねってみた。ところが錆び付いた赤い汚水が少しこぼれただけで、水は出なかった。二人はがっかりしてボイラー室に戻った。ボイラーの周りは暑いぐらいだったが、二人は身体を寄せ合って離れなかった。

「でもさっきのなんだったのかな？」

「あの水かい？」

「ええ」

「前にもあったんだ、一度」

「そうなの？　何あれ？」

「わかんない」

「あれも人魚の兆候なのかしら」

「そうかも知れない」

「あなたあたしの意識に入って来たでしょ？」

「え？……ああ」

「あれも前にあった？」

「いや、あれは初めてだ」

「ビリーが前に経験したことがあるの。セント・マリアの人魚の時に。ビリーから聞いた感じによく似てたわ」

「へえ」

「〝エコー・スキャニング〟って呼ばれてる現象よ。人魚は高周波を使って人間の脳に侵入して幻聴や幻覚を起こすことができるの。きっとあれがそうだわ」

ジェシーは眼を輝かせていた。

「さすが科学者だね」

「誰が？」

「君さ。いろいろ詳しいから」

「あたしはまだまだよ。これでも現役の大学生なのよ」

「嘘」

密の驚いた顔を見てジェシーはふくれた。

「あら、あなたあたしのことといくつだと思ってたの？」

密はその質問には答えられなかった。

「まだ十九よ」

「え？　俺と同い歳《どし》？」

「あなたも十九？」

「ああ。何月生まれ？」

「二月。二月二十九日よ。うるう年。だから本当はまだ四歳ってわけ」

「え？」

密はひどく驚いた顔をした。

「……どうしたの？」

「俺も二月二十九日だぜ」

「嘘！」

「本当さ」

そのシンクロに二人は驚いた。

「なんか運命感じるわね」

ジェシーは眼を潤ませた。

「今日のことと言い……セックスってあいうモノ？」

「え？」

「あたし経験ないから」

「嘘だろ？」

「本当よ。失礼ね」

「だって……さっき」

「何よ」

「結構積極的だったから」

「あたしにもよくわかんないわ。あんな気持ちになったの初めてだから。あたしたちって知り合って二時間足らずであんなことしちゃったのよ。不思議よね」

「うん。僕は君が大胆なんだと思ってた」

「ひどい」

「でもそうじゃないんだったら……赤い糸で結ばれてたのかな？」

「何？　それ」

「日本じゃそう言うんだ。結ばれる運命のふたりは小指と小指が見えない赤い糸で結ばれてるんだってさ」

「へえ、日本人ってロマンティックね。あたしたちも赤い糸？」

「わかんないけど」

「きっとそうよ」

二人は再び高まって来た感情を懸命に抑えなければならなかった。軽くキスをしただけであたりに無重力の水滴が漂い始めたからである。

「あんたとつきあうのは命がけだわ」

二人は水滴の様子に注意を払いながら何度もキスをした。

香港夜

ビリー・ハンプソンと羽陸洋は九龍《ガウロン》のペニンシュラ・ホテルのラウンジで密とジェシーが来るのを待っていた。ところがいつまで経っても帰って来ない。携帯電話も繋《つな》がらなかった。

「どこかで遊んでるのかな?」と羽陸。

「まだ子供だからなジェシーも。ボーイフレンドが出来てはしゃいでるんだろう」

ビリーはそうは言ったものの、陽が暮れても音信がないので少々不安になって来た。ビリーはもう一度携帯電話でも鳴らしてみようかと思った矢先にポケットの中でベルが鳴った。

「ハロ?」

「ビリー・ハンプソンですか?」

「そうだが……」

「斎門グループの手塚です」

ビリーは驚きの表情を羽陸に見せた。そして羽陸に電話の主がわかるようにこう言った。

「やあ、手塚先生。どうしたんだい?」

相手が手塚だと知って羽陸の顔色も変った。

「ちょっと話がしたい。八〇四号室に来てください」

「なんだって？　あんた今どこにいるんだ？」

「八〇四号室です。待ってます」

それで電話は切れてしまった。

「なんだい？」

羽陸が身を乗り出した。

「どうやらこのホテルにいるらしい」

「え？　なんだって？」

二人が驚いたのも無理はない。ビリーたちが香港に来ていることは極秘であった。

「話がしたいって言ってる」

「……どうするんだ」

ビリーはちょっと考えたが、会ってみるより方法はなさそうだった。ビリーは羽陸と共にラウンジを出た。

エレベーターで八階に降りた二人は八〇四号室のドアを叩《たた》いた。しかし何度叩いても返事がない。廊下に人影を感じてふり返ると、他の客が怪訝《けげん》そうな顔で通り過ぎた。そのアジア系の派手な若い女性客はきつい香水の匂《にお》いで二人の鼻を刺した。二人は同時に鼻をしごきながら、何食わぬ顔でその客が行き過ぎるのを待った。客は自分の部屋の鍵《かぎ》を開けている。部屋に入ったかと思ってチラッと覗《のぞ》くと、客はドアを半開きにしてまだこっちを見ていた。二人は愛想笑いを浮かべて挨拶《あいさつ》した。

「八〇四号ってここだよね」

ビリーがそんなことを言って誤魔化そうとすると、そのアジア娘は呆《あき》れた顔で言った。

「ドアの番号が読めないの？　八〇四号って書いてある部屋が八〇四号室よ」

ところがそんな言葉と顔とは裏腹に彼女の指先が、二人を手招きしている。

ビリーは手をふって彼女の挑発を断わった。女は戻って来てビリーにからんだ。

「いいじゃない。せっかく香港に来て遊ばないの？」

そう言って女はビリーに抱きついた。そして耳許《みみもと》でこう囁《ささや》いた。

「こっちよ、ビリー」

ビリーはハッとして女の顔を見た。女は微笑《ほほえ》んで自分の部屋に逃げ込んだ。ビリーは彼女のサインを理解して、彼女の部屋にそっと滑り込んだ。

果たしてそこには手塚がいた。彼は部屋の隅に肩を丸めて腰掛けていた。

「おい！　ビリー！」

そう言って部屋を覗き込んだ羽陸も手塚を見て状況を理解した。羽陸は廊下を見回して部屋に入った。

「なんだい？　スパイごっこかい？」

ビリーは手塚をからかった。

「すみません。電話は盗聴されやすいですからね」

「誰が盗聴するんだい？」

手塚はそれには答えず、二人にソファに座るように手招きした。

「何か飲む？」

さっきのアジア娘が冷蔵庫を覗きながら言った。二人はペリエをオーダーした。

「同じ斎門グループの天野《あまの》犀子《さいこ》だ」

紹介された天野はふり返って会釈した。

「なかなかいい演技だったぜ」とビリー。

「どうもありがと」

天野は照れ臭そうに微笑んだ。

「しかしこんな手の込んだことまでして、何の話だい？」

「君たち、明日海家と接触するんでしょ？」

「やっぱりその話か」とビリー。

羽陸は納得の行かない顔をした。

「しかしなんであんたがそれを知ってるんだ？」羽陸が言った。

「極秘だったって言いたいんですか？」と手塚。

「ああ」

「言っちゃ悪いけどあなたたちの機密は僕らにしたら丸見えなんですよ。ビリーがさっきスパイごっこなんて言って笑ってましたが、こっちは冗談でやってるわけじゃないから」

手塚は普段から神経質そうな男だったがその日は特にそれが際立っていた。

「だからあなたたちはトップシークレットの情報を預からせてもらえないってわけです」

「どういうことだ？」

「マーム・エイドはたくさんの機密を抱えている。でも恐らくあなたたちの知っていることなんて氷山の一角ってことです」

「そんな勿体《もったい》ぶった言い方はよせよ」

ビリーが苛々《いらいら》して言うと、手塚はフンと笑った。

「あなたたちは呑気《のんき》でいいですよね」

「なに？」

「たとえばあなたたちはリック・ケレンズが本当は何者なのか知ってるんですか？　キーウエスト海洋科学研究所の所長でもなく、ウォーター・プラネットの顧問でもない彼の素顔。恐らくライアン・ノリスも知らない彼の正体です」

ビリーと羽陸は顔を見合わせた。

「じゃあこれはどうですか。彼が海原密を以前から知っていたという話……」

手塚の言葉に二人は息を飲んだ。

「なんだって？」

「ほらね、君たちは何にも知らない」

「海原を知っていたって……それはいつ頃の話だ？」

「まあいいじゃないですか。そんなのは僕の管轄外だ」

そう言って手塚はビリーへの返答を避けた。そして不意にこう切り込んで来た。

「明日の面会は何時何処《いつどこ》で行われるんですか？」

ビリーたちが答えるわけがないのも手塚は読んでいた。

「答えられるはずがないですよね。それも機密なんでしょうから。しかし僕の推測だと君たちはまだ何も聞いてないはずだ。今は指示を待っている段階……そうじゃないですか？」

「なんでそう思う？」と羽陸。

「機密保持のためです。君たちから情報が漏れないようにするため」

「つまり俺《おれ》たちが上から信用されてないって言いたいのか？」

ビリーは再三の手塚の言動が我慢ならなかった。

「マーム・エイドがそういう胡散臭《うさんくさ》い集団だってことですよ、ビリー。みんなが何かを隠している。僕はそういう体質が我慢ならないんだ」

手塚は少し感情的な言い方をした。彼も何かに苛立《いらだ》っている様子だった。

「まあいい。問題は明日のことです。僕の入手している情報によると明日会うのは海原密の実の母親。つまり新しい雌の人魚ってことですよね」

ビリーたちは返事をしなかった。

「それが機密だって言うなら答えなくていいですよ。ただ僕の言うことにひどい間違いがあった時だけ訂正してくれませんか?」

ビリーたちはそれにも答えを出さなかった。手塚は構わず先に進んだ。

「十月十五日午前二時十六分、海家から電話が入った。海原密を母親に会わせたい、彼等はそう言って来た。リックは即答せず、二日後にゴーサインを出した。ビリー、君はそれを受けてすぐ海原密に電話を入れた。十月十七日午後十時四分。あなたたちが到着したのが昨日の夕方。香港時間で六時十八分。ビリー、羽陸、そしてジェシーの三人です。今日は朝から二手に分かれた。あなたたち二人は海家の人間と面会した。海小宝《ホイ・シウボウ》という人物と。そこで明日の面会について手ほどきを受けている。場所はネイザン・ロードの天海閣《ティンホイゴッ》。そこは海家が経営する中華料理店ですね」

ビリーたちは内心唖然《あぜん》としていた。手塚の話はビリーたちの素行が何者かにより全て監視されていたことを物語っていた。

「まいったな」ビリーはため息まじりに言った。「確かにスパイごっこじゃ済まないな」

「しかしそこで何が話されたのかはわからない。それが海家の凄《すご》いところです。彼等のガードは我々程度の情報活動では介入できないんです。ちなみにあなたたちと別行動を取ったジェシーは午後一時四十四分に香港空港で密と落ち合いましたが、その後見事に巻かれている。海家にガードされたんです。ジェシーたちはつけられてたことさえ気付いてないでしょう」

「寒い話だ。裏でそんなことが展開していたなんて思ってもみなかった」ビリーが言った。

「うかうかトイレで糞《くそ》も出来ないな」

「ここで話してることも恐らく盗聴されてるでしょう。少なくとも海家にはね」

「そうなのか？」羽陸があたりを見渡した。

「海家はきっと問題ないです。彼等の意向と我々の意向は恐らく一致しているはずですから。そして僕らとあなたたちもね」

そう言って手塚は天野を見た。天野がビリーたちに言った。

「明日会う女の人魚を斎門たちが狙《ねら》ってるの」

「え？」

天野の言葉に手塚は頷《うなず》いた。

「そういうことなんです」

「なんでそんなことを……あんたたちが」羽陸が言った。

「僕らは……」手塚は少し震える声で言った。「もう後戻り出来ないところまで来てしまったんです。僕らには斎門斉一の暴走を止めることが出来ない。だからあなたたちに阻止して欲しいんだ」

「どういうことだい？」

「それについては天野君に話してもらおうかな。彼女は斎門の直属の助手ですからね」

「そうね。何処《どこ》から話そうかしら」

天野の声も震えていた。ビリーたちにもその理由は理解できた。彼等は自分たちのボスを裏切ろうとしているのだ。

「マリア1号のサンプルを使って、あたしたちは二年間人魚について調べたわ。たとえば人魚が人間と分かれたのは何時なのか、とか。この報告はマーム・エイドの規約通り定例会議で報告されたはずね」

「例のDNA報告だろ？　それは僕らも聞いている」羽陸が言った。

「ミッシング・リンクを裏付ける結果が出たアレだな」とビリー。

「でも人魚の最高寿命の予測については報告されてる？」

「最高寿命？」ビリーは首をひねった。

「人魚の脳と体重の比率からすると人魚は人間より更に長寿だということがわかるの。人魚の赤血球が三百日前後生きているってことも長寿を裏付けしていたわ。三百日って数字は人間の約三倍なの。あたしたちは紫外線照射実験で人魚のDNAの修復能力が人間の二十五倍であることを突き止めたわ。これらの数字で人魚の寿命を直接導き出すことは不可能なんだけど、あくまで仮説としてはじき出されたのは二十年から六十年。現段階ではこれをもっと絞り込むのは無理なの。かえってリアリティがなくなっちゃうとも言えるわね」

「六十年だと人間に近いけど……」ビリーが言った。「二十年じゃあ長生きな犬ぐらいか？」

「そうじゃないわ」天野が言った。「この数字の読み方はそうじゃないの。この結果を出すにあたってあたしたちはイルカの平均寿命を参考にしたの」

「つまり若いうちに淘汰《とうた》された個体も含まれるってことかい？」羽陸が言った。

「そう。二十年って聞くと短命のように聞こえるけど、この数字には海の厳しい生活環境が加味されてるってわけ。同じ条件下で計算すると人間の平均寿命は十四歳なの。つまりおおざっぱに言ってしまうとこういうことよ。人間が百歳まで生きたとしたら、人魚は約百四十歳までは生きられるってことなの。平均年齢がもし六十年だとすれば、その三倍。四百二十歳ってことね」

ビリーと羽陸は愕然《がくぜん》とした。

「四百二十歳だって？」

「ええ。日本では人魚は長寿だと言われていたわ。でもそれもあながちおとぎ話でもなかったってことよ」

ビリーたちはため息をついた。人魚も凄いが、それを解明してしまった斎門グループも驚きだった。

「遺伝子工学ってのはこれだから嫌なんですよ」羽陸が言った。「こっちがフィールド・ワークで何年もかけてる研究があっという間にわかっちゃうんですからね。寿命なんてそれこそ一生飼育してみなきゃわからないはずでしょ？」

「それが遺伝子工学のいいところでもあり、怖いところでもあるのよ。でもこの研究はむしろマーム・エイド用ってとこね。斎門先生もいずれ定例会議で報告するつもりでいるわ」

「なんだい？　裏でなんかやってるのかい？」ビリーが言った。

「マーム・エイドと連携してやれる研究は斎門先生にしたら本業じゃないのよ。人魚が発見された。それをDNAレベルで調べてみる。マーム・エイドにとって必要なことはそこまででしょ？　それじゃあ斎門先生が自分の研究をそっちのけで没頭するテーマにはなり得ないの」

「で？　彼は……ていうかあんたたちは何をやってるんだ？」

「クローンよ」

ビリーはため息をついた。

「結局それか」

「人魚はまだ二匹しか見つかってないでしょ。マリア1号と海原密。しかも海原密は人魚の子孫だから、残存している遺伝子情報も完全ではないのよ。これからだって人魚が見つかるかどうかはわからないわ。でもあたしたちにはマリア1号の体細胞のサンプルがある。そこからクローンを作れば人魚は何匹だって作り出せるってわけよ。でもそれはマーム・エイドの規約でも禁止されてるわ」

「仮に人魚が正式にホモ・サピエンスだと認定されたら、人権的な問題にも発展しかねないしね」と手塚。

「だから極秘なの」と天野。「遺伝子研究は汚染の問題があって厳重な封じ込めシステムが完備されてるのは知ってるでしょ。遺伝子を他種の細胞に組み込む時に、未知の危険な生物や未知の有害物質が生まれる危険があって、施設は完全に外界から隔離されてるわけ」

「裏を返すと関係者以外立ち入り禁止の科学者天国があらかじめ用意されてる場所ってわけか」

　ビリーが言った。

「その通りよ。現に斎門先生は人魚の実験をP４レベル扱いにして特別施設の中に隠してしまったの」

「どのくらい進んでるんだい？　ひょっとしてもう出来てるのか？」とビリー。

「ところがそう簡単じゃなかったのよ」

　天野の顔色が不意に翳《かげ》った。

「大変なことがあったんです」手塚が言った。

「何だい？」

　そこから手塚がバトンタッチして話し始めた。

「人魚のクローンを作る時に必要な素材は簡単に言うと三つあります。ひとつは人魚のDNA。これはマリア１号の細胞核が使える。ふたつめは卵子。これは人間の卵子を使います。場合によってはチンパンジーの卵子でも代用できる。問題は三つめです。それは遺伝子を組み換えた卵子を育てる器……」

「つまり母体か」とビリー。

「そうです。遺伝子組み換えが済んだ卵子を育てる母体が必要なわけです。チンパンジーに人間の赤ん坊を産ませるのは不可能ですからね。人魚を受胎させる器には人魚が一番いいわけですが、そんなものは今のところいないでしょ。そこで我々は人間の子宮を器に使うことにした。人間と人魚の差異を検討しても生殖器的には問題ないだろうという判断だったんです。しかし今にして思えばいい加減な判断でした。僕らは雌の人魚を見たこともなかったんですよ。僕らが知っていたのは全てマリア1号のデータだけでしたからね。結局人魚がどうやって子供を産むのかも知らずに我々は実験に踏み込んでしまったんです」

「実験は六回行われたわ」天野が言った。「五回目まではすべて失敗。遺伝子を組換えた卵子が生き残らなかったの。でもこんなことはよくあることよ。一回で成功するなんて誰も思ってなかったわ。六回目の実験でようやく卵子は正常な細胞分裂を始めたの。人魚の赤ちゃんは母体の中で順調に育ち始めたわ。ところが二カ月が過ぎて母体に異変が起きたの」

「母体は一週間で十キロも痩《や》せてしまったんです」手塚が言った。「調べてみると血液に異変が起きていました。急性貧血病に近い症状でしたが、血液中の成分がすっかり少なくなっている。人間の場合でも妊娠《にんしん》すれば胎児に栄養を取られるからそういう症状は起こり得るんですが、ケタが違う」

「つまり人魚の赤ん坊は大飯喰《ぐ》らいだったたってことかい？」ビリーが言った。

「わかりやすく言えばね」と手塚。「ともかく輸血を始めながら僕らは母体をスキャンしました。いや……あれは未《いま》だに信じられないけど……」

「なんだい？」

「母体の肝臓がほとんど消失していたんです」

「内臓の消失……まるでマリア1号の最期だな」とビリー。

「いや」と手塚。「あれとは状況が違う。マリア1号の内臓は壊死《えし》したものでした。しかしその時はなんて言うか……赤ん坊が喰っちまったたっていう感じです」

「喰った？　肝臓を？」羽陸が素頓狂《すっとんきょう》な声を上げた。

「勿論《もちろん》手づかみでバリバリ食べたわけじゃない。その赤ん坊は臍帯《さいたい》から吸収してしまったんですよ」

「私は……」天野が言った。「斎門先生に堕胎するように言ったの。ところが先生は許して下さらなかったわ。肝臓を失ってしまった母体はもう助からない。だったら最期まで観察すべきだって先生は言ったわ」

　天野はそう言って唇を噛《か》んだ。

「人体実験じゃないか、それじゃあ！」ビリーが叫んだ。

「最初から人体実験だったんですよ。ただしあくまで母体の安全が守られているはずだったから僕たちにも自覚がなかったんだ。斎門の判断を聞いた時、僕は本当に蒼《あお》ざめましたよ。確かに母体は助からない。しかし人道的に見たら胎児を摘出して、少しでも母体を救おうとするのが当然でしょ？」

「人道的に見たらそんな実験をやらないのが当然なんじゃないのかい？」ビリーが言った。

「その通りよ」天野が言った。「私たちはＰ４レベルの隔離空間の中で明らかに人体実験をしていたのよ。そして人殺しをしてしまった。実験に協力してくれた母体は死んだわ」

「その母体ってのは民間人だったのか？」と羽陸。

「あたしの妹よ」

ビリーたちは唖然《あぜん》とした。

「妹は結婚してたんだけど子供がいなかったの。だから……」

天野は声をつまらせた。

「君の妹は人魚のことは……？」羽陸が訊《き》いた。

「知ってるはずないでしょ。人魚は機密なのよ。彼女は普通の子供が産まれるものだと思ってたの」

「そんな……どうして」

「きっと魔が差したんだわ。あの時は人魚に興奮しすぎてたのよ。海原密が普通に人間として暮らしてたでしょ。それほど問題ないと思ったの。人魚と人間に違いはない。斎門先生もそうおっしゃってたから……」

天野は顔を伏せて涙にむせんだ。

「斎門はでも……」手塚が言った。「そういう事態も予測していたんですよね。彼は不妊で悩んでいる患者を研究員の肉親から探したんです。不手際があった時に握りつぶしやすいですからね。姉が担当医じゃ遺族だって訴えられないでしょ？」

「ひどい話だ」ビリーは頭を振った。

「斎門というのはそういう男なんですよ」

手塚は唾棄《だき》するようにそう言った。

「でも……」天野が口を開いた。「あたしたちも同罪なのよ。もう手は汚れてしまったわ」

「そういうことです」と手塚。「今ここで全てを白日のもとに晒《さら》しても、我々は既に罪から免れることはできないでしょう。しかしそれはあなたたちも一緒ですよ。マリア1号に関してはマーム・エイド全員の責任が問われるでしょうからね」

天野の言葉はもっともだった。それ故にマーム・エイドは歪《ゆが》んだ道を歩み始めたのは事実だった。

「人魚の呪《のろ》いかな」羽陸が言った。「僕らはタブーを犯してるのかも知れない」

「我々は人魚の歌を聴きすぎて頭がイカれ始めてるんですよ」

手塚がそう言った。

沈黙が流れた。

やがて手塚が大きなため息と共に話を再開した。

「あとはわかるでしょ？　明日あなたたちが会う人魚は女です」

「斎門から見れば組み換えた卵子の母体になり得る素材ってことか」

「ええ。斎門は躍起になってます。香港に僕らを派遣したのもそのためです。でももう僕らはこれ以上罪を犯すのは堪えられない。マリア1号の時も、天野さんの妹の時も臨終を看取《みと》ったのは僕です。もう懲り懲りですよ。医者の立場で言わせてもらえば、僕らは人魚についてあまりにも知識がなさ過ぎるんです。マリア1号が何故《なぜ》あんな死に方をしたのか。人魚の胎児が何故母体の肝臓まで食べるのか。どれを取ったってわからないことだらけですよ。でもきっと理由があるんでしょう。そうでなければ人魚が存在するはずがない。胎児が母体を食べてしまったら、自分自身だって自滅してしまう。きっと人魚の胎内にいる時は何か違うことが起きているはずなんです」

手塚はみんなを見た。

「確かに興味の尽きない生き物ですよ。でもそれでみんなハメを外すんだ。僕はもういい。降りますよ」

「で？　俺たちはどうすればいい？」

ビリーが尋ねると、天野がアタッシェケースを出して来て目の前に置いた。

「なんだい？」

「この中に今の話を裏付ける資料が三部入ってます。一部はキャッシー・ハモンドに。一部はリック・ケレンズに。そして一部は内容が少し違うファイルが入ってます。人魚について一切書かれていない文書です。それは……」

手塚は一瞬ためらったが、震える声でこう言った。

「……時期が来たら日本の検察庁に渡して下さい」

話を終えてビリーたちは八〇四号室を後にした。別れ際にビリーは手塚に訊いた。

「リック・ケレンズの正体って何だい？」

手塚はこう言って言葉を濁した。

「彼は……マーム・エイドで一番正常な人間ですよ」

エレベーターに乗った二人は暫《しばら》く言葉がなかった。ビリーは手塚たちから託されたアタッシェケースを見つめた。

「……こんなはずじゃなかったのに」

羽陸が言った。

「え？」

「どこかでボタンをかけ違っちまったんだよ」

「……そうだな」

ビリーのポケットの携帯電話が鳴った。ジェシーからだった。

「ごめんなさい。観光巡りをしてたら遅くなっちゃったわ」

「密も一緒かい？」

「ええ。夕食は？」

「まだだよ。君たちを待ってたんだ」

「ごめんなさい」

ビリーと羽陸はそれから街に繰り出した。ジェシーたちと旺角の小さな食堂で待ち合せをしたのだ。

ジェシーと密は何食わぬ顔で隣同士に座っていた。

「観光はどうだった？」ビリーが言った。

「ヘッドランド・パークはまあまあね。キャット・ストリートのガラクタ市は結構面白かったわ」

ジェシーは今日の観光コースを流暢《りゅうちょう》に話した。もちろんデマカセである。密は思わず噴き出しそうになるのを我慢した。ジェシーがここに来る前にガイドブックを懸命に暗記しているのを知っていたからだ。

「夕方は二階建て電車で怡和街《イーウォーガーイ》を回ったの。あそこはニューヨークのチャイナタウンによく似てるわね」

「ニューヨークのチャイナタウンが真似してるんだよ」

ビリーが釘《くぎ》を刺した。

何も知らないビリーと羽陸を前にして密は不思議な気分だった。ついさっき、あの空き家で起きたことを誰が想像出来るだろう。ジェシーと密が空港で初めて会った時からまだ六時間しか経っていなかった。

食事を終えた四人は暫く街をブラブラ歩いて風に吹かれた。亜熱帯の風は少しも涼しくはなかった。

隣を歩いていた密にビリーが言った。

「ちょっと後悔してる」

「え？」

「君を変なことに巻き込んでしまったんじゃないかってね」

「今さら……そんな」

「そう今さらだな」

ビリーは妙に元気がなかった。

「どうしたんですか？」

「え？　いや……」

「何か話があるんじゃないんですか？」

「え？……別に」

「そうですか？」

「どうして？」

「なんかメシ喰ってる時からそんな感じだったけど」

ビリーはため息をついた。

「俺は所詮《しょせん》しがない雑誌記者だよ。そんな男がひょっとしたらとんでもないことに首をつっこんじまったような気がしてね。急に不安になっちまったんだ」

「俺なんか……ただの学生ですよ」

「そう。しがない雑誌記者とただの学生。ちょうどいいじゃないか」

密はビリーの真意がわからなかった。

「あら、あたしもまだ学生よ」

前を歩いていたジェシーが言った。今日のジェシーは妙に機嫌がよかった。普段のジェシーを見慣れているビリーたちには奇妙なくらいだった。

「この街でアルフレッド・ウォーレスは人魚を買った。そして海鱗女《ホイ・ローンロイ》が産まれ、海洲《ホイ・ジャウ》化《ファア》と結婚した。そして子供を産んだ。その子は男だったのか、女だったのか？　そして誰と結婚したんだろう。何人赤ちゃんを産んだんだろう？　君のような子孫はどのくらい残ってるんだろう？」

「俺の兄弟はまだいるんですか？」

「仮に人魚の子孫だとしても、みんな普通に暮らしてるんですよ。この街のどこかで……ひょっとしたら海の中かも知れないけど」

羽陸が言った。

密は空を見上げた。妙に背の高いビルの隙間《すきま》から覗《のぞ》く闇夜《やみよ》に星はなかった。

音の魔術

かつてアヘン戦争後の一八四二年、南京《ナンキン》条約により香港島がイギリスに割譲されたのを発端に、六〇年の北京《ペキン》条約で九龍《ガウロン》半島の先端部も割譲され、そして一八九八年九龍租借条約により、九龍の北の新界《ニューテリトリー》地区が九十九年間イギリス租借地となった。一九九七年、中英共同宣言によって中国に返還されるまで、香港はイギリスの領土だったわけである。この約百年間が香港にとって運命的な時代であったことは言うまでもないが、マーム・エイドの研究者たちにとってもこの数字は重要な意味を持っていた。彼等はこの期間を「人魚のミッシング・リンク」と呼んでいた。

九龍租借条約が締結された一八九八年は図らずも海鱗女が妊娠《にんしん》した年である。そして海原密が産まれた一九九六年は香港が中国に返還されるわずか一年前。ちょうど香港の歴史の区切りにそれぞれ海鱗女と海原密が存在していた。しかしその期間、海鱗女の産んだ赤ん坊の消息はおろか、海鱗女自身の行方《ゆくえ》さえ全くわかっていなかった。そればかりか、一九九六年に忽然《こつぜん》と現われた海原密の両親が誰なのかさえわかっていないのだ。鱗女がどのくらいの子孫を残して海原密に辿《たど》り着いたのかも全く解明されていない。それゆえ関係科学者は「人魚のミッシング・リンク」と呼んだのである。

ビリーたちは朝早くホテルを出発し、九龍の北を目指した。そこにはかつてイギリスの租借地にされた最後のエリア、新界地区があった。目的地はその最北端沙頭角《サータウゴッ》。かつては中国との国境線に位置していた山あいの小さな村だ。

ビリーはハンドルを握りながら頻《しき》りにバックミラーを覗《のぞ》いていた。黒いベンツがさっきからビリーたちの車の後を走っていた。

それがもし斎門たちの車だとすると厄介だった。

「あの車……妙だな」羽陸が言った。

「え？」

ジェシーと密もつられてふり返った。

「こっちを尾行しているみたいだ」

黒い車が後を走っている。

「斎門たちかも知れない」ビリーが言った。

「え？」

ジェシーは目を丸くした。

「なんですって？」

深い森を抜けると、小さな門が見えた。ビリーはそこで車を止めた。ベンツが大胆にもすぐ後ろに止まり、中から数人の男たちが出て来た。

「つけられてましたよ、あなたたち」男のひとりが言った。「こっちでうまく処理しておきましたが」

「斎門たちじゃないの？」ジェシーがビリーに小声で言った。

「海家の連中だ」ビリーは答えた。

どうやら手塚の話は本当のようだった。ビリーたちはこの香港で常に海家に護衛されているのだ。

男たちは先に門をくぐった。ビリーたちはその後に従った。

長い竹林を抜けると大きな中国建築の屋敷が目の前に現われた。

「海家の屋敷です。主人がお待ちです」男が言った。「さ、こちらへどうぞ」

中に入った四人は庭園を横目で見ながら回廊を進んだ。ビリーは庭園の大きさと美しさに息を飲んだ。

「すごい！　東洋の奇蹟《きせき》だ。なあ、羽陸」

「そうかい？」羽陸の返事は素っ気なかった。「なんで西洋人はこういうのに弱いんだい？」

それは密も同感だった。ジェシーも目を輝かせているが、密には何が素晴しいのかわからなかった。

「あんたら美意識ってものがないの？」

ジェシーは信じられないという顔で羽陸と密を見た。

やがて四人は大きな広間に到着した。広間の正面に誰かが座っている。

「主人です」男が言った。そして密にこう言った。「あなたの御両親です」

ビリーたちの位置から主人までは二〇メートルは離れていた。その上天窓から射した光がビリーたちと主人の間を遮っていた。密は目をこらしてみたが、相手の顔は見えなかった。

「ようこそ」

その声は男性だった。しゃがれた年寄りの声だった。

「あ、はじめまして。マーム・エイドのビリー・ハンプソンです」

「羽陸洋です」

「ジェシー・ノリスです」

「……海原密です」

相手は暫《しばら》く無言だった。しばらくして光の向こうから声がした。

「洲化、あなたにそっくりよ」

それは女性の声だった。妙に若い声だ。

「おかけなさい」

男の声だった。

四人は席についた。

「海洲化です」男が言った。

ビリーたちは啞然《あぜん》とした。

「海洲化？」ビリーがつぶやいた。「あの……海洲化が？」

「まさか……。名前が一緒なだけでしょ？」

羽陸はそう言ったが、動揺は抑えられなかった。もし海洲化だとしたら……羽陸は頭の中で計算した。

「……百三十三」

羽陸が思わずつぶやいた。

「なに？」ジェシーが言った。

「いや……」

羽陸は唾《つば》を飲んだ。

次に女性が挨拶《あいさつ》した。

「海鱗女です」

ビリーたちは驚愕《きょうがく》した。

「かれらが……僕の両親なんですか？」

呆然《ぼうぜん》としながら密が言った。しかし誰も返事ができなかった。

光の向こうの人物がゆっくりと手を上げた。すると目の前を遮っていた光が薄らぎ始めた。密は思わず天窓を見上げた。太陽を雲が覆ってゆくのが見えた。

「何？　あの人がやったの？」ジェシーが言った。

「偶然だろ」

しかし羽陸の声も震えていた。

光のベールが消えると正面にひとりの人物が浮かびあがった。四人の視線が集中する。それは確かに一人だった。それより彼等を驚かせたのはその人物の顔だった。中国服を身に纏《まと》ったその顔は、まさしくあの写真の海鱗女に違いなかった。しかも目の前の彼女の顔は、あの写真の、あの少女期の初々しい顔から全く歳《とし》を取っていないのだ。

「あなたが海鱗女ですか？」

震えながらビリーが言った。海鱗女はにっこり微笑《ほほえ》んで頷《うなず》いた。

「海洲化は？」

羽陸の質問に鱗女はただ微笑むばかりだった。

「でも……あなたいくつですか？」とビリー。

「百三十一歳です」

「冗談でしょ？」ジェシーが囁《ささや》いた。

「寿命や老化は動物によって随分違うものです。私を人間だとは思わないでください。私たちは似てはいますが、全く違う生き物なのです」

「人魚は人間と変わらないんじゃないんですか？」

密がビリーの背中を突っついた。

「俺もそう思ってたけど……」とビリー。

「失礼ですが」羽陸が言った。「我々は人魚についていろいろ研究しているんですが、専門家たちはそろって人魚と人間は非常に近い種だと考えていた。というより、人魚は人間だ、と言ったほうがいいかな。あなたはそれは違うとお考えですか？」

「あなたたちは私たちのことについて何も知らないと言っていいでしょう。私たちにとって空気のような水の中も、あなたたちには致命的な場所なのです。わたしたちがあたりまえだと思っていることと、あなたたちがあたりまえだと思っていることには大きな断絶があるのです。それを理解して下さい」

「違うんだってことは今すっかり理解できましたよ」ビリーが言った。「あなたがそうやって生きていること自体、我々からすれば常軌を逸している」

「僕は彼等から人魚だと言われました」密が言った。「でも、僕は普通に人間として暮らしてるし、それで全然不都合はないんですよ」

鱗女は黙っている。

「それでも僕は人魚なんですか？」

「…………」

「僕は人間としては生きられないんですか？」

「それはあなた次第です。あなたが人間として生きたければそうすればいい。人魚として生きたければそうすればいい。答えはそれだけです」

「でも人間と人魚は別な生き物なんでしょ？」

「そうです」

「なのに人間としても生きられるんですか？」

「生きられるかどうかはわかりません。ただそういう生き方を選ぶことはできるということです」

「僕は今まで通りがいいんです。人間がいいんです。あなたも人間みたいに生きてるじゃないですか。海でじゃぶじゃぶ泳いで暮らしてるわけじゃないんでしょ？　それで何か不都合がありますか？」

「私には洲化がいます。そういう意味で身体の半分は人間なのです。それが私が海に還らない理由です」

「それはどういうことなんですか？」ビリーが訊《き》く。

「洲化は何処《どこ》にいるの？」とジェシー。

「彼はここにいます」鱗女が言う。

「どこ？」

「ここさ」

洲化の声がした。鱗女は唇を少しも動かしてはいなかった。

「高周波か？」と羽陸。「洲化の声を俺たちの脳に送ってるんだ」

「つまり、あなたの心の中に洲化がいるってことね」

ジェシーが鱗女に言った。

「私と洲化はひとつの心の中にいます」

「洲化はもうこの世にはいないの？」

「……ええ」

「それは死んだということ？」

「彼は生きています。私の中で」

「つまり、こういうことですよね」羽陸が言った。「洲化という人物であなたは話をされる。でもそのトリックは、高周波による幻聴の応用ですよね。つまり脳に直接洲化の声のイメージを送ってあたかもそこにいるかのように我々に思わせている。違いますか？」

鱗女は目を細めたが返事はなかった。羽陸が更に突っ込む。

「我々も人魚の高周波に関してはかなり研究が進んでましてね。高周波が人間の脳にある作用を齎《もたら》しているらしいというあたりまではわかって来た。しかしその肝心のメカニズムがいまひとつつかめていない。あなたは御自分の能力をどうお考えですか？」

「あなたたちは私たちのことを知りません。従ってそれを理解するのは不可能でしょう」

「確かに全てはわからないと思いますよ。でもわからないって決めつけたらなんにも始まらないでしょ？」

羽陸は少し向きになって言った。

「そうですね」鱗女は苦笑した。「でも難しいことだということは覚えておいてください。全てを理解するのは不可能なのですから」

「じゃあ少しわかるように説明してもらえませんか？　たとえばさっき僕は高周波による

幻聴だと言いました。ところがあなたはそうではないという顔をした。何が違うんでしょう?」

「高周波というのはあなたたちの言葉です。あなたたちにとっては聴こえる音と聴こえない音と、ふたつしか存在しないわけです。それがあなたたちの認識の限界なんです」

「いやそうとも言えませんよ」羽陸が言った。「僕らはコウモリやイルカのようなエコーロケーション能力を持っていない。しかし彼等がそういう能力を持っているということは理解できます」

「つまり理解できるのはそのぐらいということです」

「そのぐらいって言われたらそうですが、それはそれで理解できてるわけでしょ?」

「イルカが声で水に絵を描いたとしましょう。あなたたちにその絵が見えますか?」

そのたとえが羽陸にはよくわからなかった。

「……どういうことでしょう」

「イルカの絵があなたたちに見えない限り、それをあなたたちは存在しない絵だと思うでしょう。違いますか?」

「確かにそうかも知れませんが……」

「高周波を僕らに見えるように説明するのは不可能なんですか?」ビリーが言った。すると鱗女は答える。

「あなたたちに見えた高周波があなたたちに理解できるすべてです。あなたたちが高周波と呼んでいるものがあなたたちに理解できる限界なのです。たとえばこういうことです」

　部屋の中がキラキラ光り出した。

「空気の中から水を呼び出しました。大気中の水蒸気が雲や霧よりも大きな状態で発生しています。本当なら霧雨になって地面に落ちる大きさです。なのにみんな宙に浮いているでしょ？　たとえばもっと大きくします」

　キラキラ光っていたものが次第に大きくなってビー玉のように水の塊があちこちに浮かぶ。

「なんだ？　こりゃ」

　ビリーが驚いてそのひとつに触れる。

「確かにただの水だ」

　ジェシーが密に囁いた。

「昨日のアレに似てるわね」

「アレって？」

「した時の」

　密は顔を赤らめた。

「これも高周波なのかい？」ビリーが言った。

「そうです」

　鱗女は頷く。あたりの水の玉は次第に消えてゆく。

「そして……これも高周波です。わかりますか？」

「え？……どれ？」

羽陸があたりを見回した。そしてそのままぐるぐる回って倒れてしまった。

「なんだ？」

羽陸は床に仰向けになりながら自分でも何が起きたのかわからなかった。

「どうした？」とビリー。

「いや、なぜか倒れた」

「倒れるように細工したのです。耳の奥と膝《ひざ》のあたりの体液に悪戯《いたずら》したんです」

羽陸は自分の膝を触ってみたが、どうやったのかわかるはずがなかった。

「これも高周波といえば高周波ですし、超能力といえば超能力です」鱗女は言った。「でもそれはまだわかりやすい方だと思ってください。あなたたちにも結果が見えたのですから」

「なんかよくわからないな」

ビリーがボヤいた。

「洲化が話す言葉は、あなたたちにも届きます。それは洲化があなたたちの頭の中に言葉を置くからです」

「置く？」

ビリーたちにはよくわからない表現だ。

「言葉を置くのです。頭の中に。その感じはわたしにもそれ以上説明できません」

「洲化はあなたが作っている人格ではないんですか？」

「洲化は洲化です。私ではありません」

「それは多重人格とは違うのかな？」

「そういうことではありません。これはお見せした方がいいでしょう」

そう言って鱗女は涼しい顔で着物の胸元を開いて見せた。初々しい少女の乳房が現われて、ビリーたちは目のやり場に困った。

「これを見て下さい」

鱗女はそう言って、自分の胸の谷間から臍《へそ》にかけて指でなぞった。そこには瘤《こぶ》のような隆起した部分が縦に長く伸びていた。ビリーたちは身を乗り出してその部分を見た。何か骨が内側から肉を押し上げているような状態になっている。

「なんですか？　それ」とビリー。

「これが洲化です」鱗女が言う。

「え？」

「洲化の背骨です」

四人は絶句した。その前で背骨は自らを動かして見せた。ジェシーが思わず口に手をあてた。

「洲化が私の中にいるというのはこういうことです」鱗女は言った。

「あなたの中に人間が入ってるってこと？」

ジェシーの声は上ずっていた。

「そうだ。私は鱗女の身体の中に棲《す》んでいるのだ」

それは洲化の声だった。鱗女はまたしても唇ひとつ動かさず、洲化の声を発したのである。

ジェシーは眩暈《めまい》がして、密の肩にもたれかかった。洲化が語り始める。

「子供たちよ。はるばるここまで訪ねてくれてありがとう。いろいろつもる話もあるだろうが、時間はそれほど残されていないのだ。君たちはまだ何も知らない。いろいろと調べたようだが、鱗女の言う通りそれは全て理解できるものではない」

「そうみたいですね」羽陸は汗ばんだ顔で苦笑いを浮かべた。「こんな状況を理解するのはもう僕らには不可能だ」

「そうだろう。しかし案ずるには及ばない。我々としても君たちには知っておいてもらわなければならないことが山ほどある」

「でもあたしたちには理解できないんでしょ？」ジェシーが嫌みを言った。

「理解できないという理解が第一歩だったんです」鱗女が言った。「わけがわからないと思って下さい。そうしないと私たちのことは本当にわかってもらえないんです。これから起きることも……」

「何が起きるんですか？」と密。

「あなたたちが今まで体験したことのない会話です」

鱗女はそう言いながら何処か淋《さび》しそうだった。

「じゃあ始めよう」洲化が言った。

鱗女は頷き、帯を締め直すと椅子《いす》に座った。

「では今から私たちの記憶を差し上げます」

「記憶？」

「どうやって？」

ジェシーと密が同時にそう言った。そして次の瞬間、二人は鱗女の記憶の世界に引きずり込まれていた。

水の記憶

エーテルの臭い。

ホルマリンの臭い。

メチルアルコールの臭い。

薬品の瓶、瓶、瓶。

血のついた綿。

タイル張《ば》りの床。

注射器。

診察台に横たわる裸体の人魚。

(これは時々見た夢……繰り返し見た夢……)

鱗女が突然鼓膜の上に声を置く。密とジェシーは景色の外で飛び上がる自分を感じている。

(……それとも母の記憶)

(鱗女、あなたが喋《しゃべ》ってるの?)

ジェシーの声が意識の何処《どこ》かで聴こえる。密はその声で目の前の景色が自分の意識であることに気付く。

中国人の紳士がニヤニヤ笑っている。

（海洲全《ホイ・ジャウチュン》……我が父）

洲化がしわがれた言葉をふたりの鼓膜の上に置く。

「このあたりの漁師は人魚に詳しい。奴《やつ》らの話では、十年に一度は人魚を網にかけるというんだ。その話をまるごと信じるわけにもいかないが、奴らが人魚の扱いを心得ているのは確かだ。人魚が網にかかると漁師たちは耳に蠟《ろう》を詰めて、仕事にかかる。先《ま》ず大鉈《おおなた》で、人魚の咽喉《のど》を切るのだ。人魚は人間を狂わせる歌を歌うからな。それから頭を鋸《のこぎり》で奇麗《きれい》に割り、中から脳味噌《のうみそ》を取り出す。それから身体の肉を削ぎ落とす。脳と内臓は塩漬けにされ、肉は干し肉にする。漁師たちはわずかな干し肉を分け合い、残りは全て清《しん》の紫禁城《しきんじょう》に献上するそうだ。西太后《せいたいごう》がひとりで全部平らげるんだとさ。なんでも人魚の肉は不老長寿の効能があるらしい」

「そんなのは迷信だ」

「試してみるかい？」

「くだらんね」

髭面《ひげづら》の西洋人。パイプをくゆらせながら診察台の周りをゆっくりと歩いている。

(彼はアルフレッド・ウォーレス……)

洲化がしわがれた言葉を置く。


診察台の上に寝かされた人魚。

髭面の西洋人がその顎《あご》を掴《つか》んで、咽喉を覗き込む。

人魚の咽喉にひどい傷。

「こんな風に切られて、よく生きてたもんだ」

髭面の西洋人が顔をしかめる。

「首を切り落とされても泳ぐらしいぜ。元来精が強いんだ」

髭面の西洋人は人魚の口を開いて、咽喉の奥を調べる。

両手と両足をスケッチする。

股間《こかん》の生殖器に腕を入れ、触診する。

「おいウォーレス、何処《どこ》に手を突っ込んでやがるんだ?」

洲全がニヤニヤしながら自分の口髭を撫《な》でる。

生殖器からウォーレスの手がツルンと出て来る。

「こりゃ驚いた。こいつ妊娠《にんしん》してるぞ」

「なんだって？」

「間違いない。じきに生まれるぞ」


（それが鱗女？）

ジェシーの意識。

（私）

鱗女の言葉。


血と胎盤にまみれた赤ん坊。

大きな手が赤ん坊の臍帯《さいたい》をハサミで切る。

小さな手を開いて指を数える。

足を見る。奇妙な鰭《ひれ》に覆われた足。


（これも……あなた？）

ジェシーの意識。

（これは私。記憶はウォーレスのもの）

鱗女の声。

（ウォーレスは科学者だった。彼にとって私は人間ではなかった）

「見ろ！　洲全！」

ウォーレスが満面に笑顔をつくる。

赤ん坊を逆さに吊《つ》りながら言う。

「メスだ！」

不愉快な気分が密の意識とジェシーの意識を交叉《こうさ》する。

水の子供

路地。
黴《かび》と糞尿《ふんにょう》の臭い。
漆喰《しっくい》の壁。
椅子《いす》に座り、壁を眺める老婆。
声。
子供たちの声。
列なす小学生。
英国風の制服。
金髪の髪、白い肌。
歌声。
賛美歌。
その塀の前で子供たちは列を崩す。
賛美歌が奇妙な数え歌に変わり、子供たちは石を投げる。
「水の子、水の子、人魚の子。いかずち落とせ、雨降らせ！」

道行く者に、石が当たる。

道行く者の額は割れ、血が流れたが、道行く者は眉《まゆ》一つ動かさない。

額から血を流しながら歩く少女は、黒い髪を三つ編に束ね、チャイナ服を纏《まと》っている。

「水の子、水の子、人魚の子。いかずち落とせ、雨降らせ！」

子供たちは尚《なお》も少女めがけて、飛礫《つぶて》を放つ。

やがて雨雲が青空を喰《く》らい、大粒の夕立ちが乾いた地面を叩《たた》く。

子供たちは驚いて四方に駆けて行く。

「鱗女、鱗女、人魚の子。いかずち落とせ、雨降らせ！」

少女は額を天に晒《さら》す。

生温い雨が少女の傷を癒す。


（鱗女？）

ジェシーの意識の声。

（これは七歳の記憶）

鱗女が声を置く。


古い屋敷。

庭園。

水桶《みずおけ》。
柄杓《ひしやく》。
少年が庭に水を撒《ま》いている。

（僕……？）
密の意識が少年の顔を覗《のぞ》き込む。

突然の夕立ち。
少年は空を見上げる。

（これが洲化ね）
ジェシーの声がまた割り込む。
鱗女が二つ目の言葉を密の鼓膜の上に置く。
（海洲化。私の兄）

少年は庭の隅を見る。
そこには額を割った少女がいる。
雨を浴びながら少年を見る少女。

踊るウコギの葉。
跳ねる大粒の水滴。
乱れた少女の髪の毛。
少女の眼球が歪《ゆが》む。
濡れる少女の短い睫《まつげ》。
少年の長い睫。

密の胸が騒ぐ。ジェシーの鼓動が伝わって来る。
あるいはそれは鱗女の鼓動かも知れない。あるいは洲化の……。

少年の舌は少女の傷をなめている。
少年の舌は少女の首をなめている。
少年の舌は少女の唇をなめている。
少年の舌は少女の薄い胸板をなめている。

(もういいよ)
我慢できずに密が言う。その言葉はジェシーの意識の上に転がる。ジェシーの意識の指が密の手を握りしめる。その指は汗で濡れている。

（この子たちは何も知らないのよ）

ジェシーの声が密の意識に温もりを伝える。


少女の舌は少年の顔をなめている。

少女の舌は少年の首をなめている。

少女の舌は少年の唇をなめている。

少女の舌は少年の薄い胸板をなめている。

少女の舌は少年の……


（やめて！）

ジェシーの声が密の意識の坂を滑り落ちる。

記憶は次第に鮮やかさを増してくる。鱗女の記憶に深く刻まれた部分が密とジェシーの意識を埋め尽くす。


……性器を……


（七歳の私）

鱗女が声を置く。

（九歳の私）
洲化が声を置く。

少年の性器が汗をかく。
少女の鼻の頭が汗をかく。
汗が汗を呼ぶ。
雨が雨を呼ぶ。
少女は水の球体に包まれる。
少年の性器をふくんだままで、少女は宙に浮く。

（あれは……）
密の意識がつぶやく。
（人魚は水を呼び、水は人魚を呼ぶのです）
鱗女が声を置く。
水は少年の身体を駆け上がり、少年を握り締める。
ジェシーの意識の熱い吐息が、密の頰《ほお》に触れる。

(あの感覚を知ってるわ……)

ジェシーの意識が密の首筋のあたりを転がる。

(昨日のことだろ?)

密の意識がジェシーの肩の上を転がる。

(そうじゃない……もっと昔……)

水の球体は少年と少女を包み込み、雨を吸い取り、みるみる膨らんでゆく。

やがてそれは一滴の雫《しずく》になって闇《やみ》に向かって落下する。

ポチャリ……。

水の言葉

ポチャリ……。
闇の中を波紋が広がる。
闇の中の樽《たる》。
巨大な樽。
濁った水の中を泳ぐ鯉《こい》のような者。
鰭《ひれ》のある者。
(母は死んだ水の中で暮らしていた……)
鱗女の言葉。
(死んだ水は臭い)
鱗女の言葉。
(死んだ水は弔いの音をたてる)
鱗女の言葉。

チャポン……。
クポン。
チャポン……。
ケポ。

(死んだ水は悲しみの音をたてる)
鱗女の言葉。

チャポン……。
クポン。
チャポン……。
ケポ。

(母は研究室の地下に棲《す》んでいた……)
鱗女の言葉。

チャポン……。
クポン。

チャポン……。
ケポ。
(母には会ったことがなかった……)
鱗女の言葉。
チャポン……。
クポン。
チャポン……。
ケポ。

(でも私は母の存在を感じていた……)
鱗女は母の感触を密とジェシーの意識の中に注ぎ込む。
それは腐った水の臭いと、肌を刺すような凍えた体温の感覚。
ところどころ壊死《えし》した肉の感覚。
水を叩《たた》く鰭の……虚無な筋肉の具合。
チャポン……。

クポン。
チャポン……。
ケポ。

部屋の中。
布団《ふとん》の中の少女。

(私は母をいつも呼んでいた。母のために歌を歌った)

歌を歌う少女。
声なき声の歌。
人魚の歌。
硝子《ガラス》がチリチリと鳴る。
屋根裏の蝙蝠《こうもり》たちが騒ぎ出す。

(硝子は歌う、蝙蝠も歌う。でも母は決して歌わなかった。
……そして死んだ水だけが弔いの音をたてる……悲しみの音をたてる)

チャポン……。
クポン。
チャポン……。
ケポ。

(いつも水が私の話し相手だった)
少女の言葉。
天井の下に水球が浮かんでいる。
水球はひとりで跳ね、音をたてる。
チャポン……。
クポン。
チャポン……。
ケポ。

(それがママの合図だった)
鱗女の言葉。

少女は手をさしのべて、水球を呼び寄せる。
水球は顔のすぐ上で止まる。
少女は水球の中に顔をうずめる。

水の感触が密とジェシーの身体じゅうに広がる。
(これがママのぬくもり?)
ジェシーの意識。
(ええ)
鱗女の言葉。
(こんなに冷たいなんて……)
ジェシーの涙が密の頰を濡らす。
水球はゆっくりと少女の身体を撫《な》でて動いてゆく。
顔から首、首から胸、胸から腹、腹から足……。

朝陽……。
物干し竿《ざお》に布団が干されている。

女中に尻《しり》を叩かれている少女。

女中は尻を叩くのに鞭《むち》を使う。

「毎日布団濡らしやがって！　この水女！」

少女は顔を歪《ゆが》めて痛みをこらえる。


その痛みが密とジェシーの背骨を貫く。

（もうやめて！）

ジェシーの意識。


屋敷の裏の土蔵。

大きな錠前が閉まっている扉。

土蔵の中。

少女は藁《わら》の上で失神している。

午後の太陽が小さな窓からこぼれて少女の頰を照らす。

耳が透けて血管が脈打つ。

少女は脈の音で目を覚ます。

藁から立ち昇る小さな水の粒。

（水が何か言ってる）

密の意識がつぶやく。

（何かを警告してるわ）

ジェシーの意識がつぶやく。


太陽が翳《かげ》る。

少女が立ち上がる。

窓を覗《のぞ》く。

町の屋根が見える。

土蔵の扉を叩《たた》く。

何度も叩く。

女中が窓から覗く。

「なんだい？　もう辛抱できなくなったのかい？」

少女が叫ぶ。

「火事！」

少女の指さす方をふり返る女中。

そこには薄曇りの空が広がっているばかりで、一筋の煙も見当たらない。

「何もないじゃないか！　この嘘《うそ》つき！」

女中は唾棄《だき》し、何処《どこ》ぞへ行ってしまう。

突然、叫ぶ少女。

声なき声の呼びかけ。

ウォーレスの脳の扉を開く。

ウォーレスの脳に入り込む。

しばらくしてウォーレスが飛んで来る。

「何処だ？　火事は！」

指さす少女。

ふり返った先に煙が上がっている。

洋裁店が火だるまになっている。

消防隊が水をかけている。

たくさんの野次馬たちの中に、ウォーレスと少女がいる。

ウォーレスが言う。

「どうやってわかったんだ？」

「…………」

「臭いか？」

少女が答える。

「…………水の言葉」

水の法則

エーテルの臭《にお》い。
ホルマリンの臭い。
メチルアルコールの臭い。
薬品の瓶、瓶、瓶。
血のついた綿。
タイル張《ば》りの床。
注射器。
診察台に腰掛けている少女。
（またここね……）
ジェシーの意識。
（厭《いや》な臭いだ）
密の意識。

ウォーレスが少女の前に座っている。

少女は自分の指先に水滴を集めて遊んでいる。

「いつからこんなことができるようになったんだ？」

「……おぼえてない」

「水はお前に何を教えてくれるんだ？」

「……わかんない」

「そんなことはないだろ？　お前は火事がわかったんだ。あの時はどうしてわかったんだ？」

「……ただわかったの。水の言葉で」

「水の言葉ってのは何だい？」

「こうやって喋《しゃべ》るようにするの。水で」

「なんだって？」

「水でしゃべるの」

「どうやって」

「こうやって」

少女は手のひらを突き出す。そこに水滴が集まって来る。

「もう少しわかるように説明してくれんか？」

「わかんないよ」

「うーん。こりゃ困ったな」

ウォーレスは腕組みして考え込む。

「じゃあ、お前は水の言葉で何ができる？」

「何って？」

「だからさ、水の言葉を使うと何かできることがあるんだろ？」

「喋れるの」

「何と？」

「ママと」

「ママ？」

急にウォーレスは顔を曇らせた。

「ママが何処にいるのか知ってるのか？」

「この下。樽《たる》の中」

「見たのか？」

「見てない」

「誰かに聞いたのか？」

「聞いてない」

「じゃあ、どうしてわかるんだ？」

「水の言葉」

少女に邪気はない。

ウォーレスは頭を掻《か》く。

「ひょっとしてお前のママも水の言葉を喋るのかい？」

少女は頷《うなず》く。

「お前はどうやって、それを聞くんだ？」

「聞かない。わかるの」

「どうやって」

「わかんない」

「今ママと話が出来るのか？」

「できるよ」

「見せてくれ」

「見えないよ」

「うーん、じゃあこうしよう。ママになんか合図をもらえないかな？」

「どんな？」

「私にもわかる合図だ」

「……いいわ」

少女はママに言葉を送る。

ママから言葉が返って来る。

ウォーレスはあたりを見回す。あちこちに水滴が浮かび出す。その数はどんどん増え、その大きさはどんどん膨らんで行く。わずかの間に部屋は水でいっぱいになる。

「わかった、わかった。ちょっとこの水の塊を消してくれんか？」

「こんないっぱいの水、消せないわ」

ウォーレスは研究室を放棄し、部屋を泳いで逃げ出す。

香港市街。

ウォーレスと歩く少女。

「屋敷からここまで三里は下らない。ここからでもママがわかるのか？」

少女は頷く。

「ママもお前のことがわかるのか？」

少女は頷く。

「それを証明できんかなぁ」

「しょうめい？」

「つまりだ。私にはママとお前がわかりあっているのがわからない。私もわかりたいんだ」

「水を集めるって」

「水を集めるの？」

「いや。あれはもういい。勘弁してくれ」

「どうするの？」

「よし、いい手がある」

ウォーレスは少女の顔に目隠しをする。

少女の身体をぐるぐると回す。

「これでママの方向がわかるかい？」

少女は指をさす。

ウォーレスはもう一度少女の身体をぐるぐる回す。

「これでもわかるかい？」

少女は指をさす。

ウォーレスは感心する。

「大したもんだ」


浜辺。

ウォーレスと少女。

「ここからでもママはわかるのか？」

少女は指をさす。

「屋敷からここまでは八里ある。さっきよりわかりづらいかい？」

少女は首を横にふる。

「なあ、鱗女」

「なに？」

「他の仲間はわからないのか？」

「なかま？」

「この海の何処かにいる仲間だ」

少女は海を見る。

「きっとこの広い海の何処かにお前の仲間がいるはずなんだ」

「わかんない」

「そうか」

「海はうるさすぎるから」


波打ち際で貝を拾う少女。

浜辺に寝そべって少女を眺めるウォーレス。

「海に順応していた種族が、たった一世代で何故ああもたやすく歩くことができるのだ？」

寄せ返す波にあわせて歩く少女の白い足。

「人間は何時彼等と決別したのだろう?」

拾った貝をじっと見つめる少女。

少女の手の中でひとりでに貝が開く。

貝の肉を食べてしまう少女。

水の羅針盤

テーブルの上の世界地図。

ウォーレスと洲全。

そして少し成長した少年。

（これは密？）

ジェシーの意識。

（いや、私だ）

洲化の言葉。

ウォーレスが話す。

「海は謎《なぞ》だ。この中にはまだまだ未知の生物がたくさん棲《す》んでいるに違いない。深海には巨大なイカが棲んでいるという。全長一五メートルを越えるような巨大なイカだ。それ以外にもきっともっといろんな怪魚や有史以前の恐竜の生き残りなんかがうようよしてるに違いない。人魚はそんな海の謎を解く鍵《かぎ》になるかも知れない」

「というと?」

「地球空洞説というのを知ってるかね」

「さあ」

「今年、ベルギーの探検隊が南極大陸に挑んだ。彼等はベリングスハウゼン海を航海中、巨大な海の穴に落ちかけたという報告をしている」

「海の穴?」

「ああ、まだある。やはり今年、スウェーデンの冒険家が気球で北極点を目指した。その時も海に大きな穴が開いているのを目撃してるんだ」

「その穴は何なんだい?」

「異世界を結ぶ穴さ」

「なんだって?」

「その穴の向こう側には違う世界が存在し、今でも古代恐竜なんかが暮らしているというんだ」

「本当か?」

「科学的に言ったら信憑性《しんぴょう》は薄い。しかしあんな人魚が実在したんだ。そんな夢物語も満更嘘《うそ》ではないかも知れない」

(本当なの?　この人の話)

密の意識。

（本当なわけないじゃない。今はアムンゼンやスコットの前の時代よ）

ジェシーの意識。

「今度の実験は大がかりだ。人魚を一旦《いったん》太平洋に放つ。人魚は本能に従って海の中を自由に泳ぎ回るだろう。その足取りが摑《つか》めれば彼等の生息エリアもわかるはずだ」

ウォーレスは地図の上に手書きの絵を広げる。

絵の中の人魚は、身体じゅうにロープを結びつけられている。

「人魚にはロープを巻きつけて泳がせるんだ。人魚が海を泳ぐ間にロープには藻《も》の類がからみつく。それは次第に層になって厚みを増して行くはずだ。そのロープを回収し、分析すれば人魚がどこの海をどの道筋で泳いだかがわかるという仕組さ。フジツボやエボシガイが付着してくれれば更に地域を限定できる」

「なるほど。考えたな。しかし一度海に放った人魚をどうやってまた回収するつもりなんだい。下手《へた》したら大事な人魚をみすみす逃がしちまうことになりやしないか？」

「鱗女が命綱だ。あれはいつでも母の居所がわかっている」

（なんて非科学的な……）

ジェシーの意識。

（そういう時代だったんだよ、きっと）

密の意識。


少年の顔が曇る。

「どうした？　洲化」

洲全が少年の肩を叩《たた》く。

「父さん、先生……僕は反対です」

「なんだって？」

洲全は突然の息子の言葉にうろたえる。

「バカ。お前、先生に向かってなんだ？」

「だって……彼等は実験の道具じゃない」

ウォーレスが微笑《ほほえ》む。

「洲化、君の気持ちはよくわかるよ。あの人魚たちは私にとっても大切な家族だ。悪いようにはしないよ」

「でも……」

「実験は必ずうまくいく。君も私と一緒に実験の成功を祈ってくれ」

少年は唇を固く結んで、目にいっぱいの涙を浮かべる。

「失敗したら……先生を恨みます」

「ハッハッハ。失敗はあり得んよ」

(科学者ってのは昔も今も変わらないわね)

ジェシーの意識。

(夢中になってる時は悪気がないの。ウチのパパと一緒だわ)

羅洲港。

海洲全の帆船が停泊している。

強い海風にはためく帆。

甲板の上にはウォーレスと海洲全の姿。

そして少年と少女の姿。

人魚がクレーンで吊《つる》されている。

身体じゅうをロープで縛られている。

十字架にはりつけられたような姿。

少女はその姿を虚ろなまなざしで見つめる。

双眼鏡で眺めているウォーレスと海洲全。

「落とせ」

ウォーレスが手をふる。

海に投じられる人魚。
バランスがとれないまま落下してゆく人魚。
飛沫《しぶき》が上がり、船員たちが一斉に身を乗り出す。
突然絶叫する少女。
声なき叫び。
船の窓ガラスが突然一斉に割れる。
ウォーレスと海洲全が驚いてふり返る。
そして船員たちも。
泣き喚《わめ》く少女。
近くにいる全員が頭を押さえて甲板をのたうちまわる。
ウォーレスも、海洲全も……。
少年が泣き喚く少女を後ろから抱きすくめている。
「やめろ！　鱗女！　やめろ！」
しかし少女は狂ったように叫び続ける。
「咽喉《のど》を切れ！」
ウォーレスが叫ぶ。
「鱗女の咽喉を切るんだ！」
呆然《ぼうぜん》とする少年。

「洲化！　お前がやれ！」

洲全が叫ぶ。

少女を抱いたまま後ずさりする少年。

船員たちが耳を押さえながら少女に近づこうとするが、近づけない。

少女を抱きながら少年が叫ぶ。

「鱗女たちは人魚ですか？　人間ですか？」

少女が少年に泣きすがる。

「教えて下さい！　先生！　父さん！」

「何言ってるんだ？　洲化！　そんなことより早くそいつを……」

「彼等は人間なんですか？　人魚なんですか？」

少年の目は怒りで真っ赤に充血している。

「僕は！」

少年が叫ぶ。

「僕は鱗女と結婚する！」

水の契り

部屋の中の沈黙。

ウォーレスと少女が対峙《たいじ》している。

うつむいたままの少女。

水の微粒子が少女の身体を包んでいる。


密とジェシーの意識に少女の心が映る。

怒りと闇《やみ》の混合物がタールのようにふたりの意識に粘り着く。


「困ったヤツだ」

ウォーレスがため息をつく。

「わかっているのか？　鱗女。お前が黙っていたら、ママはあのロープを巻きつけたまま溺《おぼ》れてしまうんだぞ」

沈黙を守る少女。

「ママが死んでもいいのか？」

密とジェシーの意識が何か別な意識と触れあう。
（この感触は？）
ジェシーの意識。
（鱗女のママか？）
密の意識。
（ふたりはいかなる時でも見えない鎖で繋《つな》がっていました）
鱗女が言葉を置く。

怒りと闇の海。
タールのような海。
ロープには海藻《かいそう》や貝殻がからみついている。
重い身体をひきずりながら海を泳ぐ人魚。
その重量が密とジェシーの意識に直接のしかかる。
ジェシーの意識が呻《うめ》き声を上げる。
「洲化と鱗女を結婚させたい？」

驚きの声の主はウォーレス。

「それも一興かと思ってね」

鼻下の髭《ひげ》をなでる洲全。

(これはウォーレスから盗んだウォーレスの記憶)

鱗女の言葉。

(私の父から譲られた、父の記憶)

洲化の言葉。


「気でも狂ったのか?」

ウォーレスは呆《あき》れ返る。

洲全は冷静に言う。

「そうじゃないよ。まあ聞けや。洲化は私の後取りだ。事業も財産もいずれはあいつに引き受けてもらわねばならん。そして結婚して立派な男子を産んでもらわねばならんだろう。それは海家の繁栄のためには不可欠なことなんだ。学者のあんたにはわからんかも知れんがね」

「まあ、わかるさ」

「いや、わからんよ。学者は一代の仕事だ。いい研究をして後世に名を残す。それがあんたら科学者の人生だろ？ ところが俺たちのような商人ってのはね、真ん中が空っぽなもんなんだ。がんばってもがんばっても何処か自分がからっぽなんだな。巨大な富を手に入れたって、所詮《しょせん》は人間死ぬだけだ。金は残るが海洲全という人物はそこで消滅してしまう。こういう人生を送ってると、もっと安心できる拠り所が欲しくなるんだな。俺の場合、それが海家だ。海家の歴史は古い。若い頃はそんなもの糞《くそ》の役にも立ちはしないと思ってた。商売はその日その日が勝負だからね。ところが最近、どうも糞の役にも立ってないのは俺自身だってことに気づき始めた」

「君はもともと商人には向いてなかったのさ」

「ハッハ、かも知れん。若い頃は末成《うらなり》の青瓢簞《あおびょうたん》で本ばかり読んでいたからな。しかし結局は俺も海家の人間だった。海家の一部だったと言ってもいいかも知れない。俺が死んでも海家は残る。海家を永遠に残したい。恐らくそれが俺の最後の夢だ」

「しかしそれと鱗女と何の関係があるんだい？」

「わからんかい？」

「教えてくれ」

「人魚の強い精が欲しいんだ。奴《やつ》らの遺伝が欲しいんだ」

「なるほど。人魚の生命力を海家に残したいってわけか」

「そういうことだ。人魚を喰《く》らえば長生き出来るなんて非科学的な話だ。あんな肉を喰ったって腹腸を潜って外に出ちまうだけのことさ。二、三日は調子がいいかも知れんがね。

それより確かなのは遺伝さ。つまり交配。鯉《こい》だって強いのをかけ合わせれば強い鯉になる。どうだい、先生。これは非科学的かい？」

「いや、実に理に叶《かな》っている。だが……」

「なんだい？」

「人魚はまだ未知なるものだ。人間と交配が可能なのかどうかだって皆目わからんのだ。人間は三百六十五日、交配が可能だが、動物には多彩な規則があってね。猫にも犬にも発情期というものがあるだろう。海の生物はもっと複雑だ。それにあの人魚にはちょっと気になることがある」

「何だい？」

「あの人魚を買った時、あいつは既に妊娠《にんしん》していた」

「ああ、鱗女が腹にいたんだ」

「出産まで六カ月かかった」

「そうだったな」

「ところが腹の中の鱗女は六カ月前から、いつ産まれてもおかしくない状態だったんだ」

「……なんだって？」

「つまりあの人魚は人間における臨月が六カ月もあったってことだ」

「それって異常なことなのかい？」

「どの生き物を考えたって長すぎる」

「でもそれが長寿の秘訣なのかも知れないぜ」

「そうかも知れん。いずれにしてもまだわからないことが多すぎる。洲化と鱗女を交配させるのは軽率だと思うがね」

「あんた興味は湧《わ》かないのか？」

「え？」

「人間と人魚の交配だぜ」

「…………」

「親の俺がいいって言ってるんだ」

「残酷な男だな」

「非道《ひど》い言い方だな。でも考えてみろよ。自分の娘を男の人魚に抱かせるってのなら、まっぴらご免だが、洲化は男だぜ。交配するって言ったって、ちょっとお手伝い程度のことさ。出来損ないが産まれて来たって、腹を痛めるのは洲化じゃない」

「それはそうだ」

「だいたいいくら俺たちが反対したって、あいつら勝手に子供を産んじまうだろうよ」

「うむ……ふたりが愛しあっているのは知ってるが」

「愛しあってるだって？　もうそんなんじゃないさ。あいつら物心ついた時からチチクリあってるんだぜ。人魚は魔物さ。毛の生えねえうちから男をたらしこみやがるのさ」

唖然《あぜん》とするウォーレス。

「お前はそれを黙って見てたのか？」

「海家のためだからな」

「なるほど。昨日今日の思いつきじゃないんだな」

洲全はニヤニヤほくそえむ。


寺院。

婚礼の儀式。

少女と少年が祭壇の前に立っている。

（これは……あの写真の……）

密の意識。

記念撮影。

全員がカメラの前で静止している。

満月。

赤い月。

たなびく雲。

寝間。

ゆらめく帳《とばり》。

番《つが》う少年と少女。

闇から沸き上がる無数の水滴。

水が二人の身体を包み始める。

ジェシーの意識が密の手を握り締める。

ふたりの意識に昨日の空き家の出来事が蘇《よみがえ》る。

激しくもつれあう少年と少女。

水が二人にからみつく。

少年の赤い性器と少女の赤い性器が接触する。

密の意識が真っ赤に火照《ほて》る。

ジェシーの意識が目を背ける。

しかしその光景は視線の真ん中に釘付《くぎづ》けになったまま、ふりほどこうとしても離れない。

（もういいわ！）
ジェシーの意識が叫ぶ。
（目を背けてはいけません）
鱗女の言葉がジェシーの鼓膜を激しく刺す。
（悪趣味よ！　こんなの！）
ジェシーの意識が懸命に反発する。
（ジェシー！）
密の意識が叫ぶ。
（見ろ！）
ジェシーの意識がその光景を凝視する。
少女の性器からイソギンチャクの触手のようなものが溢《あふ》れ出て来る。

（なに？　これ）
ジェシーの意識が戦慄《せんりつ》する。
密の意識が嘔吐《おうと》を催す。
触手は少年の性器にからみつき、激しく動き回る。

少年の性器は白い精子を撒《ま》き散らす。

触手は少年の腹を伝い、少年の臍《へそ》に達する。

密とジェシーの意識が呻《うめ》き声を上げる。


少年の臍が口を開いている。

臍の中から内臓が覗《のぞ》いている。

夥《おびただ》しい触手が臍の中に侵入する。

触手はもつれあい、やがてひとつの束になり、臍帯《さいたい》を形成する。

口から泡を吐く洲化。

恍惚《こうこつ》の目が瞬きをしている。


（この時の感覚は今でもよく憶《おぼ》えている）

洲化の言葉。

（呼吸というものが必要なくなった瞬間だった。水の中にいても少しも苦しくないんだ。鱗女の熱い体液が自分の身体を満たしてゆくのがわかった）

洲化はその感覚をジェシーと密に伝える。

目の前の異様な光景とは裏腹に、体験したこともない安らぎが密とジェシーを包む。

いや、それは決して未体験の感覚ではなかった。

遠い何処《どこ》かで味わった感覚……。

しかしふたりにはそれが何なのか思い出せない。

洲化が二人の上に言葉を置く。

(私は……胎児に還ったのだ)


水の球体の中で抱き合う少年と少女。


朝陽……。

侍女が顔を出す。

「朝食の支度ができました」

返事がない。

「洲化さま……」

返事がない。

帳をそっと覗く侍女。

その顔が青ざめる。

ウォーレスと洲全が帳の中を覗く。

少女が裸でうずくまっている。
怯《おび》えたようなまなざしでウォーレスと洲全を見る。
血だらけの寝台。
ちぎれた手足。
少女が何か抱いている。
少年の後頭部から胴体にかけて……。
「アアアァッ！」
絶叫する洲全。
「この化け物めッ！　洲化を喰《く》いやがったッ！」
洲全は少女の腕を摑《つか》んで曳《ひ》き摺《ず》り上げる。
裸の少女の胴体と少年の胴体が癒着している。
胸の谷間に顔面が食い込み、胴の部分は臍から下が少女の下腹部に吸収されている。
一本だけ残った左腕が肩からダラリとぶらさがっている。
（……食べたのか？）
密の意識が震える。
（いいえ。あたしたちはひとつになったのです。愛し合っていたから……）
（そんな……）

(私は少しも苦しくなかった。手足は邪魔だった。だから自然に落ちたんだ。とても自然にね)

洲化の言葉。

(〝癒合〟だわ)

ジェシーの意識。

(〝癒合〟?)

密の意識。

(アンコウの類に見られる現象よ。オスはメスの身体に吸収されてなくなってしまうの)

(なんのために?)

(確実に受精するためよ。深海の生物は数が多くないの。だから一生のうちで相手に出会える保証はないのよ。一度出会った時に確実に受精が完了しないと種そのものが滅んでしまうのよ。でも……ということは人魚は極端に少ない種なの?)

少女の胴体に驚いて手を放す洲全。

「魔物だ……やっぱり人魚は魔物だったんだ」

戦慄《せんりつ》におののく洲全。

少女は少年を守るように抱きしめている。

「ウォーレス、こいつの首をはねてくれ。今すぐに」

「洲全……」

ウォーレスが言う。

「悪いが、鱗女はこのまま連れて帰る」

「なんだって？」

「こいつを調べるのが俺の仕事だ」

「洲化を喰ったんだぞ！　殺してくれ！」

「見ろ。洲化は生きてる」

「え？」

ウォーレスが指さす。

少年の残った左腕が動き、少女を抱き締める。

「君の息子は鱗女をかばってるよ」

水の時計

診察台の上の少女。

裸で横たわっている。

胸の谷間から下腹部にかけて縦に隆起している部分が見える。

それは少女の身体の中に溶けてしまった洲化の名残の背骨。

机でカルテに何か記入しているウォーレス。

「お前は私が憎いか？」

ウォーレスが言う。

鱗女の瞳《ひとみ》にウォーレスが映っている。

「憎んでいいさ。私はお前の母親を海に棄《す》てたんだ。やがて世界じゅうがお前たち人魚の存在を知り、私は重罪人になるだろう。アルフレッド・ウォーレスのしたことは逸脱した人体実験だったと言われるだろう」

ウォーレスはペンを置いて、診察台の上の少女の傍に立つ。

「最初にお前の母を見たのは、雑技団の小さな幌《ほろ》の中だった。桶《おけ》の中で泳いでいたお前の母は美しかった。しかし私は彼女を人間だとは到底思えなかったのだ。あれは生物だった。

私にとってあれは人間ではない生物だった。それは非道《ひど》い偏見だったのかも知れない。できることなら時計をもとに戻してもう一度あの雑技団の小さな幌の中のお前の母に会ってみたいよ」

ウォーレスは鱗女の下腹部を撫《な》でる。

「お前のお腹の中には新しい命が宿っている。お前と洲化の子供だ」

自分の下腹部を見る少女。

「双子だ」

ウォーレスが言う。

「それが人魚にとっては珍しいことなのか、普通のことなのか、私はそんなことさえ知らないのだよ」


応接間。

海洲全と小さな子供が座っている。

ずいぶん老けた洲全。

ウォーレスと少女が現われる。

ウォーレスもひどく老いぼれている。

ところが少女は全く変わっていない。

妙に嬉《うれ》しそうな顔の洲全。

隣の子供にこう言う。

「洲慶《ジャウヘン》。お前の兄さんだ」

首をかしげる子供。

微笑《ほほえ》む少女。

「洲慶、大きくなったな」

子供は驚いて少女を見る。

「わかるかい？　兄さんだよ」

少女の口は動いていないのに声が聞こえる。

「洲化は今年いくつになった？」

「三十一歳です」

「そうか。しかし鱗女は少しも変わらないな」

苦笑する少女。

子供が興味津々で鱗女の唇を観察している。

ウォーレスが一冊の本を洲全に渡す。

「ようやく二冊目が完成してね」

書物の表紙。

『香港人魚録』

表紙の一ページ目を開いて、噴き出す洲全。

「なんだい？　こりゃ」

それは結婚式の写真。

花嫁の足に人魚の鰭《ひれ》がついている。

「これはフィクションさ。結局人魚なんか存在しなかったんだ」

ウォーレスは笑う。

「あ、そういえば、洲慶におみやげがある」

小さな箱を子供の前に置く。箱を開けてみる子供。

小さな飛行機の模型。

「うわっ！　カーティスの飛行艇[注1]だ！」

「仲のいい職人に作らせたんだ。よく出来てるだろ」

「うん！」

子供は珍しい飛行機の模型に顔をほころばせる。

不意に神妙な顔になって、洲全が言う。

「そういえば、サライェボで何やら暗殺事件[注2]があったそうだな」

「ああ。オーストリアの王子が殺されたらしい。どうも最近は嫌な事件が多くて困る」

（この年にアルフレッド・ウォーレスは死んだ）

洲化の言葉。

(海洲全の死はそれから十年か……二十年……)

墓地。
参列者の列。
海洲全の遺影。
頭の毛はすっかり禿《は》げ落ち、笑った口には歯もない晩年の海洲全の写真。
喪服を着た少女。
全く変わらぬ若さ。
その隣に青年。
成長した洲慶。
その隣に青年の妻。
皺《しわ》を厚化粧で隠している。
その隣に洲慶の子供。
僧侶の読経にこうべをたれる参列者たち。
鱗女を不思議そうに覗《のぞ》いている子供。

注1　『香港人魚録』が発表される二年前、カーティス(アメリカ)が、飛行艇の初飛行に成功している。
注2　この一カ月後にオーストリア・ハンガリーがセルビアに宣戦布告し、第一次世界大戦が始まる。

「ママ、あの人がパパのお兄さん？」

厚化粧の女が、小声で答える。

「そうよ」

「嘘《うそ》だよ。あの人女だよ」

「コラ！　洲元《ジャウィユン》、静かにしなさい」

青年の男が子供を叱《しか》る。


（洲元……海原修三……おじいちゃんだ）

密の意識がつぶやく。

（……そのうち俺も出て来るのかな？）


血と胎盤にまみれた二人の赤ん坊。

大きな手が赤ん坊の臍帯《さいたい》をハサミで切る。

小さな手を開いて指を数える。

足を見る。奇妙な鰭《ひれ》に覆われた足。

「間違いない。人魚の子供だ」

聞き憶《おぼ》えのある声。

(……これは？)
ジェシーの意識。
(私の出産です)
鱗女の言葉。
(これ……いつ？)
密の意識。
(一九九六年)
鱗女の言葉。
(僕の産まれた年だ)
密の意識。その意識が突然揺れる。
(…………！)
ジェシーの意識が問う。
(ちょっと待って。あなたが妊娠したのは何年？)
(一八九七年)
鱗女の言葉。
(妊娠から出産まで百年かかったっていうの？)
目の前に突然医者の顔が現われる。

二人の赤ん坊を助手に抱かせて、手を洗っている医師の顔……。

（リック・ケレンズ！）

ジェシーの意識の叫び声。

（彼が……どうして？）

密の意識が震える。

密の身体が震える。


赤ん坊をあやしている助手が顔を上げる。

「先生、男の子と女の子だわ」

その顔を見て愕然《がくぜん》とするジェシー。

（ママ……）


「女の子は名前を決めてあるの」

助手の女性が言う。

「……ジェシー。ジェシー・ファーロング」

ジェシーの目に涙が浮かぶ。

密の目に涙が浮かぶ。

かすれた声で密が言う。

「あなたが、俺のお母さん？」

かすれた声でジェシーが言う。

「あなたが本当のママ？」

突然目の前は古い屋敷の一室。

天窓から薄い陽が射し、目の前には海鱗女がいる。

密とジェシーは長い記憶の旅を終えて、四つの瞳《ひとみ》から涙があふれる。

宿命

「では今から私たちの記憶を差し上げます」

「記憶？」

「どうやって？」

ジェシーと密が同時にそう言った。そしてその直後ジェシーは突然うずくまり、声を上げて泣き出した。密はその場に立ちすくんで眼から大粒の涙をこぼした。

ビリーと羽陸は驚いて後ろの二人をふり返った。

「ジェシー、どうしたんだ？」

ビリーがジェシーの肩に手をあてたが、ジェシーはただ泣くばかりである。

「そんな……そんなことが……」

頭の中が混乱してどれから解決していいのか、密にはもうわからなかった。

「呪《のろ》われてる……」

とっさに密の口からこぼれたのはこの言葉だった。

「みんな呪われてるんだ……」

密は膝《ひざ》を折って、床に崩れ落ちた。

ジェシーは相変わらず我を忘れて泣いている。

鱗女はビリーと羽陸を前に、うつむいて椅子《いす》に座している。その表情はよく見えなかった。

「あんた……こいつらに何かしたのか？」

ビリーが言った。鱗女は微《かす》かなため息を漏らした。そして力のない声でこう言った。

「私たちの記憶を二人に与えたのです」

「記憶？」

その説明だけでは何のことやらビリーには理解できなかった。鱗女は静かに立ち上がるとビリーたちにこう言った。

「そちらのお二人には、もう少し話があります。奥の間にご案内します」

鱗女の手招きする手が天窓の陽を浴びて青白く光る。

ビリーと羽陸は顔を見合わせて、少し躊躇《ちゅうちょ》した。

「ど……どうする？」

羽陸が戸惑い気味にそう言った。ビリーが羽陸の背中を叩《たた》いた。

「今さら遠慮しますってわけにはいかないだろ」

二人は床に踞《うずくま》ったままの密とジェシーをそこに残して、鱗女の後に従った。

長い廊下は地下に繋《つな》がっていた。鱗女の緩やかな足取りに、羽陸は何度もビリーに爪先《つまさき》を踏まれた。すぐ近くで見る鱗女は百年以上前の東洋人とは思えないくらい背が高かった。

二人は狭い部屋に案内された。それは病室のような部屋だった。診察台も煮沸器も骨董《こっとう》品《ひん》のような古さだったが、手入れが行き届いていて、大切に保管されているのが見てとれた。

ビリーと羽陸はほとんど同時に背筋に震えが走った。そこが何処《どこ》なのか言われなくてもわかってしまったからである。

「アルフレッド・ウォーレスの診察室ですね」

鱗女は静かに頷《うなず》いた。

そこは彼等が今まで頭の中で何度も夢想した『香港人魚録』のメイン・ステージとも言える場所だった。あの本の多くの記述がこの場所を舞台として繰り広げられていたのだ。

二人は改めてその部屋を眺めた。

「ということは……この下にも部屋があるんですか。あなたの母親が閉じ込められていた地下の大樽《おおだる》のある……」

羽陸が言った。

「ええ。しかし今は何もありません。もしご覧になりたければ……」

「案内していただけるんですか？」と、羽陸。

「いいえ。私は遠慮しておきます。私は一度もあそこには足を踏み入れたことがないものですから。……忌まわしい場所なんです。私にとって」

「あの……」とビリー。「どうして僕らをここに……」

「ジョナサン・ウォーレスに渡して頂きたいものがあるんです」

「ジョナサン・ウォーレス？」

ビリーと羽陸はその名前をほぼ同時に反復した。二人にとってそれは初めての名前だった。しかしその名前の重大さはわかりすぎるくらいだった。ジョナサン・ウォーレス。ウォーレスという名前を冠しているということはアルフレッド・ウォーレスに縁《ゆか》りの者であることに間違いなかった。

「そんな人物がいるんですか？」

「ジョナサンはアルフレッド・ウォーレスの子孫です」

「何処にいるんだい？」ビリーが言った。

「ジョナサンは……あなたたちもよく知っている人物です」

「え？」

ビリーは頭の中でいくつかの点と線が繋《つな》がることに気づいた。ビリーの推理が正しければいろいろな意味で謎《なぞ》が解ける。ビリーは確信した。

「そのジョナサンっていうのは、ひょっとしてリック・ケレンズじゃないのか？」

「え？　なんだって？」

ビリーの出し抜けな考えは羽陸を驚かせた。しかし鱗女はその大胆な仮説に静かに頷いて見せたのだ。

「やっぱりそうか！」

ビリーは飛び上がった。

「手塚がほのめかしていたリック・ケレンズの正体ってのは、そういうことだったんだ！」

「私たちは出産を控えていました。新しく産まれて来る子供たちのために、彼等を守ってくれる人間たちが必要だったのです。ウォーレスの血縁であり、生物学者でもあったジョナサンはまさに適任でした」

「その子供というのが海原密ってわけか」とビリー。

鱗女はそこにジェシーの名前を付け足そうとはしなかった。

そのジェシーは残された広間でまだ泣いていた。少し気持ちが落ち着いてきた密がジェシーの肩を撫《な》でた。

「ジェシー……」

ところがジェシーはその手をはねのけ、涙と洟《はな》でぐしゃぐしゃになった顔を晒《さら》すと、大声で叫んだ。

「触らないで！　汚らわしい！」

密は絶句した。ジェシーは機関銃のようにまくしたてた。

「あんたわかってんの？　あたしたち血が繋がってたのよ！　なのにあんなことしちゃったのよ！　わかる？　こういうの近親相姦《そうかん》って言うんでしょ？　言わないの？　人魚の間

じゃあたり前なの？」

「ジェシー……」

　密はしかしその先の言葉を持ち合わせていなかった。

「絶滅寸前の動物は近親相姦するのよ、知ってる？　それが絶滅をもっと早くしちゃうのよ。近親相姦で生まれた子供の遺伝子は脆《もろ》いのよ。わかる？　自然界の掟《おきて》なのよ。相手を殺して肉を食べたって罰は当たらないわ。でも近親相姦をした獣は神様の罰を受けるのよ。そのぐらいタブーなことなのよ！」

「でも……まだちゃんと……してないよ」

　密は自分でもひどく間の抜けたことを言っているような気がしたが、他に言葉がみつからなかった。

ところが、その一言がジェシーには効いた。

「……そうだわ。あたしたちはまだしてないのよ」

「そうだろ？　間一髪でセーフだ」

　ジェシーはクックッと笑い出した。

「あんたって呑気《のんき》ね」

「そうかい？」

「そうよ」

「でも、くよくよしたってどうにもなんないから」

　そう言いながらよく見るとジェシーは笑ってはいなかった。厳しい顔でジェシーは密をにらんだ。

「人魚なんてまっぴらだわ。もうあんたの顔も見たくないよ」

「ジェシー……」

「この旅が終わったらアカの他人よ。二度と会わないわ」

「…………」

「いいわね」

「……うん、わかったよ」

本当だったらせっかく出会えた双子の姉弟だった。

――でもあまりにも重すぎるんだ。

密は心の中でつぶやいた。その言葉のすぐそばに何かが見えた。

誰かの苦悩だった。

ふと横を見るとジェシーも何かに反応している。二人は顔を見合わせた。その瞬間、内臓がよじれるような不快感が二人を襲った。密は思わず口に手を当てて嘔吐《おうと》を凌《しの》いだ。

「なんだ？　これ」

二人は胸騒ぎを覚えて立ち上がった。そして駆け出した足はまさに同じ方向を向いていた。

「どこ行くの？」

密が訊《き》いた。

「わかんないけど……」ジェシーが答えた。「ママが……」

二人は廊下を一気に地下へ駆け抜けた。

診察室の鱗女はひどく疲れた顔をしていた。額には脂汗が浮いていた。ビリーたちはそんな鱗女の様子に気づいていない。興奮しながら議論に励んでいた。

「なるほど、これで謎が一気に解けて来たぞ。つまりあなたと海原修三とリック・ケレンズによって海原密の出産が行われた。一九九六年の二月二十九日だ。産まれた海原密は人間として育てられ、全ては闇《やみ》に消えたわけだ。一度は。ところがそのシナリオに思わぬハプニングが起きた。三年前、セント・マリア島に出現した人魚だ。人魚はハタノ物産と斎門一派の手に渡る。ところが偶然彼等はリックに共同研究の依頼をして来た。リックにすれば、隠したかった人魚の存在が危うく公表される瀬戸際に自分の手の中に転がり込んで来たわけだ。こんなラッキーなことはない。リックはマーム・エイドなんていうプロジェクトを組織した。国際的中立に則った上での人魚の保護。それが大義名分だったが、本心は人魚の情報を闇から闇に葬り去ること。そうじゃないんですか？」

鱗女は首を横にふった。

「あの人は私たちの子供を守りたいだけなんです」

その声は震えていた。ビリーが覗き込むと、鱗女はひどく苦しそうな顔をしている。

「どうしたんだ？　具合が悪いのか？」

鱗女は我慢出来ず、診察台に伏せってしまった。

「大丈夫かい？」

「ええ……大丈夫です。それより……」

鱗女が無理に起き上がろうとするのを、羽陸が支えた。

「……ジョナサンに……届けて欲しいのです」

「なにを？」

「……私たちの……身体をです」

「え？」

「……それが……彼との……約束なのです」

鱗女は肩で息をしながら、言葉を絞り出すように吐いた。

「……洲化は……さっき……亡くなりました」

「なんだって？」

「……ふたりに記憶を伝えている途中で……」

ビリーと羽陸にとって一瞬だったあの記憶の旅の途中で洲化は息絶えていたのだ。鱗女は胸元を押さえながら苦しそうに話を続ける。

「……彼は人間でした……だからもうとっくに寿命を過ぎていたのです……でも私たちには使命があった……あの子たちに会って……私たちの記憶を……」

もう見てはいられない状態だった。

「わかった。あんまり喋《しゃべ》らないで」

羽陸は鱗女を診察台に寝かせようとしたが、鱗女はその手をふり払って喋り続けた。

「……洲化と私はもうひとつではいられません。私たちは二つに引き裂かれるでしょう。そうなったら……その身体をジョナサンのところまで運んで下さい」

「わかった。そうなったらそうするよ。だから今は横になって」

羽陸の忠告も聞かずに、鱗女は無理やり立ち上がった。そして帯を解き、着物の前を開いた。鱗女の腹はまるで臨月の妊婦《にんぷ》のようになっていた。さっき見たときとは全く様相が違っていた。

膨らんだ腹を隠すように鱗女は病室の隅まで行き、壁に両手をついた。

「どうした?」

ビリーたちが駆け寄ろうとすると、鱗女は今までにないほど厳しい声で叫んだ。

「来ないで!」

鱗女はビリーと羽陸の間に視線を落とした。ふたりがふり返ると、密とジェシーが立っている。二人とも青い顔をして息をはずませている。

「見ないで……お願い……」

鱗女は壁に手をかけたまま背中を丸めて呻《うめ》き始めた。両手の爪《つめ》が漆喰《しっくい》の壁を掻《か》きむしっている。ビリーたちが後ろから覗き込もうとしたその時、鈍い粘着性の音と共に何かが床の上に落ちた。真っ赤な血で覆われたその物体は、落ちた衝撃で脆くも床の上に砕け散った。生物に精通している彼等にはそれが何か一目でわかった。干からびたように縮んでいたが、それは紛れもなく人間の脳から脊髄《せきずい》にかけての部分だった。つまり、それが海洲化の姿だった。

ジェシーが絶叫した。

「キャアアアアッ！」

鱗女は立ったまま両腕を壁で支え、依然密たちに見せまいとして、着物の裾《すそ》で飛び散った脳漿《のうしょう》を覆おうとした。洲化の脳髄の上に血の雨が降り注ぎ、やがて鱗女の裂けた胸板から内臓が滑り落ちた。それは鱗女自身の内臓だった。

鱗女は血と臓腑《ぞうふ》にまみれた床を避けるようにして、跪《ひざまず》いた。

「これを全部……ジョナサンに……」

そこで鱗女は力尽きた。ビリーと羽陸が駆け寄ろうとするのを突き飛ばしたのはジェシーだった。ジェシーは血まみれの鱗女を抱き上げた。

「ジェシー……」

その言葉が最期だった。密が覗いた時には鱗女は既に絶命していた。

「彼女は言ってたな」ビリーが言った。「人間と人魚は違う生き物だって。それはこういうことだったのかい？」

誰もそれには答えない。

「俺たちは甘かったのかい？　羽陸」

「え？」

「悪いが俺には彼等を理解できる気がしなくなってきた。彼等の生きてる意味とか、死ぬ意味とか……。こんな生き様がわかるほど俺は強くもないし、頭もよくないよ」

「……俺もだ」

羽陸は唇を嚙《か》みながら、何度も頷いた。

血まみれの遺体を抱きながら、ジェシーがつぶやいた。

「ママ……」

ビリーと羽陸は耳を疑った。

「なんだって？」

「鱗女は……海鱗女は……僕たちのお母さんだったんだ」

密が声を震わせて言った。

「僕たちって？」

ビリーと羽陸は、密とジェシーを見比べた。

「そんな……」

ビリーの声が上ずった。

「そんな馬鹿な」

背後で嗚咽《おえつ》の声が聴こえ、ふり返るとそこには十数人の男女が立っていた。恐らく海家の縁りの者たちであろう。みんな鱗女の死を悼《いた》んで涙しているようだった。彼等にすれば鱗女は人魚でも化け物でもなく……恐らく人間でもなかった。彼等にとって鱗女は慕うべき主人だったのだろう。彼等の素直な涙がそれを物語っていた。

四人はジェシーの腕の中に横たわる鱗女を改めて見た。

海鱗女は百三十年にも亘る長い人生を終えた。しかしそれは人魚にとっては短い最期だった。海洲化という人間を愛してしまったその時から、それが鱗女の定めだったのだ。

その死に顔は勿体《もったい》ないくらい美しかった。


鱗女と洲化の遺体は翌日香港空港から極秘で輸送された。宛先《あてさき》はマーム・エイドでもリック・ケレンズのラボでもなく、フロリダのジョン・ジェームス・ウォーレス記念博物館の研究棟だった。そこでジョナサン・ウォーレスが受け取る手はずになっていた。

ホテルを引き上げて帰国するビリーたちを海家の面々が空港で待ち受けていた。その中に密は見憶《みおぼ》えのある人間を発見して驚いた。

そのカップルの男女はにこやかな笑顔で密に近づいて来た。

「はじめまして」

密は彼等と握手した。

「わかりますか？」

「そりゃ……もちろん」

それは写真の中だけで知っていた密の両親だった。もちろん偽物《にせもの》である。

「会うべきかどうか迷ってたんですが……」男が言った。「彼女がどうしても会いたいっていうんで」

「ごめんなさいね。バレちゃったって聞いたら我慢できなくなっちゃって」

彼等の笑顔は無邪気だった。

「あんなことをした罰かも知れませんけど……」男が言った。「僕らの間には結局子供ができませんでね。彼女は未《いま》だに君のことを自分の息子みたいに思ってるんだ」

「あなたたちは夫婦なんですか？」

密が言った。

「そうです」

ふたりは照れ臭そうに頷いた。

「それはよかった。僕はあなたたちの仲のいい姿を見て育ったから。なんていうか……それまで嘘だったらどうしようかと思って……」

その言葉を聞いて女が泣き出した。

「でも大丈夫」密が言った。「きっと本当の子供が授かりますよ」

「そうですかね」

「ええ」

——もう呪《のろ》いは解けたから。

密は心の中でそうつぶやいた。

「ところでお二人のお名前は？」

「私は、海衛周《ホイ・ワーイジャウ》」

「妻の海春晋《ホイ・チョンブー》です」

「僕は……ホイ・ユンマッ」

密は憶えたての下手糞《へたくそ》な広東語《カントン》で自己紹介した。

出国ゲートで海一族と別れた後、今度はビリーたちとの別れが待っていた。

ビリーと羽陸とジェシーはフロリダに戻ることになり、密はひとり日本行きのチケットを手渡された。

「もう俺たちには会いたくないかい？」

ビリーにそう言われて密は返事に困った。ジェシーをちらっと見ると、彼女はそっぽを向いていた。

「でも……どうせまた会うことになるんでしょ？」

「恐らく……近いうちに」

ビリーはそう言って密を抱きしめた。羽陸は戸惑いがちに密の前に立ったが、日本人同士は握手で済ませた。ジェシーはチラッと密を見ただけだった。

「じゃあ……」

密はペコリとお辞儀をすると、バッグを背負って日本行きのゲートに向かった。ジェシーは足元の朱色のカーペットをいつまでもいつまでもにらんでいた。

密はみんなと別れて一人になると突然言い知れぬ不安感に襲われた。ひとりになって現実に立ち返ってみると、海鱗女のことにしろマーム・エイドのことにしろ、ジェシーやビリーたちのことにしろ、全てが幻だったような気がしてきた。密は後ろをふり返ったが、既に立ち去ってしまったのか、そこにはビリーたちの姿はなかった。

密は思わずその場に立ちすくんでしまった。

ひょっとしたら自分はまだ沖縄の海に沈んだままなんじゃないだろうか。そして溺《おぼ》れて死ぬ間際に最後の夢を見ているのではないだろうか。もしそうなら早く醒《さ》めてしまいたいと密は思った。醒めて早く楽になってしまいたいと思った。仮にそれが死の選択であったとしても……。

マーム・エイドに密失踪《しっそう》の報せが入ったのは四日後の十月二十四日のことだった。そして同じ日、手塚と天野犀子の遺体がキーウエストの海岸で発見された。

終章　人　魚——二〇一六年

フロリダ・キーウエスト／
アラスカ・ベーリング海

身体の中の海

気がつくと目の前は真っ暗だった。

「……ここは何処《どこ》だろう?」

頭の中にそんな疑問が浮かぶのに更に時間がかかった。密は身体を動かしてみようとした。ところが全身が思い通りに動かない。

「何故《なぜ》こんなところにいるんだろう?」

密は記憶を辿《たど》ってみた。空港でジェシーたちと別れた時のことが頭に浮かんだ。それからひとりで日本行きの飛行機に乗ったことを思い出した。そして機内の記憶。成田の入国審査のゲートを潜った記憶。

「そうだ……ウチに帰ったんだ」

逗子《ずし》の切り通しの坂をひとりで歩いている記憶が蘇《よみがえ》った。ところがその先がなかった。

密の朦朧《もうろう》とした意識が一周して最初に戻る。

「……ここは何処だろう?」

密は妙に懐かしい匂《にお》いに包まれていることに気づいた。その匂いを辿れば何かまた思い出すかも知れない。密はその匂いが何だったのか思い出そうとした。目玉を動かしてみた。

あたりは純粋な黒だった。恐怖心がわずかに首をもたげたが、長続きしなかった。かわりに痺《しび》れるようなひどい疲労感が密の全身にのしかかった。

何かが目の前を通り過ぎたような気がした。何か小さなものだ。密は懸命にその行方《ゆくえ》を追いかけようとしたが、すぐに見失ってしまった。ところがまた何かが近くを通り過ぎるのを感じた。今度は少し実感があった。意識すればするほど相手の実在感がはっきりしてくるような気がした。それは今まで味わったことのない感覚だった。

ふたつめの何かを見失ってから三つめの何かがやってくるのに随分時間がかかった。しかし三つめの何かは比較的遠くに出現した時から密は意識できた。密は意識を懸命に集中する。ぼやけた像が次第にはっきりしてくる。しかしそれが何かを認識する前にまた見失ってしまった。密は意識を集中したまま次を待った。

更にしばらくして、四度目のチャンスがやってきた。密は二〇メートルぐらいの距離でそれを捕捉した。密にはそれが二〇メートルぐらいの距離という感覚を伴っているのが不思議だった。意識が捉えたその何かは大きさが三センチぐらいのものだった。そういった情報をよくわからない自分の感覚がはじき出していた。

三センチ程度の何かは密の傍を通過した。密はその何かを完全に認識することができた。

「……エビだ」

暗がりの中、密の傍を通過して行ったものは小さなエビだった。密はようやく自分を包んでいる懐かしい匂いが何か理解した。それは海水の匂いだった。

密は不意に寒気を覚えた。身体がひどく冷えていることに気がついた。密はそのまま暫《しばら》くじっとしながら考えた。

「何故こんなところにいるのだろう？」

しかし回答は見つからない。

身体に血が巡り始め、密は次第に体力を回復し始めた。密はもう一度記憶を手繰ってみた。ところが目を醒《さ》ました時に今まで見ていた夢が思い出せないように、密は空港でジェシーたちと別れたことも、ひとりで逗子の切り通しを歩いていたこともすっかり頭の中から消えうせていた。

身体が呼吸を欲しがり始めた。密はゆっくり身体を動かしてみた。背筋に力を入れて身体をよじると少し動いた。真っ黒な世界の中で密は上を目指した。そのうち目指す方向がうっすらと白み始めた。暗黒の世界はやがて青い世界に変わった。青が次第に明るくなり、海面が見えた。密は身体に力をこめて水を蹴《け》った。心地よいぐらいの推進力が密の身体を押し上げ、目の前に大気の世界が広がった。

密は咽喉《のど》を鳴らしながら大気を肺いっぱいに吸い込んだ。

ハタノ物産の海洋探査船ケロニア・ミダス号は房総半島沖一二〇マイル付近に停泊していた。

操舵室《そうだしつ》のセンサーをチェックしていた森下が、突如声を上げた。

「誰か、斎門先生を！」

ほどなくして数人の機関士と一緒に斎門博士がやって来た。

「どうした？」

「海原が冬眠から醒めました。今、海面に浮上したようです」

「二ヵ月ぶりの空気だ。さぞうまいだろう」

斎門博士は笑みを浮かべた。

「催眠が完全ならあと二、三週間は潜っているはずです。催眠が完全に効いてないという可能性もありますね」

「それはじきにわかるさ」

香港で海鱗《ホイ・ローンロイ》女たちとの接触に失敗した斎門グループは、最後の切り札である海原密を逗子で拉致《らち》した。麻酔で眠らされた密の身柄は播磨《はりま》工科大学の斎門研究室に運ばれ、斎門博士たちはそこで密に催眠療法を施した。彼等の目的は密自身の覚醒を促すことであった。まだ眠っている人魚としての本能を蘇らせせようとしたのだ。それが完全な覚醒を引き起こさなくても、斎門博士には勝算があった。

「たとえ催眠が完全でなくても、本人がその気になってくれてればいいんだ」

センサーモニターの中の密を示す点を見つめながら斎門博士はつぶやいた。

催眠療法が本当の覚醒を誘発しなくても、密自身が人魚であると自覚してしまえばいくつかの初歩的な本能は自然に働き出すだろうと斎門博士は予測した。そして彼等が最も期待していたのは密の中に眠る帰巣本能だった。

斎門たちは催眠療法に加えて脳内薬物を密に投与し、脳の側頭葉に細工をした。記憶のターミナルになっている神経の活動を緩慢にし、聴覚神経を活性化するように仕込んだのである。これによって密の脳は記憶喪失に近い状態に追い込まれ、また同時に聴覚が過敏な状態になった。斎門たちは脳内の聴覚野の活性化が人魚の能力覚醒を促進するだろうと考えた。

人魚の本能に目醒めれば、やがて密は仲間を探し始めるはずだった。

「人魚は高周波だけでなく低周波も観測されている」

キーウエスト海洋科学研究所の会議室でライアンが説明する。急遽《きゅうきょ》開かれた緊急会議の席上でのことである。

「この低周波は理論的には数百キロ先まで届くことがわかっている。つまり遠距離用の言語だ」

そしてライアンは集《あつ》まったメンバーを見回してからこう言った。

「僕が密だったら先ず仲間を探すだろう。そして僕が斎門だったらその能力に期待するだろう」

その日のマーム・エイドは混乱を極めていた。午前中、海原密が失踪《しっそう》したという報せが入り、その二時間後に手塚と天野犀子の訃報《ふほう》が届いたのである。

キーウエストの海岸で発見された手塚と天野犀子の遺体は死後三、四日経っていて、ビリーたちが会ったその日か、その翌日には彼等はキーウエストで死んでいたことになる。最後に泊まったと思われるホテルからは遺書が発見され、そこには二人が不倫関係にあって悩んでいたことなどが手塚の筆跡で書き記されていた。

「そんなわけはない。殺されたんだ」

話を聞いたビリーは憤りを抑えられなかった。

ビリーが手塚たちから預かったファイルは既にリック・ケレンズとキャッシー・ハモンドの手元に届いていた。そのファイルが彼等に衝撃を与えたのは言うまでもない。たとえ斎門グループが勝手にしたこととは言え、マーム・エイドの責任は免れられないのは必至だった。

緊急会議の一時間前、キャッシーはリックの部屋にいた。二人は問題のファイルを改めて読み直しながら対策を話し合った。手塚が用意した日本の検察庁宛《あ》てのファイルには人魚のことばかりではなく、マーム・エイドという団体にも一切触れられてはいなかった。

「あたしたちに飛び火するのを考えてくれたのかしら?」キャッシーはそう言ったが、リックの意見は違っていた。

「これが表に出る前にマーム・エイドを解散しておけということだろう」リックは言った。

「もはや他に道はない。さもないとマーム・エイドに関わった全てのメンバーが人体実験の罪に問われることになるだろう」

キャッシーは黙って頷《うなず》いた。

「それが手塚の遺言だ」

「あたしには人魚の呪《のろ》いのような気がするわ」

「呪いだって？」

「ええ、そうよ。考えてみてよ。三年前にマリア1号が発見されてからまだ人魚は一度も世間に発表されてないのよ。発表のチャンスは二度あったわ。一度目はハタノ物産が人魚を日本に持ち帰った時。でもこの時は奴《やつ》らがグズグスしているうちにあたしたちがストップをかけたでしょ。二度目はマーム・エイド旗揚げの時よ。でもその時はマリア1号の死で見送られたわ。そしてこのファイル。そして海原密の失踪。手塚と斎門の助手の死。それで残された手段はマーム・エイド解散？　なんか不運続きとは言え出来すぎじゃない」

リックは黙ったまま髭《ひげ》をさすった。

「これで誰が得をするの？　得する奴がいるとしたら人魚よ。そうでしょ？」

「そうだな」

緊急会議でリックとキャッシーはメンバーにファイルを公開した。二時間にも及ぶ内容説明をメンバーの誰もが沈痛な思いで聞いていた。斎門の行為は明らかに倫理を逸脱した暴挙だったが、学者である彼等には他人事《ひとごと》ではなかったのである。斎門と同じ過ちを犯さないとは誰もが言い難かった。リックはマーム・エイド解散も有り得ることをほのめかしたが、誰も異議は申し立てなかった。それより問題は海原密の身柄だった。もし彼が斎門グループに拉致されたのだとすれば、黙って見過ごすわけには行かない。しかし密が何処に拘留されているかもわからないのである。話はそこで煮つまった。ライアンが低周波の話をしたのはその時だった。

「もし斎門が雌の人魚を必要としているなら、密を必ず研究所から外に出すだろう。僕だったら密にセンサーをつけて海に放す。センサーを身体に埋め込み衛星で追尾すれば何処に行っても逃げられる心配はない。僕だったらそうしますね」

ライアンは僕だったら、という言葉を何度も使った。

「斎門の行動が誰よりも予測ができるのは共犯の僕ら科学者たちさ」

ライアンは皮肉をこめてこうも言った。

「少なくとも今はラボに監禁されてる可能性が高い」リックが言った。「播磨工科大学に監視をつけよう」

会議が終わると、ビリーたちがライアンに様子を聞きに来た。

「どうでした？」

ライアンはひどく疲れた顔でため息をついた。

「ま、ゆっくり話すよ」

二人はエレベーターに乗った。

ジェシーは香港での体験のショックからまだ立ち直っておらず、精神的にひどく不安定な状態にあった。その日も朝から部屋に籠《こも》っていた。おかげで密が失踪したことも手塚たちが死んだことも知らずにいた。夕方になってリック・ケレンズから電話が入った。話があるので部屋に来てくれということだった。

リックの部屋に顔を出したジェシーはひどくやつれていた。リックはジェシーに椅子《いす》に腰掛けるように促したが、ジェシーは首を横にふった。何処かリックに反抗的な素振りだった。リックにはその理由がわかっていた。リックはためらいがちにジェシーに言った。

「……香港では大変だったな」

「別に」

ジェシーはいまいましそうに髪をかきあげた。

「で、何の用ですか？」

「海原密が行方《ゆくえ》不明だ」

「……え？」

「聞いてないのか」

「ええ」

「君たちと香港で別れた後だ」

「………」

ジェシーは動揺を隠そうと懸命になったが、我慢できずに泣き出した。リックはジェシーがそこまで取り乱すとは思ってもみなかった。

「ジェシー、どうしたんだ？」

「……何でもありません」ジェシーは鼻をすすりながら言った。「でもこうなるかも知れないとは思ってましたから」

「何だって？　何か心当たりがあるのか？」

「……ええ」

「聞かせてもらえるか？」

「たぶん自殺したんじゃないですか？」

ジェシーは怒りをこらえながらそう言った。リックも密の失踪の理由をいろいろと考えていた。そして一番考えたくないことではあったが、その中に自殺も含まれていた。それがジェシーの口からいともたやすく飛び出したのでリックは狼狽《ろうばい》した。

「……何故そう思う？」

「耐えられなかったんでしょう。自分が人魚だっていうことに」

リックはため息をついた。密と全く同じ体験をし、同じ苦痛を味わったジェシーの言葉はリックの胸を痛烈に刺した。

「先生もご存じだったんですよね、あたしたちのこと」

リックは小さく頷《うなず》いた。

「ひどい話だわ。パパは知ってるの？」

「……君たち同士は何も話してないのか？　そのことについて」

ジェシーは首を横にふった。

「プライベートな会話の少ない家族なものですから」

ジェシーは皮肉まじりにそう言った。リックはうなだれたジェシーをしばらく見つめていたが、やがてこう言った。

「わたしはね、できることなら君たちが何も知らずに人間として一生を過ごしてくれることを願っていたんだ」

ジェシーは黙っていた。

「君のママのアルバータもそうだった」

「………」

「そしてもうひとりのママ……産みのお母さんの海鱗女もね」

ジェシーはリックを睨《にら》んだ。そしてやり場のない怒りをリックにぶつけた。

「そうかしら？　だとしたら言ってる事とやってる事が随分矛盾してますね。だってそうでしょ？　密に本当のことを教えちゃったのは誰？　あなたとビリーたちでしょ？　でも指図したのはすべてあなたよね。あたしに密の護衛として香港に行くように言ったのもあなたよ。おかげであたしは会わなくてもよかった鱗女に会って、知りたくもなかった自分の出生の秘密まで聞かされたのよ。それもみんなあなたのシナリオでしょ？」

リックは返事が出来なかった。

「鱗女だって躊躇《ちゅうちょ》はなかったわ。有無も言わさずにあたしの脳味噌《のうみそ》に真相をねじ込んできたのよ。あんなのズルいわよ。それに……」

ジェシーの身体が震えた。

「死ぬんなら勝手に死んで欲しかったわ」

ジェシーは鱗女の壮絶な最期を思い出していた。ジェシーの目に涙があふれた。

「あたしの人生って……ラッキーな人生だったわ。ママがふたりもいたのよ。それだけでも大ラッキーだわ。その上ひとりはサメに食べられて、ひとりは身体からエイリアンみたいなものが飛び出したの。そして運のいいことにあたしはその決定的瞬間に立ち合うことができたのよ。これってすごい事よね。こんな体験普通の人間じゃできないわ。あたしって特別な人間なのかしら？　きっとそうなのよ。あらご免なさい。大事なことを忘れてたわ。あたしそういえば人間じゃなかったのよね」

「ジェシー……」

「人には知らなくていいことがあると思うの。先生はあたしや密が人じゃないから教えてくれたの？　先生から見たらあたしたちってモルモットなわけ？」

ジェシーはヒステリックにわめきたてた。

「なあ、ジェシー……ちょっと落ち着いて話を聞いてくれないか？」

ジェシーは返事をしなかった。Ｔシャツの裾《すそ》で涙を拭《ふ》いた。

「今日は君に大事な話がある」

「話？」

「君のこれからの人生にもかかわる大事な話だ」

「これ以上まだ何かあるっていうの？」

ジェシーは眉《まゆ》を吊《つ》り上げた。

「君が人魚の血をひいている以上、知っておかなければならないことだ」

「オシベとメシベなら知ってるわ」

「勘がいいな。そう、人魚の性教育だ」

リックは書斎の椅子に座り込んだ。そして話を始めた。

「君たちは海鱗女と海洲化の間に生まれた、いわば人間と人魚の混血だった。そんな君たちを海で育てるべきか、人間として育てるべきか僕らは迷ったんだ。結局僕らは二人を無事生かすために人間として育てることにした」

「海での生存率は低いからね」

「うん。それは今でも間違った選択ではなかったと思っている。一度人間として育てる以上は人間としての人生を送らせたい。それが僕たちの本心だった。そして君はアルバータが引き取り、密は海原修三氏が育てることになった。しかしそこには大きな壁があった」

「壁？」

「セックスさ」

ジェシーは鱗女と洲化《ジャウファー》の壮絶な初夜を思い出して、背筋が寒くなった。

「つまり……癒合ね」

「そう。鱗女に見せてもらったんだね」

ジェシーは頷いた。

「生物界最悪の交尾よ」

「あれが人間と人魚の決定的な違いだ。人間からすれば想像を絶する営みだが、人魚からすればあれはごく自然な愛の儀式なんだ。アンコウの例は知ってるだろ?」

「ええ」

「人間は動物の中では出産が苦手な方だ。特に現代人は八十年近く生きたとしても一人か二人しか子供を産まない場合がほとんどだろ? それでも人間は少なくはない。一回に何匹も子供が産める動物よりも多いくらいだ」

「それは死亡率が低いからでしょ?」

「うん。人間は地上にコロニーを築き、外敵から身を守ることで自然界の厳しい環境から弱い子供たちを守ることができた。しかし人魚には安全なコロニーはない。剝《む》き出しのまま海の厳しい生存競争を生き抜かなければならなかった。海の中では人間のように数を増やすのは困難だったのだろう。やがてその数は激減し、人魚は生き抜くために何か新しい進化をしなければならなくなった。彼等は単体でも生きられる強い生物の道を選んだ。その結果のひとつがあの高周波能力だ。そして信じられないくらい長い寿命。そして百年という妊娠《にんしん》期間。これらは海という過酷な環境の中で何が何でも生き抜かなければならなかった人魚の実に苦しかった歴史の名残だ。そして癒合もそのひとつだ。少ない種がより確実に受精するには恐らくああするしかなかったのだろう。というか、それはわたしには人魚の悲しみの結果にも見える。つまり生まれて来たくなんかなかったっていうね」

「生まれたくなかった……」

「あるいは胎内回帰願望と言ってもいいかも知れない。生まれ出た雄は最後には雌の体内に癒合されてしまう。まるで一度生まれてはみたものの、怖くてママの中に逃げ戻ろうとしているような……そうとは思わないかい？」

「だとしたら女は損だわ。女は男の鎧《よろい》ってことでしょ？」

「そうだな。しかし君たちは人間とのハーフだった。大人になった君たちが人魚のセックスをするのか、人間のセックスをするのか僕らにはわからなかったんだ。そしてこれが最大の懸念事項になった。実は第二次性徴期を迎えた段階で私たちは君と密の身体を調べたんだ」

「え？」

「全身くまなくね。勿論《もちろん》君たちの生殖器の発達具合も丹念に調べさせてもらった」

ジェシーにはもちろんそんなことをされた憶《おぼ》えはまったくなかった。

「知らなくて当然さ。知られないようにやったんだ」

「パパは知ってるの？」

「知らないよ。我々はそのために二カ月間もセント・マリアに逗留《とうりゅう》したんだ」

ジェシーは顔を赤らめた。

「……どうやったの？」

「まあいいじゃないか。勝手に君の身体を検査したことは今ここで謝っておこう」

「なんて人かしら。あなた宇宙人？」

「いや、本当にすまなかった。まあそれで検査の結果だがね、特に異常は認められなかった。我々はひとまず安心していた。恐らく君たちは人間として生きていけるだろうと考えた。ところが三年前にイヤな事件が勃発《ぼっぱつ》した」

「三年前っていうと……」

「セント・マリアの人魚さ。マリア1号」

「ああ……あれが関係あるの？」

「マリア1号は君を求めてあの近海に現われたのさ」

「え？」

「君の匂《にお》いを嗅《か》ぎつけたんだな」

「偶然あの辺を泳いでいたわけじゃなかったの？」

「そうじゃなかった。我々も最初は偶然かと思った。ところが君も見ただろ？　あのミイラのようになったマリア1号を」

「ええ」

「君との出会いによって発情したんだ。発情は同時に癒合を促進させる。わたしもあの状態を見るまでは知らなかったがね」

「マリアの内臓が失われたのも癒合の準備だったの？」

「ああ」

ジェシーはあることを思い出した。

「あの時マリアはあたしを強姦《ごうかん》しようとしていたの？　セント・マリアの水槽で暴れた時……」

確かにプールサイドでゴードンに麻酔銃で撃たれたマリアの性器は勃起していた。ジェシーはその光景を思い出して吐き気を催した。

「そういえばあいつが死んだ時の話も……」

ジェシーはマスターベーションをしながら死んだマリアの話を思い出した。

「あの時は……」リックが言った。「わたしも迂闊《うかつ》だった。うっかり君の血液を輸血してしまったんだ。しかしそれはヤツにすれば癒合のサインだったんだ。癒合した雄の人魚は雌の血液によって呼吸も食事もいらなくなる。つまり胎児の状態そのものだ。君の血を輸血されたマリアの身体は癒合が始まったと錯覚し、退化を劇的に促進してしまった。しかしそこには受け止めてくれる女性の身体はない。彼の身体は剝き出しの大気中で癒合のための準備を全てしてしまったんだ。そして死んだ」

「……そういうことだったの」

ジェシーはため息をついた。

「しかしわたしにとって心配だったのは君の身体の方だった」

「わたしの？」

「相手の人魚があれだけ劇的に反応したんだ。ひょっとしたら君の身体にも異変が起きてやしないかと思ってね。わたしたちはまたしても君の身体を調べなければならなくなった」

「調べたの？」

「ああ」

「いつ？」

「だからそれは君には気づかれないようにやるのさ」

リックは苦笑した。ジェシーは呆《あき》れてため息をついた。

「しかし特に異常は認められなかった。我々はまたとりあえずひと安心していた。ところが今年に入ってまた大変なことが起きた」

「密の遭難ね」

「ああ。あれは完全に予定外だった。そして致命的なことが起きてしまった」

「致命的なこと？」

「まあ密は無事助かったんだからそれだけでも幸運だったと言った方がいいんだろうが、そのせいで彼は覚醒を始めてしまったんだ。我々はすぐにオキナワに飛び、彼の身体を調べた」

「その報告は知ってるわ。兆候はあったのよね」

「ああ。我々は次の段階に入るしかなかった。つまり人魚の教育だ。密に人魚としての自覚を与え、人魚として生きる知識と覚悟を与えなければならなくなった」

「それで彼に急激に接近したってわけね」

「そういうことだ。しかし急いだのにはもう一つ理由があった。それは鱗女の寿命だ。というより洲化の寿命と言ったほうが正確だな。彼はもう限界に達していた。彼が死ねば鱗女も死ぬ。その前に伝承を済ませなければならなかった」

「それであたしまで香港に行かせたわけね」

「そこは実は随分迷ったところでもあった。しかし結局君にも知ってもらう必要があるだろうということになってね。最悪のケースを考えると、できることはやっておこうということになったんだ」

「最悪のケース？」

「密が発情してしまった場合のことさ」

「発情？」

「マリア1号のようにね」

「密もマリア1号のようになっちゃうの？」

「間違えればそうなるかも知れない。もしマリア1号のように発情し、劇症的に退化を始めたら、もう誰にも止められない。あとは死ぬだけだ。もし食い止めようと思ったら、そこに君が必要になってくる」

「あたしが？……どうやって？」

リックは少し口ごもっていたが、やがてこう答えた。

「性的に目覚めてしまった彼を受け止められる人間が他にいるかね」

「あたしと密を癒合させるってこと？」

リックはためらいがちに頷いた。

「密を殺さないためにはその方法しかない」

「そんな……なによ、あなたはあたしに近親相姦を勧めてるわけ？」

「ジェシー、これは最悪の場合だ」

ジェシーは絶句した。

「……そんな」

「安心したまえ。無理やり君たちを癒合させようと考えていたわけではない。ただそうなった場合、密に最後の可能性を残してやりたかっただけさ。癒合は人魚にすれば当然のことだ。しかしそれが必ずしも君たちに当てはまるわけではない。君たちは普通の人間として育ち過ぎていたからね。ただ君たち人魚を人間として育てるためには、いろいろな関門があるのも事実だ。そして君たちがうまくその関門を乗り越えるための準備をするのが私の仕事だ。十九年前、鱗女と初めて会ったとき……彼女からこの仕事を依頼された時、冗談でこう言ったんだ。仕事を引き受ける代わりに、あんたの身体をくれってね。報酬はそれで結構だってね。なにしろわたしは実在する人魚をその時初めて見たんだ。でもそれはあくまで冗談のつもりだった。なのに彼女はその約束を守った。彼女は私にこれからの君と密を託して死んだのだ。わかるね」

ジェシーは素直に答えられなかった。

「人魚を知った人間たちを封じ込めるために私が用意したのがこの組織だった。人魚を知ってしまった連中を一箇所に集め、隔離する。それがマーム・エイドだ。しかしそれにも限界がある。彼等にしてもいずれは発表の機会を欲しがるだろう。そこが一番頭を悩ませたところでもあった。しかし事はうまい具合に運んだ。マリア1号の死、斎門の暴走。そんな偶然が彼等に人魚を公表する機会を完全に封じ込めてしまったんだ。関わった人間たち全てを罪人に仕立ててね。これがだれの仕業《しわざ》なのかはわからない。キャッシー女史は人魚の呪いだと言っていた。あるいはそうかも知れない。かつて百年前、アルフレッド・ウォーレスもそうだった。彼は『香港人魚録』という奇妙な書物を残すことで人魚の事実を封印してしまった。百年経った今、すべてが科学で推《お》し量れるようになったこんな時代に、一流の科学者たちが結集しておいて、人魚を公の場に引きずり出すことができなかったんだ。わたしが企てたマーム・エイドのシナリオも偶然が作ったシナリオに比べたら陳腐なものさ。しかし私はキャッシーのようにそれを人魚の呪いだとは思わない。人魚は神様に守られている存在なのさ」

リックはそこで言葉を切ると、ジェシーを見た。ジェシーはうつむいたまま、何か考えている様子だった。リックは再び話を始めた。

「密は生きているだろう。密をさらったのは斎門グループだ」

「斎門斉一？」

「ああ。彼等は人魚のクローンを作ろうとしている。そのためには雌の人魚がどうしても必要なんだ。彼等は雌の人魚を釣る餌《えさ》として密を拉致《らち》した。どうやらまだ彼等は君が人魚であることを知らないらしい。それも幸運なことだった。それもきっと神様の御加護だ。もしそうなら、密もきっと救われるだろう」

「ずいぶん科学者らしい考えね」

「科学者らしいことを言えば、彼の居場所を突き止められるのは君しかいないよ」

「あたしが……？」

「君には人魚の血が流れているんだ。ただ今はそれが目醒《めざ》めてないだけだ。しかし一度それを目醒めさせてしまったら後戻りは出来ないだろう。ひょっとしたら人間には戻れないかも知れない。君を抱き上げた人間として言わせてもらえば、それは勧められない」

「そうかしら。本当はあたしにも覚醒して欲しいんじゃないの？」

「そんなことはない」

「信じられないわ」

「それならそれでいい。何も信じることはない。君は君でいればいいのさ」

「……密はどうなるの？」

「斎門たちが彼を殺すとは思えない。しかし彼等が人魚の扱い方を知っているわけでもないからね。もし癒合の準備を始めてしまったら、彼等はマリア1号同様、密を殺してしまうだろう」

「……癒合の準備はどうやったら始まるの？」

「鱗女と洲化は長い間愛し合い、その果てに癒合を試みた」

「それはあたしも見たわ」

「しかしそれは人魚と人間のケースだ。我々には雄の知識はほとんどない。知っているのはマリア1号があなったということだけだ」

ジェシーは密と抱き合ったことを思い出していた。あれが密の身体に何かの引き金を与えていたとしたら……。

「しかし密が全てにおいて優先されてはいけないのだ。手塚氏も天野犀子氏も彼の犠牲になって死んだ。もちろんそれは密の罪ではない。しかしこれ以上人魚のために誰かが犠牲になる必要はないんだ。君にしても密は確かに双子の弟だったが、たかだか三日のつきあいだ。傷も浅いだろう。ビリーたちの報告によれば君たちはそれほど仲よくもなかったと聞いている。密はオキナワの海で遭難して死んだんだ。そう思えばいい」

リックは自分に言い聞かせるようにそう言った。ジェシーは黙っていた。彼女の本心は彼女にしかわからない。

「まあいろいろ考えなさい。時間は十分にある。ただし、これから生きてゆく上でひとつだけ困難なことがある。それだけは理解してほしいんだが……」

「……何？」

「セックスだ」

「そんな話はいいわ」

「そうはいかない。君がこれから女性として生きてゆく上でそれが大きな枷《かせ》になるだろう。幸い君はまだ人魚としての兆候がない。ひょっとしたら君は人魚の因子が弱いのかも知れない。うまくゆけば普通に結婚し、普通に子供を出産できるかも知れない」

「でも最悪の場合、亭主と癒合して百年間の妊娠《にんしん》期間に入るわけね」

「……そういうことだ。しかしそれを悪く考えちゃいけない。君はうまくやれば誰よりも長く生きられるんだ。それは気の持ちようさ」

　ジェシーは床を見つめたまま黙っていた。床に涙の雫《しずく》を落とした。

「……もう手遅れかも知れない」ジェシーが言った。

「え？」

「先生……あたしの身体を最後に調べたのはいつですか？」

「え？」

「時々調べてるんでしょ？」

「……あ、ああ」

　彼女は顔を真下に伏せたまま喋《しゃべ》り続けた。

「香港から帰って来てからは調べましたか？」

「いや」

「じゃあ調べて下さい」

「……どうして？」

ジェシーは暫く黙っていたが、意を決したようにリックを見た。そして告白した。

「あたし、密と寝たんです」

「なんだって」

「あたし……何度も否定しようとしたんだけど……何度も忘れようとしたんだけど……どうしても駄目なんです。教えて下さい。これも運命なんですか」

ジェシーの涙がいくつも床に降った。ジェシーは震える声でこう言った。

「先生……あたし……彼が好きなんです」

リックはいたずらに唇を動かしてみたが、言葉が出て来なかった。大きなため息が我知らず口からもれ、リックは目を潤ませながらつぶやいた。

「これも神の仕業なのか」

ジェシーはリックの検査を受けた。知らぬ間にされていたという謎《なぞ》の検査をジェシーは初めて意識のある状態で受けた。正常な気分の時に受けていたらそれだけで三日は寝込んだかも知れない。しかし今は何をされても気持ちは上の空だった。

結果は陽性だった。ジェシーの身体の中で人魚の覚醒がゆっくりと始まろうとしていた。

冬眠

キーウエストに来てからライアン親子はラボのコンドミニアムに住んでいた。かねてから反りの合わない親子だったが、マーム・エイドの活動を通して会話も増え、親子らしい関係に修復の兆しが見えてきた。それを誰よりも喜んでいたのはライアンだった。それだけに香港での出来事はライアンにしてもショックだった。ジェシーが人魚の末裔《まつえい》であるという事実は、彼女が香港に行っている間にリックから聞かされたのである。

朝食の間もジェシーはライアンとテーブルを挟んで黙り込んでいたが、その日のジェシーは覚悟を決めていた。フォークを置くと、ジェシーはライアンに言った。

「あたし、ママの子供じゃなかったみたいね」

ソーセージをつまみあげようとしていたライアンのフォークが止まった。ライアンは下を向いたまま返事をした。

「……ああ」

「……リックに聞いたの？」

「……ああ」

「……そう」

沈黙が流れた。ライアンはソーセージを皿の上で徒《いたずら》に転がしていたが、そのうちジェシーに視線を送った。

「ジェシー……」

「なに？」

「いや……」

ライアンは言葉に詰まった。

「なによ」

「……いや……こういう時、父親としてなんて言ったらいいのかな？」

言ってから、ライアンは後悔した。なんて間の抜けた発言だろう。

「〝おめでとう〟」

ジェシーは皮肉いっぱいにそう言って無理に笑顔を作った。しかしライアンは笑えなかった。ライアンは父親としてあまりに無力な自分が情けなかった。

「…………」

「じゃあ科学者としてのコメントは？」

うつむいている父をからかうようにジェシーが言った。ライアンは黙ってしまった。ジェシーは我慢できなくなって席を立とうとしたが、ライアンの言葉がそれを引き止めた。

「なんて言っていいかわからんが……この先……きっと何も変わらないさ」

「そうかしら？」

「……そうさ」

ジェシーはライアンの顔を見た。そして言った。

「パパ」

「…………」

「パパ」

「え？」

ライアンは顔を上げた。ジェシーは笑みを浮かべた。

「呼んでみただけ」

「…………」

ライアンはため息をついてコーヒーカップに手をのばした。

「パパ」

ジェシーがまた言った。

「……なんだい？」

「やっぱりパパって呼べるのはパパだけだわ」

ライアンの鼻の頭が不意に真っ赤になった。込み上げて来る涙を懸命にこらえた。

「そりゃそうさ。そしてジェシーはジェシー。俺《おれ》の娘だ」

「そうね。ちょっと人より長生きできるのがわかっただけなのよね」

「そうさ。ちょっと人より泳ぎが達者なだけさ」

ライアンは笑おうとして声をつまらせた。ジェシーもテーブルクロスを握り締めて顔をくしゃくしゃにした。ライアンはジェシーの手を握った。

「もう人魚なんてどうでもいいさ。二人でセント・マリアに帰ろう。そしてまたイルカたちと暮らすんだ」

ジェシーは泣きながら何度も頷《うなず》いた。

その日、ジェシーはリックに自ら覚醒を志願した。

「本当にいいのか？」

「ええ。覚悟は出来たわ」

リックは検査用の特別水槽をジェシーのために用意した。セント・マリア島にあった空中水槽の大型版である。あの水槽もキーウエストのモデルを参考にしたものだった。

人魚覚醒は密の海難事故の時の情報が全てであった。催眠療法の際に得た脳波や心電図、体温推移のグラフなどが道標となる。覚醒の分岐点は心臓が冬眠するか否かにかかっていた。現場にはビリーと羽陸、そしてライアンだけが呼ばれた。リックはジェシーの秘密を知っているメンバーだけに限ったのである。

ライアンはジェシーにやめるよう何度も説得した。この実験がジェシーをどう変えてしまうのかはリックにさえわからないことだった。しかしジェシーは決意を変えようとはしなかった。

「耐えられなくなったら我慢せずに上がって来るんだ。いいね」リックが言った。「覚醒に結びつかなかったら恐らく一、二分で限界が来るはずだ。その辺を目安にしてくれ」

「二、三分？　そんなのわけないわよ」

「いや、無理は禁物だ」

「無理じゃないわ。二十分は平気で潜れるわよ、あたし」

「え？」

「セント・マリアで随分鍛えたから」

リックは驚いてライアンを見た。

「……潜りが得意なのは知ってたが」

「もう覚醒しちゃってるんじゃないですか？」羽陸が言った。

身体じゅうに配線を施したジェシーは、水槽に首まで入ると、何度か深呼吸すると、最後は長く息を吐いて水中に潜った。

「アザラシ式か」リックが言った。

イルカやクジラは潜るときに息を吸うが、アザラシは肺の中の空気をすっかり吐き出してから潜行する。いずれの場合でも長時間潜るのに肺はあまり役には立たない。長時間の潜行を可能にするのは血液である。血液中の酸素を如何《いか》に有効に使えるかが潜水の鍵《かぎ》になる。

「肺に頼らないのであれば、肺の空気はむしろ邪魔になる」ライアンが言った。「身体に浮力を加えてしまうからな」

「経験によるものか、人魚の本能的習性なのか……」と羽陸。

「興味は尽きないな」リックが苦笑しながら言った。

水中に横たわったジェシーは、本人の言葉をさらに上回っていた。驚くべきことにジェシーは無呼吸で三十分近くも潜っていられたのである。

「全然苦しくないのかね」リックがマイクで水中のジェシーに呼びかけた。ジェシーは水槽の中で平気な顔をして頷いた。

「心拍数の低下は一三パーセント前後です。まだ冬眠というには程遠いですね」

ライアンはサーモグラフを確認した。体温も全体的に低レベルを維持していた。ライアンはコンピューター画面の血圧を確認してため息をついた。

「血流はみごとなくらい局部化してるな」

血圧のデータはジェシーの循環器が身体の重要な部分を選択して血を送っている傾向を示していた。血液中の酸素消費を身体が自然に抑えているのである。

「十分水に順応してますよ」羽陸が言った。

「いや……本当の覚醒はこれからだ」リックが言った。

四十分を過ぎたところでジェシーの心拍数が急激に下がり始めた。

「心拍数が四八パーセントまで落ちました」

「いよいよ人魚の領域だ」リックが言った。

このあたりまではイルカやクジラの心拍緩徐でも観測できる数値であった。人魚も普通はこのぐらいで水中を泳いでいると考えられた。ジェシーが易々とここまで辿《たど》り着いてしまったのは驚くべきことだったが、セント・マリアの生活を考えれば当然かも知れなかった。しかしジェシーはセント・マリアでは覚醒しなかった。それが遭難で覚醒した密との差だった。その境界線上にあるのが〝冬眠〟だとリックたちは考えていた。

一時間が過ぎた。

「心拍数が急激に下がりました」羽陸が言った。「一七パーセントです」

「ジェシー、聞こえるか?」

返事はなかった。リックたちが水槽を覗《のぞ》き込むと、ジェシーはすやすやと眠っていた。

「〝冬眠〟が始まったんだ」

「五パーセント……完全に冬眠域です」

ライアンは大きなため息をついた。リックがその肩を叩《たた》いた。

「大丈夫さ。きっとうまくいく」

海は果てしなくただ青かった。その心地よさを密は何と表現していいのか自分でもわからなかった。水の操作を理解してしまった密はまさに魚のように泳ぐことが出来た。子供の頃から水が怖くて泳げなかった密だったが、今はその記憶さえ思い出せなかった。しかし密にとってそんなことはどうでもよかった。思い出せない記憶は、存在しないも同然だった。彼の周りにあるのはただ青い色彩とエコーロケーションによって立体化された水の世界であり、それ以外に何もなかった。過去もなければ未来もない。ただ青いだけなのだ。そして密はそれがたまらなく愉快だった。この青以外何もない外洋の中で、密はわずかな恐怖も不安もなかった。密には密がいた。自分には自分の身体がある。自分という存在感がこれほど頼りになるものだとは思ってもみなかった。彼は彼自身が社会であり、世界だった。

孤独。自分はまさに孤独の中にいる。それがこんなにも力強いものであることを密は驚きを以《もっ》て感じていた。ライオンの孤独、オオカミの孤独、オオワシの孤独、サメの孤独、シャチの孤独、クジラの孤独。自然界の最高位に属する種たちは全て孤独なのだ。しかしそれは寂しさなど存在しない黄金の孤独だ。

斎門たちの催眠療法は密を思いがけない境地に導いてしまった。彼にとって催眠療法は単なるきっかけに過ぎなかった。一度揺り戻った本能は密を後戻り出来ないところまで連れ去ってしまった。そして斎門の予測とは裏腹に密は仲間を求めようともしなかった。ただ自由に泳ぎ回る喜びだけが密を支配していた。

空腹を感じた密はエコーロケーションで獲物を探す。密の高周波は鰯《いわし》の魚群を捉える。密は少し速度を上げて接近する。鰯たちが自分に気付く。無数の鰯の意識が密の中に跳ね返って来る。鰯の意識は整然としていてまるで一人の人格のようだ。密は鰯の脳に映っている自分自身を探し出す。それはそんなに難しいことではない。小さな脳の視覚野に映し出された密の姿はピントが合っていない。鰯たちは迫り来る外敵を立ち止まり、ふり向いて、眼を凝らして見るようなことはしないのである。やや大きい何かが接近して来る。それだけを認知し、それだけでアドレナリンが分泌されるのである。そんな彼等の映像は修正しやすい。密は彼等の視覚の中から自分自身を消去する。鰯たちはもはや密を海水の一部としてしか認知できなくなる。密は魚群の中に飛び込む。鰯たちはよけもせず、密にゴツンゴツンとぶち当たって来る。密はスキャニング用の高周波を発したまま、目の前にいる鰯にスタンを撃つ。痺《しび》れた数匹の鰯を難無く鷲摑《わしづか》みにして、密は群れから離れる。トウモロコシを齧《かじ》るように鰯を貪《むさぼ》りながら再び泳ぎ出す。

何もない海にも道標はある。浮力の中にも重力は感じる。そして北と南を示す磁力を感じる。そして天空からゆっくり動きながら降り注ぐ電磁波を感じる。これらが羅針盤になって密を導く。密は低い水のうねりに耳を傾けた。さっきから時々聞こえてはいたが密はそれを無視していた。ところがその音は次第に大きくなり、気がつくと一頭の巨大なマッコウクジラが深海から浮上して来た。マッコウクジラは海面まで浮上してひと息つくと暫く密の周りを泳ぎ始めた。密はそっと接近し、脳をスキャンして見る。そのクジラはどうやら今しがた深海で巨大なダイオウイカを腹に収めたばかりらしく、頭の中はダイオウイカの後味でいっぱいだった。その臭《にお》いに密はむせ返った。

「かってにあたまのぞくな」

マッコウクジラの脳がそんなイメージを密に送り返して来た。この老齢の海の主は人魚の習性を心得ているらしかった。

「それよりめだまのよこについたうっとうしいのをとってくれ」

右目にはカイアシの類が寄生していた。それをはがしてやるとクジラは爽《さわ》やかな気分になった。その感覚が密の頭にも返って来た。密はクジラに訊《き》いた。

「俺の仲間に会ったことがあるかい？」

「そんなのじぶんでのぞいたらいいだろう」

そうは言いながらもクジラは密のために人魚の記憶をひっぱり出して来た。三人の人魚がクジラの周りを泳いでいる映像だった。

「これは何時《いつ》だい？」

「むかしだ」

クジラの頭の中に低周波の呼び声が唸《うな》った。遠い海で鳴いている仲間の声の記憶だった。これがどうやらクジラのむかしを表わしているらしい。しかし密にはその因果関係を解読することができなかった。

密は暫くクジラと泳ぎを共にしていたが、不意に何かを感じた。

「どうした？」

クジラの脳はまだ密と直結していた。

「いや……誰かが俺を呼んだ」

密はあたりを見回した。遠くから誰かが呼んでいる。鱗女の言っていた水の言葉だ。しかしそれはあまりにもかぼそい声だった。密はその方向に向かって身体をくねらせた。

「きをつけていけ」

クジラが密に言った。

「ありがとう」

密は声の在りかに向かって泳ぎ出した。


「スピードが上がりました！」

センサー・モニターをチェックしていた機関士が叫んだ。

「……すごい時速一二〇ノットです」

ケロニア・ミダス号は速度を上げて密を追尾した。

「進路は北北東です」


時を同じくしてジェシーが二カ月の眠りからようやく目を醒ました。

冬眠から醒めたばかりのジェシーはゆっくりと呼吸をしながら水槽から這《は》い出して来た。

「大丈夫か！」

駆け寄ったライアンはジェシーの身体に触れて、あわてて飛び退いた。何か静電気のようなものを感じたのである。よく見るとジェシーの身体が霧のようなものに覆われていた。

「ヒソカがいたわ……」

ジェシーはかすれた声でそう言った。

「何処だ？」

リックが詰め寄った。

「北に向かってる。……ベーリング海」

聞き取りにくい声だったが、ジェシーは確かにそう答えた。そして不意に力を失って倒れそうになったジェシーをライアンが抱き止めた。静電気のような奇妙な痺れがライアンの身体を這い回った。そんなことは気にも止めず、ライアンはジェシーを抱きすくめた。

極　海

翌日、ビリーと羽陸がジェシーを連れてアラスカに飛び立った。

機内のジェシーは終始黙ったままで、窓に頭を押し付けていた。ビリーと羽陸も何時《いつ》になく言葉が少なかった。

海の密がどういう状況でいるのかは全く不明だった。ライアンの推測が正しければ、密は斎門たちのマインドコントロール下にいるはずだった。過剰に本能を覚醒させられ、人間の理性を失っている危険もあった。

……つまりマリア1号の再来である。

もしそうだとするとビリーや羽陸には打つ手はなかった。暴走した密を捕えることができるのは同じ人魚であるジェシーしかいなかった。

恐らく密を追尾した斎門たちの船がその海域にはいるだろう。彼等に見つからないようにジェシーを海に潜らせ、密を収容する。それが彼等に与えられた任務だった。

飛行機は万年雪に覆われたアラスカ山脈を越え、ノームに到着した。ビリーたちはそこで小型機に乗り換える。小型機は数時間でスワード半島の突端の街、ウェールズに降り立った。ジェシーのセンサーによれば密がそのまま北上すればベーリング海峡を通過するはずだった。ビリーたちはこの海峡の洋上で待ち伏せして、密を捕まえる作戦を立てていた。

十二月のアラスカは想像を絶する寒さだった。数時間前までのフロリダとは別世界だった。街頭掲示板に氷点下二〇度と出ているのを見つけた羽陸が悲鳴を上げた。タクシーの運転手のイヌイットはそれでも今日は暖かい方だと言い、三人の顔を凍結せしめた。

「本当にこんなところにヒソカがいるのか?」ビリーが言った。

「いるわ」

ジェシーの回答は確信に満ちていた。

タクシーはビリーたちを港湾管理局の建物の前で降ろした。建物の中は暖房が効いていて、ビリーたちはホッとして防寒ジャケットのフードを脱いだ。ストーブの前で新聞を広げていた白人の男がふり返った。

「何だい?」

ビリーが手を上げて言った。

「ハンス、憶《おぼ》えてるか?『ネイチャー・パラダイス』のビリーだ」

それを聞いたハンスという男は新聞を放り投げてやって来た。二メートルは越えていそうな大男だった。

「ビリーだって? おや、本当だ。本物のビリーだぜ!」

そう言ってハンスはビリーを子供みたいに軽々と持ち上げた。ジェシーと羽陸は唖然《あぜん》として顔を見合わせた。ビリーは宙に浮いたままハンスを羽陸たちに紹介した。

「ハンス・レイノルズだ」

「知り合いなのかい、ビリー」

「ずいぶん前にクジラが流氷に閉じ込められたって事件があったろ？　あの時取材でここに来たんだ。現場で妙にはりきってる船乗りがいてね。聞いてみたらジュノーから仕事をほったらかしてはるばるやって来たっていうじゃないか。面白いんで記事にして載せたんだ。それがこのハンス・レイノルズさ」

「ハッハ。テレビ見てたら我慢できなくなってな。でもあん時の雑誌は後生大事に持ってるぜ」

「ところが別な取材でここに来た時にまたこのハンスがいるんだ。ジュノーを引き上げてここに住んでるって言うんだよ。どうしたのかと思ったらクジラの騒動の時に地元のイヌイット娘と恋仲になっちまったらしいんだな」

「それは脚色し過ぎだぜ、ビリー」

ハンスが突然手を離したのでビリーは着地に失敗して腰を捻《ひね》った。

「俺はこの街が気に入っただけさ」

ハンスは異議を申し立てた。

「でも結婚したのも事実だろ？」

ビリーが腰をさすりながら言った。

「まあな。ハッハハッハッハ！」

ハンスは大声で笑った。

「今回は何の取材だい？」

「実はハンス、俺雑誌社辞めたんだ」

「何だって？」

「今はフロリダ海洋科学研究所にいるんだ」

「へえ、出世したな」

ハンスはよくわからずにお世辞を言った。

「今一匹厄介なクジラを追いかけてるんだ。そこであんたにちょっと頼みがあってね」

ビリーはハンスに無心して船を一隻借りた。ハンスが舵取《かじと》りを買って出たが、ビリーは丁重に断わった。今回の任務は全て極秘で行わなければならなかったからである。ところが事情を知らないハンスは遠慮するなと言って強引について来てしまった。おまけにアレキサンダーというイヌイットの漁師まで連れて来た。

アレキサンダーはジェシーを見ると目を細めてこう言った。

「奇麗《きれい》な目だ。あんたクジラに好かれるだろ」

ハンスが用意した船は港湾管理局所有のタグボートだった。ビリーたちは荷物を積み込んで出発した。海面にしきつめられた流氷を避けながらタグボートはゆっくりと進んだ。

ジェシーのセンサーを海図と照らし合わせるのは困難だった。従って密がどのあたりを泳いでいるのかも、いつ頃ベーリング海峡を通過するのかも正確には摑《つか》めていなかった。いつ来るかわからない密をビリーたちは洋上で待つしかなかったのである。タグボートはロシア海域の手前に停泊し、夜を迎えた。冬のアラスカは午後四時には真っ暗だった。

ジェシーは腕と太腿《ふともも》に発信器内臓のベルトを巻き、その上にドライスーツを着込んだ。羽陸は新型の密閉式ヘルメットの整備を始めた。対高周波用に羽陸が独自に開発したヘルメットだった。密に襲われることを想定していたわけではないが、用心のために準備しておいたのである。

隣の操舵室《そうだしつ》ではハンスとビリーが暇つぶしにカードをやっていた。

「なあ、ビリー。クジラって何のことだい？」ハンスが言った。

「え？」

「こんな夜まで張り込んでクジラ探しもないだろ？」

ビリーは返事に困った。

「それにジェシーだけが潜水の準備をしてた。真夜中に女の子が一人でダイブなんておかしいじゃねえか。それにここはフロリダじゃない。アラスカだぜ」

「………お前の番だ」

「なんか言えない事情かい？」

「なあハンス……」

「なんだい？」

「ここで見たことは誰にも言わないで欲しいんだ」

「え?」

「人魚を見つけてね」

「人魚?」

「この近くを通るんだ。ジェシーは捕まえる役目なんだ」

「……人魚って何の暗号だい?」

「あの子と彼氏の暗号さ」

ハンスにはその意味が解読できなかった。ビリーはそれ以上説明できなかった。

アレキサンダーが晩飯の支度が出来たと言いに来た。

その夜のメニューは缶詰のクラムチャウダーとクジラのステーキだった。ビリーは大喜びでクジラの肉にかぶりついた。ジェシーは軽蔑《けいべつ》のまなざしでビリーを見た。

「あんたよくクジラなんか食べられるわね」

「何言ってるんだ。アラスカに来たらやっぱりクジラだろ。な、羽陸」

ところが羽陸は肉をのけてパンだけ食べている。

「あれ? お前、日本人の癖に……」

「よしてくれよ。クジラなんか食べてたのは前世紀の人間だけさ」

アレキサンダーはせっかく焼いたクジラの受けがよくないのでがっかりしていた。

食事が終わると各自寝袋に潜り込んで仮眠を取ることにした。アレキサンダーは時折甲板に出て流氷の具合を調べていた。竿《さお》を海に突き立てて、船に流氷が付着していないか確かめるのだ。もし流氷に閉じ込められでもしたら簡単には抜け出せない。

ジェシーは眠らずに、船内の隅で意識を集中し続けていた。ジェシーは二つの気配を感じていた。ひとつは密に間違いなかった。そしてもうひとつは小さな気配だった。密は南、そしてもうひとつは北にその存在を示していた。密はそのもうひとつの気配を目指している。ジェシーはそう確信していた。

夜中の二時過ぎ、ジェシーはビリーたちを起こした。

「来るわよ」

ビリーたちは急いで防寒服を着込んで甲板に出た。そのビリーたちを横殴りの風が襲った。外の寒さは尋常ではなかった。体感温度は氷点下五〇度を越えていただろう。こうなると体感温度という言い方も妙である。氷点下五〇度ともなると身体が感じるような温度ではなかった。地元のハンスとアレキサンダーはそんな中でも平気な顔をしていたが、それも防寒服に守られた状態の話である。ジェシーはまだ船内に残っていたが、彼女をくるんだドライスーツがこの寒さに堪えられるはずがなかった。しかし海中での機動性を考えて、ジェシーはそれ以上の装着を嫌がったのである。

「無理だ！」一羽陸が叫んだ。「こんなとこに潜ったらあっという間に凍っちまうよ！」

「大丈夫。海の中の方が暖ったかいから」

アレキサンダーが笑顔で答えた。

「本当かよ?」羽陸が首をかしげるビリーの肩を叩いた。

「そりゃそうさ。凍ってない水は零度より温度は下がらないからな。ここに比べたら四〇度は暖ったかいぜ」

「そ……そりゃそうだ」

羽陸も一度は納得したが周りの流氷を浮かべた海を見るとそれでも信じられなかった。

アレキサンダーが南方を指さした。

「あっちに船がいるよ」

ビリーと羽陸は目を細めたが何も見えなかった。ハンスがビリーに双眼鏡を手渡した。

ビリーはアレキサンダーの指さす方向を暫《しばら》く覗《のぞ》いていたが、ようやく小さな灯りを見つけた。

「斎門たちの船か」

ビリーはつぶやいた。

船内からジェシーが現われた。ジェシーも険しい風に顔をしかめた。彼女のドライスーツは見ているこっちが凍えそうだった。ビリーたちはジェシーに命綱を巻こうとしたがジェシーは拒否した。

「行くわ」

ジェシーはためらいもなく海に飛び込んだ。

「おい、ライト!」

羽陸が水中用のライトを渡そうとしたが、甲板にはもうジェシーの姿はなかった。

ハンスとアレキサンダーが驚いて暗い海面を覗き込んだ。

「おい、今あの子タンク担いでたか？」

ハンスは振り返ってビリーを見た。ビリーは目で合図をした。先刻ビリーに警告されたことを思い出し、何かが今まさに始まったのだとハンスは悟った。決して他に言ってはいけない何かが。


ジェシーは身体をよじりながらあたりを確認した。海中は甲板の寒さに比べたらぬるま湯のようだった。そして真っ暗闇《くらやみ》だった。

海面の流氷がぼんやりと見えた。肉眼で見えているわけではない。ジェシーは覚えたてのエコーロケーションを使っているのだ。しかしまだ不馴《ふな》れなジェシーは目の前の流氷にさえ最初は焦点が合わなかった。しかしそれにも次第に慣れて行き、頭の中の画像がクリアになってきた。

それと同時に北上して来る密の気配がにわかにはっきりして来た。

――三〇〇メートル？……二〇〇？

ジェシーは正確にその位置を把握しようとしたが、うまく行かない。まだ馴れていないせいでジェシーの高周波はチューニングが不安定だった。そのうち明らかにエコーロケーションとわかる密のクリックが聴こえた。ジェシーはあわてて密に向かって高周波で呼びかけた。

「密！　聴こえる？」

反応はなかった。ジェシーは自分のやり方に間違いがあることに気づいた。密の脳を摑《つかま》えないと自分の意識を送り込むことができないのだ。

ジェシーは意識を集中した。

一キロ手前まで接近した密の映像が頭の中に投影された。映像はあまりクリアではなかった。ジェシーは焦った。自分の高周波のキーがまだ低すぎるのだ。キーをもっと上げないと密の脳の中まで入り込めない。

ジェシーは高周波を歌いながら咽喉《のど》に力をこめた。しかしそれでは限界があった。咽喉のコントロールではそこまで高い声が出ないのだ。

——何処《どこ》か違う場所を使うんだ。咽喉じゃない何処か……。

しかしジェシーにはそれがわからない。ジェシーはイルカの頭の断面図を思い出した。イルカは頭のてっぺんにある鼻の近くの筋肉を震わせるのだ。ジェシーは自分の鼻を意識してみた。しかし高周波をもう数オクターヴ上げる場所がどうしても見つからなかった。

密は二〇〇メートル付近まで接近していた。エコーロケーションでジェシーに見えているのは肉眼で見えているのと同じ程度の解像度であった。それでは駄目なのだ。もっと解像度が上がらないと密の中に入り込めない。

——きっと密ならやれるんだ。密、あなたはどうやってやるの？　教えてよ！

ジェシーは心の中で叫んだ。その時あることに気づいた。

——そうか。密ならやれるんだ。

つまり彼が自分に入り込んでくれれば会話が成立するのだ。かつてビリーがマリア1号と会話したように。鱗女が密とジェシーを同時に自分の記憶に引きずり込んだように。

密の軌道はジェシーから一五〇メートルほど左に反れていた。ジェシーはそのポイントに向かって泳ぎ出した。

密のエコーロケーションのゾーンに潜り込めれば彼はジェシーに気づくはずだった。

エコーロケーションのクリックは進行方向に対して非常に狭い範囲で放たれる。言いかえればエコーロケーションで見えている視野は極端に狭いのだ。暗闇でサーチライトを照らした範囲しかものが見えていない状態に似ている。ジェシーは密のサーチライトの中に入らなければならないのだ。

ジェシーは全力で泳いだ。

人魚の覚醒では密に遅れを取ってはいるが、泳ぎには自信があった。しかも覚醒したジェシーは自分でも信じられないくらいのスピードで泳ぐことができた。ところが密のスピードは更にそれを上回るものだった。

ジェシーには密が見えている。それはジェシーが密にエコーロケーションを照射しているからである。自分の泳ぐ方向にエコーを集中している密にはジェシーは闇に紛れて見えていないのだ。目標のポイントまであと一〇メートルというところで密が目の前を通過した。ジェシーは思わず叫んだ。

「密！」

しかしジェシーの高周波の叫びは密の脳を捉えるには及ばなかった。密はふり返りもせずにそのまま泳ぎ去ってしまった。ジェシーは何度も密を呼んだが、密はスピードを緩めることさえしなかった。

呆然《ぼうぜん》とするジェシーを不規則な波が襲った。見上げると一隻の船が頭上を通過していた。ハタノ物産のケロニア・ミダス号だった。

タグボートの甲板の上ではビリーたちがケロニア・ミダス号を見ていた。日本の海域を越えて突き進むケロニア・ミダス号は船内の灯りを消していた。真っ暗な海上をケロニア・ミダス号は影のようにタグボートの横を通り過ぎた。

「覆面船だ。幌《ほろ》で名前も隠してやがる」ハンスが言った。

ジェシーが海面に浮上した。海面は水も冷たく、外気は濡《ぬ》れたジェシーの髪の毛も顔面も瞬時に凍結させてしまった。激しい航跡に揺さぶられながらジェシーはケロニア・ミダス号を見送った。タグボートの船上からビリーが叫んだ。

「ジェシー！　大丈夫か！」

ジェシーはアレキサンダーが投げた救命用の浮き輪につかまりながら叫んだ。

「失敗よ！　このまま追うわ！」

「一度上がれ！」

「大丈夫！」

ジェシーは再び海の暗闇に消えた。

「ハンス！　船を出してくれ！」ビリーが叫んだ。

ハンスは急いで錨《いかり》を上げた。アレキサンダーがハンスに言った。

「何なんだい、あの子は？　まるで人魚だ」

ハンスにも何がなんだかわからなかった。ただ現実に一人の女の子がボンベも背負わずに泳ぎ回っているのだけは事実だった。

タグボートが走り出した。しかし流氷に阻まれて時速一〇ノットが限界だった。

「もっと早く走れないのか？」ビリーが苛々《いらいら》しながらハンスをせかした。

「無理言うなよ。デカい流氷にぶつかったら最後だぜ」とハンス。「だいたいこんな真夜中に船を走らせてること自体自殺行為なんだ」

「ビリー、ジェシーの速度は？」

「三〇ノット前後だ」と羽陸。

「三〇ノットだって？」ハンスが叫んだ。

ジェシーのセンサーと海図を照らし合わせていた羽陸が言った。

「なあ、ハンス。このまま北上したらどうなるんだい？」

「そりゃあ氷にぶち当たって行き止まりさ」

羽陸は何か考えているようだった。

「なんだい？」ビリーが訊《き》いた。

「いや。密は何処に行こうとしてるんだろう。このまま行けば氷の壁だ」

「そこに仲間がいるのかな？」

「さあ……」

二人の会話を聞いていたハンスがアレキサンダーに舵《かじ》をまかせてやって来た。

「そのヒソカっていうのがもう一匹の人魚なのかい？」

羽陸が驚いてビリーを見た。ハンスが秘密を知っていたからである。

「ビリー、お前……」

「いや俺は……」

ビリーがうろたえているのを見てハンスは笑った。

「大丈夫さ。誰にも喋《しゃべ》らないよ。だから少しは教えてくれよ」

ビリーたちが返答に困っていると、ハンスが言った。

「俺の推理だとあのジェシーは軍で特殊訓練を受けた女性兵だ。あの覆面船はアジアの国の工作部隊だ。ヒソカっていうのもジェシーと同じ訓練を受けた兵士だ。彼は何か重要な機密を持って逃げた。それであんたたちが追いかけている」

ビリーは噴き出しそうになったが、なだめるようにハンスに言った。

「そう。そのとおりさ。そこまでわかってるんだったらもう仕方ない」

「そんなはずないだろ。どんな訓練を受けると人間が三〇ノットで泳げるんだよ」

「海の上で隠し事はなしだよ」舵を取りながらアレキサンダーが言った。「その代わり海の上の約束は絶対ね。それが俺たちの決まりだ。海の上で決めた隠し事は絶対に喋らない。これは海の男の掟《おきて》。トーマスがハンソンの女房と浮気した時のことも誰も喋らなかった。警察に聞かれても誰ひとり約束は破らなかった」

「何だい、それ？」とビリー。

ハンスが青ざめてアレキサンダーを見た。

「やっぱりトーマスは殺しだったのか？」

アレキサンダーはニコニコ笑っている。ハンスが言った。

「トーマスは海で行方《ゆくえ》不明になったのさ。トーマスとハンソンの女房は街でも噂《うわき》になってたんで、ハンソンに容疑がかけられた。ところがその日ハンソンは漁に出てなかったんだ。仲間の漁師たちもみんなそう証言した」

「海の上で起きたことは海の上で解決するのさ。秘密と決めたら誰も喋らない」

アレキサンダーは言った。諦《あきら》めて白状したのは羽陸だった。

「僕らは人魚を追いかけてる。学名ホモ・アクアリウス。正真正銘の人魚です」

「ジェシーも人魚なのか？」とハンス。

「ええ。ジェシーも密も一見人間のようですが、人魚の血をひいていています。あの覆面船は日本の研究グループです。人魚でよからぬことをたくらんでいる」

「密を囮《おとり》にして他の人魚を釣ろうとしているんだ」ビリーが言った。

ハンスは真面目な顔で聞いていたが、途中で噴き出した。

「なんだよ？」

「悪い。こっちから聞いておいて何だけど、信じられるかよ、そんな話」

ハンスはこらえ切れなくなって腹をかかえて笑い出した。

「おまえら……よくそんなデタラメを……そんな真顔で……」

ハンスは身体をヒクつかせながら言った。

「本当なんだよ」ビリーは向きになって言った。

「人魚だって？　そんなのいるわけないだろ。なんだい？　俺たちは夢でも見てるのかい？　三〇ノットで泳ぐ人間だって？　俺も長年海で暮らして来たけど聞いたことないぜ。最高だよ。最高だ！　最高のジョークだ！」

床をのたうちまわるハンスにビリーと羽陸は顔を見合わせた。

「あれは人魚じゃないよ」アレキサンダーが言った。「俺の爺《じい》さんが言ってたよ。人魚を網にかけちまったことがあるってね。でも爺さんの見た人魚は下半身が魚だったそうだ。下半身だけ切って食べてみたら油がのっててうまかったそうだ。アザラシの肉によく似た味だったって爺さんは言ってた」

「それはたぶん僕らの人魚じゃないですね」

「でも奴らもそんな迷信の中に住まわせておくべきだったのかも知れないな」ビリーが言

った。

「だったら迷信の世界に帰してやればいいじゃねえか」ハンスが言った。「クジラの救助の時もエキサイトしたけどな、今度はあれ以上だぜ、ビリー」

ハンスはそう言ってアレキサンダーから舵を奪い、スピードを上げた。

「信じたんですか？　あの人」と羽陸が言った。ビリーもわけがわからなかった。

氷の墓

その微《かす》かな声は何処《どこ》まで泳いでも遠くか細いままだった。しかしそれは確かに存在していた。その〝声〟は確かに密を呼んでいる。

あたりが明るくなって来た。夜明けだった。

流氷の天井は朝陽を浴びて不思議な色に輝いていた。密は仰向けに反転し、不思議な光のゆらめきを眺めながら泳ぎ続けた。しかしそれは長くは続かなかった。昇った太陽はどうやら雲に飲み込まれてしまったらしい。あたりには薄暗い世界が残された。

視界が利くようになると密は少しだけ楽になる。エコーロケーションに頼らなくてもよくなるからだ。

数頭のシャチの群れが泳いでいた。腹をすかせたシャチたちは密に気づき接近して来た。ところがいざ齧《かじ》ろうとした瞬間、目の前の密の姿が消えた。シャチはあたりを旋回したが密は何処にもいない。密は彼等の脳から自分の姿を消去してしまったのである。人魚の高周波はこうやって外敵から身を守るために進化したのかも知れない。

流氷の間から突然セイウチが飛び込んで来た。セイウチは不運だった。シャチにとって飛び切りの朝食が飛び込んで来たのである。セイウチは瞬く間に嚙《か》みちぎられ、血があたりを真っ黒に汚した。

密は目を背けて先を急いだ。

ジェシーがその黒く濁った海域を通過したのはその数分後だった。ジェシーは砕けた肉片を貪《むさぼ》るシャチたちにギョッとした。未《いま》だ脳に届く高周波が出せずにいるジェシーには密のようにシャチの脳に入り込むような芸当は出来なかったが、幸運にも空腹を十分癒したシャチはジェシーには無関心だった。このセイウチが飛び込んでいなければジェシーは確実にシャチの餌食《えじき》にされるところだった。

その場を無事やり過ごしたジェシーは鮫《さめ》にやられたママのことを思い出していた。そしてゾッとした。ここは弱者を憐れまない弱肉強食の世界なのだ。自分はそのただ中に飛び込んでしまったのだ。

——怖がっちゃ駄目。

ジェシーは自分に言い聞かせた。怖がったら最後、自分は弱者になってしまうのだ。この世界で弱者は生き物ではない。おいしい食べ物なのだ。

人魚はこの中で生き延びて来た。その強さをジェシーは信じた。

上を見ると流氷が天井をほとんど塞《ふさ》いでいた。ここから先は呼吸の出来ないエリアなのだ。酸素が必要になったら引き返すしかなかった。

ジェシーは流氷のわずかな隙間《すきま》を見つけると、海上に顔を出し、ゆっくり呼吸をした。

氷点下五〇度を超える大気に肺は凍り付きそうだった。冷気が体内に取り込まれたせいで、ジェシーの身体は急速に冷えた。しかし血液がみるみる酸素を吸い上げ、じきに身体も暖かくなってきた。ジェシーは自分の身体が随分勝手の違うものになっていることに改めて気づいた。覚醒前の自分だったら生きていられるはずもなかった。

あたりは高い氷壁に阻まれて何も見えなかった。ただ雲に覆われた真っ白な空があるだけだった。氷壁をよじ登れば一面の白い雪原が開けていることだろう。ひと目覗《のぞ》いてみたかったが、ジェシーは諦《あきら》めた。ただそんな感情が昔と変わらず残っていることに安心した。ジェシーは息をゆっくり吐いて再び潜行した。

ケロニア・ミダス号はジェシーたちから遥《はる》か手前で停泊していた。流氷が彼等の行く手を阻んでいた。甲板に上がった森下はジェシーが見ることの出来なかった風景を目のあたりにしていたが、本人はそれどころではなかった。

「あいつは何処まで行くつもりなんだ。このまま大西洋に抜ける気じゃないのか?」

北極の原野は大陸ではない。巨大な氷の塊が海の上に浮かんでいるのである。その深さは四〇〇〇メートルから五〇〇〇メートルに及ぶ。そこを潜れば確かに大西洋に抜けるのは不可能ではなかった。もしそうなったら斎門たちは船では追尾できない。

ふり返ると小型探査艇がクレーンに吊《つ》り上げられていた。森下の隣には船長の磯村がいた。

「スピードは出ないからな。あれで人魚を追いかけろと言われても無理だよ」

それは森下にもわかっていた。しかし探査艇出航の指示を出したのは斎門だった。斎門は密がこの近くで止まると主張していた。そしてそこには仲間の人魚がいるだろうと。

その斎門は二〇度に保たれた地下の船室のモニターで甲板の状況を見ていた。モニターには海中に沈んで行く探査艇が映っていた。

甲板から森下が船長の磯村と共に帰って来た。零下の塊と化した二人の身体は冷気を発散して、部屋の温度を下げてしまいそうなほどだった。

「探査艇が出ました」森下が言った。

「うん……」

斎門はソファに凭《もた》れて呑気《のんき》に本を読んでいた。

「君は読んだかね」

「は？」

「これだよ」

そう言って斎門がかざした本はアルフレッド・ウォーレスの『香港人魚録』だった。

「ええ、もちろん」

「感想は？」

「え？　私ですか？」

「このろくでもない本についてどう思う？」

「……ろくでもない本ですか」

「そうは思わんかね」

「そうですね。確かにいつぞやのビリー・ハンプソンのレポートにもあった通り、興味深い点はありますが……仮にウォーレスが人魚とコンタクトがあったにしても、彼は一世紀以上前の人間ですからね。ダーウィンの『進化論』に歴史的価値はあってももはや現代の進化学のテキストにはならないのと一緒で……」

「確かに私も今までくだらん本だと思っていたよ。しかしどうも人魚についてわかればわかるほどこの本の持つ意味が見えてくる気がしてね」

斎門は愛《いと》しそうに古いその書物の背表紙を撫《な》でた。

「はあ、まあそうですね」

森下は適当に調子を合わせた。彼は最近の斎門に脅威を感じていた。

森下にしても研究室の臭《にお》いがしみついた学者だったが、そんな彼を以《もっ》てしても斎門には人間らしいリアリティがなかった。まるで顕微鏡好きな子供がそのまま大人になったような人物だった。彼はよく夢やロマンを語る。それが斎門の魅力にもなっていて、崇拝者も多かった。しかし手塚も天野犀子もそんな信者のひとりだったのだ。現実にリアリティのない人間の夢やロマンほど怖いものはないのだ。

手塚と天野の死が報道された通り単なる情死だとは森下も思ってはいなかった。人魚なんかもうどうでもいい。できることなら早く足を洗いたい。彼の本心はそうだったが、それが出来ないのは自分が手塚たちの二の舞になるのを恐れたせいでもあったが、斎門の権威そのものに萎縮《いしゅく》していたのも事実だった。アカデミックな世界の空気を長く吸いすぎた人間は権威に対して悲しいほど従順なものである。自分の中のNOも権威の前ではYESになってしまう。YESと言うたびに自分のアイデンティティを修正して生きている。森下もそんな権威崇拝者の典型だった。

「この中に地球空洞説の話が出て来る」斎門が言った。「地球の極に異世界の出入り口があって、人魚もそこからやってくるのではないかという話だ。そんなのは確かにSFじみた話さ。しかし現に海原密はこうして極を目指している。一体その先には何があるのだろうね」

「地球の内部には熱いコアとマントルがあるだけだと思いますが……」

「もちろん地殻の裏はマントルさ。それを疑う気もない。ただ何かを見過ごしてはいないかということだ。すごくシンプルな何かをね。我々は何故《なぜ》人魚を信じていなかったんだろう？」

「ひょっとしたら昔の我々の祖先は見ていたのかも知れませんね」

「しかし我々はもう長いこと見るチャンスがなかった。ひょっとしたら彼等は長い間存在していなかったんじゃないのか？」

「存在していなかった？」

「でなければ何処かに隠れていた」

「隠れてた？……それが北極なんですか？」

「彼等の寿命、そしてあの冬眠する心臓。これらが何を意味しているかだ」

斎門は『香港人魚録』のページをめくった。

「ウォーレスは何を掴《つか》んでいたんだ？」

かつてリック・ケレンズは斎門斉一が最も人魚の謎《なぞ》に近づきうる人間だと危惧《きぐ》をこめて予言した。しかしこの研究室の申し子はリックの懸念を遥かに上回る想像力で人魚に肉薄していたのである。そしてそのことは本人でさえまだ知る由もなかった。

密はようやく終点に辿《たど》り着いた。目の前には巨大な氷壁が聳《そび》え立ち、密の行く手を阻んでいた。左右を見渡しただけでも数キロはありそうな巨大な氷山である。あの微かな呼び声はその中から聞こえていた。密は自分の額を壁面に当ててその声を聞こうとした。

声の主は密から数十メートルほど先に存在していた。相手は氷の中に閉じ込められているのだ。密を呼ぶ声と一緒に微かな鼓動が数分間に一回のペースで聴こえた。

人魚は冬眠しているのだ。

額から高周波を飛ばして中をスキャンした。人魚は氷の中で逆さまにうずくまっていた。そしてその周りには細長い海藻《かいそう》のようなものがからんでいた。密はその海藻のようなものが何かわからなかった。密は自分から人魚に呼びかけてみた。

「おい、聴こえるか？」

返事は言葉ではなかった。人魚はもっと違う方法で密に答えた。氷壁にあてていた密の手と額が氷の中に溶け込んだのである。氷はまるで水のように易々と密を受け入れた。それは意識の中のことである。密は自分の身体をそこに残して意識だけを氷の間に滑り込ませた。

ゼリー状の液体の中を泳ぐように密は氷壁を潜り抜けた。そしてついに声の主を目の前にしたのである。

人魚は身体中に海藻を巻きつけていた。その海藻は氷の中で複雑に絡まりながら八方に伸びていた。その一端に密は触れてみた。海藻は何か固いものに巻きついていた。ほぐしてみるとそれは古いロープだった。密は他の海藻も暴いてみた。やはり海藻の中にはロープが隠されていた。古いロープに長い時間をかけて海藻が繋ったのだ。古いロープと人魚……。

密はこの目の前にいる人魚が何者であるかを悟った。そして慄然《りつぜん》とした。

——鱗女《ローンロイ》の母親……。

それはかつてアルフレッド・ウォーレスが実験のために海に放った人魚だった。身体中のロープは藻類を採取するために人魚に縛りつけていたものに間違いなかった。彼女はここまで辿り着き、そしてこの氷の中に閉じ込められたのだ。一体何時《いつ》からこうしているのだろう。人魚の強靱《きょうじん》な心臓はこんな状況でも生きていた。そして遠方にいた密を呼び寄せたのだ。

密は言い知れぬ怒りを憶《おぼ》えた。科学者のつまらない好奇心がこの人魚を百年間も氷の中で監禁するという残酷な結果を招いたのだ。

人魚は密を見つめていた。その澄んだ瞳《ひとみ》は自分の置かれた境遇を理解していないようだった。ただ仲間に会えた喜びでいっぱいのように見えた。

気がつくと密は氷壁の前にいた。人魚の弱った体力では密を長い間引き寄せておくことができなかったのだ。

密は狂ったように氷壁を叩《たた》いた。そして叫んだ。強烈な高周波があたりの海水を振動させた。それは悲しい音色としてジェシーの耳に届いた。

「密が泣いている」

ジェシーは両足に力をこめてスピードを上げた。

密は目の前の氷壁の一点を凝視してそこに高周波を寄せた。壁面は激しく震え、そこにしがみついていた密の指を切った。血が海中に迸《ほとばし》ったが密はそのまま叫び続けた。高周波は密の意識と共に氷壁を這《は》い回る。そして小さな亀裂《きれつ》を見つけると、そこにエネルギーを集中した。高周波に削られて広がった亀裂は、自らの重量が加わって一気に裂けた。

鈍い音がして氷壁は縦に剝離《はくり》した。崩れた巨大な氷の板は海中に猛烈な渦を逆巻きながらゆっくりと沈み、そして浮き上がった。密はその波に飲まれて失神した。ジェシーがそこに飛び込んで来なければ、密の身体は砕けた氷のかけらに押し潰《つぶ》されていただろう。

気がつくとそこにはジェシーがいた。密はジェシーと言おうとして水を飲み込んでしまった。密はもがき苦しんだ。まわりを見ると水の中である。

密は動顚《どうてん》した。あわてて息を止め、ジェシーを見た。

ジェシーは手招きのようなジェスチャーをしていた。口や頭を指さしている。何か喋《しゃべ》れと言ってるのだ。密は高周波でジェシーの頭の中に潜り込んだ。二人のコミュニケーションの回線がようやく繋《つな》がった。

「ジェシー、ここは何処だ？」

「何処って、海の中よ」

「寒い！」

「当り前よ。ここは北極だもん」

「北極？」

密はあたりを見回した。見上げると大きな氷の洞窟《どうくつ》のような壁が天井を塞《ふさ》いでいた。

「斎門のマインドコントロールが解けたのね」

「……そうだ。俺は斎門の研究所にいたんだ」

「そこで何をされたの？　憶えてる？」

「注射を打たれた。それから……」

密は懸命に思い出そうとしたが記憶は断絶していてうまくいかない。

「……魚を捕って食べた」

「何それ」

「海を泳ぎながら……クジラとも喋った。そしてあの声に気づいた……」

密はハッとした。不意についさっきの記憶が蘇《よみがえ》って来たのだ。密はあたりを見回した。

「どうしたの？」

「氷の壁を砕いたんだ」

「今の騒ぎね」

「何処だ？　その壁は？」

ジェシーは、砕けた氷壁のあたりを指さした。それは思いがけないほど目の前にあった。

密は壁に飛びつくと、額を押し付けて人魚の居場所を探した。剝離後の氷壁の表面からは細かい泡が無数に迸《ほとばし》っていた。その音が邪魔しているのか人魚の呼びかけは密の聴覚のネットになかなかひっかからない。

「そこに人魚がいるの？」

密は声の発信源を探し続けた。

「聴こえないはずないよ。あの声は日本まで届いてたんだ。ずっと聞こえてたんだ」

「ねえ、あれ何？」

ジェシーは氷の中に絡み合った海藻の塊のようなものを見つけた。

「いた！」

言われて密はジェシーのところまで下がって壁を見た。

「え？」

ジェシーにはそれが人魚には見えなかった。人魚の身体は氷壁の寸前まで迫っていた。

密は壁にまた張りついて、人魚の顔のあたりに自分の頭をこすりつけた。しかし人魚はもう鳴いていない。ようやくジェシーにも逆さに丸くなっているその姿が見えてきた。

「……ほんと、人魚だわ」

「鱗女のママだよ」

「え？」

「だからつまり……俺たちのおばあちゃんさ」

ジェシーは全てを理解した。人魚は海藻にからまれているのではなく、ロープにがんじがらめになっているのだ。密が叫んだ理由もようやくわかった。

「……ひどいわ。これがアルフレッド・ウォーレスの遺産なの？」

密は人魚の鼓動を聴いた。

……トク。

密は耳を澄ました。次の鼓動まで四、五分かかった。

「……生きてる」

密は再び人魚に呼びかけた。しかし返事がない。

「ジェシー、この氷を割ろう。手伝ってくれ」

「え？　どうやって？」

「俺が彼女の身体を包むから、君がこの氷を割るんだ」

「高周波で？」

「ああ」

「無理よ。そんなの。やったことないもん」

「大丈夫だ。割れた状態をイメージするんだ」

「どのぐらいのキーなの？」

「そういうこと考えるなよ。ただ割ろうと思えばそうなるよ」

「そんなおおざっぱな……」

「やってみるんだ」

「わかったわ」

「君が先に撃て」

「あんたが先でしょ」

「俺は君の声を聴かないと……」

「どうして？」

「君の声の先端をつぶすんだ。彼女に当たらないように」

ジェシーは頭がチンプンカンプンだった。

「あんたいつの間にそんなにいろんなワザ覚えたのよ」

「え？……さあ。いつだろう？」

それは密にとっても不思議な話だった。

ジェシーは意識を集中して、高周波を撃った。

「もっと強く！」

密が叫ぶ。ジェシーは更に声を上げた。

「低すぎる。もっと高く！」

「これがいっぱいなのよ！」

「何処から声出してんだよ」

「わかんないのよ！　あなたどうやってるの？」

「え？」

密は自分を顧みた。彼は無意識にここまで獲得したタイプだった。ジェシーに訊《き》かれても今更うまく説明できない。

「なんていうか……こんなの……適当だよ」

「そんな！　説明になってないわよ」

「じゃあ俺が手伝ってやるよ」

密がジェシーの身体から高周波を放った。密はジェシーの声を彼女が届かなかったキーまで押し上げた。ジェシーは自分の体感している世界が一気に広がるのを感じた。その勢いでジェシーの意識は密の脳に逆流した。目の前に自分がいる。

「どうなったの？」

「俺の脳に入り込んだんだ」

ジェシーは声を止めた。

目の前には密がいる。

「わかったかい？」

「……なんとなくね」

ジェシーは再び氷壁に向かってトライした。さっきほど力を入れなくても高周波は高いキーまで登り詰める。

「そこまで高くなくていいんだ。相手は脳じゃない。固い氷だ。そいつが砕けるイメージを作るんだ」

密の言う意味がさっきよりわかる気がした。目の前の氷は次第に激しい微振動を始め、触れていた両手を弾き飛ばした。

「いい感じだ」

「ねえ、割れそうよ。割っていいの？」

「行け！」

ジェシーは心の中で氷にアイスピックを突き刺した。すると目の前の氷が粉々に噴き飛んだ。

そして人魚は氷から解放されて海中に飛び出した。

「やった！」

ジェシーは叫んだ。

絡み合う枷《かせ》を抱えたまま人魚は海中を漂った。近づいた密とジェシーは身体が凍りついた。

人魚はバラバラに砕けていた。身体じゅうのロープが辛うじてそのパーツを繋《つな》いでいた。

ジェシーは密の後ろで目を背けた。

「……あたしのせい？」

「いや……俺だ」

密は青ざめた。密は人魚を傷つけないように高周波でその身体を包み込んでいたつもりだった。しかしその氷壁が崩れた後の物理的な反作用までは計算に入れていなかった。割れた氷の重圧が人魚の身体を砕いてしまったのだ。

人魚の遺体から何かが跳ねるように飛び出した。雄の脳髄だった。

「鱗女の父親だ」

それは二人の祖父でもあった。そして数百年にも渡る深い愛の名残でもあった。

何処からか声が聴こえて二人はあたりを見回した。

それは明らかに人魚の高周波だった。それもひとつではない。無数の声だ。

「なによ？」

ジェシーは密にしがみついた。

高周波はジェシーたちを取り囲む氷壁の至るところから聴こえてきた。その声は人魚の遺体に集中した。人魚の身体は雄の脳髄と共にゆっくりと崩れ、最後には海藻を巻きつけたロープだけが残った。

二人は呆然《ぼうぜん》としてその成り行きを見守っていた。誰かが人魚を破壊したのだ。しかしその高周波は実に優しくて、憐れみに満ちていたのを二人は感じていた。

「誰かいるのか！」

密が叫んだ。

「いるんだろ？」

しかし返事はなかった。

低い周期的な音に二人は気づいた。

「なんだ？」

「……スクリュー音。斎門たちだわ」

「え？」

「探査艇で追いかけて来たのよ」

密は音の発信源の方を見た。小さく光る点が見えた。探査艇のサーチライトだ。

「なんでここがわかったんだ？」

「センサーよ」

「え？」

「あんたの身体にセンサーがついてるはずよ」

「何処に？」

ジェシーは高周波で密の身体をスキャンした。センサーは脇腹《わきばら》に埋め込まれていた。

「ちょっとスーツ脱いで」

「え？」

「抜き取るわ」

「どうやって？」

「高周波で」

「そんなの無理だよ」

「どうして？」

「高周波ってのは超能力じゃないんだぜ。そんなことしたら腹が破けちまうよ」

「そうなの？」

「そうさ。抜き取るのは無理だけどセンサー自体を壊すのなら簡単だ。配線をスキャンして切断すればいいんだ」

「なるほど」

「できるかい？」

ジェシーは密の脇腹に意識を集中した。目の前にセンサーの内部が浮かぶ。ジェシーはいくつかあるコードを適当にカットした。

「止まったかい？」

「……わかんない」

「まあいいさ。これであいつらがつけて来なければ成功ってことさ。でもこれから何処に……」

ジェシーは探査艇の方向をさして言った。

「ビリーたちがタグボートでこっちに向かってるの。そこまで戻るわ」

二人はもう一度あたりを見回した。巨大な氷壁は沈黙したまま、二度と歌うことはなかった。

「ここは人魚の墓場なのかしら。それとも人魚の故郷？」

密にはどちらも正しいような気がした。もしかしたらまたここに来るかも知れない。そんな予感が密にはあった。

「さ、行こう」

密はジェシーの肩を叩《たた》いた。

二人は来た方向に引き返した。途中ですれちがった探査艇は外部カメラをぐるぐる回しながら妙にジグザグに泳いでいた。密のセンサーを見失ったせいだろう。

「こんなのろまな船で何をする気だったのかしら？」

ジェシーは探査艇のボディを足で力任せに蹴飛《けと》ばした。中の乗組員は流氷のかけらでも衝突したかと思ったにちがいない。二人はのろまな追跡者を置いてビリーたちのタグボートに向かった。

しばらくして二人は停泊しているタグボートの船底を見つけた。海上から顔を出すと、船の上には誰もいない。

「ビリー!」

ジェシーが叫ぶと、中からビリーたちが飛び出して来た。

「ジェシー!」

ビリーたちはジェシーの隣に密の顔があるのを見つけて歓喜した。アレキサンダーが浮輪を投げて二人を船の上に上げた。二人は毛布にくるまれて船室に飛び込んだ。たかが五、六度の船室が二人には温室のように暖かかった。

「おかえり、密」

ビリーが改めて密の手を握った。氷のように冷たいその手には水掻《みずか》きが成長していた。

それを見たアレキサンダーが言った。

「やっぱりこの人、人魚じゃないよ。人魚には水掻きはないんだ」

「人魚なんかじゃないさ」ビリーが言った。「ハンス、アレキサンダー、紹介するよ。俺たちの友達の海原密だ」

密は照れながら二人と握手した。

羽陸はジェシーと抱き合った途端その冷たさに悲鳴を上げた。

ケロニア・ミダス号が探査艇の回収に手間取っている頃、ビリーたちのタグボートは悠然と帰路についていた。ようやく出航したケロニア・ミダス号は運の悪いことに行く手を流氷に阻まれて身動きが取れなくなってしまった。船長の磯村は、港湾局に電話をして砕氷船の出動を要請すると同時に、ノームの空港と連絡を取り、密を回収するためにあらかじめ用意していた飛行艇を向かわせた。

二十分足らずで飛行艇が到着した。斎門たちは一足先にケロニア・ミダス号を後にした。離陸してしばらくすると斎門が一隻のタグボートを海上に発見した。その時、斎門が何《な》故《ぜ》その船が気になったのかわからない。直感としか言いようのない何かだった。

「あの船はなんだ?」斎門が言った。

「は?」

森下も窓を覗《のぞ》いた。点のような船が海面に見えた。

「地元の船でしょう?」

「確認しろ」

「は、はい」

森下はコクピットに行き、パイロットに無線で船と交信させた。

「ハロ、ハロ。こちら飛行艇J六〇六。取れますか？」

船から返事が返って来た。

「はいはい、こちらウェールズ八号。取れますか、どうぞ」

ハンスの声だった。

「港湾局のタグボートですよ」

パイロットが森下に言った。

「ジェームズか？　ハンスだ」

パイロットはハンスの顔見知りだった。

「おお、ハンスか。何やってんだ？」

「何って仕事さ。お前こそ何やってんだ」

「こっちも仕事さ」

「ちょうどいい。向こうで覆面船を見たぜ。ノームに着いたら港湾警備局に連絡してやれ」

「どの辺だ？」

「北北西一〇マイル付近だ」

「わかった」

ジェームズは無線を切った。森下はそのことを斎門に報告した。

「まずいです。地元の船に見つかりました」

「何だって?」

「急いであの海域を離れないと……」

「森下君、この飛行機、あの船のそばに降ろしてくれ」

「は?」

「センサーが壊れたのがどうも気になる。ちょっとあの中を覗いておきたい」

「わ……わかりました」

森下はまたコクピットに引き返した。

「え? なんで?」

ジェームズはわけもわからず聞き返した。

「いいから。教授の命令だ」

飛行艇は上空で旋回すると、タグボートに平行に下降し、着水した。

タグボートにジェームズから無線が入る。

「ハンス、聴こえるか?」

「どうした? ジェームズ」

「エンジンの調子がおかしいんだ。ちょっと手を貸してくれないか?」

「おいおい、俺は飛行機のことなんかわからんぜ」

そう言いながらハンスはタグボートを海上に停泊させた。

「しょうがねえな、ジェームズの奴《やつ》」

ハンスはそう言いながら甲板に出た。ジェームズが飛行艇のドアを開けると、アレキサンダーがタグボートをゆっくり飛行艇に近づけた。ビリーたちはその様子を中から覗いていた。

ハンスが飛行艇に飛び乗った。ビリーたちは波に揺られながら、船長の帰還を待った。しかしハンスはそれっきり十分経っても戻って来ない。アレキサンダーが無線で飛行艇に呼びかけた。「聴こえるかい？　ジェームズ」

返事がない。

「コクピットにいないんだろう」

羽陸が言った。

アレキサンダーが甲板に出ると、それにつられてビリーと羽陸がドアから顔を覗かせた。飛行艇内部の斎門たちはこの瞬間を待っていたのである。

ドアから密封式の水中マスクを被《かぶ》った連中が飛び出して来て甲板に乗り移った。彼等は手に手に自動小銃を抱えていた。

「何よあれ!?」

ジェシーが叫んだ。

「しまった！　斎門たちだ！」

ビリーはそう叫んであわててドアをロックした。甲板のアレキサンダーは手を上げて撃たないでくれと叫んだが、彼等の目標はタグボートの船内だった。古いタグボートのドアは他愛なく突破された。隠れる暇もなく、ビリーたちは船内で包囲された。

マスクのひとりが言った。

「今日は妙に頭が冴《さ》えてる。本当にここにいるとは驚きだ」

その声は斎門だった。

「斎門、こんなことして済むと思ってるのか？」

ビリーは顔をひきつらせながら罵《ののし》った。

「君らこそ、こんなことをして済むとは思っていないだろう？」

銃声がした。密に麻酔弾が撃ち込まれたのだ。麻酔は数秒で密を昏睡《こんすい》させた。床に倒れた密をジェシーが抱きかかえた。

「密！」

マスクの男たちはジェシーを突き飛ばし、密を抱え上げた。

ジェシーが高周波を撃った。しかしそれはビリーと羽陸を床にのたうちまわらせただけで、彼等には効かなかった。彼等のマスクは高周波を完全に遮断していた。麻酔銃を持った男が密の太腿《ふともも》にもう一発麻酔を撃ち込んだ。高周波の音源が密だと誰もが勘違いしていた。

ジェシーはあきらめて口をつぐんだ。

「クソッ！　ウチの情報を盗みやがった！」

羽陸が床を蹴《け》った。

耐高周波隔壁の技術は羽陸とゴードンの三年に亘る研究開発の成果だった。それはライアンとジャックの果てしない高周波の解析作業によって獲得し得た技術でもあった。その結果はマーム・エイド会議で報告はしていたが、斎門たちがマスクを作成できるほどのデータを公開した憶《おぼ》えはなかった。つまり、研究データは盗まれていたのである。

斎門たちは密を飛行艇に運び込んだ。中には密のための特別製のケージが用意されていた。高周波を一〇〇パーセント遮断する多層構造の容器もライアングループが設計したタイプの模造品だった。ハンスとジェームズは配下たちに銃口を突きつけられながら収容を手伝わされていた。

ビリーたちは甲板に連行された。アレキサンダーは何処《どこ》かに逃げ込んだのか、姿がなかった。

「どうするつもりなんだ?」ビリーが言った。「まさか殺すつもりじゃないだろうな。手塚たちみたいに」

斎門は笑った。マスク越しの斎門の笑い声は不気味に甲板に流れた。

「何がおかしいんだよ」

「手塚と天野は自殺したんだ」

「そうそう、自殺させられたんだ。俺たちにもそうしろってわけか」

「君たちはここに何しに来たんだい?」斎門が言った。「密を探しに来たんだろ?」

「それがどうした？」

「それなのにみんなで自殺するのかい？　それは変だろ。君たちには自殺する動機はないんだよ。君たちは遭難したんだ。これなら不自然じゃないだろ？」

「馬鹿じゃねえのか？　自動小銃で胸板をぶち抜かれた遭難者いるかい？」

斎門はまた笑った。

「そうだな。それは気づかなかった。いいことを教えてくれたよ、ビリー。じゃあここから海に飛び込んでくれ」

「斎門さん……」羽陸が言った。「あんた自分で何をやってるのかわかってるのか？」

「君は……ああ、ライアンの助手の……名前は何だったかな？」

「俺はあんたをずっと尊敬してたんだ。あんたは世界で三本の指に入るＤＮＡの権威じゃないか。なのになんだいこれは？　こんなのただの犯罪行為じゃないか。目を醒《さ》ませよ」

羽陸はあたりを見回した。

「お前らもみんな学者だろ？　そんな銃なんか持たされて、おかしいとは思わないのか？いつからあんたたちはテロリストになっちまったんだよ」

「無駄だよ、羽陸くん。医学の進歩のためにはモルモットの犠牲は止むを得ない。彼等はそれを心得ている集団だ」

「モルモットって、あたしたち？」ジェシーが言った。

「君たちにとって人魚とは何だい？　イルカと何か違うのかね？　そもそも君たちはどう

してイルカなんか研究しているんだい？　そんなことをして何か役に立つのかね。我々からすれば君らのやっている研究なんてものは、趣味の釣りみたいなものだ。そんな連中に人魚の存在の意味も価値も関係ない話さ」

「人魚の価値だって？　あんたにしたら人魚だってモルモットじゃないのか？」とビリー。

「そうかも知れん。しかしこれでも人魚の齎《もたら》してくれるものには敬意を表してはいるんだよ。彼等はこれからの医学を根底から変える存在だ」

「あんたたち人魚で何をしようとしてるんだ？」

「何をと言われても一言では言えないよ。彼等はあまりにも豊富な資源だ」

「資源？」

「そうじゃないか。彼等は人間であって人間じゃない。わかるかね？　人権を認められていない人間なんだ」

「そういうことか」羽陸が言った。「それで奴らのクローンを考えたわけか」

「そういうことだ。人間のクローンは国際条約で禁止されているからね。しかし彼等ならいくら生産したって構わない。いくら臓器を摘出したって構わない。そうだろ？」

「そんな！」ジェシーは顔を歪《ゆが》めた。

「まあ、そんなのは一例に過ぎんがね。もっと教えてやってもいいんだが、これから死ぬ人間にはその意味もないだろう。さあ、おとなしく海に沈んでくれ」

　斎門は部下に合図を送った。銃口がビリーたちに一斉に詰めよった。三人は足がすくんだまま動けない。

「往生際の悪い連中だ。おい、突き落とせ」

部下たちは斎門を見た。誰もが自分で手を下すのにはためらいがあった。

「槇村、お前がやれ」

槇村と呼ばれたマスクの男は一番前にいた。

「は、はい！」

槇村はそう返事をしたが、どうしても行動に移せなかった。

「どうした槇村、お前には助教授のポストが待ってるんじゃないか。フイにしたければそれでもいいが」

「はい！」

槇村は威勢よく返事はするもののどうしても動けない。それを見てビリーが笑い出した。

「情けないぜ。俺はこいつの出世のお手伝いで死ぬのかよ。そんなのまっぴらごめんだ」

そう言ってビリーは自分から海に飛び込んだ。

「ビリー！」

ジェシーと羽陸が同時に叫んだ。

一旦《いったん》沈んだその身体が浮き上がるとビリーの顔は真っ青になっていた。

「ヒョー。いい気分だぜ！」

ビリーは叫んだ。

「斎門、覚悟しとけよ！　俺の遺体が上がる頃にはお前は刑務所ん中だ！」

激しい潮がビリーの身体をタグボートからどんどん遠ざけて行く。ビリーは叫び続けた。

「手塚も天野もダテに殺されたわけじゃないんだ。知ってるか？　あいつらはお前らがやった人体実験のファイルを俺たちにこっそりくれたのさ。じきに日本の警察に届くだろう！」

「なんだって？」

「ざまあ見ろ！　警察のお迎えが来る前にせいぜい汚れた試験管でも洗ってろ！」

タグボートから見えるビリーはほとんど小さな点だった。その点は懸命に海面にしがみついていたが、やがて見えなくなってしまった。

ジェシーが涙を嚙《か》み殺しながら斎門を睨《にら》みつけた。

「あんたが欲しがってたのは雌の人魚なんでしょ？」

「なに？」

ジェシーは手袋を脱いでその手をかざした。指の間に生えかけた水かきが斎門たちの視線を捉えた。

「残念だったわね。こんなところまで来なくてもすぐ目の前にいたのに」

部下たちが飛びかかる前にジェシーの足は甲板から離れていた。水飛沫《みずしぶき》の後には分厚いコートだけが浮かんでいた。

「クソッ！」

斎門が初めて取り乱した。彼は部下から銃をもぎ取って海中に乱射した。

「何やってるんだ！　お前らも撃て！　遺体だけでも持って帰るんだ！」

しかし周りの部下たちは躊躇《ちゅうちょ》したまま動けなかった。

斎門は銃を撃ち続けた。そして突然足を滑らせて海に落ちた。浮かび上がった斎門の胴体には二メートルを超える大きな銛《もり》が貫いていた。

部下たちがふり返るとそこにはアレキサンダーがいた。部下たちは逃げようとするアレキサンダーに銃を向けた。

「撃つな！」羽陸が絶叫した。「もうあんたたちに命令する奴はいないんだ！　今撃ったら全部お前らの罪だぞ！」

部下たちはその声にひるんだ。

「みんな海の上で起きたことだよ」

アレキサンダーはそう言った。


ジェシーは思うように泳げなかった。斎門の撃った弾が身体の何処かに命中していた。それが何処なのか自分でもわからなかった。ただ痛みを越えた痺《しび》れを全身に感じていた。

ジェシーはそれに耐えながら泳いだ。

エコーロケーションの網にビリーがひっかかった。ビリーは既に意識を失って海中に漂っていた。ジェシーはやがてその姿を肉眼で確認した。

「ビリー！」

ジェシーはどうにかビリーのもとに辿《たど》り着いた。そしてビリーの脳に入り込んだ。

「ビリー、ビリー、聞こえる？」

ビリーが自分の脳の中で目を醒ました。仮死状態の本人には夢を見ている感覚さえなかったかも知れない。

「……ジェシー……ここは何処だ？」

「しっかりして！」

「……思い出した。海に落ちたんだ」

「身体を起こして！　目を醒ますの！」

「……無理だよ……もうそんな力……ないよ」

「でもあなたはまだ生きてるのよ。諦《あきら》めちゃ駄目よ」

ジェシーはビリーの身体を抱えて海面に上がろうとした。しかしジェシーにももうその力はなかった。二人はダークブルーの海中に浮かんでいることしかできなかった。

「……もう駄目だ。ジェシー、俺は先にいくぜ」

「死んじゃ駄目！」

「無理言うなよ。もう肺が水浸しだ。ジェシー、俺はお前らとは違うんだぜ……」

ビリーの意識が次第に消滅してゆく。

「そんなことないわよ！　どうして？　あたしもあなたも同じ……」

——同じ何なのだろう？

同じ人間……でも自分は人間ではない。同じ人魚？……でもビリーは人魚ではない。でも何かが一緒なのだ。人魚とか人間とかいう定義がなければ一緒じゃないか！　ジェシーは闇雲《やみくも》な思考の中でそんなことを考えた。

あたしたちは何が違うんだ？　何が一緒なんだ？　斎門は人魚を人間のための資源だと言った。人魚はそんなものなのか？　自分は人魚だと知らずに十九年間も生きてきた。密だってそうだ。

密……。

ジェシーは密を呼んだ。

「密！　ヒソカァ！」

ジェシーの高周波はうねりながら急激に周波数を落とす。やがてその声は可聴音域を通り過ぎて不可聴音域の低周波に変わる。

「ヒソカァ！　ヒソカァ！　ヒソカァ！　ヒソカァ！」

ジェシーは密の意識を捉える。

密は深い眠りの中でジェシーに答えた。

「ジェシー……真っ暗だ」

「あんた、何やってるのよ！　助けに来てよ！」

「……何処だ？……ここは？」

「知らないわよ！　ねえ密、あたしどうしたらいいの？　ビリーが死んじゃうよ」

「ビリー……ビリーが死ぬ……？」

「ねえ、助けて！　ビリーを助けて！」

「……無理だよ。彼はもう……死んでるよ……」

ジェシーはビリーの脳に舞い戻る。

「ビリー！　どこ？　ビリー！」

ビリーの意識はもう何処にもいない。これが死ということなのか？　ジェシーは戦慄《せんりつ》した。

「死なないでビリー！　死んじゃ駄目！」

動顛《どうてん》したジェシーは密の脳に飛び込む。

「どうしたらいいの？　ねえ！」

「……そんな……わかんないよ」

「どうして？　ねえ、どうしてよ！　あたしたちは海で平気なのにどうして人間は駄目なの？」

「……それは……人間は……人魚じゃないから……」

「何が違うの？　ねえ、一緒じゃない。あたしだって、あなただって人間としても生きてこれたわ。人間は人魚になれないの？」

「……そんなの無理だよ……」

「目を醒ましてよ！　密！」

「……眠いよ……」

「馬鹿！　ビリーが死にそうになってるのに！」

「……死んでるよ、ビリー……もう……」

「密、これはあなたの夢じゃないのよ！　現実なのよ！　起きてよ、ねえ！」

「……夢じゃないよ……現実だ……わかってる……もう少し眠らせてくれよ……明日……学校……」

密は完全に寝ぼけていた。

「おい！　ヒソカ起きろ！」

「人魚は……人魚は……人間……」

朦朧《もうろう》とした意識の中で密が言った。

「なに？」

「……人間と一緒だって……ライアンが言ってた」

「パパ？……そうよ。パパはそう言ったわ」

「ホモ・アクアリウス……ミッシング・リンク……なんだっけ？……」

「ヒソカ！」

もう密のねぼけに付き合ってる暇はなかった。ジェシーは諦めて密の回線を切った。そしてビリーの脳に舞い戻るとわずかな意識を求めてニューロンの迷路を駆け出した。

ボスを失った斎門の部下たちは銃を捨てた。

「俺たちはどうかしてたんだ。罪は償うよ」

森下は涙ぐみながらそう言った。ハンスとアレキサンダーがビリーとジェシーの捜索のためにタグボートで出航した。ハンスたちは何度かダイブを試みたが、この大海原で二人に出会うのは不可能だった。海は次第に荒れ始め、潮流は勢いを増していた。ハンスたちは断念して飛行艇に無線を入れた。

「海が荒れて来た。これ以上は無理だ」

「そうか……」

羽陸は言葉が続かなかった。

「こいつもそろそろ離陸させないとマズいよ」ジェームズが言った。

「そっちの人魚はどうした？」

「いま治療してる」

「そうか。そいつが目でも醒ましてくれればいいんだが……」

「やってるよ」

ケージから解放された密は医師たちの手当を受けていた。二発も撃ち込まれた麻酔を軽減するために点滴と輸血が行われていた。無線を切った羽陸は密の傍らに座った。

「……眠いよ……」

まだ回復していないはずの密がそう言った。

「密！　大丈夫か！」

羽陸が密の頰を叩《たた》いた。

「……死んでるよ、ビリー……もう……」密がかすれた声で言った。

「ビリーたちはハンスたちが助けに行った。きっと助かるよ」

しかし密にはそれは聞こえていないようだった。

「……夢じゃないよ……現実だ……わかってる……もう少し眠らせてくれよ……明日……学校……」

「おい、しっかりしろ！　密！」

「人魚は……人魚は……人間……人間と一緒だって……ライアンが言ってた」

「そうだ。人魚と人間は一緒だ！」

羽陸は密の意識を回復させるために懸命に答えた。

「ホモ・アクアリウス……ミッシング・リンク……なんだっけ？……」

「ミッシング・リンクはホモ・アクアリウスとホモ・サピエンスが分かれた場所だ。よく憶えてたな」

「……ミッシング・リンク……ホモ・サピエンスと……分かれた場所……」

密の意識が羽陸の言葉にひっかかりかけた。羽陸は急いで話を続けた。

「そうさ。それまで人間はひとつだったんだ」

「人間は……ひとつ」

「昔は俺たちもみんな海に住んでたんだ。ホモ・アクアリウスはそのまま海に残り、ホモ・サピエンスは陸に戻ったんだ」

「……海に残り……陸に戻った……」

「そうさ」

「……ジェシー」

そして密はまた深い眠りに落ちた。


密はジェシーに切られた回線の残像を追いかけた。そしてジェシーの脳に手が届いた。

「ジェシー、聞こえるか？」

「密？」

「俺……だ」

「目が醒めたの？」

「まだだ。俺を一緒に連れて行ってくれ……ビリーの脳の中に……」

密はジェシーの意識にしがみついた。ジェシーは停止しかかったビリーの脳の中を走っていた。彼の脳の中は光にあふれていた。

「眩《まぶ》しい……」

密の意識は思わず目を細めた。

「臨死体験よ。脳のホルモンが最後の光を放ってるんだわ」

「魂の光……？」

「これが消えたらもうおしまいよ。でも何処に行けばいいの？」

「古い記憶を探すんだ」

「え？」

「太古の記憶。もし人間が昔人魚だったとしたら……」

ジェシーの意識が不意に輝いた。

「人魚の記憶が何処かにあるはず……そういうこと？」

「そうだ。でもそれが何処にあるか……」

「そんなの探すしかないわよ」

二人はビリーの記憶の世界に突入した。彼等に必要なのはビリーが生まれる前の記憶だった。


密が目を醒ましたのはそれから四時間後だった。そこはウェールズの病院だった。目の前には羽陸の顔があった。

「……ビリーは……」

密がつぶやいた。羽陸は暗い表情に変わった。

「行方《ゆくえ》不明だ。ジェシーも」

「……二人は生きてるよ」

「なんだって？」

「大丈夫。生きてる」

「何処に？」

「……海の中」

羽陸は落胆した。密がまだ夢から醒めていないのだと思った。

「……二人は冬眠……した」

「冬眠？」

「そう」

「ビリーもか？」

「……そう」

羽陸は苦笑した。やはり密は夢の続きを見ているのだ。羽陸はそう思った。

「そうか。ビリーも人魚だったのか」

羽陸は密に話を合わせた。

「みんな……人魚だった……」

密は言った。

海に還る

ビリーはさっきからずっと青空を見ていた。目に映る青の色が妙に新鮮だった。生まれて初めて見た青空もこんな色だった……憶《おぼ》えはないが、そんな気がしてならなかった。

ビリーは一ヵ月の眠りから醒めたばかりだった。羽陸に自分が冬眠していたのだと聞かされても何も憶えていなかった。ジェシーと密のことを訊《き》くと、羽陸はこう言った。

「二人は海に還ったよ」

「え？……還った？」

「ハハッ、心配するな。二人とも無事さ」

そして羽陸はビリーに一通の手紙を渡した。封を開けて中を見たビリーは大きなため息をついて手紙を放り投げてしまった。

「なんだい？」

「『ネイチャー・パラダイス』の編集長からだ。セント・マリアの原稿を書かなかったんで、取材で使った経費返せって言ってきやがった」

羽陸は思い出したように笑った。

「そういえばビリーは取材に来てたんだったよな、あの時」

「そうさ。どうして？」

「なんか、すっかり忘れてたよ」


キーウエスト海洋科学研究所の傍の桟橋にリック・ケレンズとライアン・ノリスがいた。マーム・エイドは人知れず解散し、ライアンもじきにセント・マリアに戻る予定だった。

「先生は前に僕に言いましたね」ライアンが言った。「御自分は平凡な学者だと」

「ああ」

「僕も平凡な学者ですよ」

「そうかね」

「というか、我々はきっと学者失格なんでしょうな」

「ハッハ、それには同感だ」

「これだけの偉大な発見を前にして、結局臆病風に吹かれてしまった。ひょっとしたら我々は科学の歴史の中にとんでもないミッシング・リンクを作ってしまったかも知れませんよ」

「それもいいじゃないか。アルバータはジェシーを引き取る時に私にこう言ってたよ。この子を人間として育てるつもりはない。人魚に育てるつもりもない。この子はジェシー・ファーロングという生き物として育てるんだってね。そしてジェシーは立派なジェシー・

ノリスに成長した。アルバータの望んだようにね」

ライアンは頷《うなず》いた。

「海鱗女もきっと喜んでるでしょう」

「ああ」

「密の身体はいつか癒合を求めるんでしょうか」

「さあ。それは誰にもわからんよ」

「……もしそうなったら、ジェシーは受け止めなければいけないんでしょうか?」

「どうだろうな」

ライアンは大きなため息をついた。リックはその肩を叩いて言った。

「我々は人間だ。密とジェシーにも人間であって欲しいと願う。しかし人魚には人魚の幸福《しあわ》せだってある。百年前、洲化と鱗女は愛し合い、それは誰も止めることができなかった。二人は強い絆《きずな》で結ばれて、きっと誰よりも幸福だったんだろう。しかしその幸福感を理解するのは我々人間には難しすぎる。難しいことだが、幸い私も君も科学者だ。難しいことを理解しようという意思は人一倍強い人種だ。鱗女が自分の子供たちを科学者である私たちに託したのには、彼女なりの理由があったのさ。鱗女はアルフレッド・ウォーレスを憎んだだろう。しかし信じてもいたんだ。そうは思わないかね」

「……二人の運命を見届けろっていうことですか」

「その運命を共に生きてくれということさ」

リックは立ち上がると手に持っていた陶器の壺《つぼ》の蓋《ふた》を開けた。そしてライアンの手のひらの上で壺を逆さにした。白い灰が手のひらの上で舞った。ライアンはそれを海に向かって投げた。リックも壺に手を入れて灰をすくい上げると、海に撒《ま》いた。

それは海鱗女と海洲化、そしてセント・マリアの人魚の灰だった。二十一世紀の初めにその片鱗《へんりん》をのぞかせた人魚伝説は、こうして再び深い海の底に姿を消したのであった。

キーウエストに戻って来てからの一週間、密とジェシーとはラボのプールで欲求不満になっている若草物語の四姉妹を連れてフロリダの海を泳いでばかりいた。その日も随分沖まで来てしまい、このあたりの海に馴《な》れていないジョーたちは怖がって追いかけて来なかった。

二人はどこまでも泳ぎ続けた。海に目醒めた二人の身体がそれを欲してやまないのだった。

海面から顔を出すともう岸辺は見えなくなっていた。二人は酸素を身体に充たすと、また潜水した。先を泳いでいた密にジェシーがしがみついて来る。

「ねえ、密」

ジェシーが水の言葉で言った。

「なんだい？」

密が水の言葉で返す。

「このまま海に棲《す》もうか」

「え？」

「それとも陸に帰る？」

ジェシーは密の手を握った。

「……海に帰る？」

ダークブルーの世界に包まれながら、二人は抱擁した。

あとがき

元・米米クラブのカールスモーキー石井さんと初めて会ったのは雪の中だった。

僕は映画『Love Letter』撮影中で、石井さんは、陣中見舞を兼ねて小樽《おたる》の豪雪をかきわけてやって来てくれた。

「撮影大変ですねぇ」

社交辞令的会話を手早く済ませた石井さんは、いきなり本題に入った。

「今度〝人魚〟の映画を撮《と》ろうと思うんですよ」

「人魚?」

ちなみに石井さんの前作は〝河童《かっぱ》〟だった。

「石井さん、そういうの好きですね」

「岩井さん、手伝ってもらえませんか?」

「はあ」

仕事の依頼は性急にして、迅速だった。

僕の頭の中は『Love Letter』の世界に埋没していたので、〝人魚〟と言われても、とっさに何も浮かばなかったのを憶《おぼ》えている。

隣を見ると、石井さんは氷点下の中、分厚いコートに身を纏《まと》いながら、子供のようなまなざしで既に青い海と人魚の世界を夢想していた。

その夏、僕は石井さんとオーストラリアの大海原にいた。

石井さんはストーリーが仕上がるのを待ちきれずに、既にオープニングのクジラの撮影を開始していた。五、六人乗りの小さなボートはオーストラリア人のカメラマンチーム二人と、コーディネーターが一緒だった。海は大きくうねり、停泊したボートはゆるやかに、しかし大きくローリングしていた。これは辛かった。僕は胃から酸っぱいモノまでこみあげてきて最悪なことになっていた。

石井さんは全然平気でボートのへりに立ってクジラを探しつづけている。

「石井さん船に強いんですか？」

「ええ。ボク、海育ちですから」

そのうち石井さんはアクリパンドのデモテープを鳴らしながら歌まで唄いだした。やがてその歌に誘われたようにクジラの巨大な背中が波間に出現し、カメラマンは35ミリカメラを搭載した巨大な水中グリンプを軽々と担いで海に飛び込む。僕はというと生まれて初めて見る天然のクジラに船酔いも忘れてひたすら吠《ほ》えてた。

「すげ――！　すげ――！　すげ――――！」

実在するクジラでこんなに興奮するんだとしたら、人魚なんかに出喰《でく》わしたら人間、どんな風になってしまうんだろう。

一瞬自分の中でこの人魚物語の核《コア》が垣間《かいま》見えた気がした。


ところが人魚は決して楽な素材ではなかった。

自分のベクトルは人魚が何なのか？　というサイエンスな方向にどんどん向かい始めた。自分の人魚ストーリーに『Love Letter』的情感を加味して欲しくて小樽まで足を運んだ石井さんにすれば、とんでもない誤算になってしまった。

「人魚と人間の愛の物語を書いて下さい」

石井さんに何度もそう言われても、僕はなかなかそこに辿《たど》り着けなかった。自分の中で人魚の実体が見えて来ない状態がひたすら続いていた。石井さんは辛抱強く僕の本を待ってくれてたが、僕自身、本来は監督である。こんな融通の利かないライターを抱えてしまった彼に監督としての僕は内心同情を寄せていた。もしこれが自分の監督作だったら、どうしてるだろう？

答えはそんなに難しくはない、脚本家を変えればいいのだ。それがお互いのためというものだ。

監督業としての僕は脚本家としての僕を潔く降板させることにした。

「でも、岩井さんの人魚物語、これはこれで小説にしたらどうですか」

降板の話を持ちかけた僕に石井さんはこう言ってくれた。

この一言がこの本の出版のスタート地点だった。

しかしその後も順風満帆というわけには行かなかった。僕は既に『スワロウテイル』の準備に足を突っ込み始めていたので、その小説を何時《いつ》書けばいいのかという問題があった。小説は角川書店から出版されることになり、発売は『アクリ』公開に合わせるという決定が下された。しかしその頃はまだ『スワロウテイル』をやっているはずだった。

一体何時書くんだろう?

ほとんど麻痺《まひ》した頭で他人事《ひとごと》のようにそう思ったことだけは憶えている。たまの休みにワープロの前に向かってみても、こんな膨大な物語がかたづくはずがなかった。

「……スイマセン。デキマセン」

敗北感に打ちひしがれつつ、僕は電話ごしにそう答えた。

「まあ、それなら好きなだけやってください。いつかできたら電話くださいねッ♡」

担当の脇さんは明るい声でそう言って電話を切った。しかし発売が決定した本を無期延期にしなければならないのだ。彼女の任務は決して楽なはずはなかった。明るい声で電話を切った脇さんのその後を考えると、胸が痛んだ。

「書くゾ!……いつか」

僕はそう心に誓って来るべき日を待った。

ようやく周辺の仕事の整理がついて、本腰を入れて机に座ったのは今年('97年)の一月だった。新たに池谷氏という編集者も加わり、脇さんと共に事実考証や、チェックに奔走してくれた。

……全てを書き終えてあたりを見回してみるともう映画も公開され、プロジェクトも解散し、米米クラブまでが解散していた。

書き上げた原稿を読んだ石井さんから祝福の電話を受けて、やっと長い仕事を終えた実感が湧《わ》いて来た。

この物語はアラスカでクライマックスを迎える。

意図したわけではなかったが、ふりかえると最初に石井さんから聞いた人魚という言葉が雪の中だったということが無意識に残っていたのかもしれない。

忙しい中、考証にあたっていただいたサイエンスライターの金子隆一氏、いくつかのアドバイスをいただいた水産庁水産工学研究所の赤松友成氏、終わらなかった夏休みの宿題につきあってくれた月カドの脇さん、池谷氏、それに何よりこの物語を書くきっかけと〝人魚〟を授けてくれたカールスモーキー石井さんに深く深く感謝いたします。

岩井俊二

人魚の下半身が見たくて

荒俣宏

人魚は、たしかにいた。疑ってはいけない。

一四九三年にコロンブスも見た。

一七九四年にはロンドンのコベントガーデンに人魚が展示され、市民が見た。

一八二〇年には、上半身が人、下半身が尾のある魚、という新しいタイプの人魚が捕獲され、一八二二年にロンドンのセントジェームズ街に同じ形態の人魚が展示された。

この一八二〇年以後の人魚は、スマトラやフィジー、あるいはジャワといった「アジア」に生息していた点で、とても特徴的だった。

というのは、コロンブスや多くのヨーロッパ人が一八二〇年になるまでに目にした人魚の標本は、ほとんどが、アジアの人魚と異なる形をしていたからだ。

ヨーロッパの人魚は、たいてい長いベールかマントのようなものを身につけ、下半身に二本の脚をもっていた。つまり、ウロコのある人間、あるいはアマゾン川の半魚人のごとき姿だったといえる。

だから、人魚は、たしかにいる。疑ってはいけない。

ただし、ひとつだけ疑問に思うこともある。

人魚の脚は、人間のように二本あるのか、それとも魚のように尾びれになっているのか。アジアとヨーロッパの人魚観の違い、といえば、いえる。

もっとも、ヨーロッパには伝説の上でメリュジーヌやシレーヌのように人間の姿をした〝人魚〟が多く、一方アジアでは古い伝説に出てくる〝人魚〟が魚の形をしていたから、という説明ができなくはない。

『ウォーレスの人魚』を読むときに、わたしがいちばん興味をもったのは、人魚の脚だった。

はたしてこの物語の人魚は、二本脚派か、それとも尾びれ派か。

この興味を、本書は最初から妖《あや》しくかき立ててくれた。どちらともよく分からない書き方をして、まるで作者がわたしに、さあ、どっちだか想像してごらん、あとで答えを教えてあげるから、と手玉に取るのだ。

ウォーレスが最初に人魚を目撃するシーンも、

「樽《たる》の中にはまるで山椒魚《さんしょううお》のようにとぐろを巻く生物がいた。上から見た様子では魚にも両生類にも、或いは海獣の類のようにも見えた」

と書いてある。長い両腕があることだけは明快に記述されているのに、脚のほうはさっぱり要領を得ない。

そもそも、わたしが人魚の脚にこだわるのには、理由がある。中世ヨーロッパの古版画を見ると、人魚は下半身にウロコとひれがあるものの、たいていは二本に分かれて脚状に描かれていたからだった。十七世紀のアルドロヴァンディの図版では、尾ひれこそ一つになった魚身型に統一されているが、水掻《みずか》きのついた二本脚がちゃんと下腹部の脇からつきだしている。

これに対し、カルデアからアッシリアにかけて崇拝された古代〝アジア〟の人魚神オアンネスは、下半身が完全に魚になっている。どうやらアジアでは神代の時から人魚は魚身とされていたようなのだが、まさしくこのイメージをそのまま具体化した人魚が、一八二〇年に出現した。

以後、世界的に人魚の実物標本は、アジアで信じられた「下半身が魚」というスタイルに統一されてしまう。

博物学者ウォーレスが出た一九世紀後半は、世界的に、人魚の標本が出まわった「人魚狂時代」とさえいえるのだが、下半身魚型の人魚標本を一手専売のように売りだしたこの時代に、大博物学者A・R・ウォーレスがアジア（香港もりっぱなアジアだ！）で人魚を入手したことは、一種の運命だったのではないだろうか。

物語は、ここから開始される。このスリリングな人魚小説を楽しみながら、ぜひとも人魚の下半身に注目いただきたい。下ばかりに目をやるのは、いささか品性に欠けるとはいうものの。

ただし、作者はもっと巧みに人魚の下半身覗《のぞ》きを敢行したともいえる。わたしは驚嘆したのだが、人魚における交尾から妊娠、出産のシステムを、これだけ詳細に記述した小説も少ないにちがいない。そして、そこに人魚進化の秘密もあったのである。

チャーミングな小説だ。

本書は、'97年9月に小社より刊行された単行本を文庫化したものです。

ウォーレスの人魚《にんぎょ》

岩《いわ》井《い》俊《しゅん》二《じ》

平成12年 10月25日　初版発行
令和6年 11月25日　8版発行

発行者●山下直久

発行●株式会社KADOKAWA
〒102-8177　東京都千代田区富士見2-13-3
電話　0570-002-301（ナビダイヤル）

角川文庫 11689

印刷所●株式会社KADOKAWA
製本所●株式会社KADOKAWA

表紙画●和田三造

●お問い合わせ
https://www.kadokawa.co.jp/（「お問い合わせ」へお進みください）
※内容によっては、お答えできない場合があります。
※サポートは日本国内のみとさせていただきます。
※Japanese text only

ISBN978-4-04-344103-7　C0193

角川文庫発刊に際して

角川源義

第二次世界大戦の敗北は、軍事力の敗北であった以上に、私たちの若い文化力の敗退であった。私たちの文化が戦争に対して如何に無力であり、単なるあだ花に過ぎなかったかを、私たちは身を以て体験し痛感した。西洋近代文化の摂取にとって、明治以後八十年の歳月は決して短かすぎたとは言えない。にもかかわらず、近代文化の伝統を確立し、自由な批判と柔軟な良識に富む文化層として自らを形成することに私たちは失敗して来た。そしてこれは、各層への文化の普及滲透を任務とする出版人の責任でもあった。

一九四五年以来、私たちは再び振出しに戻り、第一歩から踏み出すことを余儀なくされた。これは大きな不幸ではあるが、反面、これまでの混沌・未熟・歪曲の中にあった我が国の文化に秩序と確たる基礎を齎らすためには絶好の機会でもある。角川書店は、このような祖国の文化的危機にあたり、微力をも顧みず再建の礎石たるべき抱負と決意とをもって出発したが、ここに創立以来の念願を果すべく角川文庫を発刊する。これまで刊行されたあらゆる全集叢書文庫類の長所と短所とを検討し、古今東西の不朽の典籍を、良心的編集のもとに、廉価に、そして書架にふさわしい美本として、多くのひとびとに提供しようとする。しかし私たちは徒らに百科全書的な知識のジレッタントを作ることを目的とせず、あくまで祖国の文化に秩序と再建への道を示し、この文庫を角川書店の栄ある事業として、今後永久に継続発展せしめ、学芸と教養との殿堂として大成せんことを期したい。多くの読書子の愛情ある忠言と支持とによって、この希望と抱負とを完遂せしめられんことを願う。

一九四九年五月三日

角川文庫ベストセラー

夏休み
編／千野帽子

灼熱の太陽の下の解放感。プール、甲子園、田舎暮らし、ほのかな恋。江國香織、辻まこと、佐伯一麦、藤野可織、片岡義男、三木卓、堀辰雄、小川洋子、万城目学、角田光代、秋元康が描く、名作短篇集。

シャングリ・ラ（上）（下）
池上永一

21世紀半ば。熱帯化した東京には巨大積層都市・アトラスがそびえていた。さまざまなものを犠牲に進められるアトラスの建築に秘められた驚愕の謎――。まったく新しい東京の未来像を描き出した傑作長編!!

テンペスト 全四巻
春雷／夏雲／秋雨／冬虹
池上永一

十九世紀の琉球王朝。嵐吹きすさび、龍踊り狂う晩に生まれた神童、真鶴は、男として生きることを余儀なくされ、名を孫寧温と改め、宦官になって首里城にあがる――前代未聞のジェットコースター大河小説!!

黙示録（上）（下）
池上永一

18世紀の琉球に生きた一人の天才舞踊家の波乱に満ちた生涯。『シャングリ・ラ』『テンペスト』の著者が、琉球舞踊の草創期を圧倒的なスケールと熱量で描き出す超弩級エンターテインメント！

ピンクとグレー
加藤シゲアキ

12万部の大ヒット、NEWS・加藤シゲアキ衝撃のデビュー作がついに文庫化！ ジャニーズ初の作家が芸能界を舞台に描く、二人の青年の狂おしいほどの愛と孤独。各界著名人も絶賛した青春小説の金字塔。

角川文庫ベストセラー

夢にも思わない　宮部みゆき

秋の夜、下町の庭園での虫聞きの会で殺人事件が。殺されたのは僕の同級生のクドウさんの従妹だった。被害者への無責任な噂もあとをたたず、クドウさんも沈みがち。僕は親友の島崎と真相究明に乗り出した。

ブレイブ・ストーリー(上)(中)(下)　宮部みゆき

亘はテレビゲームが大好きな普通の小学5年生。不意に持ち上がった両親の離婚話に、ワタルはこれまでの平穏な毎日を取り戻し、運命を変えるため、幻界〈ヴィジョン〉へと旅立つ。感動の長編ファンタジー！

四畳半神話大系　森見登美彦

私は冴えない大学3回生。バラ色のキャンパスライフを想像していたのに、現実はほど遠い。できれば1回生に戻ってやり直したい！　4つの並行世界で繰り広げられる、おかしくもほろ苦い青春ストーリー。

夜は短し歩けよ乙女　森見登美彦

黒髪の乙女にひそかに想いを寄せる先輩は、京都のいたるところで彼女の姿を追い求めた。二人を待ち受ける珍事件の数々、そして運命の大転回。山本周五郎賞受賞、本屋大賞2位、恋愛ファンタジーの大傑作！

ペンギン・ハイウェイ　森見登美彦

小学4年生のぼくが住む郊外の町に突然ペンギンたちが現れた。この事件に歯科医院のお姉さんが関わっていることを知ったぼくは、その謎を研究することにした。未知と出会うことの驚きに満ちた長編小説。